新时代 新宿松

宿松故事　谱写高质量发展篇章

《新时代　新宿松》编委会　编

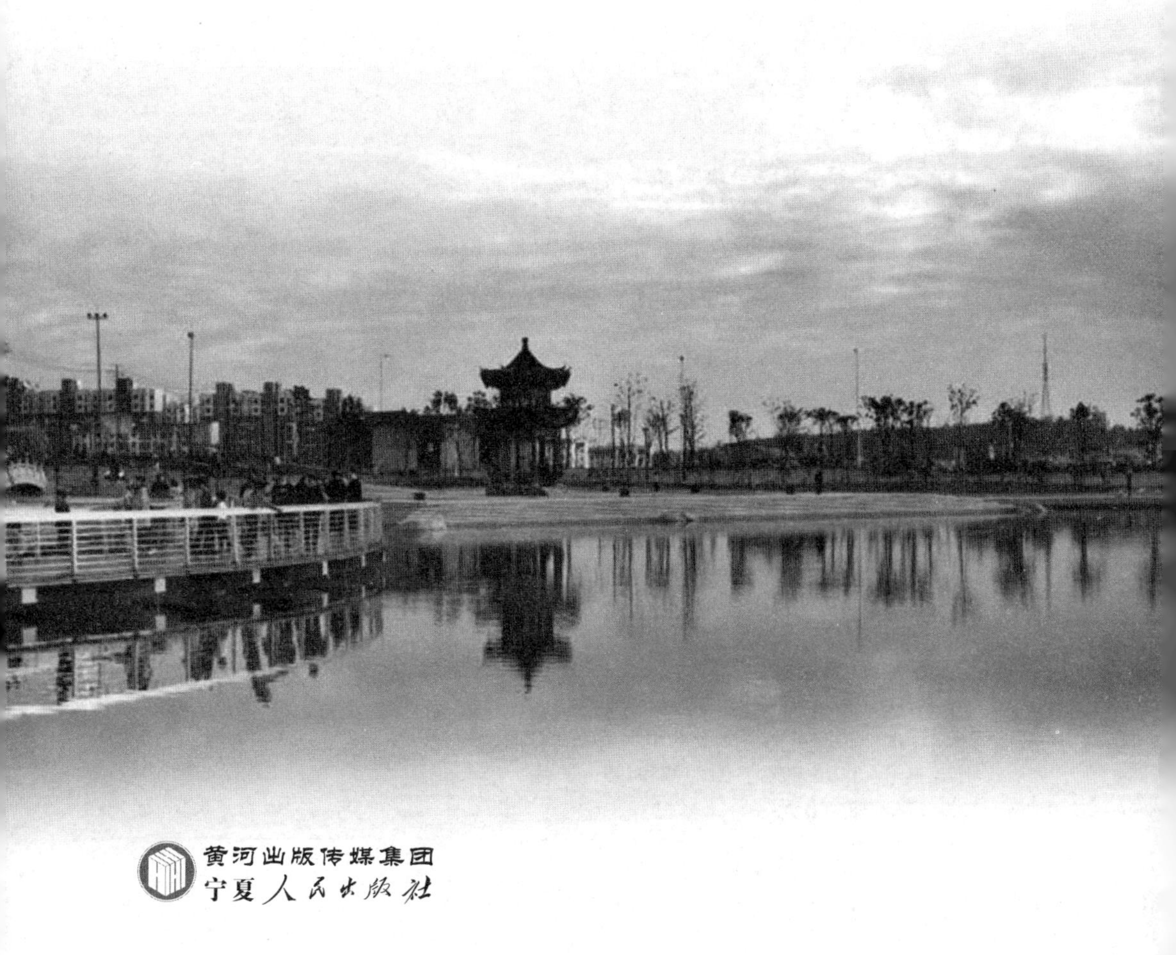

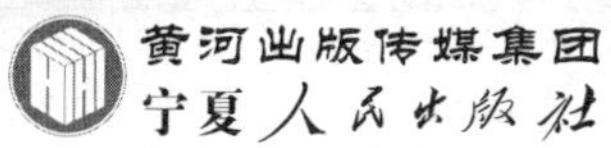

图书在版编目（CIP）数据

新时代　新宿松 / 《新时代　新宿松》编委会编
. -- 银川：宁夏人民出版社，2021.12
ISBN 978-7-227-07594-3

Ⅰ. ①新…　Ⅱ. ①新…　Ⅲ. ①文艺—作品综合集—宿松县—当代　Ⅳ. ①I218.544

中国版本图书馆 CIP 数据核字（2022）第 026911 号

新时代　新宿松
XIN SHIDAI　XIN SUSONG

《新时代　新宿松》编委会　编

责任编辑　管世献
责任校对　赵　亮
封面设计　蓓　蕾
责任印制　马　丽

黄河出版传媒集团
宁夏人民出版社　出版发行

出 版 人　薛文斌
地　　址　宁夏银川市北京东路 139 号出版大厦（750001）
网　　址　http://www.yrpubm.com
网上书店　http://www.hh-book.com
电子信箱　nxrmcbs@126.com
邮购电话　0951-5052104　5052106
经　　销　全国新华书店
印刷装订　成都新千年印制有限公司
印刷委托书号　（宁）0023443

开本　700 mm×1000 mm　1/16
印张　29
字数　490 千字
版次　2022 年 6 月第 1 版
印次　2022 年 6 月第 1 次印刷
书号　ISBN 978-7-227-07594-3
定价　85.00 元

编委会

让文学艺术扎根沃土，为“十三五”存照立传（代序）

——“讲好新时代宿松故事、谱写高质量发展篇章”主题宣传活动综述

“冬练三九，夏练三伏。”有这样一群人，他们是作家、艺术家，他们跋山涉水采写新闻，风雨无阻走进乡村，体验脱贫攻坚现场……他们通过坚持和奉献，把党和政府的温暖送到基层人民群众身边。这些作家、艺术家从社会生产和百姓生活中汲取素材、找寻灵感，将文学、艺术工作融入宿松转型发展大局之中，坚持培根铸魂、守正创新，创作出了很多反映人民心声、鼓舞人民斗志、深受人民喜爱的优秀作品。

紧扣时代脉搏，绽放文学新辉煌

写出有温度、有筋骨、接地气的文学作品，下基层走一走，看一看，很有必要。一批批作家、画家、书法家、音乐家、摄影家深入乡村，对决战脱贫攻坚、决胜全面建成小康社会的典型经验、先进人物及丰硕成果，进行全方位的采写。

这是“十三五”期间，宿松县委、县委宣传部、县文联、县作协等联合组织作家、艺术家进行的一次前所未有的创作活动。半年来，数十位文艺工作者上山区、入湖区、走畈区，几乎走遍全县各个角落。白天黑夜连轴转，没有节假日。他们不避严寒，不畏酷暑，用讲故事的形式，全面记录了宿松县脱贫攻坚的历史进程，谱写了新时代全面建成小康社会的壮丽篇章，发表、播出、展演的精品力作有数百篇（件）。

县作协紧紧围绕县委中心工作，准确把握时间节点，积极参与，不断吸引新人。作家队伍不断壮大，形成代际传承有序、“文学皖军”影响稳步提升、文学新人不断涌现的良好文学生态，被专家和媒体誉为“宿松文学现象”。作家们的创作也因此达到一个高潮，一系列重要奖项的获得也标志着宿松县文学创作的新高度、新收获。

2020 年是全面建成小康社会和“十三五”规划的收官之年。2021 年将进入“十四五”开局之年，一大批有信仰、有情怀、有担当的作家，一大批高扬主旋律、表现时代精神的优秀作品，展现着宿松文学欣欣向荣、蒸蒸日上的繁荣态势。

追求永无止境，让艺术与时代同行

在决胜全面建成小康社会、决战脱贫攻坚的伟大历史进程中，文学艺术从未缺席，是在场者、参与者，是满怀激情的书写者。这也是文学薪火相传的优良传统。文艺工作者立于时代潮头，与人民同呼吸、共命运，与人民一道前进，留下了炽热而厚重的记录。

县文联各协会采取各种方式创造性地开展工作，反映脱贫攻坚伟大斗争、反映新时代乡村面貌的文学作品正在形成创作潮流，一大批优秀报道领风气之先，一批作品获得广泛关注。但这还仅仅是开始，更高的山峰等着他们去攀登。

文艺工作者们在新时代、新思想的指引下，取得了前所未有的优异成绩。县内外各媒体也先后推出了一批内容鲜活、形式多样、影响广泛的优秀文艺作品，包括文学、书法、美术、音乐、舞蹈、曲艺、摄影、剪纸、小戏剧、短视频等。新时代的松兹大地，异彩纷呈，大事多，喜事多，好事多。本次“十三五”成就集中采创活动，县文联及所属各协会在组织文艺工作者开展重大题材文艺创作的同时，开展“深入生活、扎根人民”主题实践活动，进一步加大对体验生活、采风创作的支持力度，通过系列活动，推出了更多反映人民心声、鼓舞人民斗志、深受人民喜爱的优秀作品，使文联的老品牌焕发了新活力，新项目展现了新形象。

这些文艺工作者真正深入到了生活深处。他们的作品中所反映的人物形象，有在乡村带着任务肩负使命日夜辛苦的基层干部，有对口支援投资合作的各方人士，有乡村支教教师，有产业园上班族，有乡村文旅行业从业者，有从事电商微商工作的新群体等，还有各个部门领导、普通职工等等。这使故事素材和可讲述角度空前扩容，形成了区别于既往以叙事为边界的新的视阈，成为新时代的知情者、见证者、书写者，触摸的都是跳动的脉搏。

中国的根在乡村。文学作品里的一个个乡村，其实就是中国的缩影。当代一种新的乡村正在这个时代形成和崛起，决胜全面小康、决战脱贫攻坚是一场改变中国乡村面貌的伟大社会实践，对中国、对全人类都具有极为重要的意义。文艺工作者要对这个时代的乡村有更深刻、更准确的认知把握，就必须真正做到深入生活、扎根人民，在这个过程中锤炼“四力”。新时代的新乡村，召唤着我们迈开双脚走进去，在这个过程中更新我们的知觉结构，要用不断更新的眼力、脑力重新认识乡村，写出巨变。作为“不忘初心、牢

记使命”主题教育，更是为文艺工作者增加“脚力、眼力、脑力、笔力”的具体举措，在有限的时间里，充分发挥才智、激发潜力，书写精品，为时代，为祖国，为家乡，为这片沃土献出智慧和才华。

宿松是文化大县。文化是一个国家、一个民族的灵魂，没有中华文化繁荣兴盛就没有中华民族伟大复兴。在新的时代，文艺工作者肩负着义不容辞的重要责任，书写着更加辉煌、更加壮丽的篇章。宿松是文学大县。宿松文学有中华优秀传统文化的深厚根基，有现实主义的优良传统，有一支数量可观的文学工作者队伍，有矢志攀登文学高峰的理想追求。

新时代中华大地实施的脱贫攻坚工程和乡村振兴战略，无论从广度还是深度上看，都让波澜壮阔的社会生活发生了深刻变化。其中，有要素重组中的物理聚合，也有思想观念激荡碰撞中的化学反应。这一切，都为文艺工作者深度挖掘创作题材，书写新时代新史诗提供了可能。如果心思再柔软一点，眼再望远一点，根再深扎一点，笔下再灵动一点，让笔下田野之风疏朗起来，让田畴、村庄立体起来，让新时代的人民群众阳光起来，这样的作品就一定会留得下、传得开。好在，他们一直都在路上。

《新时代　新宿松》编委会

2021 年 8 月

目 录

Contents

聚焦“全面建成小康社会”，谱写“新时代宿松高质量脱贫”新篇章

聚焦“全面深化改革”，谱写“新时代宿松高标准建设”新篇章

聚焦“全面依法治县”，谱写“新时代宿松高水平治理”新篇章

聚焦“全面从严治党”，谱写“新时代宿松高站位护航”新篇章

〔新时代　新宿松〕

聚焦“全面建成小康社会”，谱写“新时代宿松高质量脱贫”新篇章

春暖松兹

王会光

阳光普照的大地，从来没有这么明媚。桃花开得格外灿烂，远远望去，有娇羞地掩映在树林里的，也有大片大片怒放的，更多的则是三三两两地散落着，独自盛开，和周围的青山、树木、杂草，以及那些不知名的小花相映成趣。这是活泼生动的田野、诗意盎然的画面。春天，见证了这繁复人世间一个个温暖的瞬间。

“因地制宜，‘真扶贫，扶真贫’，坚持‘六个精准’和‘五个一批’，全面建成小康社会，13 亿人要携手前进，让几千万农村贫困人口生活好起来，是我心中的牵挂。”习近平总书记为精准扶贫对全国发出的政治宣言，就像阳光普照神州大地。

位于大别山南麓，南临长江黄金水道，人口 87.34 万，辖 9 个镇 13 个乡 209 个村（社区），面积 2394 平方千米，素有“鱼米之乡”，古称松兹侯国的宿松县，响应中央号召，全面拉开了打响精准扶贫、脱贫攻坚战的序幕。全县上下在县委、县政府的坚强领导下，团结一致，万众一心，攻艰克难，紧盯“人脱贫、村出列、县摘帽”的目标。4 年间，全县 38788 户、12.3368 万贫困人口、70 个贫困村，实现了 10.1659 万贫困人口脱贫、50 个贫困村出列，贫困发生率从 19.19%降至 3%。那么，全县人民是如何打赢这场硬仗的呢?

一

秋风送爽，春华秋实。2017 年 10 月金秋时节，山川、河谷一片金黄，当东方晨曦照在辽阔的松兹大地上，沐浴在阳光里的山脉、河流、村庄、城镇……沉浸在中共十九大召开和“全县精准扶贫验收合格”的喜悦中。一觉醒来的人们，恢复了往日的平静，又开始了新的征程和战斗。也似乎在诉说着昨天——近 4 年来，宿松县为打赢精准扶贫攻坚战，当地各级党委、政府励精图治、发奋图强；各级帮扶部门单位、驻村扶贫队长、社会爱心人士、一线广大扶贫干群，群策群力，敢担当、勇作为。他们心系扶贫、夜以继日、忘我工作的心路历程和许多令人难忘的生动故事，让人深受感动，催人奋进。

走进全县各地，处处凸现的都是精准扶贫、打赢脱贫攻坚的氛围。

不论社区、村庄、公路两旁、办公场所……墙壁上的“立下愚公移山志，打赢脱贫攻坚战”“在扶贫路上，不能落下一个贫困家庭，不能丢下一个贫困群众”“精准扶贫到户到人，发展产业齐力脱贫”“扶贫济困，传递爱心”……醒目标语和各式宣传栏随时随地进入你的眼帘，让人目不暇接，眼花缭乱，令人心情无比舒畅。

“这是一场没有硝烟的战争，时间紧、任务重、压力大，全县上下不敢有丝毫怠慢和松劲的思想，这是今年的第一号工程。”县扶贫办主任姚发贻说，“按照县脱贫攻坚指挥部统一部署和要求，各乡镇软硬件必须同步跟上，县直各部门单位对口扶贫措施、帮扶力度要千方百计落实到位。具体体现在时任县委书记王华和县长王赵春在全县脱贫攻坚指挥部会议的 10 次讲话精神上。”

各乡镇和县直各单位，雷厉风行，积极投入这场没有硝烟的战争中。

在乡镇、村均有专门的扶贫工作站、作战室、办公场所和机构，专职扶贫专干，乡（镇）书记、乡（镇）长、扶贫站长、驻村工作队长、村“两委”、村专干等一班人各就各位，俨然“武装配齐”、厉兵秣马、枕戈待旦、夜以继日战斗在一线。同时，结合自身实际，他们制定实施产业扶贫、转移就业扶贫、易地搬迁扶贫、健康扶贫、金融扶贫、教育扶贫等“十大行动”精准扶贫方案和作战图，排兵布阵——入户调查、加强宣传、建档立卡、一户一策、落实措施、包保责任、定期督查、考核奖惩……

序幕已拉开，战场就在眼前。

二

“全县各地在脱贫攻坚‘十大行动’中，以产业扶贫为主，其他辅之，综合施策，一户一策，对贫困户脱贫起到了至关重要的作用。”县扶贫办的干部说。

深入全县各地便能见证这一切。

7月的太阳，照得洲区大地熠熠生辉。白矾湖滋润着洲区大地，也养育着一方百姓。

家住白矾湖畔西口村新建组15号，已过耳顺之年的汪金星，祖居于此，是一名憨厚老实的庄稼汉，年迈体弱。五口之家住着两间破旧的危房，只有9.7亩耕地，境况不是很好，2015年入列村贫困户。他们是如何脱贫出列的呢?

俗话说："靠山吃山，靠水吃水。"汪金星家未易地搬迁前，一条自北向南的大沟渠从他老家门前穿过，与沟旁的鱼塘、白矾湖相呼应、连接。得天独厚的条件，村"两委"、驻村帮扶干部县公安局扶贫队长陈庆平、帮扶责任人徐江宏看在眼里、记在心上，多次上门向他宣传国家脱贫致富政策，叫他搞水产养殖。汪金星开始有些犹豫："这能行吗?"驻村扶贫队长陈庆平看出了他的心思，耐心劝导："你先试一试嘛，事还没有做，怎么就知道不行呢?""我没有本钱，咋办?""可申请产业扶贫资金，我们帮你办。"……对汪金星的顾虑，陈队长逐一给他化解。

2016年，汪金星在村及驻村干部帮助下租用本组6亩水面进行水产养殖。白矾湖水养殖出的鱼，肉鲜味美，是抢手货，供不应求，当年他就受益，总收入2.6万元，净收入1.6万元。同时，他申请落实产业到户资金1800元。今年他的水产养殖规模扩大到水面9亩，产业到户资金增加到2000元。

"这要感谢村'两委'及驻村干部陈队长。不然，我还在家里无所事事，原地踏步。"汪金星怀着感恩的心说。

"此外，村里实施光伏扶贫项目，他也受益。"陈庆平队长向我们说，"每户融资2.4万元建光伏发电设施，国家补贴1.6万元，个人向银行贷款6000元，自己出资2000元，每户年获益3000元。"

同时，村帮扶责任片区负责人石菜娇利用春节期间外出务工人员返乡过年之机，召集本村在外打工能人，2016年给汪金星的女儿汪蜜蜂在杭州香香染布厂找到一份不错的工作，月收入3000元左右。村里还落实了他家为B类低保户。

"噼里啪啦……"2017年腊月，在一阵鞭炮声中，汪金星家搬进了该村建造安置的125平方米的新楼房，好气派。

2016年底，经上级多方评估，汪金星家终于脱贫，被评为洲头乡西口村2016年脱贫致富示范户，并颁发光荣证。

离开汪金星家，由村干部带路，我们直奔西口村夏令花家。她站在鸡棚前，给一群正在觅食的小鸡喂食。

夏季的洲区，广阔无垠的绿色田野拥抱着美丽村庄，在阳光的照射下，景色迷人。夏令花家的老房就在村庄东北角牧场组 31 号，这里将成为她家的养殖基地。3 间低矮的旧平房，一字排开做了猪圈，房屋正面 10 米开外空场上搭建的是简易鸡棚，用来养鸡。

“我家 3 口人，大女儿在外打工，小女儿今年初中毕业，我做不了什么大事，就在家养养猪和鸡。”

“政府乡村干部对我可好啦！两年前，帮我申请领取低保，去年帮我申请贷款养猪、养鸡。现在日子过得挺好的，这要感谢党和政府的好政策呀!”

谈及脱贫，不善言辞的夏令花也能滔滔不绝。

据西口村扶贫专干洪小林介绍，“70 后”的夏令花是一个精明能干的女人，手略有残疾，丈夫早年因病去世，家庭条件不好，是村里很穷的人家，好不容易才把两个孩子拉扯大。2015 年村里把她家列为首批低保扶贫户。

“结合她家实际，村里多措并举，帮她家脱贫。一是帮她发展养鸡、养猪产业，实施产业扶贫；二是为她成功办理了 5 万元小额信贷，作为产业专用资金，实施金融扶贫；三是给她孩子每年申请到 1250 元在校住宿补助，纳入教育扶贫；四是为她家办理了新农合，实施健康扶贫；五是去年底把她家从以前住的破房子，安置进村里统一集中建造的宽敞明亮的新楼房，实施易地搬迁扶贫。”村主任杨国栋说。

2016 年，夏令花家出列脱了贫，走出了困境，成为该村 26 户 106 人脱贫目标中的一户。

在夏令花家，我们看到她家猪圈里养了大大小小 51 头猪，还有一只下崽的母猪；鸡棚里大鸡、小鸡有 600 余只。“据测算，一年下来，赚 2 万—3 万元恐怕不成问题。”随同的村干部说。

当我们上车启程返回时，新居门前，正打扫卫生的夏令花，挥手笑着向我们道别，在夕阳余晖中，那幸福的笑容显得格外耀眼。

从洲区到山区，地形特征不同，脱贫方式也不一样。

我们沿着蜿蜒盘旋的山道，来到县西北边陲掩藏在海拔 1000 余米大山深处贫困的滑石村。

“立足境内丰富的山场资源，引进农业企业盘活‘沉睡’的山场，推行‘以企带户’，走出富有山区特色的脱贫增收之路。”对该乡脱贫，北浴乡党委书记李方中说。

“滑石村是我县今年拟出列的贫困村，要想改变贫困面貌，就要依靠 1 万余亩山场，围绕山场做文章。”时任村党总支书记操中厚道出了村里的致富经，“目前，村流转 8000 亩山场给 3 家农业开发公司，种植油茶、茶叶、泡桐、银杏等。农户不仅得实惠，而且也增加了村级集体经济收入。”

村民们说：“村里开始流转 6000 亩山场时，每亩可获 25 元的流转金，劳动力可到基地务工，现在改流转金为山场折价入股，公司以资金、技术入股，共建新的山场流转模式。”这样农户可按山场收益的 30%股份分红，农户既有保底分红，又能稳步增收。

我们在村部办公室翻阅由乡政府、公司、金融机构和贫困户四方签订的《扶贫小额信贷分贷统还合作协议》时，操中厚指着协议后面的附件《扶贫小额信贷分户清单》说：“你看，低保户汪雪峰、五保户汪方华等人，自身劳动能力和发展能力相对较弱，靠他们单打独斗，小额信贷难以发挥好资金效益。通过‘以企带户’，企业通过资金壮大发展生产，贫困户一连三年获得分红，银行放贷也可以规避风险，这可谓一举三得。”

此时，碰上村里两名贫困户饶有兴趣地询问小额信贷相关政策，时任村委会主任汪爱学忙着耐心介绍贷款条件和手续。

“贫困户‘带资入股’企业分红的积极性都很高。村里鼓励有发展愿望和发展能力的贫困户自己发展生产，增强其‘造血’功能。”汪爱学说，“像村里的贫困户沈巧红，丈夫意外身亡，婆婆常年生病，拉扯着两个孩子，家庭负担很重。为此，乡里聘其为生态护林员，帮助她摆脱贫困。同时，她也不等不靠，于去年种植茯苓和白芨近 6 亩。今年用 5 万元的扶贫小额信用贷款，扩大药材种植规模。”

“今年村里锅川、苏屋和何岭 3 个搬迁点已全面开工，将有 18 户 39 人搬进新居。”操中厚接过话茬，“今年村计划 93 户 247 人脱贫，有近 200 万元的小额信贷入股县星燚菊业有限公司和安徽省互益农林开发有限公司，另有 70 余万元，农户直接用于发展生产，确保如期完成脱贫攻坚任务。”

7 月 19 日，一场秋雨过后，气温又逐渐回升。

在柳坪乡邱山村其岭组邱棠公路与罗汉山防火公路交叉口处，一位中年男子身着橙色防火衣，手持扩音喇叭，向过往群众宣传森林防火法律法规，提醒他们时刻警醒，严防森林火灾的发生。

这名男子名叫吴泽未，曾是邱山村其岭组的一名在册贫困户，通过各级帮扶和自身努力，去年已经顺利脱贫。

“考虑到吴泽未家庭实际情况和他做事认真负责，去年 10 月，村里向乡里推荐他做生态护林员，基本工资加上绩效考核，一年下来有 1 万元的收入。”邱山村党总支副书记吴泽虎说。

与吴泽未聊天中得知，吴泽未家中有父母妻儿共 5 口人。但这个家庭还有一个特殊成员，就是他的三叔，老人孤身一人，平日的生活都靠吴泽未照顾着。

“大伯也是孤身一人，他老人家去年已经离世了，以前也靠我照顾着。全家人的开销都要我操心，负担重，我就得想办法挣钱养家。”吴泽未说，“穷则思变，早在 2007 年，我就开始尝试养波杂羊。那时，我在新疆打工，看到当地人靠家里养几只羊、种几亩地，就能维持一家人的生活，所以也想养羊来试试。”

当年，吴泽未养了 5 只羊，并逐年扩大规模，养羊最多时有近 80 只，但中途发生波折，他被迫缩小了养羊规模。

在养羊的同时，吴泽未又将目光投向养猪。2013 年清明前，他搭建起简易的猪舍，首次购进 4 头母猪。

“猪仔主要卖给周边农户，剩余的自家养。养猪风险较大，一不小心就会出岔子。前年，由于管护不当，猪生病，损失了近一半。”吴泽未说，“村里帮我在乡畜牧兽医站联系了固定的防疫人员，就连新建猪舍村里也给了补贴。三叔吃上了低保，家中还享受了独生子女政策补贴，养猪有保险，解除了后顾之忧，国家政策真好！”

在自身发展的同时，吴泽未也不忘为乡亲们脱贫出力。像组里的吴必乔，这几年都是从他家买猪仔。“我卖猪仔靠乡亲们照顾着，那我帮他们解决养殖方面的困难，是必须的！乡里乡亲，应相互帮助！”吴泽未说。

“卖肉猪和猪仔纯利有万把块钱，卖羊与养猪差不多，种 2 亩雨花菜，一年有近 4000 块钱。”吴泽未算了一下去年收入账，“我觉得脱贫也好、致富也好，说来说去都要靠自己，自己不努力，国家再怎么扶持，也难脱贫，更难富起来！”

对吴泽未而言，近期他显得更加忙碌。他说：“除做好护林员工作，我还要抽空喂养猪和羊。虽然一天到晚忙个不停，但能增加收入，这也值得！”

“对老人有孝心，对脱贫有上进心，对防火有责任心，吴泽未这个人的确不错！”吴泽虎对吴泽未赞赏有加，“脱贫首先要立志，他不等不靠，积极发展生产顺利脱贫，走在了全村贫困户的前列。去年底，村里评他为‘脱贫光荣户’，给他500元奖励。”

三

脱贫攻坚，不仅需要脱贫产业，更需要一支能征善战，带领村民脱贫致富的基层党支部发挥战斗堡垒作用。一个个支部，就是一个个光源，闪耀在村前屋后。

脱贫快不快，全靠党建带；脱贫稳不稳，全靠项目准；脱贫准不准，全靠企业引。

凉亭镇织牢党支部“责任网”，把脱贫攻坚紧紧抓在手上，牢牢扛在肩上。采取每村一个帮扶党支部、一个帮扶工作组，每户一名帮扶干部、一套帮扶措施、一个帮扶主导产业、负责一抓到底，使党支部成为脱贫攻坚的“一线指挥部”。

1962年出生的夏家村党支部书记余长根，深知拔穷根摘穷帽，抓好党建是关键。担任村党支部书记3年来，他用满腔的热情，倾力于基层党建工作，发展壮大村级产业，带领群众脱贫致富。在他的带领下，夏家村把党建与扶贫相结合，推行“党员大户+”“农业合作社+”“光伏+”等扶贫模式，推动全村致富。村党支部成为脱贫致富的“领头雁”。

村党支部推动村民与安徽安泰科技股份有限公司合作，在夏家村试点户联建光伏发电站，项目试点成功后在全镇推广。2018年全镇224户光伏发电站完成并网发电，让更多贫困户受益。

“凉亭镇现有未脱贫贫困户1153户，人口3140人，五保贫困户379户429人，低保贫困户937户1548人，一般贫困户224户860人。”镇党委书记杨文龙说，“我镇脱贫攻坚，充分发挥基层党组织的战斗堡垒作用，不断提高贫困户的自身‘造血’功能，以党建带脱贫，以脱贫促党建，有力地促进精准脱贫和党建工作的良性互动。”

凉亭镇私企活跃，镇党委、政府号召企业优先就地就近吸纳贫困户有劳动能力人员，选择宿松县龙成生态农业有限公司、江西格力特有限公司、晨旺木业、中天石化等作为凉亭扶贫工厂就业。凉亭镇有1家就业扶贫基地、4家居家就业基地、1家扶贫驿站。镇社保所为符合条件的贫困户帮助就业，给36人申报就业补贴，目前，有10人获补助。

“凉亭镇开展种养业扶贫、金融扶贫、光伏扶贫、就业扶贫等，确保每个贫困户至少有一项产业增收项目，有一套脱贫方案，有一名公职人员结对帮扶。”凉亭镇扶贫站站长胡祥说。

“现在的扶贫政策真好，我们不需要到外面打工，政府出台优惠政策，让我们这些贫困户在家门口就能就业。我现在每月有2500元的工资，还能每天回家打理自家的农田。”在宿松县宏福门业有限公司上班的东山村贫困户贺旺水一边做事一边高兴地说。

今年48岁的贺旺水，妻子因精神残疾，儿子在宿松中学读书，家庭条件差，是当地贫困户。全家人年均收入不足1万元，生活十分困难。

“去年我老婆也在宏福门业上班，每月2000多元，我自己每月2500元，政府把我家纳入低保户。这样算起来，一年家里有6万多元的收入，真的要感谢党和政府。”贺旺水激动地说。

“看他身体不好，就安排在公司做点轻事。像贺旺水一样，我们企业共安排了10多名贫困户，工资每月最少有2000元。”宿松县宏福门业有限公司总经理徐华峰说。

宿松开展就业扶贫，摸清贫困对象“家底”、找准致贫“原因”、瞄准脱贫“靶向”，推行“企业+贫困户”模式，以技能培训、帮扶“一对一”，与全县相关企业沟通，变“输血式”扶贫为“造血式”扶贫，以充分就业促进贫困户脱贫致富。做到“真扶贫、扶真贫”。经镇、村积极动员和“牵线搭桥”，全县企业家提供就业岗位和技能培训，使有意愿的贫困户在家门口就能顺利就业。

四

宿松脱贫攻坚工作，县委、县政府决策部署“一盘棋”是关键。同时，也离不开各级各部门的倾力帮助和支持。

“今年县选优配强‘三支力量’，做好驻村帮扶工作。一是选派省、市、县三级50名县处级干部到村任第一书记；二是按照‘县招、乡聘、村用’，选拔50名高中以上学历社会青年到村担任扶贫专干；三是全县新增公务员、全供事业编制人员和县直机关派驻帮扶联系人2230名和6038名帮扶包保干部。”县扶贫办主任姚发贻说。

“同时，奏响财政支持脱贫攻坚重投入、重整合、重创新、重监管‘四重奏’。”

“实施‘青春扶贫’工程助力脱贫攻坚。启动青年就业创业扶贫、希望工程助学扶贫、志愿关爱公益扶贫。”

…………

宿松县结合实际，出台的一系列精准扶贫政策和举措，为全县脱贫攻坚插上了腾飞的翅膀。

落实脱贫攻坚，县里召开了9次调度会，县四大班子分头进村入户调查走访，与贫困户面对面交谈，查帮扶脱贫实情，看群众生活情况，听他们的心声……切切实实地为全县贫困户解决实际问题，让他们早日脱贫，过上好日子。

县委书记王华利用一天的时间深入陈汉乡库南村，进村入户了解脱贫攻坚。王华书记走进脱贫户齐爱水、朱建华、朱人学、齐鸣家中，详细询问他们的家庭、收入和生活情况。“养了多少只鸡、羊、猪？苗种哪儿来的？卖得怎么样？”对照扶贫手册上的帮扶措施和帮扶效果记录，王华书记面对面与他们一一进行核实。

“当前，脱贫攻坚已进入决战阶段，一定要按照习近平总书记‘扶贫工作必须务实，脱贫过程必须扎实，脱贫结果必须真实’的要求，切实下好‘绣花’功夫，以解决突出制约问题为重点，以补短板为突破口，确保年度目标的顺利实现。”王华书记在听取乡村干部汇报后说。

“下派第一书记要把抓党建作为帮扶的第一责任，以党建为统领，统筹帮扶经济社会发展工作，做到党建工作与经济社会发展工作同部署、同检查、同考核。”

“要帮助村‘两委’进一步厘清工作思路，抓好产业发展，充分利用好市、县两级产业帮扶资金，结合村里资源，大力发展集体经济，为贫困户脱贫提供长久的支撑。”

在孚玉，县委副书记、县长王赵春到孚玉镇龙山村走访慰问贫困户。

来到村扶贫创业户谢书敏的养殖基地，王县长详细了解谢书敏家庭现状以及龙虾和种鸽养殖的投入收益，询问谢书敏发展意愿和需要解决的困难，告诫他不要盲目发展其他产业，要将现有的产业做好做精做出自己的品牌。

随后，王县长对近两年脱贫户朱金保、刘得春、蒋国荣进行了走访。每

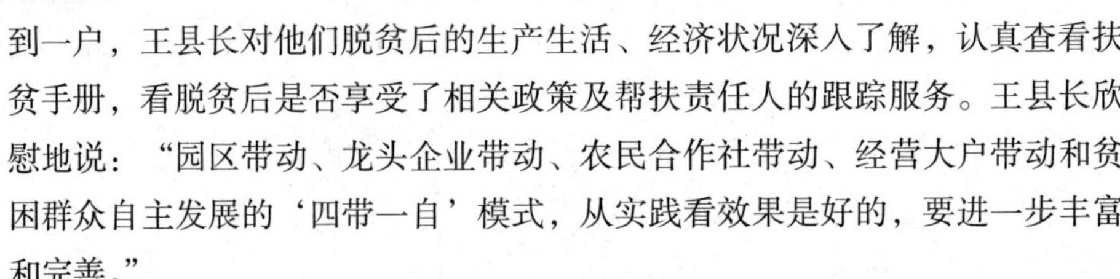

到一户，王县长对他们脱贫后的生产生活、经济状况深入了解，认真查看扶贫手册，看脱贫后是否享受了相关政策及帮扶责任人的跟踪服务。王县长欣慰地说："园区带动、龙头企业带动、农民合作社带动、经营大户带动和贫困群众自主发展的'四带一自'模式，从实践看效果是好的，要进一步丰富和完善。"

时任县人大常委会主任吴捍东率机关干部职工对河塌乡安元村、兴岭村脱贫攻坚进行了走访。吴主任问了 5 户贫困人家，对贫困户"一达标、两不愁、三保障"、产业发展、政策知晓、帮扶落实措施及满意度深入了解，并向他们宣传相关扶贫政策。同行的干部职工深入田间地头、贫困户家中进行走访慰问，详细了解各自帮扶贫困户基本情况，耐心倾听他们的意见和诉求，详细记录，并和他们建立了联系，送上了慰问金。

"您身体还好吗？生活怎么样啊？"时任县政协主席叶凤鸣到高岭乡汪冲村详细了解贫困户实际生产生活状况、发展意愿。在贫困户沈某宝家，叶凤鸣见到了这位年岁已高的独居老人，他于 2016 年脱了贫。

沈某宝激动地说："谢谢你们又来看我，把我这个孤老头子还常放在心上，我现在不愁吃不愁穿，去年村里介绍我在家门口的一个厂里上班，每月有工资拿，日子过得下去，今年在乡卫生院住院，交了 100 块钱，最后还退给我 40 块，这都是国家政策好啊!"

在贫困户沈某权家中，他外出务工，家中妻子、孙女，还有一个有智力障碍的小儿子。几年前，沈某权的大儿子发生意外离世，大儿媳留下襁褓中的孙女出走了，一家人遭受如此打击，艰难度日。叶凤鸣摸摸他家孙女的头，问沈某权妻子："孩子有没有上学？享受到国家的贫困政策没有？"沈某权的妻子连忙说："孩子上幼儿园了，每年享受国家补贴 1000 块钱呢! 乡里、村里一直对我照顾，给我丈夫在外面介绍了工作，我家去年脱了贫，日子还是过得下去的。"临走时，叶凤鸣嘱咐她，一定要好好培养孙女。

…………

党委、政府对全县贫困群众的关心和高度重视，使全县脱贫攻坚成效明显。

精准扶贫、脱贫攻坚是一项浩大的工程，上至党中央、国务院英明决策领导，下至省、市、县各级和对口帮扶单位，对这项国家头号的民生工程，倾力倾为，人民有目共睹。

7月21日上午，烈日炎炎，热浪滚滚。时任省委组织部副部长、省委老干部局局长夏小飞不顾38℃的高温天气，风尘仆仆赶赴宿松县柳坪乡柳坪村调研精准扶贫工作。

还未到柳坪乡，夏部长不停地向同行的县委书记王华询问："乡基本情况是什么样？精准扶贫工作进展如何？扶贫和集镇建设方面遇到哪些困难？……"经实地走、听、看，夏部长对柳坪乡精准扶贫工作给予肯定，同时对遇到的困难，表示提供相应的支持和帮助。

夏部长说："精准扶贫重在精准，要扶真贫，及时掌握贫困户现状，确保动态调整的对象识别精准，进入程序规范；精准扶贫要真扶贫，想贫困户所想，帮其解决困难，多出硬招狠招实招，把工作做细致做扎实做到位，要用好用活各类扶贫政策，盘活现有资源，借势发力，促进全面脱贫；坚决打赢脱贫攻坚战，完成时代赋予的扶贫使命，牢记党的嘱托、人民的期盼，立足长远发展，不断壮大村级集体经济，为稳固脱贫、预防返贫布好局、设好防。"

同一天，安庆市张副市长来到宿松，在隘口乡小圩村调研精准扶贫。在村综合文化服务中心、文化广场、脱贫攻坚作战室，张副市长查阅了扶贫相关资料，听取了小圩村主要负责同志关于脱贫攻坚工作情况汇报。他随机抽取了二房组罗英，枫树组罗赶学、罗学明，朱屋组朱才振4家贫困户进行走访。张副市长对照扶贫手册，对每户致贫原因、帮扶措施、帮扶成效及相关扶贫政策等情况分别进行了询问。贫困户满意的回答让张副市长非常高兴。他鼓励他们要树立信心，克服困难，早日实现脱贫致富。

对发展村级产业，张副市长说："村级产业事关长远，确保可持续发展，一定要因地制宜，选准选好本村适合的产业。根据小圩村实际，建议在农林经济上做文章，驻村扶贫工作队、村'两委'班子借助政府产业扶持的大好时机，做出示范效应，做到以点带面，带领贫困户闯出致富新路子。"

省、市各级和帮扶单位对宿松精准扶贫大力帮助和支持，加快了宿松脱贫步伐。

五

在很多人的印象里，"脱贫攻坚"一词仅停留在字面意思上，或者常见于新闻报道中，并没有太深的感受，而对于奋斗在脱贫攻坚一线的人来说，他们每天的工作几乎都是围绕脱贫攻坚展开——一次次进村入户走访，他们承载着贫困户期盼脱贫致富的希望；一份份扶贫手册填写，字里行间倾注的都是他们的心血和汗水。

金秋十月，走进宿松县佐坝乡、许岭镇……许多鲜为人知的故事让人唏嘘不已。

今年 29 岁的胡俭是佐坝乡扶贫专干，每天的工作十分烦琐，不仅要入户走访，了解帮扶对象的情况，还要对佐坝乡 14 个村的村级集体档案进行仔细清理，使档案规范化。

“自到乡扶贫站工作以来，整天都是与上级各部门、下辖的 14 个村 60 余位村干部，还有 2233 户 7541 位贫困人口打交道。”与胡俭交谈中，得知他工作压力大。“精准扶贫是一项多层面的工作，既要考虑扶贫政策的宣传与落实，又要考虑贫困户致贫原因因户施策，更要考虑帮扶对贫困家庭带来的实效。只有常入户、多谈心，一丝不苟地做好每一项，才能胜任这份工作。”

“今年 6 月，为迎接省里督查，乡扶贫站要查看各村精准扶贫档案，对发现的问题要立即纠正整改、补缺补差。由于这项工作量大、事多，白天没有时间，只能安排在夜间，每晚要跑两个村，加班到凌晨两三点是常态。”胡俭说。

“那是在督查前夕，我与乡扶贫站一位同事到已出列佐坝村查看村级集体档案，9 点的时候，我正逐条逐项核对，突然感觉有点不对头，鼻子里好像有什么东西往外流，原来是鲜红的鼻血一点一滴落在台账上。这是连续一周的‘白加黑’工作，天气又闷热，休息时间少，抵抗力下降所致。”

胡中游是宿松县水产局长江渔政站副站长，2017 年 3 月被派到下仓镇望墩村担任第一书记、扶贫队长。初来乍到，胡中游对村里的情况不甚了解，于是便开始摸底走访。村里 155 户 485 人建档立卡贫困户和近几年已脱贫的 72 户 288 人，这几个数字牢牢地印在他的脑海中，怎样帮助他们脱贫致富及脱贫不返贫成了胡中游常常思考的问题。精准识别每位贫困户致贫原因，胡中游边宣传国家扶贫政策边落实精准扶贫措施，因户施策，鼓励贫困户走产业发展之路。

村民徐良学养殖水蛭连续几年亏损近 500 万元，萎靡不振。胡中游上门找他谈心，做他的思想工作，帮他解开心结。种植油茶不顺的严交龙、大学毕业要找工作的胡华栋、要落实帮扶政策的汪延学……总之，村里大大小小的帮扶工作，从养鸡、鸭、鹅、猪、牛、羊等发展特色产业，介绍贫困户居家就业，到帮助他们解决因病救助、孩子上学教育资助、光伏发电等等，胡中游整天忙得不亦乐乎！

“中游，你就在家门口工作，两个月没来看我了，有那么忙？”77 岁的爷爷对孙子没去看他有意见。

“要想富，先修路。”胡中游正在落实村里四条主要道路的硬化，为村小学争取教育资金，应村民的需要建村级文化广场，让村民们有一个唱歌、跳舞等娱乐的地方。

胡中游深知等不是办法，干才有希望。虽然村里的贫困人口越来越少，但现在还有 83 户 200 人仍未脱贫，他的工作还是不能有丝毫放松，要巩固现有成效，进一步提高项目收益，争取让村民都过上富足的好日子。

“你这整天忙扶贫，都没时间谈恋爱了。”今年 25 岁的胡欢欢从去年考到许岭镇为扶贫专员以来，一心扑在扶贫工作上，每天忙着填报表、学政策、给群众答疑解惑……自己的私人时间极少，别说谈情说爱了。同事们经常笑着调侃她。

胡欢欢一个刚出校园的大学生，要完成扶贫专员这样一个角色的转换，开始确实有些不适应。“以前我对扶贫方面了解得很少，仅限于新闻里的只言片语，干上这行，我就努力学习相关政策文件，加上同事们的帮助，现渐渐好转。”

胡欢欢入职不到 3 个月的时间，精准扶贫相关政策她已了然于胸，不仅弄懂吃透，还用群众习惯的方式表达出来。宣传和落实帮扶政策，写材料、填报表、解答等都是她的“活”。她还要对贫困户帮扶情况进行了解，掌握第一手信息和数据。镇扶贫办人少事多，脱贫材料都需经他们登记、报送，工作量相当大，除了吃饭和上厕所，工作日里他们几乎没有休息，加班加点是常事，最晚的一次，胡欢欢和同事们熬到凌晨 2 点。“我父母现在已经习惯我加班不回家了，要是有一天我回去陪他们吃晚饭，他们都会觉得吃惊。”胡欢欢笑着说。

虽然工作辛苦，压力也比学生时代大，但开朗的胡欢欢表示，一切都在可承受范围内。同事和家人对她的付出也都看在眼里，他们默默在身后支持她，这也让她更有信心做好扶贫工作。

…………

精准扶贫、脱贫攻坚是一场无声的战争。党中央、国务院一声号令，吹响了全国13亿人民千军万马、龙腾虎跃、砥砺奋进，奔赴脱贫攻坚战场第一线伟大征程进军的号角，让全国所有贫困户看到了希望。

践行习近平总书记“全面建成小康社会，13亿中华儿女携手同行在社会主义康庄大道上，过上幸福美满的日子”，当代中华儿女正昂首阔步在精准扶贫、脱贫攻坚“新长征”的道路上，为实现中华民族伟大复兴的中国梦谱写一曲新的赞歌。

趾凤乡吴河村黄春来老人说：“如果没有今天国家这么好的政策，我们大山里这些贫困户日子真不知怎么过啊！现在可好了，看病基本上自己不用花钱，是国家给，像我们五保户生活政府全包，国家就是我们的靠山！”朴实的话语，让我看见了一位山民发自内心的开心和满足。

夕阳西下，老人的身后，是阳光照耀的树林、田野、大山、岩石和清泉，以及那些千娇百媚的花花草草。这是人间天堂啊。如今，人们已经将天空的广阔还给飞鸟，让大地的肥沃养育花草。而山泉，每一朵浪花都折射出太阳的光辉，就让它们无尽地流淌、欢快地歌吟。一块块石头似乎有了温度，似乎也开满了花朵。

教育扶贫的“松兹路径”

王会光

宿松县陈汉乡九登山村山谷里村民居住地一隅

“教师队伍是打赢脱贫攻坚战的骨干力量和中坚力量。抓好教育扶贫工作对于实现高质量‘县摘帽’，起着至关重要作用……”2018 年 9 月 6 日，宿松县委书记王华在全县教育扶贫攻坚月动员大会上说。

近年来，宿松县把教育扶贫作为脱贫攻坚的主战场，是县扶贫十大工程之一。该县坚守“扶贫先扶智，治愚先治教”，让全县贫困村、贫困家庭的孩子上学不落一人为底线，开出一条“教育资助、控辍保学、教师帮扶”教育扶贫路径，打响了该县脱贫“摘帽”教育扶贫攻坚战。

教育资助伸出了“橄榄枝”

巍巍九登山，秋日里颇为壮观，让人赏心悦目。

“如果不是国家这么好的政策，我家 3 个孩子哪念得起书啊!”近期，来到九登山村，听到该村大湾组贫困户洪继春对国家教育扶贫道出内心话。他家属于重度贫困户，他和妻子重病，3个孩子读书，下学期开学伊始，一个大学、一个初中、一个小学。每个孩子每年享受国家教育扶贫资助分别是4000元、1250元、1000元，计6250元。这对一个非常贫困的家庭来说，是一笔不小的数字。另外，他的大女儿还享受每年8000元大学助学贷款。

这怎能不叫洪继春感怀呢？

但这只是该县实施教育扶贫的一个缩影。

近年来，该县为把教育资助扶贫政策落到实处，建立了“学段全覆盖、对象无遗漏、标准最高档、项目可叠加、结果全告知”教育资助长效机制。该县做到了精准识别、数据准确、精准资助不落一人。同时，抓政策宣传、信息反馈、督导考核。

“各村建立了教育扶贫学生资助台账，把所有建档立卡贫困学生资助情况记入扶贫手册，并在村宣传栏和贫困户家庭墙壁上张贴明白卡。”县教育局扶贫办高主任介绍说。

该县对建档立卡贫困学生资助金分学期足额打卡发放。各学校及时将“告知书”送到贫困户家里，放入扶贫包。同时，各学校都建立了学生资助台账，专人专柜管理。

据了解，2014—2018年宿松县累计发放各类教育资助资金1.3亿元，受助学生17.88万人次，办理信用助学贷款26365笔，累计1.85亿元，实现了应助尽助，提升了贫困学生家庭获得感；投入3.43亿元改造薄弱学校软硬件建设，农村教学点在线课堂覆盖率和全县235所学校食堂供餐率均达100%。

控辍保学不落一人

冬日里的阳光洒在大地上，一片温暖。

2018年下学期，刘玲又回到洲头初中教室里，正襟危坐认真聆听老师讲课。包保联系人蔡庆玉、江小艳、凌鹰脸上露出了满意的笑容。

洲头乡包村干部曹启龙讲，家在该乡小瓜村渔业组6号的刘玲，12岁，家里条件不好，是2014年建档立卡贫困户，其父母有浓重的传统思想，认为女孩读书没多大益处，加上孩子思想消极，导致辍学。

“谢谢伯伯、叔叔、阿姨们反复到我家，想办法帮我家解决实际困难，让我重新回到学校!”从孩子的话中可以看出县、乡、村各级和教育主管部门对辍学生是何等重视和无微不至的关怀!

近年来，宿松县不让一个孩子因家庭经济或学习困难而失学，出台了做好义务教育阶段学校学生“控辍保学”等措施。还在机制上有创新，实行“控辍保学”一把手负责制，落实校长包校、班主任包班、教师包人“三包”责任机制，同时建立监测报告机制、劝返机制、问责机制、双线目标责任机制和帮扶救助机制。以“一人一案”“一户一策”精准建档并实行台账销号。在制定辍学生方案、特殊教育、关爱贫困生、帮扶“厌学生”、贫困家庭子女读书上，做到“5 个精准”，有效帮助辍学生早日复学、开展送教上门、解决贫困学生家庭困难和实际问题。

“要通过行政控辍、扶贫控辍、质量控辍、情感控辍、依法控辍、保障控辍等多种手段多管齐下，共同发力，让义务教育阶段学生‘一个都不能少’，进得来、留得住、学得好，确保各类贫困家庭适龄儿童、少年‘零辍学’。”为坚决打好教育扶贫攻坚战，该县教育局局长吴云涛就落实做好教育扶贫工作多次讲话。

宿松县一整套“控辍保学”规定动作，形成了县、乡、村、组层层联动四级防护网，打通了“控辍保学”最后一公里。今年，宿松县劝返辍学生 91 人，实现了建档立卡贫困户孩子零辍学。

教师帮扶锦上添花

宿松教师帮扶贫困学生场景

滚滚长江东逝水，演绎了多少真情故事。

“老朱！回来啦！”

“嗯！回来了！”

“身体近来还好吧？”

“谢谢你的关心，还好！”

…………

这是县教育局扶贫办的孙继华在复兴镇长江边他的帮扶联系对象朱华阳家入户走访时的一幕。

时年 52 岁的朱华阳，家在复兴镇王营村东营组，前些年因两个儿子上学，夫妻两人仅靠务农所得收入支撑，生活一度贫困。孩子毕业后工作，他家于 2015 年脱了贫。他很勤劳，父亲是抗美援朝英雄，家有 20 亩田地，农忙时跑运输，拉小麦、菜籽和稻子，平时还带乡亲们到九成务工干农活……孙继华入户时常与朱华阳促膝谈心、拉家常。

宿松县千名干部下基层，全面吹响了全县教师扶贫的号角。

不论是活动日还是帮扶日，街头巷尾、田间地头到处闪现着他们的身影。他们带着让扶贫户早日脱贫的共同心愿，跋山涉水，不辞辛劳联系着、帮扶着……融洽与对象户的关系，与他们同吃同劳动，体验生活、加强沟通。

全县 4503 名教师帮扶联系人，遍布全县 22 个乡镇 207 个行政村，还有驻村干部 24 个、帮扶包保专班 90 余人。他们联系、帮扶着 20374 户贫困户，占全县总贫困户数一半以上。

不论是陈汉九登山、长铺“四老”、汇口三兴等专班，还是一个个帮扶联系人，本着“缺什么补什么”原则，他们履行着自己的职责和使命。

县教育局帮九登山村创新扶贫模式，采取局机关干部+校长+学校“1+1+1”模式，增强该村教育扶贫攻坚力量，做到干部和学校扶真贫、真扶贫，不脱贫、不脱钩。他们还与乡里一道“消灭芭茅山，打造万亩产业园”……

王风伍，汇口镇三兴村王墩组贫困户，其子王仔恒，6 岁，肢体一级残疾。专班了解到他康复治疗期间未入学，积极行动，让其有所学。班长吴灼平为一位对扶贫政策有模糊认识的贫困户，耐心细致、不厌其烦解其心结，使他消除误会，提升了他对该专班的满意度。

在长铺镇横山村，扶贫专干余林舟说：“教育上的‘四老’专班对群众有爱心、有耐心，工作有经验、有方法，真心实意帮助群众解决难题，村民对他们很满意。”

…………

细问、细听、细记、细查、细访，这就是教育系统帮扶联系人和专班的帮扶“密码”。

“要做到细心、耐心、推心‘三心’，务必要村不漏户、户不漏人、人不漏项，发现问题、研究问题、整改问题，户户到、事事清、不过夜。”这是他们的坚守。

为教育扶贫呐喊助威、加油鼓劲，《扶贫路上的帮扶二人组》《扶贫不是任务，是人生不可多得的财富》《扶贫路上，感动相随》《扶贫路上的花木兰》……一篇篇倾注教育扶贫的感人故事飞出系统内外。他们还开办扶贫夜校扶贫先扶智……

“为民做事不论事多事少，只要尽职做好，老百姓满意，就是对我们党员干部最好的肯定。”这是驻村帮扶干部虞晓红心系群众，战斗在教育扶贫一线的心声。

教育扶贫串串印记，为该县脱贫摘帽锦上添花。

教育扶贫专班，让松兹大地美丽如花

黎泽斌

“千名干部下基层，访完东组进西村。扶贫资料细细看，帮扶政策样样清。助残扶弱用真情，访寒问苦暖人心。撸起袖子加油干，不忘初心助脱贫。”这是宿松县教育扶贫专班在全县各村日常工作的真实写照。

——引言

2018 年 9 月，为实现“户脱贫、村出列、县摘帽”脱贫攻坚目标，宿松县委、县政府采取“千名干部下基层、吹响攻坚冲锋号”的重大举措。根据上级部署，宿松县教育系统共派出 23 个驻村扶贫工作专班，全面进驻该县陈汉九登山、二郎三冲、凉亭紫庵、高岭社坛、千岭平岗、五里万元、汇口三兴等 23 个贫困村，正式参与到脱贫攻坚工作中。

两年多来，宿松县教育系统扶贫专班以满腔的热情、顽强的斗志、务实的作风，全身心投入脱贫攻坚工作中，将奋斗、希望、胜利等美好的种子撒遍宿松大地，让广阔的松兹大地处处绽放文明、智慧、理想的花朵。

奋斗之花：千淘万漉虽辛苦，吹尽狂沙始到金

熟练掌握和理解扶贫相关政策与措施，是专班顺利开展工作的重要前提。为此专班专门召开了业务培训会，认真研读工作指南及脱贫攻坚应知应会手册，钻研扶贫政策，明确工作思路，找准工作重点；每天入户前都要对走访对象作全面了解，听取村负责片干工作建议，针对不同类型的对象采取不同的入户对策，做到有的放矢；走访后又要及时召开碰头会，总结工作中

的不足，虚心向乡村干部请教，不断提高业务水平。

每天，专班成员们都要带着厚厚一沓农户摸底信息等相关数据表，敲响一家家大门，进行一项项询问、一条条核实、一户户记录，摸排、核实、汇总。每一个数据都必须精确，每一项工作都不能马虎。对核查中发现的有关“两率一度”“两不愁三保障”“十大工程”“控辍保学”及基础资料建设等方面的问题，及时召开乡、村两级会商会，查摆问题、建立台账、落实到人、逐户销账。“大热天头顶烈日，脚踏荒野小径，汗水顺着头发、脸颊滚落，淌进眼睛里蜇得直流眼泪，衣服被汗水浸透贴在身上，脚底也磨起了水泡，但依然阻挡不了我们前进的步伐……”佐坝乡得胜村专班成员吴清在扶贫日记里这样说。

“与村民的沟通，必须注意方式方法，一定要真诚、耐心。”作为高岭乡社坛村专班班长的县教育局副局长谢雯这样叮嘱大家。在对该村进行核查时，专班发现许多村民对扶贫政策存在误解，甚至有不少村民对乡、村两级的工作有对立情绪。针对此类现象，专班在走访中不是简单记录走过场，而是耐心细致地做好政策宣传和解读工作，扮演好群众与乡村干部沟通的桥梁角色，积极反馈村民急需解决的实际问题，做好脱贫攻坚工作的宣传员、调解员，力所能及地化解矛盾、消除误会，大大提升了群众对扶贫工作的知晓率和满意度。

“千淘万漉虽辛苦，吹尽狂沙始到金。”各教育系统扶贫专班正是本着“站在群众角度看问题、想问题、解决问题”的思路，克服了重重困难，密切联系群众、深入群众，获得了最真实有力的数据，让勤勉务实的“奋斗之花”怒放在脱贫攻坚的最前沿。

希望之花：登山则情满于山，观海则意溢于海

扶贫先扶智，治贫先治愚。各教育专班都特别关注贫困家庭子女的受教育问题，以核查教育资助按时发放、安排人员进行学习辅导、关爱贫困家庭子女心理等方式，多措并举开展教育帮扶，千方百计阻断贫困代际传递。“我村教育扶贫实现了贫困户子女资助从幼儿园到大学的全覆盖，全部发放了教育资助明白卡和打卡告知书，共资助 59 人，按寄宿生活补助、免学费、补助等形式打卡发放了 52725 元资金，建立了建档立卡贫困户子女教育资助台

账。”长铺镇横山村村支书余立新说。2019年8月底，该村已资助贫困户余新春家1.5万元、张会萍家0.8万元，共资助特困大学生20余人，助学金达5万余元，确保该村无一名学生因家庭困难而失学。

横山村教育专班开展扶贫资料核查

扶贫需扶智，但更要扶志。各教育专班努力影响着贫困群众的思想观念，帮助他们重拾生活信心。千岭乡平岗村村民张某春患有白血病，妻子患有心脏病，两个孩子都在读书，疾病和贫穷让这一家子陷入了困境。“老张啊，你一定要勇敢地战胜病魔，一定要让孩子读书，要斩断穷根!”教育局党委委员郭方瑞把该村最困难的这一家作为自己的结对帮扶对象，多次上门慰问、鼓励他们，每次都要带上一些物品。他还积极争取到爱心企业老板对该家庭的结对帮扶，为张某春家筹集了助学金2万多元，给这个贫苦的家庭带去了希望。河塌乡兴岭村教育专班结合该村实际情况，共组织了十几场扶贫夜校，用播放视频和图片的视觉手段，大力弘扬中华民族自强不息、艰苦奋斗的传统美德，倡导现代文明理念和生活方式，让贫困群众改变“等、靠、要、懒、散、闲”的观念；用通俗易懂的语言大力宣传国家扶贫政策和其他相关政策，让贫困群众认识到有政策支持，有资源倾斜，有力量帮助；宣传脱贫工作中涌现出的典型人物，传授种植、养殖技术，帮助贫困群众拓宽思路，增强脱贫致富的内生动力。

“登山则情满于山，观海则意溢于海。”各教育专班全身心投入扶贫工作中，倾注着全部的心血和火热的情感，通过“智志双扶”等方式，将幸福美好的“希望之花”根植于贫困群众的心田。

胜利之花：黄沙百战穿金甲，不破楼兰终不还

进村后，各教育专班均要组织召开村“两委”扩大会。结合年度脱贫攻坚工作任务和村情实际，专班与村“两委”常态化走访贫困户，开办扶贫夜校，了解贫困户需求，因户施策制定帮扶计划，确立问题清单，逐个整改落实。在调查中发现的问题，属于基础问题的都要求立行立改；其他问题通过会商讨论，分别安排专人负责落实，难点问题集中力量或争取上级支持共同解决。

群众利益无小事。二郎三冲专班高度重视该村村民的吃水问题，多次召开村民组长会，同镇村干部、驻村工作队举办6次扶贫夜校，与老百姓面对面探讨解决问题的最佳途径；多次联系当地政府和自来水厂，现场考察、规划、落实，终于解决了该村村民的饮水问题。柳坪乡龙河村专班针对该村耕地少、林地多的现状，多方争取到资金30万元，对该村茶园进行升级改造，帮助购买茶叶烘干机等生产设备，发展壮大村级集体经济，安置20多家贫困户务工，使他们每年可获得近3000元的收入。为了保证贫困户脱贫形成长效机制，各专班还协同村“两委”引导贫困家庭与当地种粮大户、爱心企业签订产业帮扶合同，通过入股分红的方式帮助他们增产创收。

“我们要按照精准扶贫工作的相关要求和部署，有序推进各项工作，真正发挥教育扶贫专班的作用！”这是县教育局党委书记、局长吴云涛进驻陈汉乡九登山村扶贫专班后说的第一句话。九登山村是全县海拔第二高的深山村，与太湖县交界，距离宿松县城近百里，山路崎岖艰险，环境艰苦恶劣，系该县有名的山区贫困村。进村唯一的公路到处坑坑洼洼，好几处被山洪冲

万元村教育专班成员与村干合影

毁，给村民出行带来极大不便，严重制约了该村经济发展。在县教育局的大力支持下，专班争取资金3300多万元，加快路、水等基础设施的建设，使全村实现了组组通水泥路。该村山腰山坳散居的群众到了晚上出行无照明，县教育局又筹资33.6万元为该村安装路灯110盏，使该村各组实现了路灯全覆盖。如今，每到傍晚时分，该村公路某段就会华灯初放，成为山村一道美丽的风景……

“黄沙百战穿金甲，不破楼兰终不还。”无论困难有多大，无论工作有多难，教育专班都是竭尽所能、尽心尽力去解决问题，不获全胜决不收兵，让欢欣鼓舞的“胜利之花”绽放在广袤的山乡原野。

脱贫攻坚的路上，宿松教育系统扶贫专班心怀梦想、脚踏实地、勇于担当、有所作为。23个教育专班就像23朵盛开的鲜花，散发着炽热与忠诚，传播着希望与理想，辐射着文明与智慧，让松兹大地处处焕发出勃勃生机！

产业扶贫遍地开花结硕果

王会光

提起安徽宿松产业扶贫，人们自然会想到铁寨的柑橘、荆安的土鸡、横山的油茶、长铺的草莓、马塘的红心火龙果、桃园的蓝莓……

长铺镇是畈区大镇，有“粮仓”之称。6 个村（社区），271 个村（居）民小组 35576 人，2014 年建档立卡贫困户 1620 户 5381 人。

近年来，长铺镇把产业扶贫放在首位，实施“一村一品”战略，稳步推广“四带一自”产业扶贫模式，由镇园区、龙头企业、农民专业合作社、能人大户或家庭农场带动和贫困群众自我发展，调整种养结构，使产业扶贫成为长铺镇的亮点，遍地开花结硕果。

发展养殖业，致富一帮人

2018 年 12 月 19 日，棚外朔风凛冽，寒气逼人，棚内温暖如春。走进养鸡大棚，日光灯下，里面上万只小鸡叽叽喳喳叫个不停，让人顿感养殖规模之大。

这是在长铺镇荆安村养鸡大户曾明保养殖基地看到的一幕。

“我是去年在村里帮助下开始养鸡，有 2 个大鸡棚，面积 2600 平方米，年出售肉鸡 7 万多只。”曾明保说，“鸡苗和饲料由安庆立华牧业公司统一提供，统一技术指导，统一收购。”

据了解，每只肉鸡能赚 3 元左右，曾明保全年可获利 20 多万元。

曾明保靠自己的勤劳，不但自家于 2017 年脱贫，而且在致富的路上，帮助周边村民脱贫致富。

在他的养鸡场干活的贫困户，一年能挣四五千元。今年62岁的杨大友，是荆安村杨屋组的五保老人，他在曾明保养鸡场做临时工，一年下来能挣3000多元。

荆安村养鸡大户曾明保养殖基地一角

长铺镇采取“公司+合作社+农户”模式，大力发展以鸡、牛、羊、猪养殖为主导的特色产业。近两年，仅荆安村投资近100万元，建有7个肉鸡养殖大棚，年养肉鸡18万只，入股村祥和养殖专业合作社的农户占村户数20%，户均养鸡超过200只，带动贫困户210户，每户获利2000元。

大棚遍地开，脱贫不用愁

长铺镇发展种养产业随处可见，猪、牛、羊、鸡养殖基地和蔬果大棚遍地开花，成为该镇百姓脱贫致富的好帮手。

2015年，该镇长铺社区流转土地1000余亩的宿松县美丽洲生态农业园，就是以大棚蔬菜瓜果种植、苗种培育、休闲、采摘、观光为一体的综合农业园，有各类大棚200多个，年产蔬果近万吨。基地带动贫困户281户。

长铺社区美丽洲生态农业园农技员在大棚基地

“基地蔬果种植500亩，标准大棚300亩。同时，还有20亩苗圃，年培育优质蔬果苗500万株。”基地负责人石长应说，“基地采取土地入股方式，带动周边乡亲们发展，平时贫困户在基地务工，年终分红。”

“我家今年能脱贫，美丽洲生态农业园帮了大忙啊!”该社区临畈组的贫困户洪玉姣说。由于她老公残疾，儿子尚小，家里没有什么收入来源，自她到农业园基地干活，一年有近 3 万元的收入，她家于 2018 年脱贫。

长铺镇大力发展大棚产业经济的示范效应，成为“长铺现象”。

在横山村铁西组，一处新的农业采摘观光园展现在人们眼前。随着轰隆隆的推土机声，白色似蒙古包的大棚如雨后春笋般见长。

“宏业生态果园是去年动工，采取‘合作社+农户’模式，已建成大棚 28 处，后期打算再建 40 处，带动村民共同发展，脱贫致富。”合作社老总何张明介绍说，并对发展前景充满信心。

该村祝塘组贫困户杨新林夫妇在基地务工，年收入过万元，今年顺利脱贫。

栽下“摇钱树”，结出“开心果”

要想为贫困户群众拔掉“穷根”，必须得同时栽上产业的“富苗”。

该镇铁寨村 37 个村民小组，1185 户 4400 人，2014 年建档立卡贫困户 210 户 670 人，国土面积 15 平方千米，耕地面积 3435 亩，山场面积 5250 亩，土地、山场资源丰富。境内有丰富的铁矿资源，但该村仍大力发展油料、棉、经果林产业。又甜又香又出名的铁寨柑橘就产自这里，是村民脱贫致富增收的重要渠道和路径。

铁寨村硕丰柑橘种植专业合作社社员采摘橘子

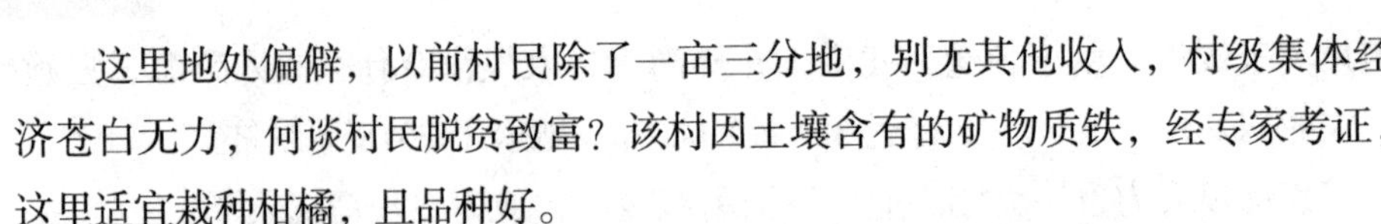

这里地处偏僻，以前村民除了一亩三分地，别无其他收入，村级集体经济苍白无力，何谈村民脱贫致富？该村因土壤含有的矿物质铁，经专家考证，这里适宜栽种柑橘，且品种好。

为改变贫穷落后面貌，20 世纪 70 年代，该村率先在全县栽种柑橘，是第一个吃“螃蟹”的村，铁寨村由此出名。

开始在几个村组小规模种植，后发展为全村普遍开花全覆盖大规模种植，柑橘已成为该村主导产业和村民脱贫致富的“摇钱树”和“开心果”。 该村刘畈组史江贵，因病致贫，父子二人是 2014 年建档立卡贫困户。村里帮他发展柑橘种植，有了产业，他家于 2016 年脱贫，今年 4 亩橘园，收益近 5 万元。

据村支书张玉华介绍，村里采取“宿松县硕丰柑橘种植专业合作社+农户”的模式，为柑橘种植户服务。目前，该村有 300 多户种植柑橘，规模有 500 多亩，亩产量高的有上万斤，出园价一般在 2 元至 2.5 元之间，柑橘供不应求。

种好火龙果，培育“乡村游”

“采摘观光+乡村游”是近年长铺镇产业发展又一大亮点和在全镇悄然兴起的时尚产业。

位于马塘附近五桃公路旁的火龙果生态园，是该镇马塘村新建组回乡创业青年杨进芳采取“公司+专业合作社+农户+乡村游”模式创办的。

2015 年，她注册成立安徽省样样红农业发展有限公司，依托家乡气候、肥沃土壤、自然资源和潜在的消费旅游市场，打造“采摘观光+乡村游”红心火龙果休闲、观光生态农业园基地，发展家乡采摘观光乡村旅游业，带领当地村民脱贫致富。

马塘村红心火龙果休闲观光生态农业园游客采摘场景

“基地内不但有红心火龙果、葡萄、黄桃、草莓、砂糖橘果园，而且有山、有水，有供休闲观光养殖的野鸡、景观长廊带，还可垂钓。人们边采摘边欣赏音乐、边观光游玩。”杨进芳说，“基地将扩大乡村游规模，开设农家乐，建成吃、喝、住、游、玩一条龙全方位服务综合性农业休闲观光娱乐园。”

目前，该采摘观光果园面积100多亩，红心火龙果大棚34个，面积30亩，年产量3万斤，产值40多万元。据了解，今年前来采摘观光游玩的有近万人次，且带动周边贫困户和乡亲们受益。

“我在红心火龙果园务工，年收入达万元，我这个60多岁的老头子，如果不是在这里，到哪里去挣这笔钱?”该村新建组贫困户杨贤德老人，有一个七口之家，一度贫困。他到果园干活，增加家里收入，2017年脱了贫。

念好山林经，脱贫助攻坚

长铺镇是田地资源丰富的农业大镇。该镇在激活山林资源，帮助当地村民发展山林产业，打好生态牌、做活山场文章、助力脱贫攻坚上，迈出了新步伐，找到了新路子。

近年来，该镇用足用活政策，让沉睡的山林经济复苏，发展苗木花卉、油茶种植、经果林农业、山林绿色养殖……这些成为当地村民脱贫致富的阳光产业。

如铁寨阳光家庭农场带动农户149户，马塘美智农林有限公司带动农户125户，桃园农林有限公司带动农户121户……

横山村新神农生态油茶基地工人劳作场面

村民及贫困户在滋申农林综合开发有限公司基地务工

横山脚下的安徽滋申农林综合开发有限公司创办的宿松新神农生态油茶种植专业合作社，采取“公司+合作社+农户”模式，带动周边村民及贫困户发展山林经济，科学开发利用山地。目前，该基地种植油茶2000多亩，还有苗圃基地，培植油茶苗和其他苗木。同时，散养山林土鸡、山羊、猪、牛……走生态立体种养之路，推行循环经济，发展生态农业。

“基地忙时有80多人，平时30多人务工，都是本地的乡亲们和贫困户，他们在这里务工可兼顾到家庭，我从来不差他们的工资。”基地创始人余春枝说，“这里的土鸡、油茶是纯天然绿色食品，绝对环保。”

家在横山村小屋组的贫困户李引姣说：“我在油茶合作社打工多年，一年有上万元收入，这要感谢理事长余春枝啊！她待人好，对我们像家里人一样。”

余春枝在横山脚下创新“小老板+扶贫”模式，助力脱贫攻坚，曾获“安徽省劳动模范”和“安徽省三八红旗手”称号。

做大做强茶产业文章

——对宿松县发展茶产业调查

王会光

宿松县背靠大别山，柳坪、陈汉、北浴、趾凤等茶基地山高云绕，空气新鲜，拥有良好的产茶自然环境。该县盛产的“柳溪玉叶”“宿松香芽”“宿松雨兰”等茶叶品质超群、香高悠长、滋味鲜醇，饮后回味甘甜，齿颊留香，是品茗或赠客的上等佳品。

得天独厚的山林、丘陵、土壤、气候等自然条件，为该县茶产业的发展提供了难得的理想场所。该县成立茶叶种植专业合作社，做强做大该产业。如柳溪玉叶，曾多次获中国农业博览会金奖，2012年获得中国（安徽）农博会金奖，现作为安徽省宿松县唯一的全国名茶被收录于我国“九五”精品图书《中国名茶志》。

近年来，宿松县大力发展茶产业，全县茶园种植面积2.87万亩，在脱贫攻坚道路上通过茶产业扶贫，帮助农民走出困境。笔者对该县黄大村茶叶种植专业合作社进行过调查，2016年该社带动57户198人脱了贫，走出了困境。

入社：提高贫困户收入

专业合作社采取“专业合作社+农户+股份”的形式，实行“以社带户”提高农户收入。入社农户以专业合作社担保，银行授信予以小额贷款，农户以此入股，可在专业合作社分红。“我在银行小额信贷5万元，在茶叶合作社入股，3年分红有1万元，另外自己在合作社茶厂做事，年收入2.2万元，家里还有3亩茶园，茶叶纯收入每年近3万元。”贫困户姚焰青对我们说，

"没有成立茶叶专业合作社以前，我们这里主要种植水稻、小麦等农作物，有了合作社，我就入社种茶树，收入比种水稻、小麦好多了。"姚焰青只是黄大村入股该村茶叶种植专业合作社贫困户受益脱贫中的一人。

该村贫困户们纷纷加入茶叶种植专业合作社，户户收入都不同程度有了提高。

目前，全村有 52 户社员 235 人加入了茶叶合作社。对茶叶专业合作社的好，熊祥新说："入社社员家年收入最高可达 10 万元，最少也可得到 3300 元的实惠。"

办厂：延伸合作社茶产业链

"我们茶叶专业合作社流转茶园有千亩，以种植白茶为主，还有龙井茶等品种。"理事长熊祥新说。

为延伸合作社茶产业链，提高茶产业附加值，"近年来，合作社在 2009 年村茶厂的基础上，加大投入，更新设备。现总投资 200 多万元的先进加工制作硬件，在全县茶厂是一流的。"村主任兼合作社副理事长张礼兵向我们介绍。

专业合作社有自己的制茶厂，形成了茶叶产、供、销一条龙产业链。通过自产、自行加工制作、自销，同时，一些贫困户社员在合作社茶厂打工，大大提高了专业合作社的收益。

据了解，该茶叶专业合作社全年采摘、收购茶业 2.4 万公斤，4 斤鲜茶大概可制作 1 斤干茶，加工成品分上、中、下不同级别和档次。按质论价。最高档的黄金茶每斤可卖到两千多元，上等的白茶每斤价为 1260 元，一般的 400 元左右，档次低的只卖几十元，是本地城乡品茗、赠客的礼品，畅销县内外。

"合作社茶厂对外加工，按加工条茶每斤 30 元、扁茶每斤 60 元收取加工制作费，全年有一笔可观收入，将近 20 万元。"负责合作社茶叶制作加工的社员说。

创牌：扎牢合作社的根基

"为把合作社办好，茶叶品牌和质量很重要，合作社上下都在这方面下功夫、努力。”理事长说出了他心中的秘密，“我们对茶树从不施化肥，全部用有机、无公害、绿色和循环利用的猪粪作肥，去茶虫不用农药，有专用的去虫灯。申请了‘三绿食品’认证，注册了‘九井沟’‘黄大白茶’等品牌商标。”

“黄大白茶真是不错，口感好！”江浙一带的老板对该专业合作社白茶很认可。

据了解，该专业合作社采用“密植蓬生茶园”和“高等条植茶园”，实行无性繁殖茶苗移植技术。合作社对茶园规划、建设、管理是成片连块开发、统一品种、统一种植、统一技术管理。每年的10月至次年3月，选择吉安白茶、龙井3号等优良品种进行移植。

“在茶叶加工技术方面，高薪聘请浙江师傅，每年对茶农进行培训。”同行的该镇副乡长夏学兵说，“注重严格分级包装，包装盒传达本村‘西林寺’禅宗文化信息，提升该社茶的品位。同时，每年3月下旬，定有5天的‘品茶节’，加大宣传和推荐合作社茶的力度。”

帮扶：合作社背后的动力

“合作社的发展，离不开各级和相关部门的帮助和支持。”理事长熊祥新满腔坦诚。黄大村茶叶种植专业合作社成立以来，县、乡、村各级，县财政、县农委等涉农部门给予项目、设备、基础设施等方面的资助，累计有100万元，成为该社发展的最大动能。

2016年12月8日，安徽省副省长方春明到该合作社茶园基地视察调研。县委书记王华、县长王赵春及县农委等部门主要负责人多次到黄大村合作社贫困户家了解茶产业脱贫致富情况。

上级领导的关心和支持给了黄大村茶叶合作社发展和贫困户社员脱贫的强劲动力。

社员朱金明，50多岁，全家6口人，妻子患病去世，是典型因病致贫户。家有2亩茶园，自产中档白茶50斤，每斤400元无销路。合作社把他家茶叶推销给了安庆福众汽车有限公司结对帮扶单位，年收益2万余元。

“合作社社员家的茶苗和技术都是茶叶合作社从上级帮扶项目资金中免费提供。”合作社茶园管理人员说，“朱金明家2016年脱了贫。”

吴旺梅，是最早加入茶叶合作社7人之一，家有8亩茶园，年纯收入近7万元。她说："有合作社与没有合作社有很大区别，不论是生产、管理，还是加工、销售，有合作社比没有合作社要强好多，我深有体会!"

发展：壮大村级集体经济

"茶产业是黄大村主导产业，是该村贫困户和茶叶合作社社员脱贫致富奔小康的主要途径。"镇党委书记王硕华说。

近年来，黄大村依托村茶叶合作社，一边扩大合作社规模，一边壮大村级集体经济，两轮驱动，让全体村民享受到合作社带给村级集体经济不断壮大给予的红利。

2016年，该村茶叶合作社按542股，村占294股、村民占248股进行第一次红利分配后，村里又对五保户、低保户近100户每户给予400元进行第二次分配，让大家共享村级集体经济发展成果。

村民杨连生，是合作社社员，60多岁，4口之家，孩子读书，典型因学致贫。他本人在村合作社茶厂务工，年收入2.2万元，妻子发挥会摘茶叶的特长，每年能给家里增添3000元收入，他家终于在2016年脱贫。

据了解，该村和专业合作社为周边村民和到合作社务工人员每年带来上百万元的实惠。

"包括土地流转费250元/亩，采鲜茶20元/斤，摘茶每年开支就达38万元左右。"村支部书记兼合作社理事长熊祥新说，"力争8年内带动全村茶叶种植面积达到人均1亩的目标，人均年增收3000元以上。2018年实现10户31人脱贫出列。"

泊湖村落果飘香

王宇平

许岭镇白云村位于泊湖之滨，是一个由 3 个村合成的全县人口最多的村，2000 多户人家，贫困户有 270 户。火龙果是热带、亚热带水果，喜光耐阴，适宜于温暖湿润、光线充足的环境下生长，通常在南方地区种植成活率高。而在白云村，有一个叫徐同春的中年汉子，把火龙果种到了宿松，选择了这个“火红的事业”，一是为了让当地百姓吃上新鲜的火龙果；二是为了独辟蹊径，为本地村民脱贫致富闯出一条新路子。仲秋的一天下午，笔者慕名采访了他。

“如果没有党的扶贫政策和安徽移动宿松分公司的帮带，我们也发展不了这么快……”一见面，徐同春就这样说。50 岁的徐同春在外打拼 10 多年，2017 年返乡创业。开始也不知道干什么好，后经过一番市场考察，决定种植火龙果。他将自己的想法向白云村“两委”一反映，村领导乐了，他们正想物色村里“小能人”带领大家发家致富呢！经协商，他们决定创办村集体种植基地，在解决当地村民就业的同时，盘活村集体经济，创建白云村火龙果种植基地，由徐同春负责具体的经营管理。他们迅速流转

白云村火龙果种植基地

土地10余亩，在村里扶持下，整地、搭棚、购苗、添置辅助设施……不久，徐同春发现资金不够用，正准备向亲朋借款时，正在白云村扶贫的宿松移动分公司领导知道了，二话没说，决定扶助资金2万元！“这钱真是及时雨呀，让种植基地的果园建设如期完工……”白云村村干部徐志勇说。

“种植火龙果可不是一件容易的事儿，在土壤、肥料、温度、湿度等方面都有严格而特殊的要求。关键时刻，镇扶贫站和帮扶单位协调有关专家前来指导，真得感谢他们。”白云村村支书徐在勤说。作为白云村扶贫对口单位，宿松移动分公司十分注重深入调研，在搞好扶贫帮困的前提下，注重“造血”功能，关注白云村村级集体经济发展情况。除了这个基地创业阶段提供2万元资助外，2020年4月初，他们再次资助火龙果基地3万元用于扩建。

火龙果种植基地塑料大棚

红心火龙果

远眺白云村火龙果种植基地，7个长8米的塑料大棚映入眼帘。进入大棚，那一株株翠绿粗壮的树枝虽不美观，但绿叶衬托下的果实越发鲜红夺目。徐同春掰开一个火龙果，笔者尝了一口，味道清甜爽口、甜而不腻，还带着一丝芬芳……

“我们的品种叫红心火龙果，含有大量维生素及微量元素，能清热解毒、生津止咳，还能润肠通便，所以很好销售，目前结出来的果实已被抢购一空，所以我打算扩大种植面积……”也许知道我们要写稿，徐同春竟打起了“广告”。但从他肯定的语气中，我们听出的是他对事业的自信和对未来美好生活的期盼。

金丝皇菊照亮脱贫路

孙春旺

2020年11月3日，在宿松县凉亭镇三德村桐元中药材种植基地里，40多亩金丝皇菊在阳光的照耀下灿烂绽放，一丛丛、一簇簇，延绵成一片炫目的金色花海。十几名工人正忙着采摘，脸上笑盈盈，心中喜盈盈。一朵朵小小的菊花就是富贵花，不仅让企业有了效益，而且让当地村民走出了一条脱贫致富的金色路。

2016年3月，土生土长在凉亭镇三德村桐元组的贺笃水，积极响应镇党委、政府号召，毅然放弃外面的事业返乡创业。贺笃水在凉亭镇党委、政府的帮助下，从村民手中流转了220亩耕地，建立了桐元中药材种植基地，成立了桐元中药材种植合作社，建起了冻库、烘干房并购买了相关加工设备，同时注册了3个金丝皇菊产品商标，走出了集金丝皇菊种植、加工、销售等于一体的产业化发展之路。

11月份，是金丝皇菊采摘旺季。桐元中药材种植基地每天都有30多名工人在忙着采摘、搬运、分拣金丝皇菊。

“以前，每到这个时候，我们都在家里闲得慌，但又找不到挣钱的门路，自贺社长回乡创办中药材基地后，我们就不愁挣不到钱了，现在我们在基地干活，每天都能挣到100多元，还能照顾到家里的小孩子。”吴荷花家是三德村的贫困户之一，通过在桐元中药材种植基地就业，她每年都能挣1万多元，去年她家顺利脱贫。

“种子、技术、管理、销售，都是贺社长一手提供服务的，现在我种金丝皇菊的信心越来越足了。”以前，张荣松家是破凉镇先觉村贫困户，今年他在贺笃水的帮扶下，种植了8亩金丝皇菊并喜获丰收。望着金灿灿的金丝

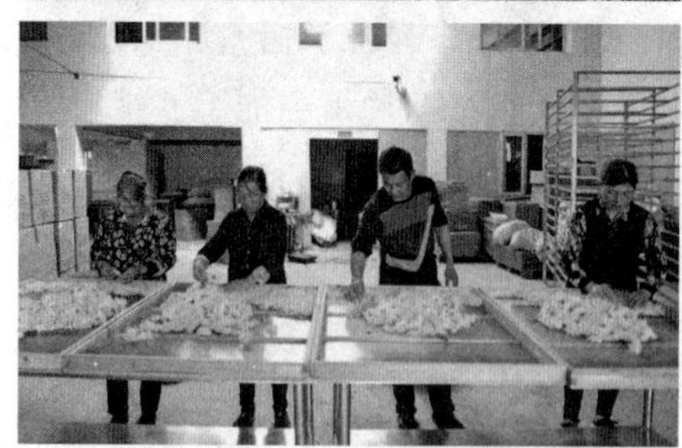

工人们忙着采摘、搬运、分拣金丝皇菊

皇菊，张荣松的感激之情溢于言表。张荣松掐指算了一下，除去工人工资和成本，8亩地的金丝皇菊能纯挣到4万多元，他准备明年种植20亩。今年他不仅种植了8亩地的金丝皇菊，还种植了20多亩地的吊瓜，有4名贫困户长期在他这里就业。

贺笃水介绍，依托建立的“合作社+基地+农户”模式，通过发展产业化种植金丝皇菊，不仅解决了当地及周边100多名贫困户的就业问题，而且带领6名贫困户走上了专业种植金丝皇菊的发展之路，他们由昔日的贫困户变身为“脱贫示范户”和金丝皇菊种植大户。

“要想有效巩固脱贫攻坚成果，必须得依靠产业支撑，只有把产业真正发展起来，才能为脱贫攻坚注入持久的内生动力和活力。”凉亭镇党委书记杨文龙说。

据了解，近年来，凉亭镇积极探索扶贫新模式，采取“合作社+基地+农户”模式，大力发展乡村产业，并根据市场变化和需要，不断培育适合当地推广的特色种养项目，全面盘活土地和劳动力等资源，帮助农民增收致富奔小康。

在桐元中药材种植合作社的带动下，如今，宿松县共建成金丝皇菊种植基地11个，种植面积达到700余亩。深秋时节，走进宿松县，生长在山头上、田野里的一片片金丝皇菊，散发着沁人心脾的清香，散发着耀眼夺目的光芒，照亮了一条条引领当地群众奔向幸福生活的脱贫路。

小菜苗撑起致富大产业

孙春旺

拔菜苗、搬菜苗、卖菜苗……门前的铁架上，摆放着各种辣椒苗、茄子苗，前来购买菜苗的顾客络绎不绝；屋后的大棚里，生长着密密麻麻的菜苗，十几名工人忙前忙后。这是2020年3月13日上午在九姑乡新安村叶上组居民叶尚球家看到的情景。

今年66岁的叶尚球，从事菜苗繁育产业30多年。他家的菜苗繁育基地共建有育苗大棚16个，占地5亩，育有辣椒、茄子、西瓜、甜瓜、豆角、

忙碌的菜苗繁育基地

菜苗繁育基地

育苗大棚

西红柿、黄瓜、丝瓜等20个种类，涵盖90多个品种的菜苗。由于他培育的菜苗质量好、成活率高、售后服务好，周边各村的农民都喜欢来他这里买菜苗。

“我育的苗不仅成活率非常高，而且品种多，光辣椒就有八九个品种，味道有中辣型的和特辣型的，形状有圆形的、椭圆形的和长形的，颜色有青的和紫的。”叶尚球说。时下是菜苗的销售旺季，他和妻子、女儿每天都忙得不可开交，最多一天要销售6万多株。今年，他一共培育了50万株菜苗，其中辣椒苗40万株，预计到5月底就能全部销售掉。

“我每年从9月份就开始忙活，到来年的5月底结束，每年都要育出30万株以上的菜苗，平均一株菜苗4毛多钱的利，效益挺好的！”小小菜苗，不仅成就了叶尚球的事业，而且让他的家庭过上了幸福的生活。

叶尚球说，十几年前他家十分困难，虽然那时也是从事菜苗繁育产业，但育苗的规模不大、市场销售的价格也低，一年下来的收入不多。在各级党委、政府的扶持下，直到2016年他家的菜苗繁育基地才形成规模，经济效益也是越来越好。

吴水军是九姑乡新安村青年农民的先进典型，他“子承父业”，2010年接过岳父发展菜苗繁育产业的“接力棒”，如今将自家的菜苗繁育基地已发展成为九姑乡规模最大的菜苗繁育基地。截至目前，共建占地10亩的育苗大棚和温室20座。今年，他共成功培育出各种菜苗80万株。

吴水军说，为培育出优质的蔬菜种苗，这几年他没少“折腾”。在新建17座钢架结构塑料大棚的基础上，又投资新建3座混凝土结构温室。建造一座温室的成本要比建造一座塑料大棚的成本高出3倍，虽然成本高，但它的保暖性和光合作用要比塑料大棚强，培育出来的菜苗长势好些。同时，吴水军同省农业科研所建立长期合作关系，利用新技术，引进新品种，始终坚持品质至上。

因为菜苗品质在市场上具有较强的竞争优势，吴水军的菜苗销售渠道越做越广，客户已发展到上海、福建、海南等地。为了能让每一株菜苗都能安然无恙地通过快递邮寄到外地客户手中，他还摸索出了一套对菜苗维持一个星期的“保鲜、保湿”包装技术。

时任九姑乡党委书记石桂安介绍，新安村农民叶尚球、吴水军通过发展菜苗繁育产业，不仅自己的家庭富了，而且带动了周边一大批农户通过发展辣椒、茄子、西瓜、草莓等种植业，实现了家庭脱贫增收。新安村叶大组贫困户叶友明在叶尚球的指导和帮助下，每年光辣椒就种植了1000多株，靠种植蔬菜他家不但摘掉了贫困户帽子，还成为村里有名的蔬菜种植大户。

“考虑到菜苗的销售市场存在一定的局限性，我想逐步转产发展花卉繁育产业。”今年，叶尚球还在育苗大棚内繁育了20多个品种的多肉苗。面对未来，叶尚球踌躇满志：“我想再流转几亩土地，扩建3座育苗大棚，建立一个现代化的花卉育苗基地，带领更多的农户致富奔小康。”

小小蘑菇撑开脱贫伞

王会光

香菇基地

“哇！好漂亮啊！这就是新鲜香菇!”

2018年12月26日，来到宿松县五里乡金龙村联兴食用菌种植专业合作社香菇基地，正碰上出菇期，密集的蘑菇大棚内，一朵朵的香菇像一把把小花伞，小枕形的菌棒由内向外绽放。“开伞”是香菇成熟的表现，但过分成熟会降低营养和品质。为了使香菇在“开伞”前及时采摘，就在前一天，陈义桂和工人们在棚内一直忙碌着。

“辛苦是辛苦，但能多挣钱啊!”基地工作人员说。

石志强，金龙村汪兴组2014年建档立卡贫困户，一度贫穷使他在村里出了名。去年他到蘑菇基地务工，一年能挣万把块钱。他说：“如今我在这里做事，走上致富道路，要感谢乡、村干部为我们办了这么好的扶贫项目，陈义桂理事长的到来，改变了我家生活面貌，让我看到了脱贫致富的希望。”

这个食用菌基地是该乡招商项目，2017年9月被引进来的陈义桂到金龙村从事香菇食用菌培植，带动当地村民脱贫致富。

“该项目产菇期短，带动村民脱贫致富具有‘短、平、快’效果，对全乡实施产业扶贫起到了‘示范效应’。”乡党委书记罗朝斌说。

目前，该食用菌基地流转土地近50亩，建香菇培植温室大棚52处，平均每天产香菇800多斤，价格能卖到每斤6—7元。

“产菇旺季基地每天30—40人务工，制棒、浇水、除草、采摘……贫困户和周边留守妇女居多，平时也有6人左右。”村支书汪庆节说，“基地务工人员每天近百元收入，这帮了贫困户家脱贫的大忙。”

据了解，每年二三月和国庆节前后是香菇基地生产旺季，因为在5℃—18℃时是香菇菌种最适宜繁殖生长的时候，其间的产量是平时的2倍。

菌棒每根成本大根4.5元，是由木屑、麦麸、石膏、红糖、菌种等混合材料制作而成的“营养包”。

“菌棒一年换一次，一根菌棒全年能产香菇2斤，我今年7万棒，能产菇14万斤。”陈义桂说，“2019年，我打算投资80万元，计划培植菌棒20万棒。”

基地规模不断扩大，由小到大，由弱到强，吸纳大量的贫困户在基地务工。该乡脱贫攻坚实现了“小小白蘑菇，撑开脱贫伞”。

“该菇的外形颜色跟天气有很大关系，晴天长出的菇是浅灰色的，雨天或阴天长出的菇是棕红色的。”陈义桂说。

由于该食用菌基地生产的香菇远近闻名，有“卖相”，注册的“微丰园”牌蘑菇，除销往本县各大中小超市、农贸市场，还销往周边的安庆、九江、南昌、武汉、合肥等地，订单不断，产品供不应求。

当地群众说：“荒山上的蘑菇园，百姓致富的新来源。”

生长中的香菇

准备外销的香菇

石斑鱼养殖拓宽富民路

孙春旺

在宿松县千岭乡九庙村高墩组，坐落着一座醒目的塑料大棚，它不是用来培育瓜果，也不是用来种植蔬菜，而是用来养殖石斑鱼。这里就是宿松县最大的淡水石斑鱼苗种繁育养殖基地，“80后”青年王韶平是基地创办人。

2020年11月21日上午，室外气温不到10℃，天还下起了雨，寒气更加逼人，而在养殖石斑鱼的大棚里，却特别暖和，里面共建有三座水池，每座水池都有1米多深。

石斑鱼大棚

“这是培育种苗的池子，你们看，5 个月前我投放的种苗体长只有这么大，不到 12 厘米。”王韶平边介绍，边用捞子从第一座水池里捞起了两条小石斑鱼。

“这两座池子里，养殖的都是成品石斑鱼，现在都可以上市销售了，每条都在八两至一斤半之间。”王韶平拿着捞子走到另外两座水池旁，从里面捞起了 3 条活蹦乱跳的大石斑鱼。它们的形体都呈椭圆形，表皮呈黑褐色。

王韶平介绍，石斑鱼是一种暖水性的多栖息于热带及温带海洋的鱼类。淡水石斑鱼只适宜于在 15℃以上环境中成长，为此，他在大棚里安装了 3 台暖风机，并在每个水池内放置了增氧机，使大棚内的气温始终保持在 15℃以上。

石斑鱼

“你为什么选择养殖淡水石斑鱼？”在大家的追问下，对养殖水产品“情有独钟”的王韶平打开了话匣子。

原来，7 年前王韶平专门从事泥鳅养殖。其间，还拿到水产养殖方面的 8 项专利。近几年，随着泥鳅养殖专业户的不断增多，泥鳅销售市场逐渐呈饱和状态，经济效益越来越差。对水产品养殖有着独到发展眼光的王韶平，在县农业农村局、县科经局、县科学技术协会的帮助介绍下，对养殖淡水石斑鱼产生了浓厚兴趣，并赴海南、广东等地学习取经。

“通过市场调查，我发现养殖石斑鱼有着广阔的市场销售前景，目前除了沿海地区有不少人从事淡水石斑鱼养殖外，在内地很少有人养殖，最重要的是石斑鱼有着丰富的营养价值，它的皮富含胶质和胶原蛋白，对促进肌肤胶原细胞的合成有重要作用；它的肉几乎都是由优质蛋白质与氨基酸构成，在促进脑细胞发育和肌肉的生长方面都能起到至关重要的作用。”11 月初以来，王韶平几乎每天都会接到多个订购石斑鱼的电话，看着捞起的一条条成

王韶平在石斑鱼大棚

品石斑鱼被送到市场，他就越发觉得当初的选择是对的。

王韶平说，今年6月，他从海南购进2万条石斑鱼种苗进行试养，先是放在露天池塘里养殖，一个月下来，觉得它很好养殖，不但成活率高、耐低氧、抗病毒率强，而且生长速度快。7月，他又从海南购进3万条石斑鱼。经过5个月的养殖，第一批种苗都养成八两以上的大鱼了，可以上市销售。他盘算了一下，2万条种苗，按成活率85%计算，可出产1.7万条成品鱼。按平均每条成品鱼的重量是1斤计算，1.7万条成品鱼的重量就是1.7万斤。按每斤50元的市场价格计算，1.7万斤就是85万元的收入，除去成本，纯收入可达到30多万元。

11月，是王韶平最忙碌的日子，他不仅要忙着把在露天池塘里养的中号石斑鱼全部转移到大棚内的水池里“接力养殖”，确保石斑鱼长年在15℃以上环境中成长，还要忙着把所有成品石斑鱼销售到市场上，以腾出大棚水池来养殖中号石斑鱼，中号石斑鱼要等到12月底才能上市，由此实现循环养殖、循环产出。

淡水石斑鱼

从露天池塘养殖到大棚水池养殖，从单一养殖到养殖与育苗同步发展。王韶平在县农业农村局、县科经局、县科学技术协会技术专家的指导下，不仅掌握了一套养殖淡水石斑鱼的循环养殖法，而且掌握了一套繁殖石斑鱼种苗的人工培育方法。今年王韶平共培育种苗 12 万条。

宿松县农业农村局党组书记、局长陈文浩介绍，鼓励、帮助广大百姓养殖淡水石斑鱼，不仅仅是因为它的市场销售前景好，最重要的是它不受地理环境限制，山区居民也可以养殖，还可以在家门口养殖；王韶平是县里扶持的养殖淡水石斑鱼大户之一，县里通过培养像王韶平这样的养殖大户，带动和吸引沿江临湖退捕转产渔民从事淡水石斑鱼养殖，从而推动长江流域重点水域禁捕退捕工作在全县的全面实施。

前不久，王韶平创办的淡水石斑鱼苗种繁育养殖基地被安徽农业大学授予“大学生专业实践基地”“产学研合作基地”，同时被安庆市科学技术协会授予“安庆市科普示范基地”。如今，王韶平通过养殖、繁育淡水石斑鱼，为当地百姓开拓出了一条新的致富门路。

水清岸绿美如画，乡村发展绽新颜

张雪钰　洪　放

素有“鱼米之乡”美称的宿松县千岭乡竹墩村，是一个农业大村，少数农户利用农闲季节兼营渔业。村南面的长河将龙湖和大官湖连接在一起，古渡竹墩是宿松重要的水上交通要道。竹墩村是宿松县 70 个贫困村之一，也是千岭乡唯一一个贫困村。2014 年，全村建档立卡贫困户 224 户 718 人。

水美鱼肥产业兴

竹墩村地处千岭乡南端，有三面广阔的湖面，水资源丰富，河滩多、湖汊多，可用水面达万亩。湖里既有平常的“四大家鱼”，又有珍贵的甲鱼、鳜鱼、鲶鱼、银鱼及螃蟹等，湖中有纯天然无污染的绿色植物，如野菱、芡实、荷叶、莲藕等，夏天的万亩荷花池更是清香袭人。

广阔的湖面

竹墩之美，美在竹墩的水。晴日里的竹墩村，从空中俯瞰，水面、滩涂犹如一面面镜子，偶尔有鱼儿跃起，水面漾着粼粼波光。近年来，农村环境整治也让竹墩村的水更清了、草更绿了。

立足于水产养殖品种丰富的资源优势，在上级各有关部门的支持下，千岭乡竹墩村践行乡村振兴战略，大力发展生态养殖及乡村旅游。黄雀畈、二姑畈、东边湖均依托水资源发展鱼类养殖及芡实、菱角、莲藕种植，带动了周边贫困户就业，其土地流转、水面流转也为村集体经济年增收达 21 万元。同时，竹墩村充分挖掘乡村旅游特色资源，依托乡村旅游“八个一”项目，开发旅游观光、生态餐饮、休闲垂钓等，带动了休闲渔业的发展。

为进一步发展特色产业，带动老百姓增收，竹墩村蓝莓基地于去年开始建设。蓝莓基地将老百姓闲置的土地进行流转，基地面积达 1500 亩，今年就有 50 亩已经挂果，每亩收益可达万元。蓝莓基地建设带动了本村及周边村劳动力就业，其中贫困户务工 41 人，年总支付劳务工资达 60 万元，土地承包费 120 万元。

竹墩村蓝莓基地

基础设施拓宽致富路

“要想富，先修路。”出行不便一直是制约竹墩村发展的最大瓶颈。2014 年以来，上级下达竹墩村的道路建设项目共 36 个，为竹墩村的发展带来了极大的便利。竹墩村共 33 个村民小组，如今都修好了通组道路。路通了，水也通了，2016 年安排建档立卡贫困村农饮水安装，已解决全村农村人口安全饮水共 1710 人。基础设施建设的改善，是竹墩村 2016 年贫困村出列的先决条件。

竹墩文化乐园

竹墩文化乐园是 2018 年的建设项目，附近停车场、公厕一应俱全，极大地丰富了乡亲们的业余生活。现在晚上的文化广场上，大人们跳着广场舞，孩子们在一旁嬉戏玩耍，热闹非凡。

在党的政策的指引下，竹墩村基础设施建设越来越好，村容村貌越来越美，乡亲们的生活也越来越丰富多彩。

惠民政策温暖人心

竹墩村一隅

村子越来越美，乡亲们的生活也越来越富裕。村组里一幢幢小洋楼错落有致，小轿车也越来越多，住房、农业、医疗、就业等各项惠民政策温暖人心，随着国家惠民政策的日益增多，老百姓的物质生活也发生了巨大变化。

向西组的石贤英，今年因为疫情迟迟没有找到工作，宿松县委、县政府高度重视贫困人口就业问题，专门派出了工作专班为贫困人口对接省外务工就业岗位，解决了她的就业问题。同时，竹墩村通过豪迈扶贫车间的运营、蓝莓基地的建设及开发公益性岗位等方式方法也解决了许许多多像石贤英一样因为疫情待业在家人员的就业问题。

尹屋组的徐华西，2016 年想发展产业但是资金短缺。村里帮他申请了 5 万元小额信贷。有了资金保障，他开始养殖肉鹅，也在 2016 年实现了脱贫。现在他的养殖规模已经达到 3000 余只，光养殖这一项年增收就有 10 万余元。

中湾组的方为根老人，年纪大了行动不便，也没有儿女在身边照顾。乡村一直以来都积极为他争取政策帮扶，不仅帮他申请了五保供养，也在 2018 年帮他申请危房改造建了新房子，同时积极向县工会申报补助，帮他置办了电视、桌椅、液化气灶、“四件套”等家具和生活用品。像方为根老人这种情况的村民还有很多，到 2020 年，破旧的土房子再也看不到了，家家户户都住上了安全的房子。

瓜果飘香脱贫时

王会光

宿松地处皖鄂赣三省八县结合部，属典型亚热带气候，水陆交通便利，南北瓜果在该县均有栽培。近年来，该县利用得天独厚的自然资源优势和区位优势，倾力打造瓜果产业，把惠民的瓜果政策惠在根子上、点子上，让城乡居民看得见、摸得着、攥得住。

20世纪末，该县把供销社一处坐落在县城G105旁的仓库改建成全县水果批发市场，当下，该市场水果年销量达40余万吨，基本满足了全县及周边地区人民群众的需求，成为贫困户脱贫致富的好帮手。目前，该市场经营面积达4200平方米，水果摊位30余处，解决了120余人就业，是皖鄂赣三省八县中规模最大的水果批发市场。

依托水果市场，打造帮扶载体

清晨，太阳刚刚升起，很多人都还在沉睡中。安徽省宿松县汇民农产品有限公司建设的批发市场内车辆人流不断，一片沸腾。来自四面八方的农户把自家丰收的瓜果趁早运到了市场，希望能卖个好价钱；商贩们赶紧洽谈购销、过磅装卸、结算付款……既十分忙碌，又有条不紊。

该县水果批发市场建成以来，就一直把如何满足全县人民“果盆子”放在首位。

在过去，由于果类品种单一，水果批发市场经营场地小，经营设施落后，年销量仅保持在2.5万吨左右，不能适应全县及周边人民日益增长的消费需求。该水果批发市场经两次改扩建，目前占地面积达4200平方米，有

30余个水果摊位，零售摊点遍布全县22个乡镇，使该县及周边的消费者能够吃到全国一年四季的时令水果。该市场水果品种丰富，热带、亚热带，北疆、南国，国内、国外高低档水果品种达30多种。市场内的水果均实行统一采购、送货上门、配送到户服务，销售网络覆盖了全县各乡镇，并向周边地区县市辐射延伸，综合帮扶服务功能不断提升。2015年市场被推选为“安徽省诚信市场文明单位”。

宿松瓜果业过去“小”而“散”，品种不全，规模小。批发市场的建成，把全县的瓜果业龙头企业聚集起来，给了他们更大的发展平台。昔日一批小买小卖的“散小户”，逐步发展壮大为有一定规模实力的经营大户。大户带小户，小户进社区、乡、村市场，形成了县—乡—村（社区）三级营销服务网络产业链。在市场的带动下，全县多种形式的瓜果合作经济组织有20余个，瓜果产业正在逐步成为全县贫困户脱贫致富的好帮手和有效载体。

创新帮扶就业，解决“最后一公里”

该县依托水果批发市场，采取“公司+合作社+农户”的形式，着力服务“三农”，帮助贫困户脱贫，做足“果”字文章，走出了一条瓜果产业脱贫攻坚的新路子。

“我能顺利脱贫，全靠供销合作社批发市场的同志帮忙，真的非常感谢他们。”来自宿松县陈汉山区五十来岁的贫困户朱绍明怀着感恩的心激动地说道。在朱绍明决定从事水果销售业务时，举步维艰，常常为进货资金犯愁。关键时刻，批发市场帮其解决了困难，帮助他站稳了脚跟。

“凡属贫困户，均可向市场申请摊位，或在下面乡镇摆摊设点。市场以优惠的价格为他们提供货源，量大还可送货上门。特殊情况下，贫困户还可以先卖货再付货款。”市场经理尹一平表示，该县帮助贫困户建立水果批发市场零售网点，对城乡失业人员予以政策倾斜，优先提供摊位、瓜果车辆优先放行、免收各种管理费和税费，让百姓共享发展的成果。

市场的扶贫措施不仅如此。今年60岁的朱建国，是五里乡弹山组贫困户。因为家庭的长期贫困导致其性格孤僻，是市场创建的帮扶就业网点为他打开了一道“希望之门”。现在，他在水果市场当门卫，拦、放、停车这种技术含量不高且容易操作的活儿，他一招一式有模有样，非常娴熟。他一个月能挣1000多块钱，笑容也重新回到了他的脸上。

“依托批发市场这个平台，不仅可以让贫困户有创业的机会，也让他们可以更好地融入社会，找到一份养家糊口的工作，借此可以帮助贫困户实现‘自救’。”尹一平说，市场就业扶贫网点将不断开发适合贫困劳动者的就业岗位，建立起“社企对接、户企对接”机制，努力实现“就业一人、脱贫一户”。

目前，市场已帮助120余人就业。此外，2013年和2014年，该县盛源果品农民专业合作社和畦园蔬菜农业专业合作社计划到2020年可安排118户贫困农户入社并就业，每年将助农增收人均3000元。

不负青山不负人

孙春旺

生态宜居，是乡村振兴战略的关键。什么是生态宜居？生活环境宜居、生产环境宜居、生态产业发展并且可持续发展。做好这些，便守住了生态宜居在乡村振兴战略中的关键底线。

近年来，宿松县九姑乡坚持绿色发展理念，实施生态立乡、产业强乡发展战略，矿山生态环境和治理工作日趋完善，坚持发展特色种植产业，美丽乡村多点发力，不断向宜居、富裕、幸福的最美乡镇迈进。

初秋时节，寻山望去，“满身伤痕”的凿山正在恢复生机；白马村养殖基地里，生态农业循环经济发展势头正劲；新安村里，美丽乡村如画卷，掀起村庄“绿色风”……

绿色开采：凿山再披绿衣

凿山位于宿松县九姑、程岭、长铺 3 个乡镇交界之处，2013 年开始开采。然而，受乡镇区域界限限制，一山三主，凿山被割据开采石料，隐患重重。

“一个凿山，有小型加工厂五六家，而且由于分属三个乡镇，各自开采本镇范围内的山体，不能越界，无法形成台阶式推进，只能采取‘一面墙’的开采方式，不环保、不安全、隐患大。”九姑乡相关负责人介绍。

不仅如此，露天开采带来了安全隐患，爆破山体带来了噪声，工艺落后带来了漫天灰尘，周边百姓意见很大。

2017年，为了解决凿山无序开采带来的一系列问题，宿松县人民政府重置凿山矿权。矿山开采权重新对外招标，宿松国泰公路矿业有限公司中标。自此，凿山开采打破区域界限，开始迈出边开采边修复的绿色开采之路。

笔者在开采现场看到，开采自上而下，逐层剥离，台阶式推进，与原先“一面墙”式开采相比，安全、环保等各方面都截然不同。

“台阶式开采大块率比较小，不需要二次爆破，就减少了噪声。同时淘汰了过去落后开采设备，重新购置了带有收尘装置等先进设备，减少了灰尘。”宿松国泰公路矿业有限公司办公室主任余志环介绍。

加工、运输产生的粉尘、扬尘也在治理。

笔者在加工区转了一圈发现，从运输皮带到2万平方米的加工车间，均为封闭结构，同时安装了除尘系统和喷淋系统，覆盖从生产到运输的各个环节，有效减少了扬尘无组织排放和生产过程中的下落灰尘。再通过脉冲吸尘收尘装置，收集灰尘，再资源化利用，达到“采石在工棚，储料在料仓，原矿不外露，矿区无粉尘”的环保要求。

生产环节全封闭，达到环保标准，修复工作也同步进行。

顺着现场工作人员的手指方向望去，一片山坡上已有绿意，边坡栽上了红叶石楠、杨梅等树木，铺上了草皮，撒上了草籽。这是刚恢复不久的治理点。

“在开采过的外侧边坡等处拉土回填至70厘米，进行绿化，这样边开采边治理，保持凿山生态。同时，坚持‘能绿化不硬化，能硬化不裸露’的原则，不断加大绿化力度，采取乔木、灌木、地被、草坪、藤本植物相结合的方式进行绿化，打造花园式矿区，绿地率达到35%。”余志环说。

绿色是发展的底色。笔者在九姑乡了解到，通过开展矿权重置工作，按照关停小矿、淘汰劣矿的原则，该乡对10余个生产效益差、环境影响大的小型作业点实施关停，并实现规模化及规范化生产。在日常监管方面，九姑乡联合相关部门建立合作参与监管机制，乡政府负责“巡查、制止、报告”，自然资源管理部门负责“核实、移交、协助”，综合行政执法部门负责“调查、处理、移送”。多管齐下，为凿山再披绿衣。

绿色农业：收获绿色希望

九姑乡白马村金安禽业有限公司养殖区里，贫困户高志娇正忙着捡蛋、添加饲料。2007 年建设投产的金安禽业有限公司，目前存栏蛋鸡 18 万羽。说起绿色养殖，该公司总经理陈旭明如数家珍。

“鸡吃的玉米、豆粕等饲料都是绿色产品；鸡的粪便收集起来，发酵后还田；粪污堆场不露天，地面全部硬化。”陈旭明介绍道。

笔者走进鸡舍看到，每排鸡笼下面都有一条自动化运输皮带，鸡粪落到皮带上后，开启按钮，皮带滚动，鸡粪就自动收集到顶部装置，再运送到粪池。

陈旭明介绍，这些鸡粪可是宝，通过 25 天左右的发酵就变成了肥料，周边种植户拉走后，全部还田。“养殖区的鸡粪、污水一点不流失，绿色环保。”

在九姑乡，全乡共 14 家畜禽养殖场粪污资源利用“一场一策”，纷纷建起雨污分流、干湿分离、暂存池、粪污堆场等粪污处理设施及资源化利用设施。

说起绿色农业，宿松顺安生态农业专业合作社理事长罗光学更有发言权。

2015 年春节，长年在沿海跑运输的罗光学回乡承包了一片荒山，办起了养殖场养生猪。后来一次看报纸上的新闻得知红薯产品收入相当可观，他产生了一个大胆想法——用养殖场猪粪、沼渣来种植红薯，把红薯加工成红薯淀粉、粉丝，再把红薯渣、红薯藤作为猪的饲料，这样既解决了猪的饲料又解决了红薯的肥料。说干就干。经过 3 年发展，罗光学的生猪年存栏 2000 头，红薯种植面积扩大到 420 亩，还发展周边农户开展订单收购，年产红薯 50 万斤，同时建立深加工的全产业链，开发了红薯粉、红薯粉丝、手工鱼面 3 个产品。不施化肥，只用自家生物肥的红薯品质好，加工环节又不添加任何添加剂，这使罗光学家的红薯产品大受欢迎，去年一年销售额达到 378 万元，带动全乡 131 户贫困户 380 人增收致富。

“这都是坚持绿色农业、发展绿色经济的成果。”罗光学感叹。

近年来，九姑乡大力发展绿色农业，鼓励九姑村、国赛村黑芝麻产业扶贫基地扩大规模，全乡黑芝麻种植面积 1400 亩。积极扶持九姑村稻虾综合种养、新安村秧苗繁育、白马村蛋鸡养殖等产业发展。新大畜牧养殖合作社

“一亩初心”水稻获得绿色认证、中明山庄农业开发及五星休闲生态农庄加快建设、盛源畜业畜牧水产立体养殖项目建成……一批绿色农业产业发展壮大。

绿色生活：书写宜居画卷

“这些年一直在建设美丽乡村，我们的居住环境变好了，交通方便了，水泥路通到家门口，以前的荒地现在也栽满了植物变成了小花园，每到晚上，广场上就音乐声不断，运动、休闲都有了好去处。”九姑乡新安村村民宋结水说道。

走在新安村中心村里，目之所及是干净宽敞的道路、茂盛的花草、整洁的农家小院。原先的脏乱差不见了，呈现在眼前的是一个环境美、绿意浓的小村庄。

“以前垃圾随手丢，路边、河道里都有，环境脏乱差；美丽乡村开始建设之后，我们的环保意识也加强了，垃圾绝对不乱丢，都开始自觉维护身边的环境，只有环境好了，我们的生活才能更好。”宋结水说。

2019 年 5 月开始，九姑乡与一家公司签订垃圾处理、转运合同，每天 40 余名保洁员和两辆垃圾压缩车上路作业，日清扫垃圾达 10 余吨，当天转运到宿松县填埋场进行集中处理，全乡垃圾处理工作实现日清日运。

垃圾问题解决了，旱厕是农村环境又一大难题。三格式化粪池的推广，解决了这个难题，村民们的绿色生活更进一步。

“三格式化粪池确实好，干净、没有臭味，用起来方便，以前用旱厕味道实在是太难闻了。”九姑乡单岭村村民石珍珍指着自家卫生间说道。

近两年，九姑乡累计完成改厕 1598 户。为确保每一户的工程质量，九姑乡采取工程化设计、一体化招标、工程化验收“三化”方式稳步推进三格式化粪池工程建设。

九姑乡集镇常住人口约 7000 人，过去一直未建排水设施，集镇污水自然排放，未经处理直接排入附近沟塘。自污水处理站建成之后，污水乱排现象彻底改变了。

“之前一到夏天，街道上、塘沟里都有股臭味，那池塘里的鱼都养不活，大家反应很强烈，自从新建了集镇污水处理站，家家户户的污水不再乱排放，臭味也就没了，一提起这个污水处理站，我们老百姓都竖大拇指。”九姑乡九姑村村民汪荣平边说边竖起了大拇指。

为解决集镇污水自然排放问题，九姑乡新建了1个集镇污水处理站、2个污水处理池，日污水处理能力达到600吨。如今家家户户的污水经过污水管道集中排放到污水处理池进行处理，集镇附近的塘沟也不再有臭味，有效解决了集镇居民关注的这一民生问题。绿色步伐还在继续。2019年，国赛村省级中心村完成道路绿化1000余平方米，新建路灯40盏、污水处理池2个。杨茂村、油坊村县级中心村和白马中心村巩固提升建设稳步推进……道路干净了、河道清洁了、村庄美化了、配套设施完善了，村民们践行绿色理念、共享绿色生活，幸福感、获得感不断提升。

村级集体经济发展的柳坪“路径”

汪俊伟

柳坪乡辖7个行政村，均为重点贫困村，至2015年底，仅有邱山村村级集体经济收入高于5万元。而至2016年底，全乡所有村村级集体经济均达到或超过5万元，邱山村、大地村村级集体经济收入超20万元。该乡村级集体经济呈现可喜发展局面的奥秘何在？日前，笔者进行了探访。

“我们紧紧围绕‘集体增实力、农民增收益、产业增效益’的目标，集思广益想‘点子’，因地制宜找‘路子’。近年来，农户户均增收4000元，村级集体经济收入连续保持在15万元以上，今年已超20万元，到2020年有望突破30万元。”邱山村党总支书记吴双阳说，“村级集体经济不断发展壮大，群众得到了实惠、尝到了甜头、找到了奔头，对基层组织越发信任和支持，党群干群关系进一步密切了！”

该村曾一度经济基础差、底子薄。穷则思变，如何实现村级集体经济的发展壮大？村“两委”紧抓乡党委、政府实施“打造竹海茶乡，建设生态柳坪”的发展战略契机，结合自身实际，盘活集体“三资”，做好茶叶、毛竹、生态旅游等发展文章。

该村制定毛竹、茶叶发展规划和发展路径，大力改造盘活荒山荒地、巴茅山、火灾山和坡耕地，按照“宜竹栽竹、宜茶种茶”原则，栽种毛竹、茶叶和套种油茶、雨花菜等绿色农作物，打造产业发展基地。短短几年，通过“公司+合作社+农户”模式的带动，毛竹从2000亩逐年发展到4000余亩，茶叶从零散的300亩快速发展到1800余亩，雨花菜从几亩发展到300余亩，油茶从无到有也发展到500余亩。

"为筹集发展资金，我们以村级集体经济发展为引擎，整合原有集体资产、上级项目资金以及资产收益扶贫、小额信贷、产业扶贫等惠民资金，吸引能人投资，动员农户参股，采取集中投入、产业带动、社会参与、农户合作的方式，把分散的资金聚集起来，投在关键处、用在刀刃上。"吴双阳说，"我们还紧抓资产收益扶贫契机，将财政支持资金投入企业、合作社，撬动更多社会资本注入，促进了集体经济良性循环、快速发展。"

邱山村因地制宜推动村级集体经济发展壮大，是柳坪乡积极探索村级集体经济发展路径的一个缩影。"发展壮大村级集体经济是提升基层组织凝聚力、发展力、服务力的有效途径，是更好地解决民生问题，让改革发展成果惠及广大群众的物质基础。"该乡党委书记朱元松如是说，"近年来，我们乡以强村富民为目标，以脱贫攻坚为统领，坚持'因地制宜、分类指导、示范先行、稳步推进'，把握政策扶持机遇，利用山区产业优势，多轮驱动，综合施策，积极探索破解村级集体经济发展难题之路。"

该乡引导各村立足资源性资产抓开发、公益性资产抓管护，着力提升集体资产综合效益。一方面加大对村集体林场茶园的管护。2016 年大地村对集体林场树木竞拍，销售收入达 35.2 万元。同时相关村将茶园承包给能人、大户经营，实现了茶园产量、品质提升和村集体增收的"多赢"，长溪山村、蒲河村茶园年承包费分别达 3.6 万元、3.8 万元。另一方面盘活闲置资产。各村对集体资产进行全面摸底，以招商引资、承包租赁等方式进行开发利用。蒲河水电站承包经营为村集体增收近 3 万元；柳坪村将闲置多年的厂房承包给招商企业进行环保竹炭精深加工，年增收 1 万元；长溪山村、蒲河村将集体山场租赁给能人进行规模生态种养，发展农家乐和生态旅游，两村每年获租赁及管护费分别为 2 万元、2.6 万元，同时带动贫困户入股或劳务就业 483 户。

该乡还依托资源优势，因村制宜，统筹规划，着力发展特色产业。全乡现有茶园 6000 余亩、雨花菜 4 万余株，宿松香芽、雨花菜、竹笋、竹炭、米酒等特色产业效益突显。邱山村、龙河村茶业年收益均在 5 万元以上。此外，着眼雨花菜、竹笋和生态竹炭等产品深加工，延长产业链，提高产品附加值，为夯实村级集体经济发展基础、促进农民脱贫增收发挥了重要作用。

该乡还有效利用政策性扶贫项目资金，以项目建设增强村级集体经济发展后劲。一是实施村级集中光伏电站项目。到 2017 年 6 月，全乡 7 个村村级光伏电站均并网发电，为村级集体经济增收 5 万元。二是推进资产收益扶贫。各村通过实施资产收益扶贫，兴办加工厂或入股合作社、企业，依托实体经济，实现保收增收。蒲河村成立宿松县民红生态农业有限公司，通过落实项目和财政扶贫资金入股，与安徽松寨生态茶业有限公司合作，按“保底收益+按股分红”的方式，实现了多方受益，其中村集体收益超 8 万元。其余各村均成立公司，村干带头入股参与运营，为村集体经济发展开启了新的篇章。三是着力发展“一村一品”。2016 年，大地村、邱山村分别获“一村一品”发展资金 30 万元、10 万元；2017 年，柳坪村、蒲河村分别获“一村一品”发展资金 30 万元、10 万元，大大增强了村级集体经济发展后劲。

“帮扶干部也发挥了重要作用，像省委老干部局、市科技局、安庆医专、市供电公司等帮扶单位，分别为帮扶贫困村争取了 30 万元、20 万元、12.4 万元和 50 万元的扶贫资金，为改善村内基础设施、壮大村级集体经济注入了新的‘血液’。”朱元松在采访结束时说，“我们乡村级集体经济发展只是取得了阶段性成效，下一步将通过强化村级队伍建设、完善村级管理制度、建立正向激励机制、强化宣传营造氛围等举措，继续巩固发展成果，在全面决战脱贫攻坚、壮大村级集体经济、建设美丽生态乡镇之路上奋力前行!”

古山村的扶贫故事

王会光　曹鹄飞

古山村一隅

隘口乡西南的古山村，四面环水，是山区贫困村，这里“山中有水，水中有山”。全村 25 个村民小组，810 户 3495 人，2014 年建档立卡贫困户 293 户 1063 人。耕地面积 1542 亩，山场面积 4497 亩，村域面积 6.8 平方千米。脱贫攻坚中该村有一些耐人寻味的故事。

“马向阳”式的扶贫队长

“驻村扶贫，不能停留在纸面上，也不能局限于项目资金上，只有走进群众心中，才能真正将扶贫工作扶到‘点子’上，帮到‘心坎’上。”这是今年 4 月，作为第七批选派干部，从宿松县粮食局派驻隘口乡古山村担任驻村扶贫工作队副队长的洪爱忠对扶贫工作说的真心话。

来到古山村，洪爱忠听民声汇民意、抓党建带队伍、谋发展解难题……一桩桩、一件件，在扶贫路上，他带领村民攻坚克难，循序渐进，脱贫致富。

他吃住在村里，与乡亲们打成一片，想乡亲们所想，急乡亲们所急。五个月的“看、问、听、访、核”，洪爱忠对村情和每家每户基本熟悉了解。

2018 年 6 月，村里实施退宅还耕，部分群众不理解、不支持。村干多次协调未果，洪爱忠就主动上门反反复复做这些人的思想工作，调查了解、分析情况、耐心疏导，动之以情，晓之以理，取得了村民的信任，转变了他们的态度，此项工作顺利推进。

工作中的洪爱忠

“群众利益无小事，我们下来搞扶贫，就是要为老百姓做事，有多少力，就要使多大的劲。”洪爱忠言必信，行必果。姣岭组贫困户汪春华，精神智障，出去经常不知回家。洪爱忠联系县康复医院，将其送去治疗，现明显好转，病情得到控制。

伍岭组贫困户伍芳华，前期因多种原因慢性病卡迟迟未办，洪爱忠了解情况后，与相关部门联系，及时帮其办了卡。为表心意，伍芳华拎着土鸡蛋硬要洪队长收下，洪爱忠就塞给他100元钱……

村里的群众无论哪家有困难，洪爱忠总是慷慨解囊，帮其解决。

熟悉他的朋友调侃说：“老洪，你现在真成了一个山里人！不愧是‘马向阳’式的扶贫队长!”他总是淡淡一笑。

村里为我家做了一件好事

“非常感谢村里为我家做了一件大好事!”这是古山村石锁组董萍萍的心里话。今年29岁的董萍萍，个子高挑，面容消瘦。他母亲早逝，初中毕业那几年在家，他们父子二人生活十分困难，是2014年村里建档立卡贫困户。前几年，他到福建打工做油漆活，出去闯荡。

“董萍萍家住房现不安全，房子是几十年前建的，不能再住了，村里今年已安排他家危房改造，拆老屋、建新房。但他的父亲既想建新房，旧房又不愿拆。”村书记邓大庆说，“这不行，根据政策，危房必须拆除。”

为了这件事，乡村干部、驻村扶贫工作队、包保专班、帮扶联系人轮番日夜做董必旺老人的思想工作，宣传国家拆危拆旧政策，老人就是听不进，想不通，坚持到底老房不拆，新屋照做。大家想办法，找他的兄弟和亲戚出面劝说，老人犹豫不决，今天同意，明天又不同意，反复不定。一晃几个月，该做的事做了，该用的法子用了，此事没有着落，大家急在心里，怎么办?

想到他儿子还没成家，就对他说：“老人家，你把旧房拆掉，把新房建起来。并且你儿子在外面打工，一年能挣几万块钱，到时就不愁找不到儿媳妇了啊！”这时，老人脸上露出了开心的笑容，思想上有了180°大转弯。

就这样，为这事，乡村干部还给他儿子牵线搭桥“找亲”，当媒人，还真为他儿子物色了一个本村的姑娘。

2018年12月2日，贫困户董必旺家危房在掘土机声中推倒，但点燃了他家新生活的希望。

“现在扶贫干部真好！村里不仅帮董萍萍家申请了2万元危房改造资金，还妥善安置好他们父子二人，并帮他找媳妇……”乡亲们窃窃议论着。

感恩党的扶贫好政策

锁石组贫困户戴丙德、吴习华老人分别作诗、写对联贴在自家墙上和门上，洪岭组脱贫户邓正林老人自编自唱山歌，歌颂党的扶贫政策……

在隘口乡古山村，不时听到类似的故事。

戴丙德、吴习华老人都是该村五保户。市、县、乡、村帮扶干部经常上门跟他们聊天谈心交流，宣传国家扶贫政策；给乡亲们开办扶贫夜校、帮乡亲们出点子、想办法脱贫致富……真扶贫、扶真贫，深深感动着二位老人。他们用自己最真挚、最朴素的文字来报答党的恩情，祝愿祖国繁荣昌盛、蒸蒸日上、美丽乡村无限美好，表达脱贫致富群众的心声和感恩之情。

古山村洁净的街道

洪岭组邓正林五口之家，脱了贫，过上了幸福美满的生活。81岁的他，精神矍铄，谈起自编自唱党的扶贫政策的山歌，异常激动，兴趣很高，情不自禁唱起来：“社会主义就是好，习总书记定航向；扶贫政策人心暖，家家户户住楼房；如今生活多美好，百姓处处喜洋洋……”歌声在山村回荡。

“我没念过多少书，这是我自己编的一首山歌，唱给你们听一听，以感谢党的扶贫好政策！”邓正林老人说。

多么可亲可敬的长者，多么真诚淳朴的歌声。这体现了伟大时代人民群众对美好生活的向往和对党对祖国的无比热爱、无限敬仰！

“金融扶贫”架“金桥”

王会光

当下，“金融扶贫”作为“脱贫攻坚”十大行动重要一环。宿松县金融系统上下对如何“立足城乡、服务‘三农’”实施金融扶贫，为城乡贫困户和创业者架起一座座脱贫致富的“金桥”，开通“精准扶贫”绿色通道，引发小额信贷扶贫的蝴蝶效应，给人们最好的佐证。

贷款：向贫困户倾斜

三德村村民余东华，67岁，想脱贫，苦于没有资金，家里只养了三四只羊。“我也尝试改变，想把养殖规模扩大，但没有资金，所以养殖规模很小，利润也有限，正常向银行贷款，又要承受不小的利息，过程又烦琐。”提到养殖发展过程中的艰难，余东华感激地说，“还好！民丰银行凉亭支行知道后，派人通过小额信用评级，帮我申请到了该行两年内3万元小额信贷扶贫资金，今年初又追加了2万元，解决了燃眉之急。”

如今，余东华养殖规模扩大了，有300多只羊。“每只羊可卖1500至2000元，一年可获利几十万元。”村干部余天国给他粗略地算了一笔账。

余东华只是该县金融系统帮助贫困户脱贫，实施小额信贷的一个缩影。民丰银行凉亭支行自2015年1月成立以来，积极开展贫困户小额信贷宣传和发放工作。该行员工深入全镇9个村1个社区，对凡有生产能力和发展愿望的建档立卡贫困户，均通过该行的“绿色通道”，可受理小额贷款申请，由村、乡和该行进行联合评级授信，快速发放贷款。目前，民丰银行凉亭支行已累计发放扶贫贷款1000余万元。

融资：对创业者开放

该县金融系统为全县贫困户实施小额信贷扶贫的同时，在全县积极推出"以企带户+扶贫"金融贷款业务。2016 年 8 月，县农商银行为安徽省科晟生态木装饰材料有限公司结对帮扶的夏家村 18 家贫困户发放入股资金 90 万元。这些贫困户既可在公司参股分红，个人又可在公司就业。"其示范效应不可小觑!"该镇财政所郑所长说。

2017 年，县农商银行融资 150 万元为宿松县佳兴米厂帮扶三德村 30 家贫困户开通"以企带户"融资绿色通道。投资入股佳兴米厂的这些贫困户年受益 3000 元，个人打工年收入不低于 2 万元，大大加快了贫困户脱贫步伐。

"企业为贫困户小额信贷担保，贫困户以资金入股企业经营，享受贴息、分红，企业获得低息贷款发展生产，银行放贷无风险，政府的扶贫措施落到了实处。"凉亭镇党委书记杨文龙介绍了"以企带户"多方共赢扶贫模式。

像安徽省科晟生态木装饰材料有限公司一样，该县乡镇相关企业纷纷结对贫困户，帮助有意愿的贫困户申请小额信贷扶贫资金，县相关银行乐意向他们伸出"橄榄枝"。

据了解，截至 2017 年 8 月底，全县小额信贷发放 9942 户、小额信贷资金 33420.5 万元，完成省定任务的 226.58%。其中农商行 8302 户 28793 万元，民丰银行 1460 户 3738.5 万元，邮政储蓄银行 160 户 795 万元，徽商银行 20 户 94 万元。惠及贫困户 9942 家，实现了"贷得到、用得好、还得上、稳脱贫"的目标。

文化：为社会民众服务

该县各银行把"优质服务""回报社会"作为企业文化的立足点。行里人少事多，一人顶二人做事，加班加点是家常便饭。工作人员每人除做好本职工作，有时牺牲自己节假日休息时间，主动进村入户调查走访贫困户，看能为他们做些什么，帮他们想办法早日走出困境。

太阳村陈中耀，47 岁未成家，母子俩在当地是出了名的贫困户。近年，外出务工的他由于其母生活不能自理，回家照看她。民丰银行凉亭支行叶行长为帮其脱贫，上门替他想办法、出主意，为其办理 2 万元贷款，让他养鸡。

这个兼顾看家、顾母、打工三不误的事，很适合他，并且，年收入可增加上万元。

“每年的春节等传统节日，行里都要组织员工到对接村的五保户、低保户等贫困户人家送食用油、米、面、猪肉之类慰问品，并附‘早日脱贫，过上好日子’等祝福语。”叶青支行长对我们说。

同时，该县金融系统通过媒体、互联网、宣传栏、征文及印发明白纸等方式和渠道，向社会广泛宣传精准扶贫，并提醒社会人群，特别是老年群体，要提升精准识别金融诈骗和防范误入非法集资等金融陷阱中去的能力，并支招遇到此类事情，如何应变、求助、报警等，做到及时化解。

与文化部门联姻，免费送此类电影、戏曲、小品、相声等群众喜闻乐见的文化和节目，下基层送给城乡人民群众，通过耳濡目染的直观场景和效应氛围来增强他们的防控意识。

近两年来，民丰银行凉亭支行邀请县黄梅戏剧团与本镇校银联合，积极创作和排练节目，寓教于乐，为当地孤寡老人、留守儿童和社会群众带去欢乐的同时，也收获了当地老百姓称赞的比“金杯”“银杯”都好的“口碑”——民丰银行真好！

扶贫开启百姓幸福生活

王会光 吴碧珍

秋日的斗山河村格外亮丽，番鸭、光伏、油茶等当地主导产业基地上的乡亲们，沉浸在一片丰收的喜悦之中。

宿松县河塌乡斗山河村属于丘陵地带，全村人口 7128 人，是一个土地贫瘠、产业匮乏、基础设施薄弱、老弱病残和儿童留守的重度贫困村。两年多来，芜湖市鸠江区湾里街道对宿松县河塌乡结对帮扶，如今的斗山河村旧貌换新颜，产业发展、乡风文明、村容村貌、百姓生活发生了很大变化，成为该乡发展的“香饽饽”。

抓党建——脱贫致富的桥梁

人们常说：“贫穷不可怕，可怕的是思想观念落后。”2017 年，河塌乡斗山河村是全县有名的党组织软弱涣散村。是年 6 月，王卫平走马上任村支书。他如今还清楚地记得当时拖欠村干部几年工资，村集体负债近 200 万元的窘境。穷则思变，斗山河村迫切需要摆脱贫穷落后的面貌。

该村以抓党组织和村干部队伍建设为落脚点，以“立杆旗、树形象、强宣传”为新契机，与结对帮扶的芜湖市鸠江区湾里街道互派干部交流学习、实地考察，找差距、定项目，开展“一村一品”的脱贫攻坚。建立党员联系户制度，党员成为推进脱贫攻坚的“使者”，贫困党员成为率先脱贫致富的“领头雁”；落实党员“一对一”帮贫困户办事制度，带动贫困户脱贫；加强支部建设，注重抓基础、立长远，巩固和拓展村组织标准化建设，发挥支部在脱贫攻坚中的战斗堡垒作用。

斗山河村不仅还了外债，而且村里的发展一年一个样，村干部和乡亲们干劲可足了。村支书高兴地说："村里以前日常开个会都难，现在甭用说，大家准到。那是因为村里的发展，村民们的口袋逐渐'丰满'，思想觉悟自然有了很大的提高！"由此，基层党组织战斗堡垒作用已显现，大大增强了全村的凝聚力和战斗力。

惠民生——百姓生活有保障

2004 年，斗山河村由金岭、油铺、普济三个自然村合并，村大人多。一直以来医疗条件差，缺医少药给留守老弱病残人员和儿童就医带来诸多不便。村班子一帮人看在眼里急在心里，应当地群众的呼声，2018 年利用帮扶资金，新建了一所 222 平方米的村级卫生室。村民小病不出村就能看病就诊，方便了乡亲们就近就医。

"我们住的地方，离县城几十公里，离乡也有十多里，孩子的爸妈长期在外打工，有个感冒发烧的，我腿脚又不好，以前只能熬过夜，白天才带孩子去医院，很是无奈。现在可好了，在家门口就能打针吃药。"村卫生室汪医生给油铺组余老头的孙子看病时，老人高兴地说。

2018 年底，村里对 32 户低保户、五保户、困难户进行危房改造和落实"四净两规范"，让他们住进安全整洁的农家小屋。普济组孤寡老人冯长青，是危房改造受益户，在村口看到我们，迎上来就夸村干部做了件好事。村里陈主任连忙说："这要感谢芜湖鸠江区的帮扶啊！"

"以前我住的是土坯房，一到梅雨季节，外面大雨，屋里小雨，得用盆接，潮湿难耐。墙上的蜈蚣缝，冬天屋里冷得叫人瑟瑟发抖。"冯老说，"去年经村组评议上报审核，我家争取了 2 万元危房改造资金，推倒老屋建了新房，过去的日子一去不复返了。现在可好了，住的是宽敞明亮的房子，屋内四方桌、长条凳摆放有序，厨房灶台干净明亮，这在以前想都不敢想呀！"

像冯老这样的受益户只是该村危房改造的一个缩影，这让全村居有所安的贫困户住得安心。

产业发展带来美好愿景

“产业发展是固本培元的基石，经济基础决定社会事业的生机和活力。”这是斗山河村“两委”的共识。经村民代表大会商议，村申请、乡审核、县审批，遴选产业项目，精准施策。如今该村产业蓬勃发展，开展得有声有色。

2018年底，村建6000平方米年养殖10万只番鸭大棚，给村级集体经济带来每年20万元收入，从中拿出5万元给贫困户分红。同时，解决5家贫困户长期在基地就业，人均月收入2800元，并带动周边100多户农户养殖番鸭，效益初见成效。

贫困户贺笃旺，长期在鸭场上班，由于他当过兵，思想活，又能吃苦，2017年他来到鸭场，当年就脱了贫。2018年通过就业帮扶，他儿子到芜湖一家上市公司工作，一家人日子越过越红火。

该村采取“合作社+农户+龙头企业”模式，流转荒山栽种油茶，与宿松龙成集团签订合作协议，村年受益6.3万元。同时，带动当地村民在基地务工，增加收入，油茶成为该村名副其实的“摇钱树”。

家在普济组的贺大妈，常年在林场务工，她说：“像我这么大带孙子的人，只能在家门口打打零工，好在林场给我们提供了岗位，务工灵活、上班离家近，既能贴补家用，又减轻子女负担，何乐而不为?”

“在荒山坡上，建面积19.6亩蛋鸡自动化养殖场，经市场调研，该蛋鸡养殖项目成长性好，经济回报高，在当地是个朝阳产业，这可寄托着咱村的希望。”安元村支书说，该项目建成后，能给村集体年增收6万—15万元，还提供贫困户就业，并带动他们发展蛋鸡产业。

同时，该乡更多青年返乡创业。金岭组王兵养殖龙虾、马安组余景元养殖乌鸡、杨湾组杨求兵创办家庭农场种植大棚蔬菜、金岭合作社发展养殖泥鳅农田套养技术等……当地农户依靠资源发展本地特色产业，如鲶鱼效应，一片生机。

如今河塌乡通过脱贫攻坚，一个个产业项目发展起来，乡村干部如数家珍。不仅如此，更重要的是人们思想观念的改变，由“等靠要”到依靠内生动力自我发展，释放出巨大活力。

公共服务增添群众获得感

走进河塌乡，村庄田野、灰瓦白墙、道路纵横、沟沟渠渠、牛羊成群、稻穗累累、蓝天白云、鸟语花香……乡村如画。

党群活动室、为民服务大厅、乡村大舞台、拓宽的道路等硬件建设焕然一新，为村民办事提供便捷；广场、图书馆、阅览室、健身房、乡贤馆、棋牌室、卫生室……城里有的，这里应有尽有；因学致贫的贫困户，享受雨露计划；学前教育、义务教育、高校就读寄宿生活补助……国家帮扶政策兜底，贫困户“一达标、两不愁、三保障”一一变为现实。民生民情正在一点一点发生变化，增加了他们的获得感。

“全县扶贫工作如期完成脱贫摘帽，而我乡的脱贫攻坚与鸠江区的结对帮扶是分不开的，这给河塌乡贫困村的发展带来了新的生机和活力，大大提升了乡亲们的幸福指数。”该乡党委书记胡翀说。

贫困村里的帮扶故事

王会光

泊湖边的程岭村风光旖旎，有22个村民小组，该村作为今年出列贫困村，现有建档立卡贫困户203户728人。县里加大了对该村的帮扶力度，先后从县林业局、县供销社、县财险公司等单位抽派人员驻村帮扶，并建立了一对一帮扶联系人制度。

近年来，该村发展特色产业，养牛带动帮扶23户，养羊带动帮扶10户，合作社带动帮扶26户。引导劳务输出60户，易地搬迁4户，光伏帮扶30户及其他帮扶108户。这里面有着怎样的帮扶故事呢?

张莳妃：扶贫工作队帮我圆了大学梦

“要不是扶贫工作队的伯伯、叔叔，我可上不了大学，至今还在外面打工。”现在在浙江传媒大学读大三的张莳妃向我们说起这个很少人知道的故事。

张莳妃家在该村刘屋组，母亲不仅要照顾肢体残疾的弟弟上学，还要在学校食堂打杂工。父亲张春生，因小时候受过惊吓，身体状况不太好，仅靠做木工活支撑家里生活，还要供姐姐、弟弟和她读书。她家是全村出了名的贫困户。

2012年，她的姐姐考上了华中农业大学，对一个家庭来说，应该是件大喜事，在她家却让父母犯了愁。因为家里穷，且不说上大学，就连供养他们姐弟三人读完九年义务教育也够勉强，她家实在拿不出姐姐上大学那笔钱。怎么办？东凑西借，总算把她姐姐送上了大学。

2014 年，她在隘口中学读完高一，为减轻家里负担，外出边打工，边学习摄影。2016 年，高考落榜，情绪低落的她，在父亲不断的责骂声中，选择了外出打工逃避。一次，驻村帮扶工作队队长姚其水在入户调查走访时，她母亲含泪告诉了她的事。

此后，姚队长把此事放在心里，多方察访，终于打听到张莳妃的下落，并与她取得了联系。

“张莳妃，你想不想再读书？”

“你是谁？”

“我是驻你村帮扶工作队的帮扶人。”

“哦，谢谢叔叔！我想念书，但家里条件不允许我再念书！”

“如果你想复读，就回来，我帮你解决！”

当时，她听到姚队长这些话，心里一下亮堂起来，没等老板给她结算工钱，就匆忙赶了回来。

随后，姚队长把她家里穷，她想复读而读不起的情况向县供销社主要领导作了汇报，也就是她家帮扶联系人张厚国主任。不久，张主任与程集中学校长联系好了她在该校复读的事情。

“春暖花开，我终于迎来了那一天。2017 年我考上了浙江传媒大学，圆了大学梦，没有辜负关心、关爱所有帮扶我的人。在他们的关心下，我还享受了‘金秋助学’政策。如果没有他们，我上不了大学，圆不了大学这个梦！”张莳妃说。

胡玲玲：你敬乡亲们一尺，他回你一丈

80 后的姑娘胡玲玲，既是村计生专干、妇女主任，又是村扶贫包片负责人。2008 年，她从复兴嫁到该村南中组，因为有知识、有水平、能力强，不久，被乡亲们选为村干部。

看起来外表温顺，做起事来风风火火的她，计生、扶贫、党建、社保……样样少不了她。她手头上的事，是当天做当日毕，从不拖拖拉拉。她不仅有村里的事，还有家里的事，因此，双休日对她来说，是可望而不可及的。

“5+2”“白+黑”成为她的工作常态，以致村里人称她是“不怕累、不怕烦的好姑娘”！

乡亲们遇到难事或不解的事，总要找她。她耐着性子，不急不躁，想办法帮其解决，实在解决不了，耐心细致说明清楚，直到乡亲们理解为止。

“村里事就是这样，没有固定的工作日和时间。村里人手少、事情多而杂，大家加班加点是家常便饭。”

对她的赞扬，胡玲玲笑盈盈解释说：“乡里乡亲的，况且，人心都是肉长的，你敬他一尺，他就回你一丈，人都是这样!”

方西组的叶贵来，是胡玲玲责任片区的贫困户，一家 7 口。为帮助其脱贫，走出困境，胡玲玲总是挤出时间，每周不少于一次到他家拉家常，对他嘘寒问暖，了解情况。同时胡玲玲还宣传政策，结合他家实际，帮其制定了发展养殖、小额信贷、教育资助、光伏等脱贫措施。

“胡玲玲这个丫头，把我家的事当成自家的事，样样关心，像我亲生闺女一样!”叶贵来的妻子深有感触地说。

“现在，我家养牛一年收入 3000 元，养鸡收入 4000 元，另政策补贴 1900 元，光伏收入 1200 元，小额信贷入股村办企业，每年有红利，孩子读书还享受教育资助……”叶贵来如数家珍，滔滔不绝说着，“我家于 2017 年底脱贫，全仗胡玲玲这样有担当、为乡亲们办实事、热情周到的村干部啊！”

该村方西组贫困户江益嫫，有一个精神残疾的儿子。2018 年 7 月一天，儿子在家病情突发，她不知如何是好。胡玲玲得知后，立马放下手头上的事张罗着，与乡派出所联系，组织人员把江益嫫儿子送到破凉精神康复中心救治。

“多谢小胡姑娘，要不是她帮助，我不知咋办？”江益嫫老人不断说着，流下了感激的泪水，“我家遇到困难事，不分大小，她总是忙前跑后。2017 年，我家为 60 只羊销售发愁，大雪天，她到处找人帮助解决，还卖了个好价，让我们省心，多么好的姑娘啊！”

姚贵香：感谢党和政府帮我脱了贫

“我家能于去年脱贫，成为村里的脱贫示范户，要感谢党、感谢政府的扶贫政策!”走访中，与姚贵香面对面交谈，说及他家脱贫事，老人怀着感恩之心，从他落下的泪花便可知晓。

20 世纪 50 年代出生的他，是该村南中组 2014 年建档立卡贫困户，一家

7 口，3.7 亩耕地，劳动力少。妻子石玉花，60 多岁，患有肝、肺、胃多种癌症，为给其治病，家里早已一贫如洗。

“别说一个世代务农的贫困户，就是家庭条件好的人家，也经不起这样大病折腾。”县供销社帮扶联系人姚其水说。因此，大病致贫，成为他家贫困主要原因。姚贵香一方面坚持为妻子治病 ，一方面通过“351”“180”等医保政策搭建的绿色通道，解决了妻子治病的救命钱。

由于国家健康脱贫政策春风吹拂，县、乡、村各级帮扶组织关心、帮助，让一个身患多种癌症重病缠身的贫困农民从死亡线上重获新生。

为让姚贵香尽快脱贫，村“两委”和驻村帮扶工作队，给他家量身定制了健康、产业、教育、金融、光伏、就业等多措并举的脱贫措施，取得了明显的成效。

“2017 年我家养鸡 56 只，国家补助 560 元；入股勤丰园，资产受益增收 300 元；2017 年和 2018 年我家医保费用 2310 元，由政府代缴，享受‘351’政策，在省定点医院自付 1 万元，妻子的治疗费用全报销；入股光伏发电，村里帮助我家获得小额信贷 6000 元，自付 2000 元，2017 年收益 1198 元；孙女姚萍上大学，前两年享受雨露计划补助 7500 元，2017 年又补助 1500 元。”姚贵香算着一年的收入，“针对我的身体状况，且住在程岭街，村里给我安排了公益性岗位，做乡村环卫工，月收入 1500 元。儿子、儿媳在浙江湖州务工，一年有 5 万元收入……”说着说着，姚贵香老人脸上露出开心的笑容。

幸福花开，未来可期

——安徽师范大学帮扶安徽省宿松县三德村工作纪实

王会光　姚　岚　何其三

近年来，在安徽省宿松县凉亭镇三德村，不少群众过年时不约而同地把对精准扶贫政策的感激之情以及自身脱贫的喜悦之情写在春联上。临近新年，三德村脱贫户吴凤应贴在自家大门上的对联鲜艳醒目。“2020 年对联的主题与往年一样，也是为了感谢党，感谢帮扶我们村的安徽师范大学。”吴凤应说。

2014 年，安徽师范大学（以下简称“安徽师大”）对口帮扶宿松县三德村以来，依托自身优势，对三德村办学条件、师资培训、科技传帮带等方面进行帮扶，为三德村脱贫攻坚以及乡村振兴贡献了力量和智慧。

再穷不能穷教育

三德村地处宿松县凉亭镇西南边缘，曾属于大别山连片特困地区，过去交通不便，信息闭塞，经济发展落后。除了落后的经济，更让安徽师大驻三德村扶贫工作队队长黄德春忧心的还有当地落后的教育：教育设施老旧，教师年龄普遍偏高，教育理念以及教育方法陈旧……

安徽师大派出教育专家到宿松县授课

再穷不能穷教育！为改变三德村教育落后的状况，安徽师大扶贫工作队决定硬件与软件“两手一起抓”。为此，安徽师大调集全校力量，精准推进三德村境内光荣中学和光荣小学办学条件、师资队伍等方面的提升工作。

2018 年 5 月，由安徽师大投资 19 万元援建的宿松县第一所基础教育远程录播教室正式投入使用。借助网络平台，光荣小学与安徽师大附小的学生可同上一堂课，共享优质教育资源。

同时，为满足光荣中学和光荣小学的办学需求，安徽师大又先后捐赠价值 10 余万元的图书、教学仪器、办公设备和体育器材。学校还组织音乐学院和美术学院师生为光荣中学谱写校歌、设计校徽、绘制校园文化墙，使其校园文化建设上了一个新台阶。

如今的光荣小学，操场上孩子们嬉戏玩乐，教室内传出琅琅读书声，一个个健康活泼的身影，一张张天真无邪的笑脸，犹如春天的原野，充满着昂扬的生机活力。看着学校的变化，光荣小学校长张相阳满心欢喜：“感谢安徽师大的帮助，我教了这么多年学，从来没有想过我们村小学能变成如今的模样。”

2017 年 3 月起，安徽师大选派教育科学学院三名教授将培训课堂搬到了宿松县，为全县近 400 名中小学班主任和 400 名心理健康兼职教师开展了班主任工作和心理健康知识培训，把先进教育理念、教学方法送下乡、送进校。2017 年 11 月，安徽师大又为宿松县中小学学科带头人开展专项培训，

安徽师大志愿者到安徽省宿松县凉亭镇三德村开展支教活动

免除 95 名参训学员的培训和住宿餐饮费用，并派出学校 5 位专家，围绕师德修养与教师专业发展、学生核心素养培育与课堂教学改革等方面为参训教师授课。

“安徽师大发挥教师教育优势，开展教育扶贫，提升了帮扶村的办学条件，更提升了我们全县中小学师资水平，这是一件提高农村基础教育质量的大实事、大好事。”宿松县教育局政府督导委员会办公室主任郭方瑞说。

智志双扶，久久为功

“扶贫先扶志，扶贫必扶智。”这是黄德春嘴里常说的一句话。自驻村以来，安徽师大驻三德村扶贫工作队便将“扶智”与“扶志”摆在最重要的位置。

除了光荣小学，近年来，光荣中学也尽享安徽师大教育扶贫成果。2015 年，安徽师大在光荣中学设立“大拇指奖学金”，对品学兼优的贫困学子进行奖励，增强他们通过接受教育改变命运的信心。截至目前，“大拇指奖学金”已经连续评选了 5 期，共资助了 20 余位贫困家庭品学兼优的学生，其中 13 名学生在中考中取得优异成绩，被县重点高中录取。

这些年，黄德春在三德村走访时，每当看到贫困户家墙壁上贴着的一张张红彤彤的奖状，他都觉得这个家庭的未来充满希望，因为教育就是斩断贫困代际传递的利剑。

2018 年高考结束，三德村村干部找到黄德春：“黄队长，伢今年考了 628 分，被山东大学录取。眼看开学的日子快到了，学费都没凑齐。”村干部口中的“伢”名叫祝勇，三德村贫困户家的孩子，首届“大拇指奖学金”获得者。祝勇家中 4 口人，父亲早年在一次事故中摔伤，无法从事体力劳动，一个姐姐还在上大学，家境困难。

“不能让孩子失学！”黄德春立刻向学校汇报，为祝勇争取到了助学金，解了祝勇一家的燃眉之急。

开学前一天，祝勇找到黄德春，向他深深鞠了一躬：“感谢您的帮助，我一定会好好学习，将来做一个对社会有用的人。”

安徽师大对三德村的教育帮扶一直在延伸。在光荣中学校长张灿坤的办公桌上，每年都会出现一个名单，上面密密麻麻地写满了学生们的心愿，这

新冠肺炎疫情期间，安徽师大驻三德村扶贫工作队队员劝导村民不串门、不聚餐、戴口罩

些心愿会在安徽师大在该校举办的“微心愿”活动中得以实现。“只要是建档立卡贫困户家的孩子，工作队每年可以帮助他们实现一个小心愿。”张灿坤说。

对于教育扶贫，安徽师大驻村扶贫工作队有自己的思考。“教育扶贫不只是钱的问题，对一个少年来说，提振他们的志气，让他们感受到爱和温暖，这会影响他们整个人生。”黄德春说。事实证明，智志双扶是一项持久而有效的扶贫措施，对提振学生的精气神尤为重要。在安徽师大驻村工作队“教育优先”的扶贫理念支持下，2017 年至 2020 年，光荣中学有 143 人顺利考取县重点高中，其中贫困家庭子女就有 50 人。

扭住科技“牛鼻子”

推动贫困地区加速发展，提高当地群众脱贫致富能力是关键。安徽师大利用自身科研优势，扭住科技“牛鼻子”，多次选派优秀专家和骨干教师，为当地贫困户送技术上门。

余称心，曾是三德村贫困户，也是安徽师大科技扶贫的受益者之一。2015 年起，安徽师大驻村工作队邀请该校环境工程学院的专家对三德村果园进行土壤检测，同时邀请安徽农业大学林果专业教授对村内有果树种植发展意愿的群众进行技术培训，并带领他们到专业果苗培育研究基地参观学习。

对于安徽师大对自己帮扶的点点滴滴，余称心现在回想起来都历历在目：“安徽师大的桂晓骏老师，在寒冬腊月里帮我采集果园土壤样本”“黄队长帮我和村民沟通土地流转的事，连着好几天，嗓子都哑了”……

2018 年，余称心家的果园进入丰产期。他家的采摘园占地 200 亩，品种多，有小樱桃、李子、毛桃、油桃、黄桃、葡萄等。“安徽师大驻村工作队帮我们找来专家，教给我们新技术。我们这果子从不打农药，不施化肥，纯天然，绿色无污染，深受市场欢迎。”余称心说。由于他家果园产出的果子品质高，价钱卖得也好，200 亩果园一年纯收入能有 20 余万元，不但顺利脱了贫，还成为当地的致富带头人。

打理果园用工量大，余称心从本村和周边村请来十余人到果园务工，全是建档立卡贫困户。工资按天算，一天 120 元。有村民想要发展果树种植，余称心主动将他们请到自家果园，毫无保留为他们进行种植技术指导。如今，水果种植已经成为三德村的主要产业之一，成为三德村村民增收致富的一把“金钥匙”。

倾心帮扶，收获满满！如今，三德村贫困户全部脱贫，村集体经济逐年增长，越来越多的学生考上了重点高中、重点大学。每当想到这一切，黄德春觉得心里美滋滋的。打开新一年的工作日志，他郑重地在扉页上写下了自己对三德村的期寄：幸福花开，未来可期！

人间美境看金坝

王会光

“不知天堂是何样？或许天堂在眼前！”这是宿松县洲头乡金坝村村民的一句口头禅。2017 年 7 月 14 日，烈日炎炎、热浪翻滚，宿松县“美丽乡村”及“脱贫攻坚”采访团一行来到全国最美宜居示范村——安徽省宿松县洲头乡金坝村采风。近看这里流水潺潺、道路通达、大棚棋布；放眼望去，富有徽风皖韵的民居楼房，鳞次栉比，井然雅致，各种产业园环绕村庄，绿树掩映，花木争荣。好一幅现代农家乐园图！

产业围绕村庄转

说起金坝，人们自然会想到金坝的葡萄、草莓、柑橘、苗木花卉等，这些一直都是当地扶贫的主打产业。2010 年，金坝村走出去，借鉴四川成都龙泉驿区发展农业特色产业经验，对该村所有土地实施流转，总投资 1.5 亿元建成金坝万亩现代农业产业园区。

据村支书石卫东介绍，围绕村庄转的 3800 亩葡萄采摘观光园、120 亩草莓采摘观光园、300 亩柑橘观光园、600 亩林木生态观光园……是一道道风景，在惠及全体村民的同时，为该村实现了华丽转身。

2016 年，该村通过土地流转租金、分红、务工，种植葡萄、草莓、柑橘、果蔬“无公害农产品”和“绿色食品”，发展林木花卉，开展乡村休闲旅游观光等产业，村人均年纯收入达 1.4 万元。

村庄围绕产业建

走进金坝村，清水河自北向南穿村而过，沿途明朝的楠木庙、清朝的古龙潭、葡萄等观光园呈现在眼前，处处是风景。

产业围绕村庄转，村庄围绕产业建。产村高度相融，这是金坝美丽乡村建设特色和亮点。近年来，该村围绕产业与市场匹配对接做文章，村“两委”在发展村级产业强筋壮骨实现“软着陆”同时，还在村庄建设上加大投入，为村级产业铺路大开绿灯，实现了“硬着陆”。硬化、绿化、袋装化、亮化、美化、文化等系列围绕产业的惠民工程纷至踏来，依次推进。

“这里天更蓝了，水更清了，路更宽了……还有乡亲们脸上笑容更多了!”来这里参观游玩的人都这么说。

石卫东书记介绍：“我村正在积极争创国家4A级现代农业生态旅游示范区，已投入9000多万元完善休闲、观光、旅游基础设施。”

目前，贯通该村南北的金洲大道和金洲大桥修葺一新，金坝街两侧房屋统一为徽派风格样式，上档次的龙潭人家可提供吃、住、休闲等综合服务。同时对古景观楠木古庙、古龙潭、清水港、清水古桥、原生态荷花塘进行了改造，并新建了葡萄交易观光长廊、休闲广场、停车场、6.6千米观光路，新增绿化6万平方米，安装景观灯260盏。

“这两年村庄围绕产业建，我们村这一届党总支确实办了不少实事、好事，我们群众打心眼里拥护他们。”村民汪彩霞说。

去年，金坝村被县委、县政府授予“先进（村）社区”称号。

安居围绕乐业转

美丽金坝和谐发展，村民尽享村级经济发展带来的红利，这里产业岗、创业岗、公益岗等就业机会遍地开花，不会有人因无岗位而失业，人人有事干，家家有奔头，安居乐业，共享和谐，幸福指数是节节攀升。

贺金水夫妇是村里困难户。1966年出生的贺金水，体重肥胖，大脑不太好使，没有合适的事可做，就业困难，村里就安排他在公益岗位做环卫工，可兼打零工，年收入有1.2万元。妻子熊菊红，身高只有一米三四，如在葡萄园干活，有诸多不便，村里专为她设了“交通安全特殊岗”，叫她做交通劝导员，月工资 1500 元。另外，贺金水家 3 亩地，每亩流转金 950 元，国家综合补贴 120 元。同时，两人为 B 类低保户，一年政府补助 4600 元，全家收入 37810 元，人均年纯收入 18900 元，走出了贫困线，被评为“2016 年县级脱贫示范户”。乡领导上门，敲锣打鼓给他家送了 2000 元脱贫奖励金。

“贫困户贺金水夫妻俩村里安排公益岗得到的实惠，在我们村只是其中一例。”村支书石卫东说，“我们村里，只要是建档立卡贫困户，凭扶贫手册，均可到村里居家就业扶贫基地和残疾人就业扶贫基地就业，种葡萄、吊瓜……一年下来，收入 2 万—3 万元是轻而易举的事。”

据了解，该村 2017 年要脱贫的 68 户 197 人，将通过该村特色产业、办理小额信用贷款、实施光伏项目，同时用基地带动、增设公益性岗位、开展技能培训、提供岗位信息，帮助引导他们多渠道就业脱贫。

三个村庄的七十年巨变

孙春旺

七十年，峥嵘岁月弹指一挥间；七十年，中华大地旧貌换新颜。历史上素有“鱼米之乡”美誉的宿松县九姑乡也在这七十年的时光变迁中，发生着巨大的改变。这里每一处变化，都见证了农村的高质量发展与日新月异的变革。踏着六月乡村泥土的芬芳，笔者来到了九姑乡，探访七十年来三个村庄“旧貌换新颜”的故事。

强基固本，让村庄环境美起来

六月的单岭村特别美丽，公路边、田野里、山冈上，到处盛开着野茴香，一束束洁白的花朵，在微风中摆动。

走进单岭村，村道干净、民房整洁、绿树成荫，让人耳目一新。写着“人穷志愈坚，致富路更宽”“人生行万里，法律记心里”“情系困难群体，奉献诚挚爱心”等内容的文化墙映入眼帘。

“这些文化墙展现了先进文化，传播了文明新风，我们这儿的老百姓非常喜欢。”单岭村党总支书记杨习祥介绍说，“近几年，单岭村先后被评为‘省级美丽乡村示范村’‘省级法治示范村’‘全县文明村街’，这些荣誉对我们来说，既是肯定也是动力。”

单岭村是宿松县九姑乡地理位置比较偏远的一个行政村，共 24 个村民小组 3700 多人口。20 世纪 90 年代之前，这里没通电、没通水泥公路，更不用说有线电视、自来水。回忆起那时的生活境况，年近八旬的周加保仍记忆犹新。他说，从外面通到单岭村的路，只有一条狭窄的土路，晴天尘土飞扬，雨天泥水翻滚，村民运输农作物都是靠用人力拉的板车，住的都是清一色砖瓦房。

如今，单岭村发生了翻天覆地的变化，昔日的土路都建成了水泥路，通了自来水，装了有线电视，有很多家庭还安装了宽带，全村 24 个村民小组实现了水泥路“组组通”；五保户、贫困户，以前住的危房都改造成了新房。

不仅如此，单岭村还通过深入推进美丽乡村建设、乡村振兴建设，将沿河的 1000 多亩荒滩全部改造成了良田；将村里 300 多间危旧房全部拆除，将其改造成了 170 多亩耕地；在每个村庄都投放了垃圾桶，常年安排 6 名环卫工负责生活垃圾的收集和运输工作；在美丽乡村建设中心村，修建了综合文化服务中心、全民健身广场。

“自村里建起了全民健身广场，打麻将的人越来越少了，村里的男女老少都喜欢去广场娱乐健身。”谈起村里变化，杨习祥自豪地说。

其实，村里的每一点变化，村民们都是有目共睹的。邻里纠纷少了，盗窃案件少了，赌博行为也少了。一桩桩、一件件，都见证着单岭村从落后到先进的发展过程，这也是九姑乡推进文明村庄建设的一个成功缩影。

产业兴农，让村庄家庭富起来

每年六月，是白马村最忙碌的时候，大棚蔬菜基地里，每天都活跃着工人们采摘和搬运蔬菜、瓜果的身影；而在水稻种植基地里，则每天都能看到工人们在忙着抛秧、施肥、喷药的场景。

以前，白马村是宿松县九姑乡经济条件落后的行政村之一，共有人口 3328 人。虽然这里山地资源丰富，但在很长的一段时期得不到有效利用，当地干群只能是“望山兴叹”。

如何才能盘活山地资源？进入 2000 年之后，白马村村“两委”一班人根据乡党委、政府的决策部署，充分利用宿复公路线、太下公路线横穿白马村的交通优势，打响“招商引资”牌，以及大力引导村民走农业产业化发展之路。

经过十几年的不懈努力，如今，白马村共引进产业扶贫项目 8 个，发展农业种植大户 11 个，年解决就业人员 200 余人。同时，使闲置、荒废的几千亩耕地得到可持续利用。

51 岁的高治姣，在安徽省金安禽业有限公司就业有 12 个年头了，她是该公司落户白马村后招收的第一批员工。12 年前，高治姣因为在家门口找不到工作，不得不跟着丈夫一起外出打工，但无法照顾家里，上初中的儿子只得托付给年迈的婆婆照看。

“在家门口打工，收入不但不比外面少，而且可以照顾家庭。”如今，在白马村有 100 多个村民，像高治姣一样，通过在家门口企业就业，解决了生活来源和家庭上的后顾之忧。

20 世纪 80 年代，项四水家是白马村出了名的贫困户，因为家里兄弟姊妹多，他只读到初中一年级就辍学了，30 岁时还没处到对象。2003 年，他在乡党委、政府的引导下，走上了花木苗圃种植之路。经过十几年的发展，基地从当初 10 亩发展到现在 1000 余亩，并安排 30 名贫困户在这里长期就业。

年近六旬的何普生，因儿子患病去世，成了村里贫困户。2017 年，他在村委会的帮助下，流转 200 亩耕田种植水稻。两年下来，不仅摘掉了穷帽子，而且在家里盖上了漂亮的楼房。

农业产业扶贫项目的落地生根，产业化种养殖不断走向规模化，使白马村步入经济发展的“快车道”。进村的路变宽了，村民的房子变高了，一个个家庭富起来了。

据白马村党总支书记何楼风介绍，2018 年，白马村脱贫率达到 98%，人均收入由 20 世纪 90 年代的 2000 元提升到去年的 9100 元；80%的家庭购买了汽车，不少家庭除在家里建了楼房之外，还到县城和发达城市购买了房子。

教育强村，让村庄名气响起来

陈屋，原是宿松县九姑村一个十分落后、人口不足 300 人的村庄。20 世纪 80 年代之前，这里找不出一个大学生，更找不出一个小学毕业的女性。直到 20 世纪 90 年代，这里仍处于贫困户多、文盲多和光棍多的现状。

九年义务教育的施行，为这个村庄的发展播下了希望，也为这个村庄实现崛起提供了政策保障。

“从 1980 年至今，陈屋组共有 49 人考取大学，其中女性 14 人；拿到硕士学位的有 12 人……”翻看村里档案，九姑村党总支副书记孙春火一脸的自豪。

孙春火介绍，过去，村里人因为家里穷，一般不让女孩子上学；兄弟姊妹多的，一般只让排行第一的男孩子上学。国家大力推行九年义务教育之后，伴随着学费、书本费的减免，村里人才开始让女孩子读书和让喜欢读书的孩子完成学业。同时，国家还在高中、大学设立奖学金和助学金制度，让更多的寒门子弟享受到更好的教育。

年近五旬的孙火明，是见证中国教育体制改革惠及民生的亲历者。出生于20世纪70年代初的他，小时候因为家里穷，父母只让比他年长4岁的哥哥读到了高中，但没让比他年长两岁的姐姐读书，他和弟弟都没读完小学。步入社会后，因为没有文化，一直找不到合适的工作，后来选择厨师这个职业。孙火明说，虽然自己没什么文化，但幸亏孩子赶上了国家实行九年义务教育和奖学金、助学金制度，现在他的一双儿女不但都考上了大学，而且通过享受助学金，顺利完成了大学学业。

教育扶贫政策的实施，不仅改变了几代人的命运，也改变了村庄的命运。从陈屋组走出的孙百胜，大学毕业后，利用掌握的知识，在合肥创办了公司，并通过十几年打拼，积累资产十几亿。成功后，他不忘回报桑梓，共拿出300多万元，为家乡陈屋修建了水泥路、改造了当家塘，还修建了祖堂。同时从2016年起，每年拿出数万元现金慰问村里60岁以上的老人。前不久，他又拿出30万元现金捐给宿松县五里乡“3·22”事故伤亡者家属。

在孙百胜的引领下，长期在北京创业的陈屋组第一个女大学生孙淑玲，也加入到回报社会、回报家乡的公益事业行列。哪里有求助，哪里就有她捐款的身影。从去年到现在，孙淑玲共拿出6万元爱心款，帮扶困难家庭。

如今，孙百胜、孙淑玲等人的名字连同村庄的名字一起，频频见诸报端。通过他们的事迹，不仅让外界看到了农村的变化，也看到了农村人的变化。而这一切，归功于七十年来国家出台的各项惠民政策。

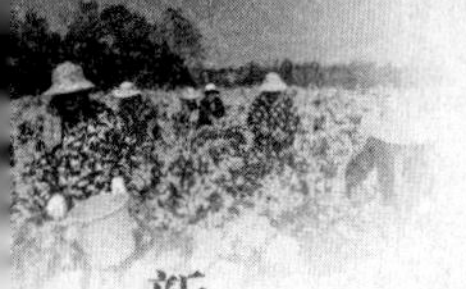

特困人员过上了好日子

王会光　何　晓

高岭乡残疾人之家

“贫穷遮不住，毕竟东流去。”来柳坪乡敬老院生活 6 年的该乡长溪村江冲组、曾当过人民教师的 81 岁五保老人吴仲鳌深有感触地说，“党和政府对我们这些五保老人好哦。”

为巩固社会保障兜底脱贫成果，近年来，宿松县民政局按照省、市安排，逐步提高特困人员供养标准，完善特困人员养老服务体系，抓好农村特困供养工作，保障了困难群众生活质量，让特困人员在晚年过上好日子。

保障兜底，衣食无忧

今年 5 月，77 岁的欧安民突患脑梗死坐上轮椅，失去生活自理能力，原本就孤身一人的他，在医院手术后住进了宿松县孚玉镇中心敬老院。孚玉镇中心敬老院安排护工欧文彩 24 小时陪护他，喂饭喂水、换衣洗澡、导尿导便，吃喝拉撒全都管，晚上还跟老人住一个房间，防止他从床上跌落。

“像欧安民这样的失能老人，我们这里有 9 个，按照县民政局要求，全部都安排专人护理。”孚玉镇中心敬老院院长张更东说。

孚玉镇敬老院住着21名集中供养的特困老人。在敬老楼201房间，笔者见到该镇小湾村黄一组78岁的尹少江和76岁的吴习娇老夫妻俩。他们的房间收拾得窗明几净，一尘不染，床上铺着半新的被子，脸盆、水桶摆放在桌子底下，几套簇新的衣服挂在柜子里。整个房间干净整洁，没有一点异味。

“这里每个房间都有空调、电视，有独立卫生间。”吴习娇笑着说，“我们老两口2016年入住，在这里真是享福，到点打铃去食堂吃饭，每月专人给我们洗头洗脚、剪头发、修指甲，吃喝穿着不用我们操半点心，院里还每月发50块钱给我们零用，贴心得很。”

敬老院内老人生活的改变得益于2018年宿松县民政局开展的生活质量提升工程。“为进一步提升农村特困供养对象生活质量，助力脱贫攻坚，2019年1月，县民政局为全县1306名集中供养的农村特困对象购买了棉衣棉被、日常生活用品等。对供养机构生活设施和院民生活设备陈旧或缺少，安排132.4万元彩票公益金作为补助，进行改造升级。”宿松县民政局局长石俊说。

同时，县民政局争取上级民政救助资金，对全县2600多名散居五保特困对象，按每人800元标准，购买床上用品、过冬衣物，让这些人享受到党和政府的温暖。

健康检查，医疗无忧

近年来，宿松县特困供养人员不仅衣食生活无忧，而且政府通过购买服务，让他们在看病等方面也无后顾之忧。

河塌乡新页村陈湾组81岁老人朱四国2012年腊月就住进了该乡敬老院。这些年，他再也不用担心自己的头疼脑热，只要身体稍有不适，院里就会派医生为他诊治。

“床头配有呼叫机，如果半夜有点不舒服，我只要按一下这个按钮，护工马上就会过来。”朱四国说。

河塌乡敬老院内建有标准化医养结合示范中心。在处置室内，笔者看到，血糖测试条、血脂测试仪、手动吸痰器、听诊器、血压计、体重秤、蒸汽灭菌器等一应俱全。

柳坪乡敬老院被群山环抱，这里环境优美，但地理位置相对偏僻，交通不便，老人们身体不适，如有紧急情况一时难以送到大医院就诊。

“自从建了院内医务室后，老人们随时可以量血压，测血脂、血糖，掌握自己的健康状况，小病不出敬老院就能得到治疗。”柳坪乡敬老院副院长陈民主说，“院内解决不了的，我们都会派专车送到县级医院，特困供养对象合规自付费用由民政部门全额报销。”

集中供养特困人员年龄普遍偏大，有的还是失能老人。“我们每天晚上都安排专人值班，巡视老人身体情况，保证院民身边 24 小时不脱看护人员。”陈民主说。

从 2018 年开始，宿松县民政局投入资金 237 万元，在全县 26 所养老机构内设置了医务室或护理站，添置治疗器具、护理型床、轮椅等，并为散户失能人员提供居家养老服务，由附近的乡镇卫生院或村卫生室提供家庭医生签约服务，定期派医护人员上门做健康检查。每年都会组织特困供养对象进行大型体检，为每位老人建立健康档案。截至目前，已支付五保户住院护理保险保费 57 万元，拨付和发放失能护理补助 39.8 万元。

据了解，宿松县敬老院都内设医务室，比省里要求的 80%标准多 20 个百分点，达到了 100%。

采访敬老院老人

宿松县还修改完善医疗救助实施办法，提高医疗救助标准。2018 年，县民政局批准救助 1050 人次，拨付救助资金 366.1 万元，资助低保户、特困供养人员参保参合率达 100%。

“我县还建立乡镇临时救助备用金制度，拨付备用金 76 万元。去年批准救助 820 人，临时救助资金 167.4 万元，发挥了救急救难作用。”宿松县民政局低保办主任朱正才说。

活动丰富，快乐无忧

走进高岭乡敬老院，三面鲜艳的红旗在旗杆的顶端高高飘扬，院内广播里播放着婉转的黄梅戏，79 岁的吴桂花老人正躺在藤椅上眯着双眼午休，享受着安逸祥和的晚年生活。

“为了丰富院内养老人员的精神生活，我们经常邀请义工组织和文艺团体来演出，端午、中秋、春节，每一个节日都会组织一些活动，让老人们一起欢度。”高岭乡敬老院负责人赵长水说。

不仅如此，高岭乡敬老院还专门建有活动中心，娱乐室里可以下棋玩牌，图书室里可以看书写字，多功能厅里可以看电视，老人们还可以聚在休闲室里聊天喝茶。这些功能室内都安装了吊扇、空调，墙壁上的《二十四孝图》令人赏心悦目。

“这里活动多，闹热得很，比一个人住在家里舒心多了。”一位曾姓老人声音洪亮地告诉笔者。

高岭乡敬老院住着 5 名老党员，赵长水专门开辟一间房子作为党员活动室，经常把他们组织在一起，讲讲革命故事，畅聊党的革命历程，让他们过上了正常的党组织生活。

为完善三级养老服务体系，宿松县建设了 1 所县级养老服务指导中心、4 所乡镇养老服务中心和 105 所村（社区）级养老服务站，全部建有老年人娱乐休闲活动中心，配备相关娱乐活动设施设备，实现了民有所乐。

“我们将努力为全县特困供养人员提供更加舒适、更加丰富的养老服务，满足民众多层次多样化的养老需求，让他们过上一个幸福的晚年，让更多的贫困家庭享受改革发展的红利。”石俊说。

脱贫攻坚奖章背后的税务力量

陈含影　虞成君　程瑛婷

2020年10月，对于安徽龙成农林发展集团来说，注定是段值得纪念的日子。旗下的安徽省龙成生态农业有限公司被全国工商联、国务院扶贫办授予“全国‘万企帮万村’精准扶贫行动先进民营企业”。随后集团董事长被国务院扶贫开发领导小组授予“全国脱贫攻坚奖奋进奖”，成为安徽省唯一获此殊荣的民营企业家。

抚摸着两本大红证书，吴伍兵万分激动：“国家把‘发展生产脱贫一批’置于首位，是对广大企业尤其是我们民营企业的最大信任和鼓励。现在税收优惠政策落实到位，办税环境好，企业发展有保障，我才有信心投身脱贫攻坚战。”

开出税收“良方”

5年前，吴伍兵怀着报效桑梓的诚心，回到家乡宿松县创办安徽省龙成生态农业有限公司，发展油茶种植和销售产业，立志带领父老乡亲脱贫致富。

创办初期，公司政策不清、资金紧张的窘境落在税务部门眼里。为了支持农业综合开发，税务部门“四送一服”政策指导小组多次实地走访企业，解读促进就业创业、涉农税收优惠政策，并辅导企业进行减免退税、投资抵免和税前扣除等操作，为企业起步节省资金。企业发展渐步正轨后，省、市税务部门领导也多次深入企业，进厂房、下车间、面对面座谈，实地考察生产和运营情况，了解税费缴纳、优惠政策落实等情况。2019年，省经信委资助12万元支持安徽省龙成生态农业有限公司完成270亩油茶栽种。在申报企业所得税时，税务工作人员告知企业，公司主营项目是油料作物种植，能够享受企业所得税免征优惠。

“这些年来，得益于税务部门的政策指导，为我们在税收方面开出很多‘良方’，减轻了企业不少负担，也鼓舞了我们的发展信心。”据吴伍兵介绍，下一步企业还要继续扩大油茶栽培面积，力争2022年达到10万亩，油茶籽油产量达到8000吨，真正实现“荒山绿、生态美、百姓富、税收增”的目标。

打响政策“算盘”

公司法人吴伍兵不仅致力于发展家乡农业事业，也一直热衷于社会公益事业。他以安徽省龙成生态农业公司为母公司，创立龙成集团，主营油茶加工、化工制造、旅游等项目，带动了当地大批贫困人口就业。自2013年以来，该公司支付农户荒山租金、农副产品售金、贫困子女助学金6690余万元，捐款捐物累计381万元。

税务部门“四送一服”政策指导小组走访公司时，得知这些捐赠情况，向吴伍兵普及企业所得税法关于公益性捐赠规定——企业通过公益性社会团体或者县级以上人民政府及其部门，用于法律规定的公益事业的捐赠，能够在计算应纳税所得额时扣除。同时，税务人员为企业申请公益性捐赠税前扣除资格的条件和程序进行专项辅导：“现在是龙成集团发展的关键阶段，公司经营项目发生变化，后期部分项目需要缴纳企业所得税。规范的公益活动，不仅可以有效地保障企业资金，而且每年通过企业所得税减免所省下来的资金可以更好地帮助贫困户，可谓双赢。”

“以前没有考虑这么多，平时捐赠时，很多都是从个人腰包里进行捐赠。以后我要注意了，有这么好的税收政策，不仅我自己要积极，也要让企业参与进来，形成企业公益捐赠的良好氛围。”吴伍兵很坚定，要将脱贫攻坚和公益活动当作自己和企业的一份重要责任。

提供服务“升级”

为了优化营商环境，助推企业发展，税务部门扎实开展“四送一服”工作，深入推进“一厅通办”“一窗通办”“全程网上办”等便利办税举措，

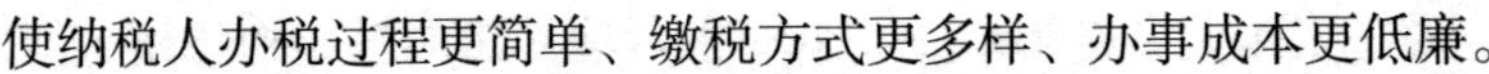

使纳税人办税过程更简单、缴税方式更多样、办事成本更低廉。

安徽省龙成生态农业有限公司流转荒山9万亩，栽培油茶4万亩，主营油茶种植、加工、销售项目，符合国家免税政策。在办理免税备案业务中，财务总监吴泽鸿感慨："现在办税真便捷，资料齐全，即来即办，一次性成功。"吴泽鸿亲历的从办税厅办税的单一模式到大厅申报、网上申报、自助办税等多重选择的变化，使他深有感触。随着改革不断推进，办税的时间成本和人力成本不断降低。

"不仅企业完全享受了税收优惠，税负轻了；办税工作量减轻了，财务人员也跟着减负了。"吴泽鸿笑道。

脱贫户过上了好日子

王会光　吴金旺

为打赢脱贫攻坚战，助力脱贫攻坚，宣传树立脱贫致富典型，近期，宿松县启动“美丽乡村和精准扶贫”系列采风活动，采撷和记录的一组组精彩画面和故事，浓缩和展示了宿松县精准扶贫取得的新成果。

办厂脱贫富了家

“感恩服饰”，一个服装厂起这么好听的名字，这是谁开的？2017 年 6 月 20 日下午，烈日炎炎，由宿松县委宣传部、县文联、县作协组成的“脱贫攻坚”采风团 10 余人，冒着酷暑，驱车 20 余千米来到采风第一站凉亭镇三德村，一下车便看到紧邻村部的一家服装厂，大家都很好奇。

“该厂主叫石加林，他是一个脱贫户。以前在上海打工，也挣了一些钱，但是后来他孩子生了重病，花光了家中所有积蓄，最后孩子还是不幸夭折，弄得人财两空。他家的几间破旧老屋，在去年洪灾中倒塌了。母亲又常年生病，欠了一屁股债，妻子对这个家庭彻底失望了，一气之下，离他而去。”从村支书祝金华的的介绍中得知，石加林原来很不幸，但他很有骨气。石加林在享受到国家易地搬迁扶贫政策、由术东组迁到 G105 旁集市附近的扶贫搬迁户住宅区、分配到一套 100 平方米崭新的房子后，在乡村干部的张罗下，他在村部旁租了一栋 200 多平方米的厂房，开起了服装加工厂。几年下来，他把服装厂经营得风生水起，生意煞是红火，他家很快脱了贫，逐渐走上了发家致富之路。

“现在我有 10 多台机器，7 个工人在我厂里打工，只要肯干，人均每月可挣到3000多块钱，不足3000元的我补足。对特困户，我每月还提高他10%的工资。”石加林笑着说。如今他当上了小老板，找了一个外地姑娘，组建了新家庭，他已经非常满足了。“2016年洪灾爆发时，他还买了1500套服装，由宿松义工协会捐赠给了灾区。”镇扶贫站胡祥赞扬他说。

养殖脱贫是好招

三德村村民余东华，67岁了，未脱贫前，老伴常年生病，家里养了三四只羊。懂养殖技术的他，由于缺少资金，养殖总是上不了规模。2016年，通过小额信贷担保，他贷款5万元，把养殖规模扩大了，现在养了300多只羊。为此，村里还帮他租荒山，建羊圈。余东华抱养的女儿也找了个女婿，以前他们常年在外打工，现在也回来帮他养羊了。

“喂！这里！这里！”我们循声来到余东华的养殖山场，一位戴着崭新的麦草帽、穿着黑套裙和黑长筒靴的美女让我们眼前一亮，原来她就是余东华的女儿余引弟。“嘿！咩！咩！咩！”等我们到来后，姑娘就踏着杂草和荆棘丛生的山地到松树林里赶羊去了。当我们跟着她走近可爱而健壮的波尔羊群时，她的丈夫也出现在我们视线中，一幅绝美的《山林夫妻牧羊图》瞬间呈现在我们面前。

“羊吃饱了才回去，天下雨羊就容易生病，不能吃有露水的草。”这位长得结实而憨厚的小伙子走到我们面前说。从交谈中得知，他叫陈百宁，怀宁县人。为了孝敬老人，为了发家致富，也为了甜蜜的爱情，他们决定放弃大城市里热闹的打工生活，回家帮助老人扎根山场养羊，他已习惯了这里的生活。为了养好羊，他到太湖县周边等地取经，已经学到了很多养殖技术。这对年轻人以孝为先，敢闯敢干，甘于寂寞，其行为深深地感动着我们。他岳父在山场另一头，养了140多只土羊。同时，他家承包了十几亩旱地，种草、种玉米、种黄豆，为养羊提供食料。他们还在西边塘租了场地，用来盖羊棚。“每只羊可卖1500—2000元，一年可获利几十万元。”村干部余天国给我们粗略地算了一笔账。

思想脱贫受人夸

在夏家村，在村干部的带领下，我们来到脱贫户姚应来家。当时，老姚外出干活去了，其侄儿正在他家堂屋后面桌子上认真做作业，给人一种静谧而温馨的感觉。“来，进来，进来坐一会儿！”刚跨进门，老姚的妻子祝雪飞十分热情地跟我们打招呼。“你现在住在这里生活还好吗？”我们开口便问她。“好得很，好得很！瓦屋凉快，夏天一点都不热。”祝雪飞连声笑着说。

“她家的三间小瓦房，是2015年用国家危房改造资金建造的。”村干部姚主任向我们介绍，祝雪飞患有肌肉萎缩症，只生了个女儿，今年23岁，经镇里培训，在镇上做裁缝，每月能挣2000—3000元钱。另外，村里的光伏发电扶贫项目，30户一个点，其发电量集中并入国家电网，贫困户自愿入股。她家入了股，每年可直接获利3000多元。

“以前我家吃低保，现在政府帮我家脱了贫，再也不能要国家的钱了。”祝雪飞笑着摆手向我们示意说。“这家人姿态很高，县纪委许书记下来慰问时，给他家500元钱，他们坚决不要。”村支书余长根说，“这家人思想上首先脱贫了。”

搬迁脱贫安新家

离开夏家村，我们马不停蹄地赶往太阳村省级美好乡村建设示范点祁雨山。这里小桥流水人家的宜居环境，给人耳目一新的感觉。一排排徽派建筑鳞次栉比，均为灰瓦白墙，煞有气派。一条小河在美丽山庄和绿色田野之间穿过，两岸仿长城围墙，优雅而美观，河水洁净，潺潺流淌。民众文化乐园坐落在广场中间，舞台背景墙上“太阳村民众文化乐园”几个鲜艳的大字在阳光的照耀下熠熠生辉。几个小男孩乒乓球打得正欢，对我们的到来，似乎全然不知。

“这里既是美好乡村建设点，也是易地搬迁安置点。这个示范点沿线共有323户1000多人。我们通过一事一议，对河道进行了治理，以保护凉亭母亲河。另外，每个贫困易地搬迁户可分得一套三层的房子，价值18万元。”村支书陈后荣说。

当逛到一位老人家门口时，我们连忙进去看望一下。老人叫贺得仁，今年63岁，他的儿媳妇与儿子离了婚，孙女在附近读初中，两个孙子在镇上读小学，他和老伴在家陪读，让儿子在外安心打工。“去年发大水时，我老家吴屋组的旧房子被洪水冲倒了。现在国家政策真好，让我家住上环境这么美的楼房，我们现在的生活真的比蜜甜。这要感谢党和政府哦！要不然我一家人还不知怎么生活下去呢！”老人牵着两个孙子笑眯眯的，他怀着真诚感恩的心不停地对我们说，“我家上下两层有四间房，这栋房正好适合我家住，家里有自来水、冰箱、厨房、卫生间，方便得很。”

精准扶贫巧施策，凝心聚力促致富。通过当地政府的大力帮扶，像这样的脱贫户，在凉亭镇越来越多。据了解，自 2016 年以来，仅三德村就有 107 户 319 人顺利脱贫；夏家村 3 年 155 户 571 人彻底摘掉了穷帽子。近年来，凉亭镇聚焦中心工作，致力脱贫攻坚，很多贫困户共享了国家精准扶贫政策红利，逐步脱贫致富，过上了幸福美满的新生活。

在希望的田野上

——宿松县农民脱贫致富奔小康

王会光

金秋时节，稻谷飘香，正是稻子收割的繁忙季节。

“今年是个丰收年，我家脱贫没问题。”2018 年 10 月 19 日下午，笔者来到长铺镇横山脚下横山村境内的宿松县东盛农业发展有限公司粮食收烘基地，见到该村小屋组种粮大户余招木。他正忙着把自己辛辛苦苦流转一百多亩稻田，打下来的金灿灿的稻子售给供销社收烘基地。拿到厚厚的票子，他喜笑颜开。

一

“余招木，50 岁，是我村 2014 年建档立卡贫困户，一直独身。虽有低保，与侄子一起生活，仍未脱贫。今年村里支持他通过流转的形式，把周边

宿松县程集供销社粮食收购及烘炕基地

外出务工乡亲们的120亩水田，包下来规模种稻。”村委委员余泽华介绍了村里帮助余招木脱贫的实招。

程集供销社主任石学东为余招木今年流转120亩水田收益算了一笔账。平均亩产1500斤，年产量是18万斤，按每斤1.1元收购，销售额19.8万元，除去每亩1000元种子、化肥、农药、人工等成本费用，年纯收入近8万元。另外，国家每亩有10元种田补贴，规模种植还有政策倾斜。

基地周边贫困户在基地务工

横山村自古以来有粮仓之说，是名副其实的“鱼米之乡”。该村有49个村民小组，1420户5480人，2014年建档立卡贫困户293户944人，今年拟脱贫86户207人。国土面积14.265平方千米，其中：耕地面积6150亩，水面面积1610亩，山林面积4800亩。

这里山清水秀，是山林丘陵地带，气候温和，适宜种稻。这里农民以种稻为主，是长铺镇的产粮大村。看得出今年又是一个丰收年，这里到处是“喜看稻菽千重浪，遍地英雄下夕烟”的丰收画面。贫困户们更是心里乐开了花，因为，他们的脱贫终有了盼头。

他们把丰收的粮食一车接一车送到当地供销社粮食收烘基地，一沓一沓的花票子塞满了口袋，怎能叫他们不高兴呢?!

据了解，从9月28日开始，收烘基地每天车辆轰鸣运粮忙，乡亲们高高兴兴来售粮，丰收后的喜悦写在脸上。基地呈现出欢声笑语、热闹腾腾的场景。

装卸、堆垛、铲粮、装箱、烘干、回库……一系列流程，收烘工作有条不紊地进行着，工人们汗流浃背紧张忙碌着……一垛垛烘干后堆高的金灿灿的稻谷展现在人们面前，似一座座金黄色的山峰，见证着稻花香里说丰年，富民政策暖人心啊！

二

“程集供销社对我们产粮户不仅在产前化肥、农药、农资方面上门服务，而且在产中和产后的测土配方施肥、技术指导、收购、烘干、储存、销售等方面实行一条龙服务。”贫困户何招福说，“我们非常感谢供销社给我们老百姓提供了一个脱贫致富的好平台。”

三口之家的何招福老人，是2018年横山村东何组的脱贫户，70多岁，种了10亩稻，当年可净获利6000元。

“国家有什么政策，我们尽可能向你们倾斜，到时我社跟村里联系，你们把粮食卖给供销社，我们给最高的价格。”程集供销社主任兼东盛农业发展有限公司理事长石学东对前来售粮的贫困户们说。

程集供销社为践行供销社为农服务宗旨，助力该县打赢脱贫攻坚战，2016年投资600万元的农业综合服务中心对当地农民6000亩土地进行托管，

务工的贫困户在基地装卸丰收的粮食

为农民提供耕、种、管、收、加、储、销等全方位服务。带动长铺、高岭、程岭和周边乡镇农户8000余户，30余人就业，户均增收2000元，服务区域辐射到11个乡镇。

“由于辐射区域广，收烘基地最高纪录一天能收稻7万—8万斤，预计今年能收购4000吨。”工作人员梁自强说。

因此，基地和服务中心成为当地农民脱贫致富奔小康的孵化器。

长铺社区宋垅组贫困户徐玉英在基地开稻铲车每天200元；横山村程家大屋贫困户王菊英在基地烧锅炉每天120元；横山村田蒲组贫困户陈友保在基地做杂工每天几百元不等……

三

长铺镇横山村发展水稻种植，当地供销社搭建粮食收烘平台，带领当地农民脱贫致富只是该县的一个缩影。

宿松是一个农业大县，改革开放40年来，该县209个村发生了翻天覆地的变化。农家楼房一幢幢拔地而起已成常态，一条条乡村水泥道路伸向四面八方不足为奇，一个个项目落地生根、开花结果不是新鲜事……一项项富民政策，撬动该县乡村发展，到处呈现出莺歌燕舞、欣欣向荣、旧貌变新颜的画卷。山青了、水秀了、路亮了……农民们的幸福指数攀升了，生活像芝麻开花——节节高。

近年来，宿松县以脱贫攻坚统揽经济社会发展全局，为落实党中央发出的“为全面建成小康社会，扶贫路上，不落一人”的庄严承诺，着力实施脱贫攻坚“十大工程”，推进产业发展走“龙头企业+大户+专业合作社+贫困户”“四带一自”之路。

据统计，目前宿松县耕地面积64万亩、山场面积73万亩、可养水面面积84万亩，粮食示范区及示范基地117个，企业148家，种粮大户及家庭农场877家，各类农民专业合作社269个，带动贫困户29030户，成为该县脱贫攻坚路上一支重要力量和生力军。

时下，是脱贫攻坚决战决胜关键时候，以农业为主的松兹大地上的农民，正以昂扬的斗志、坚定的信心走自己的路，挽起袖子加油干，脱贫致富在希望的田野上。

就业驿站撑起致富路

陈含影

近年来，宿松县大力实施就业扶贫，建设就业服务、电商服务、培训服务、就业安置扶贫驿站，让贫困户在家门口就业。全县共建成 38 个就业扶贫驿站，在驿站内设立 44 个就业扶贫车间，提供了就业岗位 2112 个。

就业信息更快捷

“一人就业，全家脱贫，就业是最有效、最直接的脱贫方式。驿站让贫困户获得了在家门口就业的机会，拓宽了贫困户的脱贫渠道。”宿松县千岭乡党委书记罗沐海说道，“现在村民有什么医疗保险、就业岗位的问题都会来到驿站咨询，我们乡也在探索在村里逐步部署‘上门、跟踪、专人’个性化服务项目，让政策更好地惠及村民。”

为了让就业信息更加快捷地传递到村民手中，宿松县建立了“县级发布、乡级汇总、村级传递”三级传导机制，以省内、县内、乡内就业岗位为中心，打造就业岗位需求网，并与合肥、芜湖等地区签订用工平台协议，打通了就业绿色通道，逐步建立“一站就业，平台用工，跟踪保障，合作维权”一体化就业体系，让就业用工更加方便更加快捷。

目前，宿松县已建成 38 个就业扶贫驿站；招募就业扶贫基地 107 个、居家就业扶贫基地 399 个；建设就业扶贫车间 47 个；开发适合贫困劳动者的公益性岗位 979 个、公益岗位（辅助性岗位）1180 个；建成返乡农民工创业园 6 个。“12121”就业平台共开发就业岗位 122817 个，6762 名贫困劳动者实现了就近就地就业。

电商物流更方便

千岭乡电商服务中心发挥村级服务站优势，突破物流瓶颈，助推精准扶贫工作。向村民提供网上代购、缴费充值、打字复印、代销农货、收发快递、开发就业岗位、电商培训等服务，日均接单 20 余件，2018 年业务量超 100 万元。为了更好地方便乡亲们，电商服务中心还扩充了上门收派、移动客户端网购等业务，让辖区的低保户、五保户、偏远户更好地享受电子商务的福利。

“我孙子在外地打工，给我买了几件衣服，我腿脚不好，就让寄到村里，村里把东西直接送到我家里，给我解决了大难题。”石瑞祥老人说道，“上一回，我想把家里晒的红薯粉寄给孙子，打个电话，就有人上门来拿，实在是太方便了。”

技能培训更专业

为了及时将培训成果转化为效益，宿松县结合各乡镇产业特色，依托当地种养企业，探索出一条“县公共就业服务机构+驿站+培训机构+企业”培训模式。他们依托村级培训中心，聘请农业专家、种植大户、致富能手授课，在培训内容上以实用、专业为中心，做到培训有重点、技术有流程、操作有规范。

宿松县针对培训人员就业创业建立了就业服务、创业辅导、贷款扶持、专家指导等后续配套机制，不仅让培训有效果，还让知识转化、产业孵化有保障。

洲头乡下夹村贫困户潘秋龙，自小手部残疾，无法从事正常劳动，家庭贫困。在扶贫驿站参加食用菌种植培训后，他萌发了创业的念头，现在他成立了一个食用菌种植合作社，不仅自己脱了贫，还带动周围贫困户就业脱贫。

自 2016 年来，宿松县共送培训下乡 46 期，培训了贫困劳动者 2147 人，实现全县 22 个乡镇 70 个贫困村技能脱贫培训全覆盖。培训后已有 1920 人实现了就业，其中参加创业培训 70 人中，成功创业 64 人。

工作就业更灵活

“车间里贫困家庭比较多，大多和我差不多，因为家里有老人和小孩，不能外出务工，想就近就业能照顾家庭。”军威制衣厂就业扶贫车间工人唐向阳说。

2017 年，高岭乡汪冲村通过“村企结合”共建扶贫车间，建成占地达 300 平方米，可常年提供 40 个以上就业岗位的扶贫车间。该车间订单充足，工人工资保持在每月 1500 元以上，目前扶贫车间共吸纳 47 人就业，其中贫困劳动者 24 人。

为了照顾个别贫困户的特殊情况，车间合理搭配分工，对他们给予特殊照顾。唐向阳因为离异，两个小孩需要随时照应，车间采取送货上门在家加工的方式助其脱贫。

“在扶贫车间的建设上，我们抓住村内务工人员的特点。着重在灵活就业上想办法。”宿松县就业局局长朱志刚介绍，“所谓的灵活，是指工作时间要灵活、岗位设置要丰富、工资结算要及时。我们还对积极吸纳贫困户就业的企业进行一定的补贴，以此激发企业的热情，让更多的好企业、好单位参与到就业扶贫工作中来。”

“非遗”传承助推脱贫致富

司　舜　沈志成

省级“非遗”“宿松香芽”制作技艺培训班现场

“非遗”，特别是传统工艺类“非遗”联系千家万户、遍布城镇村庄，与群众生产生活密切相关，同时也是助力精准脱贫的重要抓手。近年来，宿松县尝试将文化元素与脱贫攻坚工作相结合，放大非物质文化遗产及技艺效应，通过为贫困户免费开展技术培训、免费提供原料、订单指定回收等政策，让贫困户通过“非遗”项目走上脱贫致富之路。

宿松县非物质文化遗产资源丰富，近年来，宿松县依托“非遗”项目，打造更多的扶贫就业基地，并通过推行“‘非遗’+扶贫”模式，让“非遗”文化融入人们的生产生活，带动周边贫困户就业脱贫。

致富绝活

宿松文化底蕴深厚，一些古老的手艺如手工挂面、手擀面，湖区传统捕鱼方式、根雕等都是民间非物质文化遗产，这些文化的传承，对未来乡村旅游的开发有积极意义和保护价值。

树根和树瘤在村民们的眼里是随处可见的废弃物，但在根雕艺术家们的眼中却是充满灵气和情趣的宝贵之材。通过艺术加工和精雕细琢，树根和树瘤就成了人见人爱、人见人叹的艺术之材、难得之宝。在宿松县柳坪乡就有这样一位民间艺术家吴满求，一把锯子、一把锉刀、一个锤子，能把一个个废弃的树根变为人物、动物、器物等一件件栩栩如生的艺术作品，这便是民间传统绝活——根雕技艺。

今年 48 岁的吴满求，是柳坪乡大地村人，家里上有老下有小，孩子又要上学，家庭没有什么收入来源。2014 年，村里把他家评为了贫困户。但吴满求没有“等靠要”，他从小在山里长大，与树根结缘，加上自身有木工基础和爱好，农闲的时候就潜心钻研根雕，他将收集的树根雕琢成形态各异的人物、动物、器物等。这些根雕作品精巧别致，可谓独具匠心，成为吴满求家庭收入的一个重要渠道，去年他家的年收入超过 5 万元。

如今，吴满求已顺利脱贫，但他说：“一个人脱贫不算脱，乡亲们都富才叫富。我最大的心愿就是要把这门技艺传承下去、发扬光大，如果有人愿意来学习，我愿毫无保留地把我所会的技艺全部传授给他们。”

“一名专职根雕师傅月收入能达到一两万元，可以带动一家人致富，同时带动三五个劳动力务工。”吴满求算了一笔账，他想办一家加工厂，如果有更多本土根雕师傅参与进来，可以带动更多的村民致富，把根雕艺术品展览出来，还可发展乡村旅游。这已成为吴满求的“根雕梦”。

最近几年，宿松县正在运用服务思维，为老手艺传承服务。县文化旅游部门和乡镇都在加大政策扶持和宣传引导、搭建“非遗”传承平台，让更多的人主动加入传承者的行列中来。

怀旧与传承结合，精致与情怀并重。在宿松县，文化旅游部门努力帮助贫困地区将民间艺术与市场需求相结合，在传承弘扬传统艺术的同时，探索出一条实现增收致富的新路径。推动手工艺产品市场化、规模化发展，将小手艺做成大产业，让更多群众脱贫增收、创业致富，让传统手工艺活下来、火起来。

"'非遗'和扶贫是相辅相成、互相促进的关系，'非遗'扶贫是文化底蕴深厚的贫困地区发展的必然选择。"宿松县非物质文化遗产保护中心主任雷鸣表示，"'非遗'的产业优势，会推动和形成更大的产业和规模，带动更多的群众就近就业、居家就业，形成扶贫就业、文化旅游发展和产业发展的多赢格局。"

"非遗"+扶贫

柳坪乡龙河村脱贫户余仁花，今年一季茶，她家就增加收入 2 万元。开始走向富裕生活的她高兴地说："日子过得越来越好，干活也越来越有劲了。"茶种植技术含量很高，茶文化博大精深，平常余仁花最想参加的活动就是茶叶种植培训和专家讲座，每次都不落下。

2017 年，"'宿松香芽'传统制作工艺"入选安徽省第五批省级非物质文化遗产代表性项目名录。2019 年 3 月，宿松县启动"宿松香芽"地理标志产品保护申报工作，以"宿松香芽"为主推品牌。近年来，宿松县不断推行"'非遗' +扶贫"模式，并举办"非遗""宿松香芽"制作技艺等培训班。一些村民通过种茶、制茶摆脱贫困，走上了致富之路。

宿松县茶叶主要集中在西北部大别山余脉的 5 个山区乡，45 个行政村均曾为贫困村，占全县贫困村 64%以上。近几年，茶产业扶贫有效地带动了贫困山区的农民脱贫致富。

宿松县龙河茶业有限公司、破凉黄大茶叶加工厂、趾凤龙溪茶叶加工厂等企业通过示范带动贫困地区农业结构调整，形成特色茶产业。茶产业扶贫园区和基地为所在贫困村集体经济每年带来分红或租金收入超过 2 万元。

"公司与茶农及种植大户签订了购销合同，为农户统一提供种苗、有机肥；统一采摘标准；按照市场价格收购农户采摘的鲜叶，再加工、销售，实现标准化生产。拥有 2000 多平方米的标准化厂房和一个茶叶保鲜库，一条自动化茶叶加工生产线，公司年产值 260 万元。通过采摘和销售鲜叶，村民户均增收 9000 元。"柳坪乡一家茶业公司负责人吴焰松说。

清康熙二十八年（1689 年）《宿松县志》记载："丘家山，峰矗云霄，为诸峰第一，亦名罗汉尖，产茶。"上好的"宿松香芽"便产自这罗汉尖。今年 55 岁的吴国振自小生长在罗汉尖下，家中三代制茶超过 30 年。他高中毕业即回到家乡龙河村学习制茶，现在他已是“宿松香芽”制作工艺省级非物质文化遗产传承人。“如今茶叶生产量比较大，基本都是通过机器进行加工。不过手工制作的‘宿松香芽’，我们每年还是会做一些投放市场。”吴国振说，“手工制茶有摊晾、杀青、冷却、揉捻、烘干、冷却、提香、分拣、包装等十几道工序，工序虽麻烦，但这样制成的茶叶才能最大限度保持其香味和口感。”

“现在，制茶的科技水平在不断提高，但制茶人追求的匠心不能丢。”吴国振说。如今，在他的传授下，村里已有20多人熟练掌握了“宿松香芽”的制作工艺。龙河村茶叶种植户有400多户，茶叶种植面积达到1500多亩，茶树也成了当地群众脱贫致富的“摇钱树”。

“‘非遗’+扶贫”，“扶志”“扶智”并用，传承千年的文化遗产为脱贫致富带来新生机。曾经的贫困山村依托祖祖辈辈传承千年的文化遗产，擦亮文化“金名片”，闯出了特色脱贫致富路。

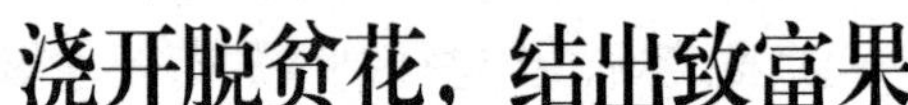

浇开脱贫花，结出致富果

王会光 方李灿

大别山南麓，红色革命老区的宿松县隘口乡，风光秀丽，资源丰富。区域面积 62.4 平方千米，其中耕地面积 19942.5 亩、林地面积 53610 亩、水域面积 23.55 亩。受发展条件制约，长期以来，山区群众传统农业生存方式极大影响了他们的生活和区域经济社会的发展，是导致其贫困的原因之一。2014 年，该乡建档贫困户 2305 户 8273 人，占全乡人口三分之一。

被誉为“三省后花园”的隘口乡，为打赢脱贫攻坚战，积极实施产业、就业扶贫。同时，开发利用九井沟、千年罗汉古松、唐代燃灯寺、清代闽浙巡抚罗遵殿故居等独特景观的旅游和农家乐资源，成为该乡助力脱贫攻坚的“突破口”和“主抓手”。

种植浇开“脱贫花”

“满园花菊郁金黄，中有孤丛色似霜。”这是在隘口乡风和村鸿亚农林种植专业合作社菊花种植基地，呈现的独特美景。

鸿亚农林种植专业合作社员工在研看菊花的长势

贫困户人员在鸿亚农林种植专业合作社菊花基地务工场景

2014 年，该乡招商引资的鸿亚农林种植专业合作社瞄准这里气候条件，在风和村承包荒山、流转土地 1000 余亩，栽种适宜的金丝皇菊、高山有机茶、油茶、药材等苗木花卉和经济作物。

“我夫妻二人在合作社基地务工，现年收入有 2 万多元。”该村邓岭组 50 多岁的贫困户邓怀松，孙子脑瘫因病致贫，谈及他家于 2017 年的脱贫经，侃侃而谈，“这要感谢合作社给我提供就业岗位啊！”

在风和村，合作社成为当地贫困户脱贫致富的重要平台。“公司+合作社+贫困户”模式，每年可带动 30 余户贫困户在基地务工就业，还通过保底分红、股份合作、利润返还等形式，实现村级集体经济和贫困户脱贫增收。

“2018 年合作社种植金丝皇菊 200 亩，亩产量达 1000 斤，正在建 800 平方米加工厂，菊花烘干设备已安装到位，计划年前投入 20 万元把茶叶加工设备安装调试完成。”合作社邓力说。

目前，鸿亚农林种植专业合作社投资 300 万元改造荒山 1050 余亩，修环山公路 4.2 千米，造水沟渠 2 千米，做蓄水池 6 座。第一期种 “石佛翠”“龙井 43 号” “风和白茶” 275 亩、油茶 600 亩、金银花 50 亩。

“5 年后，合作社可带动农民户均增收 1 万元，10 年打造成集茶叶、油茶、菊花、药材于一体的种、加工、出口综合基地。”乡党委副书记柴贵龙说。

近年来，隘口乡充分发掘境内茶叶、中药材、花卉苗木、毛竹、瓜蒌、巨桃、黑李、蓝莓、柑橘、板栗和黑猪、乌鸡、牛、山羊等特色种养殖资源，作为山区百姓脱贫致富的“好帮手”。

养殖结出“致富果”

“若是没有好政策，像我家这个条件太难脱贫了。”隘口乡西源村下屋组朱元发说。他因身体不好，是 2014 年建档立卡贫困户。2015 年，在安庆市河道管理局帮扶联系人任吉宏书记的帮助下，朱元发开始养羊、养牛，进行作坊式养殖，年增收近万元。去年，他家养了 7 头牛、8 只羊、2 头猪，获政府补贴 2000 元。同时，在村“两委”的帮助下，朱元发利用 5 万元小额信贷进行户贷企用，年分红 3000 元，全年收入 2 万多元。

村书记朱留保说：“在各项扶贫政策的支持下，2016 年，朱元发家人均收入达到了 6000 多元，顺利拿到了脱贫光荣证。”

贫困户在收完稻子的田野里放牛

清河村西边组孤寡老人石铜华，年过半百。2015年在上海打工期间，因不慎从钢构房上掉下来，把腿摔成粉碎性骨折，生活跌入贫困之列。他不等不靠，自立自强，想从事养殖又苦于没有资金。村“两委”了解这一情况后，主动协调，帮他从银行贷款5万元，用于开展家庭养殖业，养牛、养猪、养鸽子……

“谢谢党、谢谢政府！帮了我的大忙，给我资金，常来看我、慰问我……让我走出困境。”石铜华说，“今年我养了4头牛、5头猪、120只鸽子，还有一池鱼。”乡干方朗、王轶良帮他算了一笔账，按赚4000元/牛、赚1000元/猪、赚20元/鸽子，一年他家收入有2万多元。

现在，石铜华钟情自己的事，对生活充满信心，越干越有劲，与人们谈及他的养殖经，总是津津乐道，眉宇间透出开心。

该乡大力实施产业扶贫，对家中有劳动能力的贫困户，积极动员其自行发展种养殖业，对因病因残自身发展能力不足的贫困户，积极帮助其联系种养殖合作社或大户实施代种代养，发放产业到户补助金364.59万元，实现了产业到户全覆盖。

就业铺上“幸福路”

在隘口，看到或问及脱贫的事，总会留下一些记忆的场面和故事。

在该乡小圩村老三服装厂，1600平方米的就业扶贫车间，每天都有百名工人在劳动，其中贫困职工占多数。老三服装厂是当地及周边贫困家庭脱贫致富的平台。

“我以前在福建打工，干缝纫活，自2010年这个厂建立后，我就回老家，到老三服装厂干活。”家在陈汉乡大明村余屋组的贫困户周玉春说，“这既可以照顾到家里的老人和小孩，收入也不比外面打工少，何乐而不为？”她家于2016年脱了贫。

据了解，该厂是该县实施就业扶贫、开通扶贫驿站基地之一，对贫困户家庭职工脱贫致富伸出了橄榄枝。

“厂里65名贫困职工，每人每月除自己的工资外，国家还给予200元补助，连续可享受3年，半年打卡发放一次。”该厂负责人罗国华说，“职工每月都有3000—5000元的工资，多劳多得、少劳少得，实行计件工资制。”

隘口乡小圩村老三服装厂工人们劳动场景

该厂在职工生活环境方面把生产区、住宿区、食堂分开；福利待遇实行包吃包住一条龙全方位服务，每天工作8小时，每周工作6天。同时，职工还享受年休假，全年按13个月计发工资，开年上班每人还有红包。

舒适的劳动环境、丰厚的报酬、愉悦的心情，职工们脸上洋溢着幸福的笑容。

据统计，该厂从2010年至2018年累计向国家纳税900多万元，发放职工工资3500多万元。

该村下屋组洪爱荣有两个孩子，一个上大学，一个读高中，以前仅靠丈夫在外打点工，供养妻儿老母，生活很困难，是村里有名的贫困户。村服装厂建成后，洪爱荣就到服装厂打工，从开始做杂工到现在上平车，月工资由500元涨到3000元，她家终于在2016年顺利脱贫。

“我乡着力开展就业扶贫，目前11个居家就业基地、3个扶贫驿站提供就业岗位610个，吸收贫困户就业255人。结合生态扶贫，设立护林员等公益性岗位80个。”乡党委书记李正东说，“对于转移就业人员，对内我乡积极向县重点企业和扶贫基地引导，对外主动联系本地能人企业，推荐其就业。”

该乡以产业、就业多措并举，助力脱贫攻坚。2014年以来，隘口、西源、小圩、毕凉、新源5个贫困村出列，1616户6290人脱贫；今年古山、花学、燃灯、清河、九井、风和6个贫困村顺利出列，689户1923人脱贫。

汇聚脱贫攻坚的强大合力

欧阳煜 何成功

“今年是脱贫攻坚决胜之年，越到最后越要紧绷这根弦，不能停顿、不能大意、不能放松。当前，我们按照上级要求，一手抓疫情防控，一手抓脱贫攻坚，下足功夫，用足政策，汇聚起决胜脱贫攻坚的强大合力，坚决打赢脱贫攻坚战。”2020 年 4 月 14 日，安徽省宿松县陈汉乡常务副乡长张金国在朱湾村脱贫攻坚“千干下基层”会商会上如是说。

下足功夫，落实政策

“精准”是脱贫攻坚的关键。为了实现精准，陈汉乡乡村干部下足了功夫。自“千干下基层”脱贫攻坚“回头看”工作开展以来，陈汉乡迅速响应、快速行动，召开乡动员大会和业务培训会，进一步为扶贫工作专班、驻村工作队、全体乡村干部厘清工作思路，明确“干什么”“怎么干”。

一方面强化走访建账，确保整改到位。专班人员开展“在家必上门、外出必通话”全覆盖大走访，按照“户户到、问题清、重点明”的要求，采取“一看环境、二问情况、三填表格、四讲政策、五记问题”五步工作法，全面开展问题排查，全力抓好问题整改，切实保障脱贫攻坚工作有质效。走访任务完成后，立即对标对表梳理问卷，确保工作落到实处。截至目前，工作专班已完成走访 484 户。

另一方面强化会商督导，确保质效提升。各专班根据要求，会同村“两委”每日召开会商会，对即查即改类问题立查立改。对于难以解决类问题形成台账，由乡领导班子会商研究，齐抓共管形成合力。在此基础上，乡扶贫站组建不间断督导专班，对重点关注问题进行入户复核，对村整改完成情况进行督查。

产业扶贫，威力彰显

产业扶贫是稳定脱贫的根本之策。精准扶贫发展产业，既改善了农户生活，也促进了各产业发展。近几年，陈汉乡借助林下养鸡、茶叶、油茶等产业优势，构建产业扶贫体系，有效吸纳贫困户就业，带动贫困户脱贫致富。依托山清水秀的自然生态资源，在“绿水青山就是金山银山”发展理念引领下，陈汉乡茶产业规模不断扩大，品牌效应逐渐提升，以玉屏村蒋山茶园、别河村麻佬湾茶园和大明村三面尖茶园为核心，辐射带动该乡其他村共同发展茶叶种植。茶叶种植已然成为陈汉乡主打发展的扶贫产业之一。

目前，陈汉乡茶叶种植面积有3500余亩，带动贫困户200余户，初步走出了一条可持续发展的产业扶贫之路。茶树的一片片小小绿叶子，在扶贫产业发展后，变成了一片片能挣钱的“金叶子”。这一个个茶园也成了陈汉人民的“绿色银行”。

全员发动，倾力帮扶

因受疫情影响，陈汉乡不少贫困户种植、养殖的农特产品滞销，找不到销售出路。陈汉乡乡村干部、扶贫工作队了解情况后，不仅从线下联系买家帮助贫困户批量出售，而且开辟了一种新渠道：微信群“广告推广”。为了帮助贫困户销售滞销农产品，乡村干部、扶贫工作队在微信群里做起“卖货生意”，实现线上线下齐发力的消费扶贫办法。陈汉乡乡长贺潮水也变身主播，通过京东直播为陈汉乡土特产代言，在线上对陈汉乡土特产进行推荐。

各帮扶单位主动担起帮扶重担。在全县决战决胜脱贫攻坚推进会召开后，县招商中心第一时间到陈汉乡罗汉宕村对接2020年帮扶工作，共同梳理全村当前面临的问题，商讨解决问题的举措。“我们将认真履行帮扶职责，在落实帮扶资金、帮助销售农产品、指导产业发展、联系群众就业岗位、争取项目资金等方面不遗余力地给予支持，特别是对村里200余亩油茶茶叶基地、猕猴桃基地建设工作将加大扶持力度，确保罗汉宕村实现脱贫。”县招商中心姚剑说道。

养虾有“稻”，扶贫有方

马　银　沈娇阳　桑丽君

2020年7月10日，安庆师范大学青年马克思主义者培养工程班“生态脱贫攻坚·构建美丽中国”三下乡实践服务团赴安庆市宿松县展开实践活动。实践队前往宿松县“稻虾共作”扶贫示范区，与基地农户一起乘船下湖，切身感受“稻虾共作”生长模式的具体原理。

“稻虾共作”助力扶贫

宿松县，八百里皖江之首，水源充足、水质优良，土质以马肝土和潮砂土为主，地表地貌平整，十分适合实施综合利用水稻秸秆和水利资源的循环经济模式——“稻虾共作”。

近年来，千岭乡以绿色发展为理念，以农田流转大户为主体，以示范基地为抓手，运用种养大户典型示范和辐射带动相结合的方式，引导各村积极推广稻渔综合种养模式，助力精准脱贫、乡村振兴，实现“稻虾共作”扶贫梦。

随着稻虾综合种养规模的不断扩大，千岭乡涌现出一批带动性好、拉动力强的专业合作社，有效地提高了稻渔综合种养标准化、规模化、产业化、品牌化发展水平，黄雀畈生态农业开发有限公司就是其中之一。

参观两区，了解“稻虾共作”生产经营特色

实践队通过查看产品、现场提问等方式详细了解了产业扶贫项目发展情

况。实践队队员芮天乐就“稻虾共作”项目的运作模式与黄雀畈“稻虾共作”扶贫示范区负责人宋永江进行深入讨论，宋永江通过贫困户收益保证、规模化经营等数据向他们说明“稻虾共作”的优势。

据了解，黄雀畈“稻虾共作”扶贫示范区分为东、西两区，总面积约为7000亩，目前东区建设一期、二期已完成，预计明年完成三期建设。基地采用“公司+农户”模式，种养品种主要为龙虾和水稻，利用土地集中流转加劳务用工、流转收益带动贫困户脱贫，实施稻渔综合种养产业扶贫，积极参与全县扶贫攻坚。

在交流中，村干部提出目前存在的问题是深加工及品牌打造方面。希望向电商及高端产品的加工销售方向发展，将黄雀畈这一地点作为“稻虾共作”的著名品牌打响，建设从投放鱼苗虾苗到捕捞再到加工销售的完整产业链。

美丽生态，体验捕鱼生活

随后，实践队跟随黄雀畈基地的工作人员划船深入稻虾综合区域，观察稻、虾如何共养，一起体验养殖户的生活。工作人员向实践队队员们介绍

体验捕鱼生活

捕捞鱼虾及种植水稻的过程。实践队队员们拿起捕虾工具实际操作一番，收获颇多。

“水质好了，才有这么好的虾。”黄雀畈基地的工作人员拿起一只大虾为实践队演示。虾苗一般在四五月投放，六七月就上市销售。之后，栽一季稻，养一季龙虾。“稻田为龙虾提供了天然饵料和栖息地，养出的龙虾个大味美销路好。同时，龙虾吃掉稻田里的害虫，其粪便和残饵又可为稻田增肥，稻谷产量提高且有机无公害。”宋永江说。

“第一次坐船去了解龙虾的具体捕捞方法，稻虾之间的共生模式，真的非常兴奋。”实践队队员芮天乐说，“这种模式有效利用了龙虾和水稻之间的互生关系，增加了农民的收益，减轻了农民的负担，整体来说高效利用了现有的土地资源。”

经过此次实地考察实践活动，实践队进一步了解了宿松县种植业、养殖业还有综合农业的生产情况，相信宿松县千岭乡会朝着脱贫致富、美丽乡村的梦想不断前进。生态脱贫的美好愿景映照现实，形成脉络清晰的“宿松经验”。

凝心聚力谋脱贫

孙春旺　黎泽斌

“杨茂村有13个村民小组，716户2700人，劳动力人口1560人，有贫困家庭111户，贫困人口368人，耕地面积2702亩……”听着一连串数字从眼前这个身材瘦弱的中年男人嘴里迸出，笔者感到十分惊讶，这要对村情民情有多了解，才能这样如数家珍？

他叫孙龙水，宿松县九姑乡杨茂村党支部书记兼村委会主任。为了帮助村里的贫困家庭摆脱困境，他带着村干们踏遍了村里的每一寸土地，走访了村里的每一户家庭。

每一分钱都用在刀刃上

据孙龙水介绍，2018—2020年，村里拟帮助50户家庭共125人脱贫。“时间紧，任务重，我们的工作耽误不得!”孙龙水多次这么说。

思想决定行动。针对杨茂村经济以种植业为主的现状，孙龙水决定继续发挥九姑乡传统特色产业品牌的优势，以村集体经济为主导，发动群众种植“霸王鞭”黑芝麻。他的这一想法得到村“两委”的大力支持，他们开始走访调查，广泛征求意见，将部分贫困户闲置的土地进行流转，共流转到土地400亩。在九姑乡党委的大力支持下，杨茂村获得了宿松县农业委员会的种植业项目资金30万元，结合“退耕还林”后续工程项目资金、扶贫资金，共投入100余万元建立了黑芝麻种植基地。参与种植的贫困户每人每天能得到100元的报酬，加上土地流转分红，每户每月能增收400—500元。

张屋组村民蔡金保身有残疾，妻子也患有多种疾病，家里丧失了劳动

蔡金保家一隅

力，生活十分困难。村干们看到蔡金保家位于大观湖附近，一年四季到这里来垂钓和观光的游人不断，觉得可以利用这一资源为他家创收。他们为蔡金保家申请了旅游扶贫项目，帮助建起了“金保民宿客栈”。大门，院墙，花木，小径，蔡金保家一扫昔日的破败，成了焕然一新的农家小院。在这里，游客们除了可以享受到美味可口的天然土鸡、绿色蔬菜等农家特色菜外，还可以到干净整洁的客房休息住宿，价格公道，物超所值。看着眼前的一切，蔡金保的妻子激动地说：“我家的日子比以前好过多了，真的要感谢党感谢政府啊！”

“要说感谢，我首先要感谢村里的领导，是他们帮助我走上了致富之路。”朱屋组村民朱仲毛告诉笔者。朱仲毛因为本人患有心脏病，丧失了干重体力活的能力，一家三口仅靠妻子打零工维持生计。杨茂村根据朱仲毛家实际情况，不仅让他家享受到了健康扶贫、教育扶贫等政策，还帮助申请了5万元的小额扶贫贷款，鼓励他自主创业，并请来乡里的技术员指导。现在，朱仲毛家养了10头羊、2头牛、4头猪，还办起了养鸡场，养殖土鸡4000余只，全家年收入在5万元以上。

朱仲毛家的养鸡场

“国家的扶贫资金有限，所以我们要因户施策，精准扶贫，保证将每一分钱都用在刀刃上。”杨茂村扶贫专干孙本荣说。近年来，该村根据各贫困户家的实情，通过介绍务工、指导创业、资产收益、光伏扶贫等方式，帮助61个贫困家庭成功出列。

扶贫专班进驻杨茂村

根据宿松县委、县政府扶贫工作安排，2018年9月，县公管局副局长周青平带着扶贫专班进驻了杨茂村。他们的工作是切实摸清杨茂村基本情况，详细了解该村脱贫攻坚工作的“底细”。

学习脱贫攻坚相关政策文件

入户前，扶贫专班集中学习了脱贫攻坚的相关政策文件，明确了入户核查的内容，统一了核查的标准和方式。因为要走遍全村716户家庭，全面了解村情民意，周青平将专班分成两个组，同时开展工作。

“大爷，你家几口人啊？最近身体还好吧？”扶贫专班成员亲切和蔼的问候，让贫困户们消除了戒备心理，主动配合核查工作。查看生活生产情况、记录家庭成员信息、测算家庭收支、宣传扶贫政策、了解群众满意度，每一项工作，扶贫专班都做得一丝不苟。为了提高与群众的见面率，他们尽量拉长走访时间，午间也不休息。

“非贫困户我们要走访，贫困户我们更要走访。”周青平说。××组村民蔡某生是名“80后”女性，丈夫前年去世，她既要赡养70多岁的公婆，还要养育3个未成年的儿女。大家都很同情她的遭遇，认为她家应该纳入贫困户的行列。但是随着走访调查的深入，扶贫专班发现蔡某生的丈夫是在其亲戚家的工地上死亡，法院判定其亲戚每月支付蔡某生家生活费5000元。如此一来，蔡某生家又不符合贫困户的标准了。“但是，她的亲戚也是农村人，没有固定收入，能保证每月支付5000元吗？如果没有按期支付生活费，蔡某生一家如何生活？”扶贫专班将这些情况向乡扶贫办反映，使蔡某生家进入了“6户3偏”之列，受到了乡、村两级的随时关注。

驻村以来，扶贫专班每天要走访村民家庭40户左右，及时发现乡村脱贫攻坚工作中的问题，协助补齐扶贫工作短板，极大地提高了群众对脱贫工作的满意度。“扶贫专班作为第三方人员介入扶贫工作，对我们的工作有着巨大的督促和提升作用。”孙龙水说。

群众的利益高于一切

“人穷志愈坚，致富路更宽”“脱贫不是发钱，扶贫不养懒汉”……在杨茂村，随处可见这样的标语。当然，要想打赢脱贫攻坚战，不可能只是喊喊口号。“杨茂村的村干常年生活在贫困户的周围，对他们的家庭情况、致贫原因了如指掌，因此能量身定做出好的扶贫方案。”九姑乡扶贫开发工作站站长刘进仁告诉笔者。

张屋组贫困户朱某玲原本住在丘陵地区的一个山坳里，住房四面开裂，属D级危房。贫寒的家境和闭塞的交通，让她家的房屋改造很难完成。群众的利益高于一切，村里立即将她家的情况上报乡政府。2017年初，朱某玲家的易地扶贫搬迁项目获得批准，当年下半年，她家正式搬迁入住。

“村里不仅帮我家新建了房屋，还介绍我丈夫外出务工。因为我要在家照顾孩子，村里就与附近的服装厂联系，介绍我去那里工作。”面对采访，这个湖南籍的中年女子笑容满面。

“你现在工作情况怎样？月收入多少？”

“因为离家近，我可以一边做工一边照顾孩子，每月有2000多元的收入。因为是贫困户，厂里每月还补助100元。”朱某玲的言语中充满了对未来生活的信心。

采访贫困户

据了解，杨茂村把扶贫工作纳入乡村振兴战略，大力推进产业扶贫、小额信贷、教育扶贫、危房改造、畅通工程、旱厕改造等“十大工程”，合理安排金融扶贫、资产收益、特色种养业、光伏扶贫、代种代养、“合作社+农户”等多种到户产业发展模式，实现了在册贫困户到户产业全覆盖。2017年度，杨茂村获得九姑乡“脱贫攻坚工作先进单位”“民生工程建设先进单位”等荣誉。村干们的务实作风也受到村民的一致好评。

杨茂村在脱贫攻坚工作中取得的成就，只是九姑乡的一个缩影。多年来，九姑乡全体干群心往一处想，劲往一处使，凝心聚力谋脱贫，取得了一个又一个了不起的胜利。

众志成城，同心共筑小康梦

陈丙松

2020年，正值全面建成小康社会的决胜之年，也是夺取脱贫攻坚战胜利的关键之年。在认真贯彻落实习近平总书记关于脱贫攻坚的相关承诺中，宿松县凉亭镇党委、政府一方面带领群众迎战突如其来的新冠肺炎疫情，以攻城拔寨、抓铁有痕的劲头，攻坚克难，爬坡过坎；另一方面在疫情防控常态化的背景下，呕心沥血继续着全镇脱贫战役的最后冲刺，精心绘就了一幅千家万户奔小康的新时代画卷。

凉亭镇位于宿松县东北部的太宿两县交界地段。全镇总面积86平方千米。下辖9个行政村、1个社区，共381个村民小组，近4.3万人口。耕地面积3.1万亩，山场5.7万亩，水域0.97万亩。

古往今来，这里的人们由于受到传统观念的影响和单一产业的制约，经济状况不容乐观。2014年，全镇建档立卡贫困对象为2344户7887人，占总人口的18.34%。近年来，经过广大干群的共同努力，2019年，贫困人口仅剩557人，贫困率降至3.3%。面对这一数据的变化，笔者近日专门对此作了走访，并从中了解到这些数字背后的感人故事。

这里有一群“咬定青山不放松”的基层领导班子

习近平总书记在河南兰考县调研时强调：“乡村处在贯彻执行党的路线方针政策的末端，是我们党执政大厦的地基，在座各位可以说是这个地基中的钢筋，位子不高但责任很大。”

凉亭镇柳溪村“两委”班子，就是习近平总书记所说“钢筋”代表的组

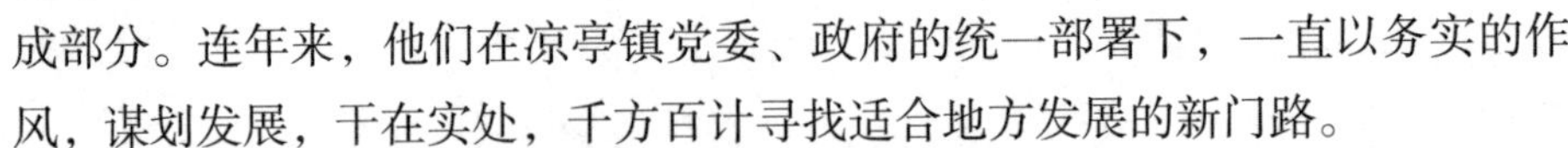

成部分。连年来，他们在凉亭镇党委、政府的统一部署下，一直以务实的作风，谋划发展，干在实处，千方百计寻找适合地方发展的新门路。

2014 年，柳溪村共有建档立卡贫困对象 175 户 577 人，其中因残致贫 29 户 107 人，缺资致贫 88 户 314 人。面对庞大的贫困群体，村“两委”面临着巨大的压力和挑战。

党的十八大以来，在县委、县政府的正确领导下，柳溪村紧紧围绕凉亭镇精准扶贫的系列举措，因地制宜，从调整产业入手，以解决劳动就业和帮扶资金等多种形式，开展工作，取得了让村民百姓摸得着看得见的可喜变化。

通过全体干群的共同努力，2015 年柳溪村成功与安徽龙成集团顺利达成 3000 多亩油茶签约协议，成立了柳溪村油茶种植合作社，探索出了一条“公司+合作社+基地+农户”的发展模式，使 20 个村民小组中的 200 多人口受益。这一做法，有效推动了地方经济的快速增长，拓宽了农村劳动就业的渠道。尤其是连年来的农电整改和大面积的高标农田整治，使山变绿了，水变清了，路灯全部变亮了，6.8 千米的村道全部进行了加宽加固，31 户进行了危房改造，10 户享受到了易地搬迁。村民从中真正尝到了甜头，得到了实惠。

乡村振兴路上，难度最大的工作是改变村民的思想观念。在该村油茶发展、“农厕改造”等一系列民生工程过程中，同样也不例外。面对部分群众一百次的消极抵触，尤其是涉及征地拆迁过程中的祠堂古墓风水，以姜年富同志为代表的村“两委”回应的是一百次的耐心解释，凭着大伙的坚韧与执着，终于赢得了广大村民的理解配合，实现了荒山坡上发展大面积油茶种植的目标，真正使绿水青山变成了金山银山。到目前为止，油茶已开始挂果，年人均增收达 100 多元。

这里有一帮“不待扬鞭自奋蹄”的村民百姓

“小康不小康，关键看老乡。”这是习近平总书记在重庆市石柱土家族自治县调研时一句最形象的话，也是指导我们脱贫攻坚的标准。

今年 36 岁的王丽萍是凉亭镇夏家村一位远近闻名的养鸡专业户。然而，家庭的种种不幸和打击使她饱受了生活的折磨。

这是一个四口之家、人人挣钱的农村全劳力家庭，公公姚天安和婆婆余

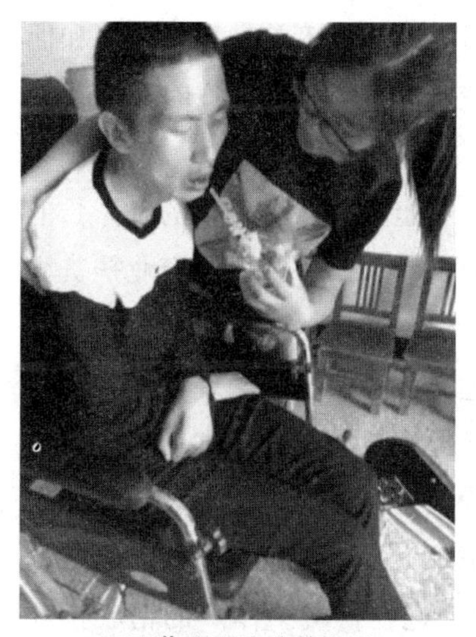

王丽萍照顾患病的老公

桂姣不到 60 岁，王丽萍和老公才 30 多岁，正是打拼的黄金阶段。按照常理，这样的家庭本该属于生活中的佼佼者。然而，天有不测风云，人有旦夕祸福。2016 年，公公突然中风，不仅完全丧失劳动能力，而且需要长期服药和家人护理。接踵而来的是一个令全家人更无法接受的致命打击。2017 年，王丽萍的老公姚结波因突发肌萎缩侧索硬化，不仅花掉了家中的所有积蓄，而且再也无力回天，只能常年依靠高昂的进口药物控制病情恶化，在轮椅上打发时光。

一个四口之家，就有两个人坐轮椅，不得不说是一种悲哀。面对种种不幸，时年三十出头的王丽萍，作为这个家庭成员中年龄最小者，被坎坷的人生推到了生活的风口浪尖，成为四口之家的顶梁柱。然而，在党的扶贫决策指引下，在地方各级政府的精心安排下，她浴火重生，重拾生活的勇气，也得到了一大批社会爱心志愿者的帮助和支持。面对困境，她不等不靠，充分利用得天独厚的有利条件，成功办起了家庭养鸡场。把发展家庭养殖作为改变贫困的目标和方向。现通过四年来的经验积累和技术探索，终于获得成功，从单纯养鸡增加到养鸭、养鹅、养羊和果木种植等多种项目。她热心帮扶乡亲们一起发展，成为该村最后一批脱贫出列的"堡垒户"。

在凉亭这片热土上，类似王丽萍这样自强不息的例子可以说还有很多很多。如青竹村的杨菊英、东山村的舒西坤、凉亭社区的陈合保等等，一个个鲜活的例子都是凉亭人民脱贫路上不等不靠的真实写照。

这里有一支全心为民办事的扶贫工作队

黄德春是安徽师范大学党委副书记，也是凉亭镇三德村扶贫工作队队长。从 2017 年进驻凉亭镇开展扶贫工作以来，他首先把扶智作为农村帮扶的重要途径，在带领村民创业创新的同时，以实际行动诠释对初心的坚守，当好脱贫攻坚的领路人。

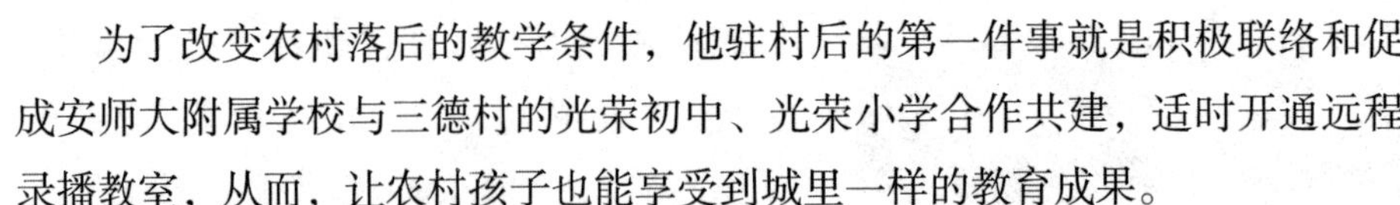

为了改变农村落后的教学条件，他驻村后的第一件事就是积极联络和促成安师大附属学校与三德村的光荣初中、光荣小学合作共建，适时开通远程录播教室，从而，让农村孩子也能享受到城里一样的教育成果。

在推进扶智教育的同时，黄德春积极做好承担乡村振兴战略的工作。他结合三德村是整个宿松贫困人口最多的实际情况，深知一定要以产业扶贫增强贫困地区造血功能的道理。

宿松县智创生态农业有限公司是一家绿色产品种植和采摘现代化融为一体的产业基地。这家企业从项目认证、技术指导到长期发展规划，都渗透了黄德春同志的辛勤汗水和精心策划。其中尤为值得说明的是，这家企业的发展，不仅推动了地方经济，更重要的是带动了一大批村民稳定就业、脱贫增收。这些平日里依赖打工卖力的普通劳动者，也在扶贫工作队的精心指导下，一举成为科技兴农的典范，小康路上的能人。这是一支调不动的扶贫“工作队”。

这里有一帮乐于奉献的社会爱心志愿者

“只要人人都献出一点爱，世界将变成美好的人间。”虽然这只是出自20世纪80年代的一句歌词，但几十年来，一直成为人们对精神文明的追求，对爱的内心呼唤。在凉亭镇连年来的脱贫攻坚路上，同样涌现了一大批无私奉献的社会爱心志愿者。

广东省佛山市南海元宸机械设备有限公司董事长、佛山市安徽商会副会长、安徽松梓教育基金会会员、慈善之星张求福先生就是该镇一位典型的社会爱心企业家。数十年来，尽管他身居异地创业，但时刻关注着家乡的建设和发展，在助力脱贫攻坚路上，他积极配合地方各级党委、政府，为捐资助学、完善农村路灯、增添村级卫生室设备、帮扶特困学子和孤寡老人等方面做出了大量工作。根据该村干部和松梓教育基金会有关资料显示，他前后在家乡的爱心帮扶接近50万元。凉亭镇特困大学生王淑琴的四年大学费用基本上都来自社会的爱心帮助。类似这样的例子不胜枚举，如乡村能人周爱武爱心助困送油米、关工团队敬老院里发棉衣、柳溪中学教师防疫线上送话费、退伍老兵精心照顾五保户等等，都折射出了一大批社会爱心志愿者在脱贫攻坚路上那些平凡而又闪光的点点滴滴，成为凉亭脱贫攻坚路上一道道亮丽的风景线。

习近平总书记曾经说过：“伟大的梦想不是等得来、喊得来的，而是拼出来、干出来的。”结合凉亭镇脱贫攻坚近年来的每一个变化，回味总书记这些催人奋进的名言，我们由衷地领悟出其中的深刻内涵。

作为党员干部，就要有“自信人生二百年，会当水击三千里”的勇气，不忘为民初心，重在责任落实，补短块，强弱项，努力创造群众认可、经得起历史检验的实绩。

作为贫困对象，更要有“不经一番寒彻骨，怎得梅花扑鼻香”的自觉和责任心，担负起脱贫攻坚主体责任，激发脱贫增收动力，迎难而上，不等不靠，不断增强底气、志气、勇气。

作为社会组织，也要主动参与到脱贫攻坚的行列，利用自身优势，拓宽扶贫资源，创新帮扶模式，在认证项目策划、落实具体措施等重大问题上主动作为，为全面夺取脱贫攻坚最后胜利作出应有的贡献。

美丽乡村展新颜，小康生活入画来

杨 浔

正值盛夏时节，走进宿松县趾凤乡，远山如黛，近水含烟。一条条整洁的道路村村相连，一排排新植的绿化树生机勃勃，一户户干净美丽的庭院整洁如新，孩童追逐嬉戏，老人树下纳凉，妇女广场起舞，一幅文明和谐的美丽乡村新画卷正徐徐展开。

近年来，趾凤乡着力推进乡村振兴，一手抓人居环境整治、一手抓产业发展，产村相融，共建共享，人民的生活水平、生活质量和幸福指数显著提高。

党建文化提振村民精气神

近日，一走进南冲村，“社会主义核心价值观”“平语近人”等一系列党建文化宣传牌就映入眼帘。“文化长廊内容丰富，通俗易懂，干部群众们散步的同时就能了解我们共产党的发展历程、明白更多文明新风尚。”南冲村村委会主任陈乐林说道。

南冲村先锋长廊

据悉，南冲村高度重视基层党建工作，以美丽乡村建设为契机，把文化、道德的元素融入党建工作中，积极探索美丽乡村建设新途径，做好乡村振兴好文章，使优秀文化更多地植根于基层，融入群众生产生活，使基层党建更多地服务大局，促进乡村全面发展。

村部旁边红色的宣传牌

“这些宣传牌是村子里新建设的，你看，村部旁边的是习近平总书记的一系列讲话，一点也不深奥，我们老百姓也都看得懂。”村民吴玉兰指着宣传牌对记者说道，“这些红色的宣传牌立起来后，我们都觉得，村子更好看了。每天看着越来越美丽的村庄、读着习近平总书记的话语，觉得生活很有干劲儿。”

据介绍，南冲村在中国建设银行安徽省分行的对口帮扶下建成党建文化长廊，共投放文化广告牌 51 块。“下一步，我们想打造一个综合体育广场，更好地为群众服务，提升群众满意度。”陈乐林表示。

人居环境整治村民笑开颜

傍晚时分，夕阳为南冲村镀上一层柔和的光晕，南冲河边的绿荫道上是三三两两散步的村民，远处的广场上传来欢快的乐曲声，妇女们成群结队跳起广场舞，孩子们银铃般的笑声回荡在村落上空，河里三五野鸭嬉戏，宛若世外桃源。

“现在不比以前，以前天刚擦黑，大人小孩就都缩在家里不出来了，路上看不见、不好走。现在村子里都装上了路灯，路也修得宽阔平坦，空气又好，大家都爱出来散散步，年轻一点的人喜欢跳广场舞。每天都是这样，热热闹闹的。”家住南冲河边的韦文聪笑呵呵地说着。

今年已经 77 岁的韦文聪，借着村里进行人居环境整治的契机，重新翻修了老屋子，盖起了百来平方米的小洋房，六间小屋被他打理得干净整洁。

“乡里和村里花大功夫改变农村生活环境，作为我们老百姓来说，特别开心。特别是在南冲河上建起了桥，可真的是太方便了。”说起居住环境的改

韦文聪家新翻修的小洋房

变，韦文聪的语气里满是掩饰不住的喜悦，“你看，有了这座桥，运送材料也方便了，我们生活在河这边的人家，基本都盖了新房子。我儿子在前面500米的地方新建了一栋楼房，现在租给别人开饭店，家里增加不少收入呢。”

休闲文化广场

从最基础的改厕、污水处理到公共服务设施建设，再到如今的精神文明建设，南冲村“两委”目标明确，聚力攻坚，不断满足人民群众对美好环境的向往。

“我们村在2018年被确定为县级美丽乡村建设中心村，最早就是从改厕开始的，到目前为止全村的改厕覆盖率达90%，建成了休闲步道、文化广场，进行了河道清理，修建了连接两岸的桥梁。”该村党支部书记贺民生感慨地说，“从治理表面脏乱差，到中心村户户改旱厕、污水管网净化，再到主街道绿化升级，前前后后花了200多万元，才有了现在的秀美村庄。”

美丽“变现”助力村民奔小康

盛夏的龙溪村生态产业园里，一片翠绿，丑橘热热闹闹挂满枝头。蜿蜒的步行道、古朴的休憩亭以及一园青翠，映衬着巍峨的远山，构成了一幅令人沉醉的田园美景。

近年来，随着人居环境“颜值”的提升，趾凤乡充分发挥自身优势，做起了“美丽经营”文章，将优美生态作为发展底色，采取村集体领办的模式大力发展高效、绿色农业，不断壮大村级集体经济。通过土地租金、用工薪金、管理酬金、收益分红等模式增加贫困户收入，让广大群众共享发展成果，脱贫致富奔小康。

“今年丑橘大量挂果，枝丫难以承受，就会发生压枝、倒伏现象，用打桩捆绑固定的方式，既保证产量，又确保树干不受伤害。”正在打桩的贫困户贺飞是龙溪村生态产业园的管理员，自 2017 年起，他就在这里干活了，“每月工资 1500 元，再加上家里土地流转的租金、收益分红，2018 年就已经脱贫啦，现在的日子更加蒸蒸日上，要奔着小康生活努力。”

据了解，龙溪村目前已发展了 400 多亩橘园、100 多亩突尼斯软籽石榴。以每亩 400 元的价格，流转了村民 500 多亩土地，带动周边 60 多户贫困户。

打桩捆绑固定丑橘枝丫

同时，该村还投入了 70 多万元在生态产业园建成步行道、观光休憩亭，发展旅游观光产业。

“丑橘现在进入了挂果期，预计今年产量能有 5 万—8 万斤，以市场价格估算，今年产值在 50 万元以上。下一步，我们将使用‘市场+电商’的营销方式，制定全新的营销方案，把产品更广地推出去。”该村党总支书记李国林开心地说道，“现在村级种植业特色产业逐步发展起来了，我们打算进一步深挖产品效益，推行采摘模式，吸引更多的人来这里。”

龙溪村观光休憩亭

金鸡唱响“脱贫歌”

何　晓

近年来，宿松发展养鸡产业作为贫困户增收脱贫的重要渠道，在双河村试点，探索“特色养殖+电商+大户+贫困户”的模式，并在基础设施、养殖政策、技术指导等方面给予支持。土鸡变“金鸡”，唱响了乡亲们脱贫致富的欢歌。

“电商+农家乐”，散养鸡有了新出路

从高岭乡政府出发，一路向北 1 千米，来到双河村王岭组，小飞农家乐就在高太路边。

“正宗野鸡，想吃的下单。”“各位亲，仔鸡上市了，要吃的可以联系我。”屋内，42 岁的小飞农家乐负责人杨贤飞正拿着手机，发布微信朋友圈，处理来自网上的订单。

双河村农户历来都有自家庭院养鸡、养猪的习惯，以前，杨贤飞与附近农户一样，养了十几只鸡和两头猪。但这样仅能满足自家食用，赚不了多少钱，加上年近八旬的父母身体不好，长年治病，家庭一度陷入贫困。2014 年，在乡、村两级的帮扶下，杨贤飞流转 50 余亩山地，开辟天然牧场，开始在山林中散养土鸡，主打生态绿色品牌。2015 年 4 月，杨贤飞与村民一起，成立了宿松县小飞生态农业专业合作社，不断扩大养殖规模。

为了让辛辛苦苦养大的鸡卖个好价钱，杨贤飞经常在拓宽销售渠道方面想点子。2016 年 9 月，他尝试着在微信上发布土鸡销售信息，配上散养的真实图片和视频，并表示假一赔十，但好几个月一直不见起色。直到 12 月 18

日，终于有一个杭州的朋友联系他要买一只鸡。“当时是下午 5 点多，收到第一个订单，激动得我一晚上都没睡着觉。”说到第一个网上订单，杨贤飞记忆犹新。

从对网上销售一窍不通到应付自如，杨贤飞用了不到一年时间。“多次参加县里组织的电商培训后，我渐渐对电商有了更多了解，便想借助网络扩大土特产的销路。”在不断摸索下，杨贤飞已经成功注册为农村淘宝商家，销售量日益攀升，甚至供不应求。

“我们这里的鸡完全是在山林中散养，吃玉米、红薯、稻谷、草籽，纯天然，为的是让消费者吃到绿色味美的纯正土鸡。”杨贤飞介绍说，“有时候一天有二三十个订单，宰鸡、脱毛、打包、发货，要忙到晚上十一二点。”

杨贤飞并没有就此止步，为了提高知名度，打造土鸡品牌，他着眼于市场需求，办起了农家乐。杨贤飞热情好客，服务周到，小飞农家乐已在周边享有了一定的知名度。每逢节假日，总有好几拨从城里来的客人到杨贤飞这里休闲娱乐，很多客人临走的时候还会带一些土鸡送亲朋好友。

“现在销售的渠道多了，剔除成本，一只老母鸡能赚 20 块左右，一年收入预计能上 10 万元。”杨贤飞高兴得算起来。

目前，小飞生态农业专业合作社年出栏土鸡 2 万只，土鸡蛋 10 万枚，带动贫困户 74 户 265 人，户均年受益 600 元。

“大户+贫困户”，村民们有了新收入

今年 43 岁的段赵义以前在广东打工，由于没有手艺，靠出卖体力劳动，收入微薄。

2015 年 6 月，段赵义回到家乡双河村，与 7 个人一起合伙兴建了高岭禽丰养殖场，开始养殖土鸡。经过几年的努力，目前，养殖场拥有长 70 米、宽 14 米的鸡棚 15 个，冷暖风扇、高压喷雾等基础设施完备。家庭农场式的“养殖小区”在技术上规范、统一，一年能出栏四五十万只鸡，预计纯收益在 10 万元以上。

一个人富不是真的富，带动村民一起致富才是富。针对村里没有养殖条件和能力，但有养殖意愿的贫困户，段赵义引导他们加入合作社集中养殖，这样贫困户既能规避风险，又能增加收入。从 2017 年起，养殖场吸纳了 75 户贫困户代养土鸡，每户代养 200 只，年终可以获得 50 元的分红和 500 元的

产业补助资金。

谈到养殖场未来的发展，段赵义说："我们还想继续扩大规模，带动周边更多贫困户参与进来，让更多群众受益，大家一起致富。"

"公司+养殖户"，养鸡场有了新保障

土鸡养殖投资小、见效快、市场认可度高，广受农户欢迎，这也是双河村在产业扶贫道路上主打土鸡养殖的初衷。但是养鸡在饲养、防疫、销售等环节毕竟存在一定的风险。如何让风险降到最低，让养殖户的收益能有保障，双河村想出了企业带农户的新思路。

42 岁的刘本龙是双河村段垅组村民，原本在太湖县与人合伙养鸡，种种原因导致经营状况欠佳。今年，双河村在特色产业方面给予扶持，在占地 8 亩的养殖基地上搭建起两个鸡棚，无偿提供给农户使用。刘本龙便回到了双河村，开始在家乡养鸡。

为了消除养鸡风险，双河村与江苏立华食品有限公司实现对接，派驻一名技术员，负责提供技术指导、鸡雏防疫和土鸡收购，解决了养殖户鸡瘟和销售的后顾之忧。

养鸡场步入正轨，刘本龙一个人忙不过来。他在村里聘请了 4 名贫困户帮忙打理，每月发给 2000 元工资，提高了贫困户的收入，带动他们一起脱贫致富。

双河村还积极向县农业委争取相关项目和资金，改善养殖场基础设施建设，带动贫困户发展养鸡产业。该村是今年计划出列村，目前，已脱贫 117 户 382 人，通过发展养鸡产业，今年能带动拟脱贫的 27 户 88 人脱贫，实现"户脱贫、村出列"的目标。

龙溪村的女子

胡松本

大别山南麓，白崖寨西坪，宿松县西北，距城 35 千米，趾凤乡龙溪村是典型的山区与丘陵结合地带。初夏，恰逢周末，我慕名前往龙溪村。一场新雨后，大山、溪水、村庄一尘不染；狗在吠，虫在鸣，连炊烟也是清新的。

沿着十八弯的公路，终于到达龙溪村。安庆市人大代表、村妇联主席贺顺和等在村口。45 岁的她，身高 1.6 米左右，牛仔裤配红 T 恤，精神饱满，笑容满面，利利索索，实实在在。

跟在她的身后，一路向上。云雾间，一幢幢新徽派建筑错落有致，白墙黛瓦，美如分体诗行。在绿化好的路边，一老一小正给一棵一棵桂花树拔草。老人叫袁红兵，是去年脱贫的贫困户，妻子患乳腺癌，女儿嫁到外地，儿子身体不太好，村里聘他做保洁员，月工资 1000 元，他时不时带儿子出来干点轻巧事。贺顺和说，除了袁红兵，村里还有几个贫困户做保洁员和广场管护员，既解决了贫困户就业，又能把村里公共设施管护好。

说话间，憨厚的袁红兵停下手中的活，擦去手上的泥和露水，紧紧握住我的手说："贺主任比亲人还亲，三天两头跑，送这送那的，去年又为我妻子向县妇联申请了贫困妇女'两癌'救助资金 1 万元。"说着袁红兵用粗皴的手指擦拭着湿润的眼角。

"袁叔莫激动，这些都是我们应该做的，不需要报答，只要你一家人健健康康，生活幸福，用自己的双手做好力所能及的事，就是对党和政府最好的报答。"贺顺和的话很质朴。

茶香氛氲，竹篁森郁，农家别墅星点其间。来到李祠组一拐角，看到一畦一米多高的竹篱笆围起的小园，园里种着各式鲜花和蔬菜，特别是攀爬在篱笆上的藤蔓里吊挂着几根顶花带刺的嫩黄瓜，掐一掐准能淌出初夏的汁液。园子中间一幢新建的三间瓦房格外醒目，屋主人叫李四炎，也许是早就望到我和贺顺和的身影，他候在门前，非常热情地邀请我们进屋坐坐。三间正屋足有 120 平方米，地面铺着白色瓷砖，窗明几净，家具家电摆放整齐，配套新建的厨房、厕所干净明亮。

年过七旬的李大爷泡来一壶茶，说："白崖云翠，好着呢！好茶敬亲人，贺主任是我家的恩人。要不是她跑断腿、磨破嘴，我家住不上这么好的房子。"李大爷家以前四间土坯房，雨天锅盆接水，晴天布伞遮阳。当时家里困难，老伴残疾又常年生病，几亩瘦地种不出好庄稼；交通不便，山货难运下山，卖不上好价钱；自家采自家做的茶叶制作工艺不行，没品相，不值钱。贺主任天天到他家宣传住房安全政策，为他家争取到 2 万元危房改造资金，帮着拆破屋，又帮着找周转房暂住，直至新房建成。

"李伯家前年也脱贫了，日子渐渐好起来了，两亩多山地由村里流转种了丑橘，每亩每年有 400 元流转费，儿子儿媳放下三分薄地外出务工了，一年能挣个 4 万—6 万元。大伯在家边上种点菜，养些鸡，山边地头摘点鲜茶尖卖给村茶厂，收入也还行。"贺顺和说。此时，锅灶里柴火饭正香，蒸笼里几碗腊肉肥肠油光闪亮，李大爷的儿媳正在厨房里忙碌，她是担心留守老人孤单回来住几天的。脱贫后，山里人铁锅里煮着热气腾腾的日子，翻过来是幸福，翻过去还是幸福。

龙溪村之前是宿松县三个深度贫困村之一。耕地少林地多、交通不便、地少不平、因病因残、思想落后、发展动力不足等是贫困户致贫原因。村委会无集体经济收入来源，历史欠账多，干部积极性不高。2017 年，上级组织针对当时龙溪村"两委"班子"懒、软、散"的现状敢动真格，一下子调整出 4 名包括原支部书记在内的村"两委"成员。办事果断、懂电脑的贺顺和正是在此时被选进龙溪村"两委"班子的。做出这样的决定，贺顺和犹豫过，自己在凉亭镇开个打印社一年 6 万余元钱也好挣，丈夫在外务工，两个孩子一个上小学，一个上初中，要人照顾。面对组织的召唤，责任感和使命感使然，一向淳朴要强、敢作敢为的贺顺和毅然让两个孩子跟随自己从凉亭镇转学到趾凤乡就学，横下心也铁了心要为村里、为群众做点事情。

连年来，贺顺和跟同事们结合传统种植和现实基础，因地制宜，努力发展扶贫产业，先后利用龙溪村自然茶园优势和县茶叶公司合作，公司加农户联作。农户按无公害要求种茶、护茶，采摘鲜叶，公司建成茶叶加工厂，提供制茶技术，品牌茶叶“白崖云翠”正式包装上市，并借助芜湖市鸠江区帮扶资金，在流转贫困户的承包地上种软籽石榴 60 亩；借助省 311 地质队帮扶资金流转土地栽种丑橘和爱媛橙共 310 亩。

除了产业兴旺带来生活富裕，森林覆盖率达 80%的龙溪村如今是“村在林中，房在景中”，生态宜居也是“金山银山”。

“听说乡村旅游有搞头，等到旅客到来，我家也能租出去赚赚‘新钱’。”郭坂组村民李爱国兴奋地说。通过危房改造和特色村寨建设，龙溪村换了新颜，已初步具备发展民宿旅游的能力。龙溪村已经被宿松县文旅体局列为第一批申报的生态旅游 A 级村。

引入电商扶贫，引进光伏扶贫……

产业园里，石榴花开
一朵比一朵红得温暖
扶贫基地，丑橘青涩
一颗比一颗笑得温柔

龙溪村在悄悄改变，变得更好，更亮丽，而我眼前的这个叫贺顺和的女子也在变，她变得更自信，也更有力量。

"黄富贵"组合，扶贫更扶志

司　舜

从 2017 年 4 月到 2020 年 8 月，黄德春、付勇、桂晓骏三名高校教师扎根宿松县乡村开展扶贫工作，40 个月时间里他们扶贫扶志的乡村实践在此不断开花结果，当地村民们亲切地称他们为"黄富贵"组合。

黄德春（右二）在三德村村民家中走访

胡盼贵“盼”来了幸福

2020年7月28日，好久没见黄德春的胡盼贵发来短信：“黄队长，我想你了。”胡盼贵不知道扶贫队队长黄德春最近一直在外地参与扶贫普查。“我8月5日结束普查，回来就去看你。”黄德春每次都是“秒回”胡盼贵的信息。

胡盼贵是宿松县凉亭镇三德村村民，他天生智力发育低下，说话不利索。胡盼贵是不幸的，但他又是幸运的，安师大扶贫工作队为其倾情倾力，黄德春经常去看望和帮助他，并天天发微信问候他。

在黄德春等人的关心和帮助下，胡盼贵已在当地一家纺织厂找到了工作，不仅生活可以自理，工作上也十分专心，月薪最高时能拿到2600多元，今年年初他还娶了妻子。

黄德春是安徽师范大学体育学院党委副书记，2017年4月作为我省第七批选派帮扶干部到宿松县三德村驻村扶贫，担任第一书记、扶贫工作队队长，他与同事付勇、桂晓骏一起在村里扶贫已经三年多了。

在驻村扶贫之前，黄德春是一位有着二十年丰富经验的高校教育工作者，历任安徽师范大学体育学院专职辅导员、团委书记、党委副书记等职，因工作业绩突出，被评为“安徽省高校辅导员年度人物”，获“全国高校辅导员年度人物入围奖”。

“扶贫是特别的人生体验”“入乡随俗才能真正跟群众在一起”“扶贫也常有感动”……黄德春在日记本中写下的这些话，无不表达着他对扶贫工作的一往情深。

余称心的“称心”事

“这是我平生第一次获奖，做梦都没想到！”今年三德村举办第二届“三德奖”颁奖典礼，村民余称心在获奖后喜极而泣。

“设立这个奖，今年已是第二届，主要奖励在社会公德、家庭美德和自强品德方面表现突出的三德村村民，用身边人、身边事示范带动贫困群众，树立文明新风，实现乡村有效治理。”黄德春说。

“三德奖”的设立和连续颁发，在当地产生强烈反响和示范效应，在引导贫困群众、弘扬传统美德、释放脱贫致富的内生动力方面起到了积极的推动作用。在三德村，一个个获奖者背后都有一段温暖的故事。奖项不同，意义一样，洋溢在获奖者脸上的笑容便是幸福生活的写照。

“三德村第一届获奖的村民有30名，第二届有27名，我们正在准备举办第三届颁奖。”扶贫工作队最年轻的队员桂晓骏介绍说。

获得“自强品德”奖项的余称心，高兴得像个孩子，他将这个大红奖状挂在自家墙上，每天都看看，受此鼓励，他对勤劳致富奔小康的信念更加坚定了。

余称心家的果园占地200亩，果树品种很多，有小樱桃、李子、毛桃、油桃、黄桃、葡萄等。果园里施农家肥，绿色无污染，采摘的果子拿到水龙头下冲一冲就可以放心地吃。他家桃树今年才挂果，但产量不低。每天到园里转一转，余称心是越看越欢喜。

美景和丰收都是汗水和辛苦换来的。安师大扶贫工作队竭尽全力地帮助余称心，多次与当地相关部门对接，解决土地承包流转中的各种难题。他们不厌其烦地入户做当地村民的思想工作，耐心细致地说明协同发展产业的好处，从而打开村民的心结，为余称心家的果园提供了用地保障。

安师大环境科学与工程学院还帮助余称心的果园做土壤检测，新传学院帮助做果品广告宣传。为了开阔眼界，学习专业知识，扶贫工作队还带着余称心到外地学习参观，联系安徽农业大学教授，与专业果苗培育研究基地对接。有了专业的技术保障，余称心家的果园枝繁叶茂，果实累累，呈现出一派欣欣向荣的景象。

“有了扶贫工作队，我更加敢闯敢干，也更有信心，我要在三德村探出一条致富的新路来。”余称心说，“现在样样都称心，样样都满意，我们家的日子越来越有滋有味。”

许烽的事业有了“许多”

有效推动脱贫攻坚工作，既要给贫困户带来实实在在的物质帮助，更要扶志、扶智。在三德村，就有很多自立致富的典型故事，许烽就是其中的代表。

载着大包小包的快递，穿梭于三德村的每个角落，这是“80后”青年许烽每天的工作常态。原本常年受病痛折磨的许烽夫妻俩如今开起了快递小店，每天忙碌而充实着。

说起现在的生活，许烽的感激之情溢于言表："没有扶贫工作队的帮助，就没有我现在的生活，送快递虽然辛苦，但是付出跟收入成正比，所以我每天都干劲十足。"

许烽患有癫痫病，妻子石燕患有系统性红斑狼疮。2017年，扶贫工作队帮助他家易地搬迁，盖起了楼房，并给他们捐赠了电脑等设备。如今，这对夫妻的快递业务日渐增长，每月的纯收入接近5000元。

"许烽创业成功，是政策加帮扶助他拥有了美好的未来。对于有志创业的村民，我们都会尽一切能力给予帮助，让帮扶真正扶到点上、落到根上。"扶贫工作队队员付勇说。

现在，许烽的事业越来越大，除了快递，还有网上店铺，工作队还帮助他经营"乡土小铺"，做起了电商。

"我们夫妻俩现在每天很忙也很充实。像我家这样的情况，如果没有党和政府的扶贫政策，如果没有扶贫干部的关心和支援，我们哪有今天。"许烽说道。

三德村人口有7000人，是宿松全县第二人口大村，目前贫困户478户1760人，是全县贫困人口最多的行政村。扶贫工作开展3年来，三德村贫困发生率由2014年的25.34%下降到现在的0.24%，村级集体经济收益2019年达到22.3万元。

"将三德名称注入新的文化内涵和提升并赋予新农村建设新的时代内涵，这是学习贯彻习近平总书记重要思想的乡村实践，扶贫与扶志结合极大地促进了广大群众的内生动力。"凉亭镇党委书记杨文龙说道。

“稻鸭共生”种养模式助农增收

孙春旺

稻田里的肥鸭子

初冬时节，走进坐落在宿松县龙湖湖畔的宏伟家庭农场，丰收的气息扑面而来，310 亩稻谷都已成熟，沉甸甸的稻穗挂满了稻秆，正等待收割；40 亩优质籼稻都已入仓，空旷的籼稻田里全是成群结队的鸭子。一只只肥墩墩的鸭子，见证了“稻鸭共生”种养模式给宏伟家庭农场带来的丰硕成果。

40 岁出头的石宏伟是宏伟家庭农场创办人。石宏伟介绍，2020 年，他在县农业农村局、千岭乡党委和政府的大力引导和扶持下，实行“稻鸭共生”种养模式，在农场种植了 350 亩水稻，养殖了 7200 只鸭子；“稻鸭共生”种养模式是以鸭子捕食害虫代替农药，以鸭子采食杂草代替除草剂，以鸭子粪便作为有机肥料代替化肥，以鸭子不间断的活动产生中耕浑水效果来刺激水稻生长。通过这种种养结合，促使水稻生产从主要依靠化肥、农药、除草剂转为发挥水田综合生态功能，使规模集约养殖转为更符合鸭子生活习性的自然养殖，饲养出的鸭子更符合消费者的要求，生产出不施化肥、农药、除草剂的优质大米和优质鸭肉两种绿色食品，以田养鸭，以鸭促稻，使鸭和稻共

赶鸭

栖生长，不仅绿色、生态、环保，而且可以实现稻、鸭双丰收。

“4 月份插秧后，就将养殖的 1200 只小鸭子全部放入秧田，让它们每天在田里吃虫吃杂草，到 7 月份稻谷扬花时，就将它们全部赶上岸，这个时候它们都长到 4 斤左右，可以出栏销售到市场了。”石宏伟指着放养在空旷稻田的一群群鸭子说，这是他在 9 月份籼稻收割后养殖的第二批鸭子，共有 6000 只，到 12 月底就可以全部出栏，第一批养殖的 1200 只鸭子，都已经出栏了。收割稻谷后的稻田里，有散落的稻谷、稻穗，还有大量的杂草和虫子，这些都是饲养鸭子的“天然食材”。每年他采用这种循环养殖的方法，都要养殖近万只鸭子。

石宏伟对今年的种养收入算了一笔账，他说，利用“稻鸭共生”种养模式种出来的生态米、养出来的生态鸭，都比普通米、普通鸭在市场上的价格高，每斤生态米要高出 2 元，每只生态鸭要高出 10 元左右。生态米和生态

丰收的水稻

鸭不仅在市场上的价格高，而且投入的成本低，水稻还不用打农药、打除草剂、不用施化肥。他种植的 350 亩水稻，纯利润有 52 万多元；养殖的 7200 只鸭子，纯利润有 20 多万元。如果当初没有采用“稻鸭共生”的种养模式，鸭子的收入就会减少，水稻的收入也不会有现在这么高。

石宏伟补充说，实行“稻鸭共生”种养模式，不但为农场增加了收入，而且帮助了当地一大批贫困户脱贫致富。李加国是在农场就业的贫困户之一，5 年来，他通过看护鸭子，每年都能挣到 4 万元纯收入。

千岭乡党委书记张倍乐介绍，近年来，千岭乡针对龙湖圩区传统耕作模式投入大、效益低、农药化肥使用量大的现状，不断探索创建生态、循环、优质、高效、可持续的现代生态循环农业模式，通过借鉴外地农业发展成功经验，鼓励当地农业种植大户实行“稻鸭共生”种养模式，石宏伟就是其中之一。

在各级党委、政府的关心和帮助下，石宏伟的家庭农场越做越大。2017 年他的农场被评为“省级示范家庭农场”，去年成功为养殖的生态鸭注册了“龙湖乡”商标，今年又成功为种植的生态米注册了“杨湖稻鸭共生大米”商标。

稻花香里说丰年，听取“鸭”声一片。如今，千岭乡依靠“稻鸭共生”种养模式打造出的生态农业，让美丽的龙湖湖畔更美，让生活在龙湖湖畔的居民更富，一幅壮阔的农业生态图在龙湖湖畔徐徐展开。

宿松县宏伟家庭农场

勇立潮头的农家女

余芝灵

余春枝

一走进余春枝的油茶基地，我们就不自觉地被漫山遍野的绿与清香引领着、簇拥着、环绕着，就像是背井离乡的游子忽然回到了久违的故乡，就想猛地吸一口气到肺腑里面，洗涤浊肠。

3000多亩的油茶，10年的打拼，余春枝的事业已从最初的懵懂迷茫到如今的欣欣向荣、如日中天了。回想当初种油茶的经历，余春枝百感交集。

余春枝是地地道道的农家女子，1973年生人。1987年初中毕业开始汇入民工潮，到2001年，艰辛打工十几年，积攒了几万元现金。余春枝不想一辈子打工，不想走一眼望到头的道路——从打工妹到打工阿姨再到打工奶奶，她想回到家乡创业。一开始，夫妻俩在长铺镇开了一家移动代理点谋生。这样的日子悠哉游哉，一家人在一起其乐融融心无挂碍，收入也还可观，其实是可以过到地老天荒的。一个偶然的机会，她看到了一只蝴蝶翅膀的扇动，由此改变了她一生的方向。梦想一启航，十头牛也拉不回来。

一

2006年，余春枝从报纸上看到江西和湖南人种油茶致富的宣传报道，就向人打听：宿松能不能种油茶？人家说可以。于是她带领一帮人到江西实地考察，看到那里许多农户因为种植油茶摘掉了贫困的帽子，深有感触。回来后她跃跃欲试，却遭到丈夫的坚决反对。她的丈夫说，在外面辛苦打工十几年，好不容易日子刚刚安定点，就存了那么点钱，你要拿去搞什么油茶，五六年都没有一分钱收入，日子还过不过，孩子还读不读书？再说，从农户手里流转土地有多难？弄不好钱花了，累受了，心气肿了，腿跑细了，一棵油茶也没有种起来，一家人怎么生活？他想过平平安安的日子，不想穷折腾，不想担风险去种油茶。前4年，每亩投入不少于4000元。但从小好强的余春枝横下一条心，坚决要种油茶。她决定了，就十头牛也拉不回来。用她的话说："再穷无非讨饭，不死总会出头。只要有付出，就会有收获。"她毅然决然地开始了艰辛的油茶之旅。她婆家在铁寨村，娘家在横山村，两村相邻，都在横山脚下。铁寨村有荒山，横山村的荒山更多，总面积3000多亩。她决定先从横山村入手，首先找到横山村党支部、村委会，汇报了自己的想法，得到了村"两委"的大力支持。在村"两委"的指导下，余春枝起草了《新神农合作社章程》《土地经营权流转合同》，带着章程和合同书，深入横山村农户，一家一家宣传，动员农户用荒山参股加入合作社；不愿意用荒山参股的，也可以把荒山流转给合作社，合作社每年支付租金。

这是一段漫长的日子，也是一段无比艰辛的日子。对于种油茶，村里人一开始也有犹疑，都不看好。毕竟是一个新兴的产业，此前村里没有人大规模种过油茶。这是全新的尝试，而且短期内拼死拼命地劳作却看不到效益。但通过去外地考察与专家们的指点，横山的海拔、气候、土壤都适合栽培油茶。横山横亘于宿松中部，山脉两侧为狭长的平地，山不高，海拔不到300米。亚热带湿润性季风气候给这里带来充足的阳光和丰沛的雨水。土壤最多的是红壤，土层深厚肥沃，呈弱酸性。上述条件均适合油茶生长。经过余春枝的反复劝说、宣传与感召，老百姓还是选择了支持，许多贫困妇女跟着她一

余春枝与合作社社员打成一片

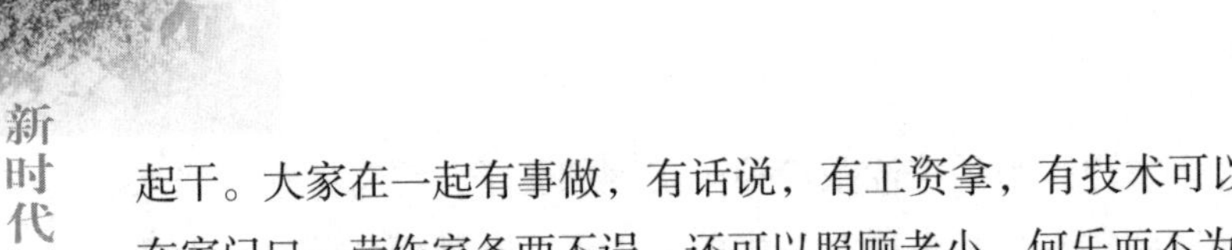

起干。大家在一起有事做，有话说，有工资拿，有技术可以学，而且茶园就在家门口，劳作家务两不误，还可以照顾老小，何乐而不为？

2009年，20多户农民加入合作社，合作社起名“新神农”，取“神农尝百草”之意。合作社于2011年成功注册，注册资金1624万元。参股荒山300多亩，加上流转的荒山接近800亩。余春枝自费参加各类培训，取得种植业、养殖（蛋鸡）业、大学生村官、青年农场主、农产品经纪人、新型职业农民6项培训合格证书，并成为人社部高级技能职业资格证持有人。她联系安徽省林学会，把首席专家束庆龙请来基地指导，还聘请宿松县农委、宿松县林业局的技术人员担任顾问。一年时间里，完成了800亩油茶栽培任务。2014年合作社的油茶首批挂果，此后油茶开始进入盛果期。10年来，横山油茶产业不断发展壮大，油茶面积扩大到了3000多亩，33户农户加入了合作社，年产油茶鲜果100万公斤。每户年收入2万元以上；合作社固定资产累计突破6000万元。油茶籽获得有机产品证书。部分油茶籽委托加工油茶籽油，年销售油茶籽油60吨，产值1800万元；“横山滋申”油茶籽油，在省农交会、义乌国际森林产品博览会上屡获金奖。

合作社创办初期，油茶林属纯投入阶段，为缓解资金短缺，他们在县林业局和友邻单位大力支持下，办起了油茶种苗培育基地，培育长林系列嫁接容器苗，每年培育优质苗40万株，产值80万元。2017年，合作社被评定为“安徽省林业示范社”；2019年，横山油茶基地被命名为“全国巾帼脱贫示范基地”。

余春枝成了当地大名鼎鼎的女经理、女理事长、女企业家、女强人。人民论坛网、中国企业家联盟网、国际在线创新频道、中国创业家网、中国就业网、《安庆日报》多次报道余春枝事迹。她先后被评选为“宿松县劳动模范”“安庆市劳动模范”“安徽省劳动模范”“安徽省三八红旗手”。

在油茶基地，她盖了两排简易房子，十年来一直住在山上，天天风吹日晒，油茶就是她的命，她与油茶共生共长，也怪不得她皮肤总是黑红黑红的。她不满足于这点成果，在她眼里，这算不了什么。她说真正积聚的财富是这十年的辛苦、心酸、心痛，十年的困难、奋斗、坚持，十年的快乐、温暖、幸福，十年自上而下方方面面的支持与激励。更可喜的是，丈夫也从最初的反对，到逐渐理解与积极配合。余春枝负责合作社全面工作，丈夫集中精力做油茶苗繁殖。新神农油茶专业合作社越发红火起来，成为皖西南一面独特的旗帜，声名远播，高高飘扬。

油茶基地

有了这十年的艰辛历程，她完全有理由有底气继续负重前行。

为了拓展产业发展，2018 年合作社盖了 5 间鸡舍，总面积 4000 平方米，拿 4 间养鸡养鹅，1 间养鸽子，在油茶林里开展林下养殖。年出棚土鸡 5 万只，产值 300 多万元，另有鹅 1000 只、鸽 200 只。鸡、鹅、鸽养起来了，她又着手准备在马尾松林里养羊。合作社还利用油茶园蓄水池发展养殖，发展垂钓，流转了 100 多亩农田种水稻，稻谷养鸡鹅，鸡粪鹅粪还园，发展循环经济，建设田园综合体。他们有一句口号：发扬“神农尝百草”的开拓精神，永远走在现代化农业的前沿！

在他们事业发展过程中，党和政府给了他们最大的关心和扶持。安徽省林业厅、安徽省林学会、宿松县农委、宿松县林业局的专家们，经常亲临油茶基地指导，培训农工。省妇联主席在市、县妇联领导陪同下，也曾亲临基地考察调研，给了他们极大的鼓励。合作社先被评为“市级示范社”，2016 年又被评为“省级示范社”。

二

余春枝不单单想着自己创业，还带动联合体积极参与脱贫攻坚、振兴乡村行动。通过荒山流转租金、吸纳农户贫困户进园务工、小额扶贫贷款参股分红、发展油茶订单种植、为贫困户提供技术支持、代购生产物资、代销农副产品七大途径，带动铁寨、横山、荆安三个村的妇女贫困户一起创业，一起增收。

合作社 33 户参股农户中，有 28 户是贫困户。招聘农工优先录用贫困户，优先录用残疾人。2014 年共带动农户 383 户，其中贫困户 35 户，户均增收 2500 元；2015 年带动农户 386 户，其中贫困户 38 户，户均增收 2900 元；2016 年带动农户 397 户，其中贫困户 42 户，户均增收 3200 元；2017 年带动农户超过 400 户，2018 年、2019 年阵营更加强大。

余春枝说，不管资金多么紧张，宁可把孩子的学费往后推一推，也要及时将农工的工资发到手里；宁可自己多负债，也要把合作社成员的红利支付到位。合作社建立民主理财制度，每年净收入提取生产发展基金后，全部合理分配给社员。

余春枝在“全国巾帼脱贫示范基地”牌前留影

合作社结对帮扶 3 个贫困村（北浴乡迎宾村、长铺镇荆安村、陈汉乡罗汉宕村），2019 年无偿发放油茶苗近 10 万株，其中迎宾村 4 万株，并免费提供技术支持，保价收购油茶籽。每年还会拿出相当一部分资金，给周边村的特困户送温暖，同时积极参加县妇联、县工会和乡镇年终送温暖活动。

2019 年 10 月 2 日，余春枝结对帮扶了 4 名就读专业为农业的大学生，每名大学生 2000 元。余春枝表示，她与这几个大学生将建立长期结对帮扶关系。2020 年 7 月，余春枝带着这几个结对帮扶的大学生，自费去内蒙古旅游考察、增长见识。

新冠肺炎疫情爆发后，余春枝带领社员代表为战斗在疫情一线的逆行者送水、送饼干、送口罩，给了逆行者们无限的温暖。

三

回首过去十年，余春枝有过苦，有过累，有过笑，有过哭，有过踟蹰，有过伤痛，唯独没有退却。她一直在砥砺前行，一开始是摸着石头过河，等到了河中央，就不管不顾，只管昂起头，带领团队往河对岸勇敢冲刺。她挂在口头上的一句话就是：谁说女子不如男？虽然作出了巨大的成绩，也带动了一方经济，还解决了相当一部分农民的工作，改变了他们的贫困面貌，在不知不觉中改变了那些农户的观念，坚定了他们对生活的信心，可以说功莫大焉。但当我们采访她时，她却腼腆地说："我也没有作出什么惊天动地的伟业，不过就是带着30多名农家女，种了几千亩油茶，养了一些鸡鹅鸽，也就是小打小闹。但党和政府却给了我这么多、这么大的荣誉。这些荣誉，对我来说是莫大的鼓励，但也意味着更大的责任和担当。"她还说："我一定会把油茶种好，把油茶产业发展好，把田园综合体搞起来，把我的一生，献给祖国的油茶产业。"

十年来，横山油茶产业受到省、市、县各级领导及社会与宣传媒体的一致好评，也得到了横山农户的真心拥护和支持。大家都真诚地说："没有余春枝，就没有横山的油茶产业。"

她准备继续扩大生产规模，吸收更多的农户、贫困户务工。建设田园综合体，带动当地旅游产业发展，生产、加工、销售、娱乐休闲、绿色餐饮一条龙。我想要不了多久，她的绿水青山，就会有更多游人前去观赏、采摘、购买、捡拾、垂钓。这是一个非常美丽的去处，完全绿色环保无污染，既能体验劳动的快乐，又可以品尝正宗的绿色食品，还可以净化身心。

徜徉在余春枝的油茶基地，天是蓝的，水是绿的，云是白的，风是清甜的，鸟儿是闲适的。一瞬间，让人有置身梦境之感。如果是冬天来，会看到漫山遍野的粉白的茶花。其他季节来，则可以看到满树的茶果压弯枝头。而清香则时时都在，每一分每一秒都在。

余春枝就是一个十足的追梦人，一个女汉子。瘦弱的身躯里，积聚着巨大的能量。每次看到她，想到她，我都觉得不可思议。一个没念几天书的农家女，小打小闹竟然可以折腾出这样大的格局，竟然可以考取劳模学院。相信大学毕业后，她会有更大更多的展示平台。

"路漫漫其修远兮，吾将上下而求索。"前面的路还很长很长，相信余春枝这个寻常的农家女，这个不寻常的横山追梦人，会越走越远，越走越宽。她说，在今后的日子里，她会以更大的热情与干劲，来回报社会与一方百姓。谁说女子不如男？梦想有多大，格局就有多大。我们拭目以待。

让群众不返贫，带村民奔小康

司 舜 胡 锋

2019 年 4 月 29 日，安徽省人民政府发布《关于 2018 年贫困县退出意见的批复》：宿松县等 18 个县（市、区）退出贫困县序列。

宿松县脱贫摘帽快两年了，地处山区的趾凤乡风景如画、生机勃勃。省里、市里、县里的扶贫干部工作更勤快了，推动的项目更多了，他们似乎比摘帽前更热闹、更忙碌了。

忙碌的人群中，50 多岁的汪明就是其中一个。他从大城市来到小山村，从副县级岗位到村任职，环境不同，角色不同，不变的是那颗一心为民的心。2017 年 4 月，时任安庆市台联副会长的汪明来到月丹村，任第一书记兼扶贫工作队队长，至今已经快 4 年整。这是一个典型的山区小村，虽然已经脱贫，这里的干部群众却希望他继续干下去，舍不得老汪离开。

一支工作队，一个“主心骨”

“坚持以党建工作为引领，全力抓好基层党组织和村‘两委’干部队伍建设，努力打造一支带不走的扶贫工作队。”汪明认为，这是他的首要任务。

摘帽不摘责任、摘帽不摘政策、摘帽不摘帮扶、摘帽不摘监管，汪明任职以来，形成了一整套观念和办法，将脱贫攻坚与乡村振兴有机衔接，持续巩固脱贫成果，确保实现稳定增收并逐步致富。

驻村期间，汪明不断努力使村“两委”和驻村工作队真正地做到吃在一起、住在一起、工作在一起、生活在一起，互相取长补短，让大家真正做到目标一致、步调一致，心朝一处想，劲往一处使，合力推动脱贫攻坚工作向前迈进。

这支扶贫工作队已经成为村民“主心骨”。工作中，汪明紧盯“建强基层组织，推动精准扶贫”这一核心职责，从“加强班子团结，壮大基层队伍，增强组织战斗力”入手，加强村级党组织建设，顺利完成2018年村“两委”换届选举工作，并发展多名入党积极分子，吸收2名同志入党，储备了2名村级后备干部。

为提高大家的实际工作能力，汪明协调市台联出面组织村“两委”和驻村工作队赴岳西县莲云乡莲塘村学习精准扶贫经验，并组织召开市台联理事会暨脱贫工作座谈会，让村“两委”人员和台联常务理事，部分台属企业家、台胞代表面对面座谈接洽，就村级集体经济产业发展、贫困户脱贫规划等问题进行深入探讨，收集到更多富有建设性的意见。

“通过参观学习和座谈探讨，村‘两委’一班人就如何调动村民积极性、实现精准扶贫以及如何发展村集体经济等方面，学到了很多切实可行的经验和方法。”月丹村党支部书记、村委会主任吴正南说。

为进一步解放思想、开阔视野，汪明主动协商爱心人士捐赠了3000元，组织村“两委”人员到潜山县官庄村等地参观学习，并结合实际，制定了“村出列、户脱贫”的计划方案和月丹村三年发展规划。

“2020年年底，为做好脱贫攻坚工作向乡村振兴工作有序过渡，汪明书记又组织村‘两委’和驻村工作队到安庆市宜秀区杨亭乡参观学习，为全面实施乡村振兴战略，从队伍建设提前打好基础。”月丹村村委会委员贺群中说，“通过学习，我们学习到了不少知识，提升了自我。”

一户一计划、一人一措施

“坚持以脱贫攻坚为已任，重点抓好村级集体经济建设和贫困户脱贫工作，确保‘村出列、户脱贫’任务圆满完成。”汪明说，“扶贫工作既是一项经济工作，也是一项民生工作，更是一项政治任务，必须按时间按要求保质保量完成，作为第一书记、驻村工作队队长，必须视之为己任，时时刻刻记在心里、扛在肩上、落实在行动上。”

为做到“精准识别、精准帮扶”，驻村第一年，汪明不分白天黑夜节假日，入户走访上千人次，了解情况，掌握实情，一户一户分析致贫原因，一户一户制订扶贫计划，切实做到“一户一计划、一人一措施”。

为让群众致富，汪明积极鼓励贫困户发展生姜、油茶等种植业，动员贫困户发展养鸡、养牛等养殖业，支持有劳动力的家庭人员外出务工，并协调相关单位开展各类技能培训 13 次，培训贫困户 167 人次。积极开展消费扶贫，通过各种渠道帮助贫困户销售农产品增加收入。

“汪明书记带头宣讲党的好政策和扶贫工作各项具体规定，并通过实实在在的工作，确保党和国家的扶贫优惠政策百分百落实到贫困户身上。”趾凤乡驻村干部张超说。近年来，月丹村教育扶贫 54 名贫困学生，6 人享受雨露计划；金融扶贫 53 户，争取小额信贷 208.2 万元；健康扶贫全覆盖，39 人次享受了“351”“180”政策，实际减免 104856 元；公开聘请 7 名生态护林员，带动 7 户贫困户增收；帮助 11 户贫困户安装了 3 千瓦光伏发电；鼓励 72 户贫困户搞起了土鸡养殖；成立了团坡山生态农业合作社，与某企业签订资产收益四方协议，入股资金 70 万元，年收益分红 7 万元，惠及全村所有贫困户 89 户 298 人。

为壮大村级集体经济，实现村级集体经济稳定增长，2017 年投资 30 余万元建起了村土鸡养殖基地，协调资金 48 万元安装了 60 千瓦村级集体光伏电站；2018 年落实资金 12.5 万元建立了龙虾养殖基地 12 亩；2019 年争取资金 20 万元新建丑橘园 15 亩；2020 年争取资金 20 万元扩建丑橘园 20 亩。村级集体经济持续发展且后劲十足，村级 60 千瓦光伏发电、养鸡场、苗木基地和龙虾养殖基地等均已产生效益，资产收益在惠及贫困户的基础上也增加了村级集体收入。圆满完成了“村出列、户脱贫”的脱贫攻坚任务。

一组组数据，一件件实事

“坚持以基础建设为重点，大力推进畅通工程、美好乡村建设等项目，为群众脱贫致富、乡村振兴打好基础。”汪明是这样说的，也是这样做的。

月丹村地处山区，位置偏僻，村内道路交通不便，严重制约了村级集体经济发展和老百姓脱贫致富。汪明带领一班人坚持以发展村级基础设施建设为重点，逐步改善村居环境和为民服务设施。

2017 年投资 17.5 万元建设了陈家岭路，投资 9 万元建设了老屋组路，动员群众自筹资金近 20 万元实施了金田组道路路基工程。2018 年投资 29.6 万元建设了程家湾路，投资 80 万元实施了方屋组美好乡村建设，修建了村民活动广场和群众大舞台，投资 40 余万元新建了党员活动室 100 平方米，为民服务大厅 100 平方米，村级面貌和为民服务设施得到显著改善。2019 年分别投资 42 万元、15 万元建设了金田组、陈岭组公路，投资 15 万元建设了黑龙潭路。2020 年投资 15 万元新建了上畈机耕路，同时在方屋组美好乡村建设的基础上，积极作为，主动争取，成功申报余冲组省级美丽乡村建设示范点，并克服疫情影响，精心组织施工，使余冲组的村容村貌发生了翻天覆地的变化，得到了老百姓的一致称赞和上级部门的充分肯定。

“坚持以帮扶民生为抓手，积极推进环境整治工作和社会扶贫工作，切切实实让老百姓得到看得见摸得着的实惠。”汪明说，“在确保贫困户按时脱贫，稳定增收不返贫的基础上，以民生工程为抓手，以帮助老百姓解决实际问题为切入点，逐步提高老百姓的生活质量和居住环境，切实增强群众对党和国家扶贫优惠政策的获得感和幸福感。”

为了做好民生工程，让群众得到实惠，汪明费了不少心。积极协调中华海外联谊会为村海联新农村卫生室捐资 5 万元，使全村医疗条件得到了有效改善。协调安庆市水利部门解决 8 万元资金对小河道进行整治，美化了居住环境。2019 年天气干旱，争取到安庆市财政局饮水项目帮扶资金 3 万元，2020 年又争取资金 30 多万元实施了农村饮水工程和污水处理工程，惠及全村 322 户 1144 人。完成投资 400 多万元的余冲地质灾害整治工程建设。协调市科技局、市信访局、市医专和市供电公司支持美丽乡村建设资金 4 万元。争取市民政救助资金 3 万元用于慰问特困户和孤寡老人。

“针对个别特困人员，汪书记充分发挥社会力量，组织台属企业老板到村慰问；组织帮扶责任人定点捐钱捐物；自己出钱为特困户购置棉皮鞋等保暖防寒用品；帮助解决在城市打工本村村民的子女就学问题。”月丹村党员方后明谈到汪明时滔滔不绝，“带头站在抗疫第一线，保护群众生命安全。群众对汪书记是认可的。”

“让群众不返贫，带村民奔小康。这是我的初心，也是我的追求。只要群众需要，我依然不走，继续干下去。”汪明的话里充满深情。

云天岭里养殖人

——记宿松县趾凤乡养殖专业户刘攀峰

王宇平

这里，山高林密，地势险要，曾是红军战斗过的地方，当地人称“云天岭”。前不久听说这里有一个养殖“高手”，他和他的合作社成员每年散养“跑山鸡”30万只、山羊5000只、牛100多头、猪1500余头；年出售土鸡20多万只、山羊肉10多吨、猪肉30多吨、牛肉10余吨，鸡蛋数百万枚，产品除安徽本省销售外，还远销上海、广东、福建及湖北等地，年创纯收入60余万元，带动周边贫困户1000多人就业，村民年均增收1万至5万元不等。

深秋的一天，笔者慕名采访了这位“传奇”人物。

人生低谷：从大老板到“贫困户”

1977年，刘攀峰出生在宿松县深山趾凤乡团林村一个贫苦的农民家庭中。他幼年丧父，度过了苦难的童年。俗话说，穷人的孩子早当家，为了减轻家庭负担，1993年，初中未毕业的刘攀峰就到上海打工谋生。一开始做学徒，当木工，慢慢积累了一些经验，但收入仅填饱肚子；1995年转战深圳搞装潢，因为当时这个行业很来钱，刘攀峰很快积累了一些资金，继而跟人合伙开装潢公司并兼营电子产品，不久成为小有名气的小老板，资金积累越来越厚。2003年“非典”期间，他发现了一个投资小利润大的商机——制作净化隔离房出售，不久他便赚得了数百万元利润，成了名副其实的“大老板”。也许人生需要“坎坷”的磨砺，不久，刘攀峰斥巨资加盟了一家会所酒店，本以为会把事业做得更大，岂料经营不善、管理不当，后来关门停业，亏损数百万元。刘攀峰一下子从“大老板”变成了“穷光蛋”，从此跌入了人生的低谷。

出现转机：从“贫困户”到养殖人

在大城市待不住了，刘攀峰只好回到了家乡。对他来说，一切已经归零。他的思想也开始消沉。因为惦念深圳那点固定资产，从2010年至2012年，他几乎什么事都没做，不是在家里闷着，就是跑跑深圳；亲朋好友为他着急，妻子儿女替他担心。他开始怀疑人生了：这样苟活下去还有什么意思？不如死了算了。但回头看着为一家人生活日夜操劳的妻子，再看看正在读书成长的孩子，他开始反思：是自己没有能力吗？不是！正如他的名字，他是一个敢于攀登高峰的人！绝不能因为一次挫折而自甘堕落！那一年清明节，他来到故乡山头祭祖，发现这里山场资源丰富、空气清新，只是抛荒严重，没有人来开发利用，难道不可以把它们利用起来吗？但是干点什么呢？他开始思索起来。在当教师的姨妈的开导下，他决定利用山场搞养殖。于是，他着手谋划起来。刘攀峰找到村领导，说出了自己的想法。村支书贺玉祥早就看中了刘攀峰这个能人，向他耐心解读国家扶贫新政，帮助他分析市场；村主任王金龙认为城里人对山里的土鸡和土鸡蛋十分看好，如果散养土鸡，不愁没有销路。

村支书和村主任的想法与刘攀峰一拍即合。于是刘攀峰开始筹集资金，先是变卖了一些固定资产，在大家的帮助下，在一个叫云天岭的地方围起一个100余平方米的山场，购进200只土鸡苗，拉开了他的养殖序幕。

“养鸡看似轻松，其实其中奥妙多多，弄不好也会赔个精光……”刘攀峰说。这话绝不是危言耸听，许多人就因不懂科学血本无归。于是刘攀峰一边经营，一边加强学习。一有空，他就抱着手机了解市场信息和最新养殖动态，并积极向周边养殖能手求教技术。他独创了一种养殖方法：让鸡漫山跑着觅食，从山上跳到山下，从山下飞到山上，让它们真正成为“跑着长成的鸡”。“我饲养的鸡啄食着野外的虫儿、草儿健康成长，辅之以相应的饲料，这样鸡肉的‘野味’不是更浓？”看来，刘攀峰不但体力上肯“攀峰”，思维上也善于“攀峰”。由于思维开阔、勤学好问，刘攀峰很快熟悉了整套的养殖专业技术，让养鸡事业逐渐步入正轨。

刘攀峰知道，靠单一的养鸡毕竟财源不广，同时对山场的丰富资源也是一种浪费。于是，他开始扩大养殖品种，开始养猪、养羊、养牛，并种植了百余亩茶树，用茶树下的草来喂鸡、喂羊、喂牛，鸡粪、羊粪、牛粪又是茶树的上好肥料，形成了一个种植养殖的良好循环。就这样，刘攀峰是事业越做越红火，在当地再次成了一个叫得响的老板。

充满希望：从养殖人到带动大家致富的电商红人

“一人富不算富，带动乡亲们共同赚钱才算有本事……”说这话的是刘攀峰，他是这样说也是这样做的。一开始，他将孵出来的小鸡借给村民们饲养，并且出技术、包回收，让大家看到养鸡也能致富的希望。为了进一步带领广大村民共同致富，刘攀峰决定成立专业种养合作社，采取“公司+农户”的方式吸引广大村民搞种植养殖。经过不懈努力，2012 年，投资 300 万元的宿松县云天岭专业种养合作社宣告成立，随后注册成立公司，先后入股农户有 60 余户。公司现在承包茶园 500 余亩，山羊放牧面积 3000 余亩。纯生态养鸡基地 60 多个，大别山原生态黑猪养殖基地 5 个，牛羊畜牧养殖基地 9 个，扶持帮贫农户合作养殖示范户 10 户。如今，公司被宿松县委命名为“一村一品”示范基地。随着种养规模的扩大，亟待销售的农副产品也越来越多，传统的销售模式已经满足不了公司发展需要，刘攀峰又开始通过朋友圈及电商方式销售，这样，公司农产品及当地百姓的土特产一传十、十传百卖到了全国各地。市场越来越大，刘攀峰的种养规模也越来越大，高峰期年出栏 5 万只土鸡，出产山羊肉、牛肉、猪肉数十吨，鸡蛋突破百万枚。他通过电商帮助百姓出售的土特产包括茶叶、葛粉、生姜、冬笋和玉米等，乡亲们足不出户就可以将自产的物品销售到全国各地。在最近的 3 年时间里，刘攀峰通过公司带动团林村 460 多人成功脱贫。

〔新时代　新宿松〕

聚焦“全面深化改革”，谱写“新时代宿松高标准建设”新篇章

产城一体大步前行

韦寒冰

“十三五”以来，安徽宿松经济开发区（以下简称“宿松经开区”）以“建设百亿园区”为目标，明确发展定位，不断优化区域产业布局，及时拓宽产业链，积极引导同类企业聚集，形成特色鲜明、带动力强的产业集群，助推产城一体新区大步前行。

宿松经开区电子产业园一角

宿松经开区成立于 2004 年，安徽宿松临江产业园于 2018 年 5 月整体并入宿松经开区，系安徽省新型城镇化建设和信用体系建设试点经开区。宿松经开区按照全国一流标准实施城市景观工程，大力发展低碳经济和循环经济，园区生态环境清新宜人；打造双赢的投资载体和发展平台，出台“招商导则”“28 条”等系列优惠政策，吸引优质企业和优秀人才落户；对现有规模重点企业量身定做服务方案，提供“一站式”全程帮办服务，使发展环境持续优化。

骨干企业拉动工业增长

5年来，宿松经开区新增注册入区企业177家，总数达到398家，其中规模以上企业总数达到80家，占全县的47%。累计实现工业总产值725亿元，财政收入18.7亿元，固定资产投资完成136亿元；形成了纺织服装、电子信息、轻化工等主导产业，安徽柳溪智能装备有限公司、安徽中天石化股份有限公司、安徽智达电气科技有限公司、安徽酷米智能科技股份有限公司、安徽优品智能科技有限公司、安徽天地高纯溶剂有限公司、安徽亿博皮革有限公司等骨干企业，对工业增长的支撑作用逐步加强。

2019年，宿松经开区注册入区企业356家，规模以上工业企业74家；实现规模以上工业产值170亿元，完成工业固定资产投资20亿元，实现财政收入4.7亿元。同时，宿松经开区还荣膺“安徽省纺织服装产业示范基地”“安徽省中小微企业创业基地”和“安徽省优秀电子信息产业基地”称号。

2020年1—9月，新增规模以上企业6家，现有规模以上工业企业80家，完成规模以上工业产值53.48亿元，同比增长10.4%；高新产业产值17.02亿元，同比增长78.56%；战略性新兴产业产值6.98亿元，同比增长29%。固定资产投资19.1亿元，同比下降7.8%。实现财政收入4.1亿元，占年度目标任务的90.7%，同比增长10.3%。纺织业保持增长态势，电子信息、皮革等产业稳步回暖，安徽红爱实业股份有限公司入选中国服装智能制造技术创新战略联盟成员单位。

主导产业蓬勃兴起

宿松经开区以纺织服装、电子信息、轻化工为三大主导产业。

纺织服装产业。规模以上企业33家，2019年实现规模以上工业总产值53.26亿元，实现税收773万元。宿松经开区纺织服装产业基地曾荣膺“中国新兴纺织产业基地县”称号，并成功获批“省级新型工业产业化示范基地”。近年来，宿松经开区积极推进纺织服装企业转型升级，安徽红爱实业股份有限公司凭借领先的服装行业C2M智能制造新模式应用，成为全市唯一入选新模式类项目的服装企业，并荣登全省百强企业榜，树立了传统产业转型升级的新标杆，“红爱云时尚创意设计平台”被工信部确定为“第四批纺织服装创意设计试点平台”，是安徽省第一家通过工信部纺织服装创意设计试点园区（平台）建设的平台。

电子信息产业。规模以上企业 7 家，2019 年实现规模以上工业总产值 8 亿元，实现税收 180 万元。电子信息产业作为宿松县重点发展产业，近年来实现了长足发展。2016 年，宿松经开区电子信息产业基地被评为“安徽省优秀电子信息产业基地”。依托电子信息孵化器、智能终端产业园大力开展标准化厂房招商，宿松经开区初步形成了以电容器、元器件、晶体谐振器、数据线、电器配件等电子元器件为主导的产业格局。以智能手机、智能穿戴、平板电脑、车载 GPS 等智能终端产品为重点的新一代电子信息产业呈现快速发展态势。

轻化工产业。规模以上企业共 19 家，2019 年实现规模以上工业总产值 25.5 亿元，实现税收 3231 万元；轻化工产业主要以发展皮革加工产业为主，依托荷华科技、亿博皮革等龙头企业，大力开展标准化厂房招商，促进皮革加工产业横向延伸，带动皮革、皮具、鞋业、服装及相关行业发展，不断拓宽产业链，提高核心竞争力，全力打造国内皮革行业特色区域和产业集群基地。

绘就五大发展蓝图

根据宿松经开区（2020—2025）产业发展规划，到 2025 年，实现综合实力显著提升，规模以上工业企业产值力争达到 350 亿元，财政收入达到 20 亿元，规模以上工业企业总数突破 200 家。产业集聚格局基本形成，科技创新能力持续增强，绿色发展水平不断提高。

“十四五”期间，宿松经开区将突出工业核心地位，进一步明确经开区的定位，即以工业为主，集商贸、物流、居住于一体的综合性经济开发区；培育主导产业，积极引导同类企业聚集，做大做强优势行业，最终形成产业集群；扶持骨干企业，要分规模、分类别加以引导和指导，帮助企业提高市场开拓能力，实现快速健康发展，力争到 2025 年实现 20 个销售收入达 5 亿元的企业、40 个销售收入 1 亿元以上的企业。

加快基础设施建设。多渠道、多方式筹集资金，全力打造好宿松经开区的硬件建设。积极争取在政策上加大扶持和倾斜力度；加大对宿松经开区龙兴建投公司支持力度，使之自主运行，早见成效；采取多种融资方式，分期完成宿松经开区道路建设；本着“谁受益，谁负担”的原则，加速完善电信、有线电视、宽带等配套设施。同时，依据经开区总体规划，循序渐进地推进，到 2025 年底基本建成产城一体新区。

加大招商引资力度。坚持东向发展，主攻长三角，紧盯珠三角，加速融入合肥经济圈和皖江城市带承接产业示范区，大力实施产业招商、资源招商，全力优化经开区发展环境，努力把经开区建成皖江城市带和皖西南的配套产业基地。继续坚持“走出去”战略，明确重点区域，加大宣传力度。在招商引资方式上，做到县内聚集与吸收外资相结合、以商招商与驻点招商相结合。

到 2025 年，宿松经开区开发建设规模将达 19 平方千米以上。根据宿松经开区（2020—2025）产业发展规划，规模以上工业企业产值力争达到 350 亿元，财政收入达到 20 亿元，一般预算收入达 10 亿元，引进内外资累计 500 亿元以上，规模以上工业企业达到 200 家，产值 5 亿元以上企业达到 100 家。产业集聚格局基本形成，科技创新能力持续增强，绿色发展水平不断提高。

产业集群初具规模。不断优化区域产业布局，积极引导同类企业聚集，最终形成特色鲜明、带动力强的产业集群，力争到 2025 年底纺织服装、电子信息、轻化工等主导产业形成规模。

激发市场创新活力。推动数字经济与制造业融合发展，引导企业产品智能化、生产过程智能化，推动制造业与服务业融合，引导企业从生产型向“生产+服务”型转变。坚持绿色拉动，支持传统制造业绿色改造，鼓励应用节能环保技术、工艺和装备，推动绿色清洁生产。把激发活力作为产业培育的根本着力点，发挥政府引导作用，激发各类市场主体创新创业活力，形成产业发展合力。

放眼未来，到 2025 年，宿松经开区将实现五大目标：具有地方特色的新型现代产业体系基本形成，产业结构进一步优化，创新能力更加突出，产业综合实力与市场竞争力显著增强，力争跻身安徽省省级开发区前列。

“双招双引”，这个省级经开区“划重点”

司　舜

当前，安徽聚集十大新兴产业，大力开展“双招双引”，汇聚要素，增强能量，打好产业基础高级化和产业链现代化攻坚战，提高产业链、供应链稳定性和现代化水平。在此环境下，各地赋予怎样的生动实践？

笔者在“省际毗邻区节点城市”宿松县看到，近年来，宿松经济开发区聚焦电容器产业招大引强、招才引智，聚力打造电容器产业集群，努力成为在全国具有影响力的“电容器之乡”。

益阳市朝阳电子厂电容器生产项目总投资1亿元；广东联盈控电子科技电容器项目从前期洽谈到正式签约不到一个月，一期总投资1.5亿元，二期建设用地面积200亩电容器产业园……一个个优质项目接踵而来，见证宿松电容器产业集群发展、蓬勃发展。

高质量做实做强做优实体经济

习近平总书记指出，要深刻把握发展的阶段性新特征新要求，坚持把做实做强做优实体经济作为主攻方向。

作为“安徽省优秀电子信息产业基地”，近年来，宿松经济开发区把发展电容器生产作为重中之重，持续推进传统产业转型升级，发展壮大战略性新兴产业，高质量做实做强做优实体经济。

目前，该开发区共有电子信息企业37个，其中规模以上工业企业12个，高新技术企业6个、战略性新兴产业7个、电容器企业15个，涉及通信设备、消费电子、电子元器件、电子材料等五大类。

“我们公司落户宿松三年，发展态势一年比一年好，生产的电容器产品在电子领域具备较强竞争力，深受客户好评。”诚越电子公司董事长刘劲松说。自2018年成立以来，该公司专业生产和研发电容器、电感器和变压器等电子元器件及相关材料。

超级电容器作为一种新型储能装置，自面市以来，一直备受市场推崇，国内研究相对较少，相关产品主要依赖进口。

为突破该项技术，2019年，诚越电子启动与安徽大学、合肥工业大学、安徽理工大学、合肥学院等高校合作，签订建设超级电容器工程技术中心协议，合作期间共申请发明专利7项，授权发明专利2项。2020年，该公司新一代超级电容器研发工作取得新突破，产品实现产业化并供应合肥中电科技第38所。

永荣电子公司厂房面积1.1万平方米，主要生产全系列铝电解电容器，计划建设自动化生产线120条。该项目2020年3月投产，已建成全系列铝电解电容器自动化生产线50条，年生产能力达到18亿只，主要面向国内外电源开关、照明、网通领域大中型客户需求，年产值超1亿元。

“我们专门成立产品研发和质量可靠检测中心，严格质量管控体系，严抓生产体系运行管理，向客户提供满意的产品与服务。”永荣电子公司董事长蔡亚宏说。

电子元器件产业集聚发展

电容器作为一种被大量使用在电子设备中的电子元件，用途广、市场潜力大。

为夯实电子信息产业基础，培育特色优势产业，宿松县将电容器及相关产业作为招商引资的主攻方向。去年6月，该县在江苏南通举行电子元件产业推介暨项目集中签约仪式，与中国电子元件行业协会电容器分会签署战略合作协议，引进深圳市必事达电子有限公司等企业签约电子元件及装备制造项目6个，总投资达5亿元。

2018年，上海普冈电子材料有限公司落户宿松经开区，目前已建成高低压电极箔自动化生产线12条，年产电极箔300万平方米，产值达4亿元，产品主要销往江苏、广东、上海、湖南等地。2020年，该企业新上4条生产线，目前正在安装调试中，预计今年实现销售收入超2亿元，利税1000万元以上。

电极箔是铝电解电容器生产重要的原材料之一。随着普冈电子的成功落户，宿松经开区不断加大对各类电容器优质生产商的招引和集聚，推动普冈电子、永荣电子、诚越电子等企业与上下游材料、设备企业开展合作，实现电子元器件产业集聚发展。

“下一步计划建设省级电子元器件产品质量检验中心，服务中小企业提高产品质量监测和质量追溯能力，增强电子产品关键工艺控制水平。引导和督促企业强化核心基础电子元器件、先进基础工艺、关键基础材料和产业基础装备等研发创新能力，开展面向未来的石墨烯材料、纳米智能材料、能源转换及储能等新一代信息材料制备与应用技术的研究和产品开发，提高电子材料和元器件产业竞争力。”宿松县委常委、经开区党工委书记、管委会主任谢长兵说。

通过开展补链固链强链延链行动，一批龙头型电容器大优项目相继落户宿松经开区，电容器产业“雁阵效应”正逐步凸显，尤其是“头雁”项目持续发力，电容器经济跑出“加速度”。2020 年，宿松经开区电容器上下游企业产值超过 10 亿元，实现利税达 3.6 亿元，同比增长 15.27%。

谢长兵表示，将进一步优化营商环境，搭建“借力聚智”平台，培育一批电容器龙头企业，突破一批核心关键技术，打造一批具有竞争力的知名品牌，推动全县电容器产业集聚发展。依托电容器产业园、智能终端产业园等平台，力争 3 年内引进投资电容器及相关配套企业 20 家以上，实现电容器产业年产值达 20 亿元，建成基本完善的电容器产业链。

科技创新结硕果，转型升级谋新篇

司　舜

宿松经济开发区

深秋九月，走进宿松经济开发区，转型发展的热潮扑面而来。

世界经济深度衰退，国际市场大幅萎缩，疫情防控常态化之下，工业经济如何危中寻机、化危为机？宿松经开区的民营企业家们铿锵作答：科技创新，转型升级。

科技创新+产学研合作

厂区绿树环绕，犹如花园；车间一尘不染，整洁安静。9月26日，记者来到宿松经济开发区安徽红爱实业股份有限公司厂区，被眼前绿色、生态、环保、智能的生产场景所震撼。

走进车间，只见各类机器快速运转，很少看到工人。公司总经理夏威介绍说："车间引进了智能化生产线，通过系统自动输送分配。"

这里的原材料供应中心采用 WMS 仓储管理系统，通过 AGV 搬运机器人，扫码上架，实现全流程条码管理，原材料条码管理，协同中心数据驱动，达到全智能的数字化管理，是目前全国行业领先的智能化服装企业，从裁剪完毕的零碎布料到变成一套直接可以销售的成衣，全程“脚不沾地”，都在吊挂系统上完成，从而节约了大量人力、物力和时间成本。

智能车间实现不同工艺要求产品的“混流”生产，提高了 30%的生产效率。既节约了成本，杜绝了污染，产品质量也更有保证。“订单已经排到下半年了。”夏威的话里满是兴奋。

智能车间

纺织服装产业，是宿松的传统产业，也是特色产业。经过近几年的转型发展，绿色智能已成为宿松纺织服装产业的新标签。

“经济开发区是我区对外开放、骨干企业升级和高端产业聚集的重要载体。我们一直致力于大力做好高新技术企业培育和申报工作，建立高新技术企业动态培育库，引导企业加大研发投入。”宿松经开区财政局干部高福荣说。

目前，园区内共有中国驰名商标 2 个，分别是安徽中天石化股份有限公司福满天、安徽红爱服饰有限责任公司全家人；安徽省著名商标 11 个，分别是安徽有通玻璃有限公司、安徽富悦达电子有限公司、龙成集团、安徽大松树脂有限公司等。近年来，申报和获批高新技术企业不断加快，2019 年有安徽柳溪智能装备有限公司、安徽优品智能科技有限公司等 6 家企业新获批或复审通过高新技术企业，2020 年第一批有安徽诚越电子科技有限公司等 7 家企业已成功申报或复审通过，第二批已有安徽红爱实业股份有限公司等 4 家企业上报申报材料等待评审。截至 2021 年，经开区共有高新技术企业 16 家。另有安徽臻荣智能科技有限公司等 14 家企业正在库进行高企培育，已成功申报战略性新兴企业 10 家。

科技创新才有出路。为此，经开区管委会积极推进企业与高校科研院所合作，搭建产学研合作平台，该县经开区与安徽工程大学就纺织服装产业签订战略合作协议，建立合肥国家大学科技园宿松分园；引导企业建立研发机构，提升自主研发能力和核心竞争力，同时加快科研成果转化与应用。中天石化与清华大学、石油化工科学研究院、合肥工业大学签订产学研合作协议；普和电子、诚越电子与安徽大学签订建设超级电容器工程技术中心协议；龙成集团与湖南农业大学就共建油茶加工技术研发中心项目签订框架协议；安徽红爱实业股份有限公司与上海纪开信息技术有限公司针对服装个性化订单及大货混流制造系统 / 流程研究开展技术合作，与安徽工程大学纺织服装学院签订产学研合作协议，并成立了安徽红爱纺织服装产业研究院；宿松恒达电气配件有限公司与上海交通大学签订产学研合作协议。

目前被认定省级企业技术中心 4 家，即中天石化、恒达电气、红爱实业、酷米智能；省级工程技术研究中心 2 家，即中天石化、宿松县春润食品有限公司，其中，中天石化还是国家知识产权示范企业和院士工作站、博士后工作站。

“我们大力争取各级科技创新项目，目前我县正在实施的有中央引导地方专项 1 个即龙成油茶，省级重大科技项目 2 个即普和电子和中天石化，重点研究与开发项目 1 个即红爱实业。”宿松经开区办公室干部周田说。

科技创新驱动了高新技术产业的发展，2019 年宿松经开区规模以上高新技术产业产值达 23.29 亿元，同比增长 123.3%；2020 年 1—8 月，战略性新兴产业产值 6.08 亿元，同比增长 28.75%。

转型升级+培育精特新

车间一角

“我们将立足实际、创新发展、科技引领，努力塑造以上市公司为龙头，以六大产业为支撑，以亿元企业为骨干，以高水平的专业配套为基础，塑造绿色智造广泛应用、研发创新十分普及、新生力量蓬勃发展、质量效益全面提升、资源配置日趋合理、区域品牌影响强大的工业经济新格局。”宿松经开区经发局

中天石化

局长林丽霞说。

近几年，经开区一直把通过企业技术改造推动转型升级作为一项战略工程常抓不懈，引导和激励存量企业进行技术改造升级和扩大生产规模，提升内生动力，并积极争取中央、省、市、县各级政策补助进行激励和支持。安徽红爱服饰的服装行业 C2M 智能制造新模式应用项目，中天石化润滑脂数字化生产线改造项目，晨旺一、二、三厂部分车间数字化设备改造项目，松谷屋食品生产线工艺提升改造项目等等，通过这些重点技改项目的实施，有力推动了宿松经开区乃至全县传统产业转型升级步伐。

2019 年，宿松县首次被省委、省政府评选为“工业发展稳增长、促转型成效明显地区”，全省 105 个县（市、区）及 16 个地级市，仅入选 6 家。与此同时，近几年，宿松经开区专精特新企业培育力度不断加大，安徽红爱实业股份有限公司成功申报国家级专精特新“小巨人”，这在安庆全市是第一家。

“我们鼓励企业以两化融合为引领，充分利用工业互联网，推广智能制造生产模式，各个企业纷纷响应。”经开区管委会干部周田说。目前，安徽红爱服饰、中天石化获批省级智能工厂，安徽凯乐服饰有限公司等 2 家企业获批省级数字化车间；安徽红爱服饰获批国家技术创新示范企业和国家两化融合管理体系贯标示范企业；刘氏蜂蜜等 3 家企业获批省级工业和信息化领域标准化示范企业；中天石化等 2 家企业获批为省制造业与互联网融合发展试点企业；宿松恒达电器配件有限公司等 4 家企业获批省级技术创新示范企业。

“大力推进技术改造，推广节能环保新技术、新装备和新产品，鼓励和引导企业绿色发展。”周田介绍说。安徽红爱实业股份有限公司荣获国家级绿色工厂，安徽天宇纺织有限公司等5家企业获批省级绿色工厂；中安智创环保科技有限公司等4家企业获批“五个一百”节能环保装备产品；宿松亿博环保工程有限公司等4家企业荣获“五个一百”节能环保生产企业。

经开区大力引导和支持企业做强品牌，中天石化、安徽红爱实业股份有限公司先后获得中国驰名商标；柳溪机械设备集团公司多次成功申报安徽省首台（套）重大技术装备；安徽红爱服饰成功申报工信部新型信息消费示范项目；安庆晨旺木业有限公司等3家企业获批省级“三品”示范企业；组织龙成油茶等5家企业参与“精品安徽、央视宣传”活动；每年多家企业参加工信部及省政府在各地举办的电子信息博览会、世界制造业大会、徽商大会、中博会、西博会等各类展销活动，成效显著，企业反响良好。

近几年，经开区通过积极申报国家、省、市科技及工业发展奖补政策引导工业经济转型升级、实现高质量发展。经开区企业申报兑现市2016年推进自主创新若干政策项目13个、2017年12个、2018年29个。通过政策支持、政策引导和政策激励，有力支撑着宿松县工业经济“六大工程”的顺利实施，加速推进产业转型升级、实现高质量发展的步伐。

“宿松经开区将以建设转型发展先行区、高端产业集聚区、产城融合示范区、创新创业试验区、辐射引领核心区为目标定位，努力建成长三角西南地区极具活力和竞争力的省级经开区。”林丽霞说。

两大首位产业比翼双飞，“六大项目工程”竞秀争荣

邹荣华

秋阳下的园区，一派生机勃勃的景象。近年来，宿松县经开区以科技创新推动工业高质量发展。着力打造电子信息和纺织服装两大首位产业，实现创新创业聚集效应；坚持不懈实施工业高质量发展的“六大工程”，发挥引领示范作用，提升整体效益。整个园区呈现出两大首位产业比翼双飞，“六大工程”竞秀争荣的新格局。

首位产业比翼双飞

2014 年以来，宿松县紧抓皖江门户的特有区位优势和国家扶贫开发重点县的政策优势，按照“首位产业、首要任务、首先支持”的原则，围绕“引龙头、补链条、聚集群”的宗旨制订招商路线图，启动针对电子信息龙头企业和重点地区的精准招商，实现项目资源内外连通。先后引进了安徽酷米智能科技股份有限公司、安徽优品智能科技有限公司、安徽普冈电子材料有限公司、安徽优尚电子技术有限公司等 37 家电子信息企业落户园区，精心培育以安徽酷米智能科技股份有限公司为龙头，以安徽优品智能科技有限公司等骨干企业为主体，以安徽臻荣智能科技有限公司、鑫华通电子、安庆市晶科电子有限公司、安徽普和电子有限公司、安徽富悦达电子有限公司等延链企业为补充的电子信息产业集群，倾力打造“电子信息首位产业”。经开区初步形成以智能手机和智能家电为代表的通信和消费电子产业布局，显现了“电子信息首位产业”的集群效应。如今，园区内电子信息产业的龙头企业和几家骨干企业已呈现出良好的发展态势和强劲的市场竞争力，显示了电子

信息产业的首位优势和排头兵的引领示范作用。2019 年仅 7 家规模以上企业就实现产值 10 余亿元。

2014 年，安徽酷米智能科技股份有限公司投资落户经开区，是一家集研发、设计、制造、销售、服务为一体，以制造智能通信终端、平板电脑、可穿戴设备等电子产品为主的高科技企业。2016 年，安徽省首部自主品牌的酷米手机在宿松下线，8 月正式实现出口业绩。同年初已通过 ISO9001 质量体系和 3C 认证；已取得 6 项自主知识产权，有 5 项发明专利已通过国家专利局的实审。2019 年共实现产值 4.98 亿元。

安徽优品智能科技有限公司是由深圳吉祥星科技股份有限公司于 2014 年落户经开区投资建设的。公司高度重视产品研发工作，拥有智能家居、智慧健康医疗、智能微投、智能商显设备共 12 项专利技术和软件著作权，先后与美国优派、日本明基公司合作，生产显示器、微投等。2019 年实现产值 1.05 亿元。

安徽普冈电子材料有限公司主要生产电极箔。铝电解电容器用的电极箔是电子信息产业的关键性基础材料，是我国电子行业的薄弱环节之一，是我国重点发展的优先产业。高档次中、低压电极箔是我国电子工业替代进口的基础工业关键材料。目前，该企业已建成 4 条生产线，还有 8 条生产线正在建设中，预计 10 月底投产，可实现年销售收入 2.5 亿元。

安徽臻荣智能科技有限公司在县经开区投资建设的欧沃智能终端产业园，以研发、生产、销售物联网终端产品、手机终端、配套配件为主，项目总投资 5.5 亿元，分两期建设。首期投资 2 亿元，建设智能手机及光学玻璃、TP 盖板、电子触摸显示屏、摄像头等相关电子配件生产线。二期投资 3.5 亿元，征地 200 亩。目前该公司 2 万平方米标准化厂房，包括 5000 平方米的百级洁净车间、8000 平方米的千级洁净车间整体装修工程全部完工，第一批添置的 2000 万元的生产线已到场，并投入生产。

为保持电子信息产业可持续发展，按照“你出设备，我出厂房”的方式，园区建有 35 万平方米的电子信息产业孵化器和智能终端产业园，完善各类基础设施建设和配套服务，确保企业和人才引得进、留得住。电子信息中小企业可直接拎包入驻，大项目可供地建设。为保证用工充足，县内 4 所中等职业技术学校每年实行计划订单培养或校企合作培训，为电子信息企业提供合格的各类技术用工近万人。

园区内另一个首位产业——纺织服装产业，是宿松县传统优势产业。县经开区立足本地丰富的蚕桑和棉花资源，开源节流，不断夯实纺织服装产业发展基础，壮大产业规模，提档升级。大力扶持培育以安徽红爱实业股份有限公司为龙头，以安庆市宿松互益精纺有限公司、安徽锦绣经纬编有限公司、伊芙丽集团、安徽凯乐服饰有限公司等为重点企业的纺织服装产业发展集群。随着红爱服饰智能化改造的传统升级成功及高端定制的推行，伊织莉服饰、意象服饰、迪卡轩、茜舞等品牌企业的入驻，加快产业智能化、高端化、品牌化发展，为纺织服装产业的高质量发展注入强劲活力，增加高质量发展的“厚度”，有力带动园区产业的整体发展。经过不懈的努力，经开区纺织服装产业创立省级名牌产品数 4 个，获专利授权量 2 件。纺织服装产业相关配套服务基本完善，具备承接国内外纺织服装产业转移能力。县纺织服装产业已发展成首个超百亿产业，园区内现有纺织服装企业 86 家，其中规上企业 33 家。2019 年，规上企业实现产值 53.3 亿元。

安徽红爱实业股份有限公司是宿松经开区纺织服装重点骨干企业，凭借领先的服装行业 C2M 智能制造新模式应用，成为全市唯一一家入选新模式项目的服装企业，并荣登全省百强企业。“红爱云时尚创意设计平台”被工信部确定为“第四批纺织服装创意设计试点平台”，是安徽省第一家通过工信部纺织服装创意设计试点园区（平台）建设的平台，树立了传统产业转型升级的新标杆。自主品牌“全家人”“MAY”服饰等在国内外享有较高知名度。2019 年公司荣获第二届世界制造业大会金奖。目前，公司主板上市工作正在扎实推进。

宿松意象服饰有限公司为伊芙丽集团控股子公司，伊芙丽集团拥有 4 个国内一线品牌，品牌设计师团队长期与法国时尚设计师团队紧密合作。2018 年初，伊芙丽集团在宿松县经开区投资建设服装智能制造基地，现已建成 6 条生产线，成为集团重要的产品供应基地。

宿松经开区经过十多年的科学创新、精心扶持和打造，已建成的电子信息和纺织服装两大首位产业，集群效应显著，成果丰硕，电子信息产业发展势头正劲，纺织服装产业枝繁叶茂。宿松经开区先后荣膺“安徽省级优秀电子信息产业基地”“安徽省中小微企业创业基地”“安徽省纺织服装产业示范基地”“安徽服装行业年度突出贡献单位”等称号。宿松县还获得“中国新兴纺织产业基地县”荣誉称号。

两大首位产业，恰如伸展的双臂，紧紧拥抱县域工业高质量发展的美好明天。

“六大工程”竞秀争荣

县经开区在优先打造和发展首位产业的同时，积极培育和夯实首位产业高质量发展的底盘和载体。作为全县工业经济发展的主平台，经开区坚持工业强区不动摇，项目建设不松劲，以科学创新为引领，以高质量项目和产业支撑高质量发展。巧打组合拳，在高质量发展道路上努力实现从“大”到“强”、从“量”到“质”的转变，坚持不懈地实施工业高质量发展的“六大工程”，努力建设工业发展引领区、创业创新集聚区。

“我们大力实施科技创新的驱动工程，提高企业高质量发展的源动力；鼓励企业加大研发投入、自主创新，积极推进企业与高校科研院所合作，全力争取各级科技创新项目，扩大科技创新的队列。”经开区经发局局长林丽霞介绍说。

在宿松经开区，科技创新为企业高质量发展提供了坚实的技术支撑和强大的动力源泉，科技创新在园区内开花结果。现在，园区内被认定有省级企业技术中心 4 家，省级工程技术研究中心 2 家，国家知识产权示范企业 1 家，院士工作站 1 家，博士后工作站 2 家；园区内共有中国驰名商标 2 个、安徽省著名商标 11 家，共有高新技术企业 16 家。

科技创新驱动了高新技术产业的快速发展。2019 年，规上高新技术产业产值达 23 亿元，同比增长 123.35%。2020 年 1—8 月，战略性新兴产业产值 6.1 亿元，同比增长 28.8%。

经开区企业大力实施技改转型升级工程，增强企业高质量发展的内生活力。

安徽红爱服饰的服装行业 C2M 智能制造新模式应用、中天石化的润滑脂数字化生产线改造、松谷屋食品的生产线工艺提升改造等重点技改项目的实施，有力加快了园区乃至全县传统产业转型升级的步伐。2019 年，我县首次被省委、省政府评选为“工业发展稳增长、促转型成效明显地区”，此项荣誉全省仅入选 6 家。

与此同时，大力实施专精特新培育工程，提高企业市场竞争力。培育扶持一批生产专业化、工艺先进化、技术特色化、管理精细化、产品新颖化的中小企业，发展新业态，开拓新市场。安徽红爱服饰成功申报国家级专精特新“小巨人”，为安庆市首家。2020 年，中天石化也已申报待批。安徽柳溪智能装备有限公司等企业也在打造专精特新工程中脱颖而出。

“我们大力实施工业化和信息化融合示范工程，大力培育发展新动能。企业可以将产品的研发和电子信息技术、制造技术以及企业管理技术等进行有效结合，从而大大改变了企业在研发、制造、管理及其他各个生产管理环节的方式，增强企业与市场的沟通能力，适应新经济时代的发展需求，促使企业华丽转型。”经开区干部周田说。

经开区引领和鼓励企业打造信息化、智能化生产管理模式，成效显著。红爱服饰获批国家技术创新示范企业和国家“两化”融合管理体系贯标示范企业，刘氏蜂蜜等3家企业获批省级工业和信息化领域标准化示范企业，中天石化等2家企业获批省制造业与互联网融合发展试点企业，宿松恒达电器配件有限公司等4家企业获批省级技术创新示范企业。这一个个示范企业像一朵朵绽放在园区里的花，点缀着创新发展的春天。

绿色发展理念，就是保持资源节约型、环境友好型的可持续发展。经开区坚持走生态环境保护与经济社会发展互促共融的绿色发展之路，立足资源禀赋和产业基础，做大做强特色产业，通过技术改造，推广节能环保新技术、新装备和新产品，鼓励和引导企业打造绿色发展示范新高地。绿色发展有了新标杆，安徽红爱服饰获得“国家级绿色工厂”荣誉称号，中天石化正在努力争取此项荣誉；安徽天宇纺织有限公司等5家企业获得“省级绿色工厂”荣誉称号；中安智创环保科技有限公司等4家企业的产品获批“五个一百”节能环保装备产品；宿松亿博环保工程有限公司等4家企业获“‘五个一百’节能环保生产企业”荣誉称号。同时，实施品牌质量提升工程，最现实的目的就是提高和扩大品牌的影响力和社会效应。支持企业树立品牌文化意识，做强做优做好品牌。中天石化、安徽红爱实业股份有限公司先后获得中国驰名商标，柳溪机械多次成功申报安徽省首台（套）重大技术装备；安庆晨旺木业有限公司等3家企业获批省级“三品”示范企业。为了扩大品牌的知名度和市场影响力，龙成油茶等多家企业积极参与“精品安徽、央视宣传”活动，多次参加工信部及省政府在各地举办的电子信息博览会、世界制造大会、徽商大会、中博会、西博会等各类展销活动，成功推介自己的品牌，赢得了社会的良好反响。正是“小荷才露尖尖角”“好傍春风次第开”。

“六大工程”的实施，加快了园区产业转型升级、实现高质量发展的步伐。

目前，宿松县经开区已步入产业良性发展的轨道，像一艘航行的巨轮，在市场经济的大潮中，搏击风浪，扬帆远航。

饱含皖西南意韵，宿松东北新城让幸福变得简单

司　舜

2020 年 5 月中旬，占地超过 11.4 万平方米的宿松县城龙湖公园正式开园，该园共有 11 个单体工程，项目总投资 6495 万元。公园内渔风广场、文南幽径、断丝锣鼓、林踪石影、矿石科普展示园、名人广场等环湖景观沿水域布置其中，公园的建成对补齐宿松城市短板，完善城市功能，有效改善城市空气质量和人居环境，打造城市形象起到重要作用。自此，继山水公园、黎河公园之后，宿松市民又多了一个好去处。

宿松县东北新城鸟瞰

荒山野岭中崛起一座新城

从羊肠小路到通衢大道，从杂草丛生到花团锦簇，从破旧无序到高楼林立，荒山野岭中崛起一座新城，成为一个饱含皖西南意韵、承载宿松梦想的“山水绿都，悠享新城”。

东北新城是宿松县城新城区，因位于老城区的东北部而得名，是宿松县拓宽城市发展空间、新型城镇化建设的主战场。新城东起白洋河，南临孚玉路，西至105国道，北依龙山，规划建设面积近8700亩。从西向东，依次为核心区、东区两大规划建设区，其中核心区3450亩、东区5250亩。

2012年10月，宿松县委、县政府决定在原东北片区建设工作指挥部的基础上，成立东北新城党工委、管委会，改临时机构为常设机构，同时委托代管龙井社区、玉龙社区。东北新城建设初期，人居环境较差，传统的村庄集群居住，路网交通等基础设施落后。在社会经济和城市化进程加速发展的背景下，东北新城及时认识到区域整体发展的重要性，以长期的区域规划探索为基础，制定和实施了新城政策。加快征地拆迁步伐、提升地区整体安置环境。

“近年来，东北新城紧紧围绕加快建设步伐、贯通路网工程、完善市政设施、扩大开发面积的目标定位，着力做强做好征收安置、城市建设、党建引领三篇文章，实现了从拆迁时代到建设时代，再到高质量发展的精彩跨越。”新城管委会干部何国生说。

“六高”并行中建起一座新城

高标准核心路网全线贯通，高起点城市面貌日新月异，高效率社会经济提质增速，高难度征迁安置和谐推进，高质量党的建设有声有色，高水平市容管理成效显著。

新城建设中，“四横四纵”的主干道，“五横三纵”的次干道，景观优美的步行绿道是核心区路网建设的重头戏。

“最近3年，东北新城始终以推进路网工程建设为重点，先后启动并完成了核心区所有路网的建设施工，竣工道路17条，通车里程26千米，公交路线3条，街头绿道2处，按规而建的17条主次干道相继建成通车。”东北新城管委会干部吴汗说。

破山而建的太白路延伸段拉开省示范高中宿松中学的东大门，增强了新城区的空间承载力，缓解了老城区的交通压力。同时打破传统做法，硬化、绿化、亮化同步施工。白天，道路两旁花团锦簇、树影婆娑；晚上，灯火通明，车在画中行，人在花中走。

“与以前相比，不可同日而语，变化太大了，居民出入方便，幸福指数日益提高，人气商气迅速凝聚。”新城居民罗光保高兴地说。

建设环境优美、经济繁荣的生态化城区，打造宿松政治、文化、金融中心是核心区开发建设的“始定位”。

“围绕单位入驻、居民入住的总要求，坚持‘人民城市人民建、建好城市为人民’的新理念，持续发力重点项目建设，一年固基础、两年有变化、三年大变样如期实现。”新城管委会干部石流红说。

目前，在新城已有20多家党政机关和企事业入驻办公，市民广场、综合文化中心对外开放，实验中学新城分校、中德职业技术学校、实验小学新城幼儿园纷纷入驻，龙湖公园周边及何冲河景观带、县医院新区等14个项目正在施工，御玺园、龙溪观邸、未来中心等11家开发小区如火如荼。同时安置房正开工建设，罗汉山路、将军山东路等道路开建，都为新城提供了更广阔的发展空间。

速度加质量完善一座新城

让被征地拆迁群众过上幸福美丽的生活是东北新城开发建设的初衷，也是东北新城党工委矢志不渝的追求。

“不光是居住条件好了，环境美了，人的心更舒坦了。”新城居民何桂林说。

最近3年，东北新城先后完成核心区4600亩征地交地、东区4800亩征地协议签订，房屋拆迁1100多户，取得了核心区“全面清零”的辉煌战绩，开启了东区“整组拆迁”的新模式，解决了桐梓北路、松兹南路等沉疴过久的“拆迁难”，实现了由追求数量向追求质量的大转变，赢得了社会各界的高度认可。

“许多难事多年悬而未决，是建设中的阻碍，现在破除了障碍，也加快了建设步伐。”新城居民胡伟林说。

东北新城是宿松县城的“新名片”，与山水公园唇齿相依，与老县城区遥相呼应。

走进如今的南片安置区，幢幢高楼错落有致，区内车来人往，一派安居乐业的景象，是真正意义上拆迁安置户的“新城花园”。

“绝不让拆迁户吃亏，把最具商业价值的黄金地段划分安置区，完成选配交付套房 2400 多套、门面房近 800 间。”新城管委会干部何国生说。

新城投资 200 多万元在全县率先建成新时代文明实践所，升级改造社区党群服务中心，打通宣传教育、关心服务党员和群众的“最后一公里”。同时推行管理体制改革，调整组建 9 个党支部，党员组织生活和党务管理得到全面加强。创新特殊时期党组织设置，在重点工程建设一线成立 7 个“亮剑护航”临时党支部；延伸党员志愿服务方式，开展“戴党徽、亮身份、树形象”“党员主题日”活动和“党员示范岗”“党员示范户”评选，强化党员干部服务意识，密切党和人民群众的血肉联系。

新城不仅在“建”字上追求速度，而且在“管”字上力求完美。推进城市精细化和网格化管理，从群众反映最强烈的问题入手，抓好集贸市场、广场公园、背街小巷等公共场所的环境整治，对乱摆摊点、占道经营、无证摊点、非法游商等现象坚决说“不”。招募文明交通劝导员，划拨资金升级改造老旧小区，全力打造“3 万新城人、3 万志愿者”品牌。抽调城管、交警、市场监督管理局等部门执法人员组建综合治理办公室，推行联勤联动执法，专项整治重点区域，居民生活质量明显改善，新城市容市貌全面提升。

2019 年，新城完成固定资产投资 4.08 亿元，实现土地出让金收入及融资 17.3 亿元，双倍超额完成县政府下达指标。聚焦脱贫攻坚不松懈，创新实施征迁安置和就业脱贫工程，推行贫困户优先拆迁、优先安置、优先结算，加强贫困人口技能培训，稳定提高贫困户收入，率先实现真脱贫、脱真贫。聚焦民政民生不放松，城乡居民养老保险、社会就业等涉民工作质量逐年攀升。2020 年年初，聚焦疫情防控不动摇，成立领导小组和指挥部，制定实施方案和应急预案，第一时间组织 230 人 115 个调查专班，排查登记从武汉返乡人员，打响全县疫情防控摸排登记上报的“第一枪”。启动突发公共卫生事件一级响应，严格落实“三防一加强”，设置“双长制”责任网络，确保了区域内无一例疑似病例发生。

如今的东北新城，已建成区由原来的 1050 亩增至现在的 4800 亩，一栋栋拔地而起的高楼，一条条畅通无阻的大道，一个个用心服务的忙碌身影，一张张幸福洋溢的笑脸，宛如一幅生动的画卷徐徐展开、掩映在山水之间。

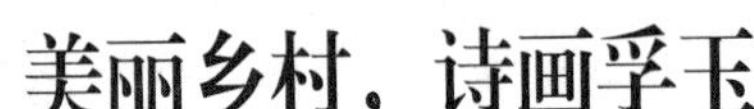

美丽乡村，诗画孚玉

司　舜

财政收入连续 2 年突破 2 亿元大关，宿松县孚玉镇实现了经济高质量发展目标。近年来可谓是马力十足、劲头正旺。

孚玉镇是宿松县城所在地，为宿松全县第一镇。近年来，该镇着力稳增长、调结构、惠民生，经济持续健康发展，社会大局和谐稳定，美丽乡村成为诗画孚玉。

诗写美丽孚玉

近年来，随着林园休闲广场、山水公园、东一环路、宿松南路、孚玉东路、振兴大道及南延伸路的建成，县城新城的框架已逐步显现。

孚玉镇

孚玉镇作为县城所在地，历史文化深厚。“宿松十景”是古代宿松名片，这十景在县城有一山一水，山就是“孚玉青峰”。孚玉青峰就是孚玉山，又称鲤鱼山，位于县城中心地带，东西绵延千余米，随着县城城区的扩大，印证了旧时“金盆养鲤”的传说。

“玉山泉似玉，日夜长潺湲，等闲高人至，浮出蛟龙涎。”著名书法家、诗人黎光祖用诗句表达了这里的生动和美丽。

山上青松翠柏，叠若云林，绿竹浓荫，布满山坞，峰峦叠翠，花鸟争幽。虽处闹市之中，却有野游佳趣，给人以悠闲静适之感。

古人石思琳一篇《孚玉山记》说：“古松流水间，红寺清池，绮丽掩映。”又说：“自山视下，则万井楼台，缀染芳树中，疑展秀画。”

孚玉山是宿松县城最高点，登高眺远，全城一览无余，远至匡庐皖岳，近至雷水龙湖，尽收眼底，蔚为大观。

与孚玉山相对而望的弹子山，是一座默默无闻的小山，当代诗人高嗣照从小就生活在山脚下的村庄里。

“从我记事时起，不。从我一出生/你就守护在我身后，就这样默默地/端坐着。像我蹲下身的父亲沉默寡言//儿时的春天，给我岭上一丛丛烂漫的野花/给我夏夜的萤火；给我放学后的/牛群；牛背上悠扬的牧歌……”字里行间写出了对家乡山峦的依恋和热爱。

农村更美了，农民更富了，小康社会就在眼前。望得见山，看得见水，留得住乡愁，这是现代人对美好人居环境的追求。

宿松是中国诗歌之乡，当代一大批诗人以激情的笔触从各个侧面记录这一伟大的进程，共诵美丽乡村、诗画中国。在这片日新月异的沃土上，他们用一首首优美的诗歌在纵情歌唱。

画出美丽孚玉

青山绿水，皖风徽韵，从二郎河畔到鲤鱼山下，一个个村庄犹如在一幅幅画卷中，镶嵌在大地之上。

在向阳河畔，黑色沥青路面，白色大理石栏杆，现在已经是镇域范围内一道美丽的风景。

“这条路打通，景观带建成太好了。”居住在向阳河畔的居民一走出家门都会情不自禁驻足观看，他们纷纷举起手中的手机，拍照、发抖音，分享

给更多人。

在县史志办做了20多年编辑的文化人士廖理南，爱好摄影，对向阳河再熟悉不过。他退休之后，每天都背着相机，早早地在向阳河上新建的一座水泥桥上，按下相机快门，拍下美景，并写出推文。

向阳河

向阳河是孚玉镇区一条小河，曾经一度被市民戏称为宿松的“龙溪沟”，臭水横流，垃圾遍布。

向阳河综合治理工程是宿松县为打赢蓝天碧水保卫战，提升城市品位，增强市民幸福感和获得感而实施的一项重大民生工程，自石咀横坝至白洋河，总长2.9千米，总投资5300多万元，包括实施河道清淤、挡墙、护坡、道路及景观亮化等，此项工程已于去年年底全部完工。

旖旎风光、淳朴民风、乡村巨变激发了画家们创作的灵感。今年夏末，向阳河综合治理工程竣工后，宿松县美术家协会组织十多名会员，走近向阳河和白洋河。画家们或水彩，或油画，或水墨，创作了一幅幅精彩作品，他们画亭台，描步道，将澄碧的静水、如黛的远山、浮动的烟岚尽收笔端，新农村美景跃然纸上，引来不少村民和游客围观欣赏。

“这是活生生的素材，也是艺术最质朴的元素。”宿松县美术家协会主席佘敏说，他们将会把这里作为写生创作基地，用丹青把家乡最美的一面画出来并推介出去。

唱给美丽孚玉

“春风又到黎河边，阵阵歌声飞上天；种田人家春来早，布谷未叫满心田……”在孚玉镇新时代文明实践所，一群十来岁的孩子正在放声歌唱原创民歌《一支秧歌一趟秧》。作为刚接手不久的镇文化站副站长李艳开始致力于文化培训演出活动，活跃群众文化生活。

乡村之美，美在好生态、好风景，也美在岁稔年丰、业强民富的好光景。歌声阵阵，笑语盈盈，欢乐中尽是对美好生活的歌唱。

在民东社区，当地新时代文明实践站宣讲员利用晚上、周末时间，前往居民家中与群众面对面交流。以讲故事的形式宣传新时代奋斗精神，以群众听得懂的“大白话”“乡土话”，拉近与群众间的距离，激励大家为美好生活努力奔跑。

“下一步，再创作一批新歌，发现、培养一批新人，开展丰富多彩的文化传承志愿活动。”李艳说。

在孚玉镇，当地十多支“文艺轻骑兵小分队”活跃在田间地头、大街小巷，曾经习惯观看演出的群众，现在成为参与演出的“主角”，群众自编自演的民歌、锣鼓、戏剧等演出活动此起彼伏，群众参与热情高涨。

老百姓玩有文化活动广场，读有农家书屋，唱有音响设备，演有文化舞台。文化活动越来越丰富，群众生活也越来越滋润。“乡村文艺，不仅扮靓了村容村貌，更厚植了道德文化、培育了文明乡风。”孚玉镇党委书记何明金深有感触地说。

乡村村晚现场

尤其是乡村春晚，极大地丰富了春节期间农村群众的精神文化生活，助力乡村振兴战略，助力文化繁荣发展。

“我今年都 80 岁了，还从来没有在自家门口看到过这样热闹的节目。”小湾村村民尹大爷说。

2019 年 1 月 27 日，主题为“文化迎春，艺术为民”的“2019 安徽省乡村春晚宿松县孚玉镇小湾村专场”演出活动在小湾村文化服务中心广场举行，引发了广大群众的热议。欢乐喜庆、年味十足的开场舞《欢乐中国年》拉开了乡村春晚的序幕，点燃了在场观众的激情。随后，舞蹈、腰鼓、宿松民歌、表演唱、快板书、小品、黄梅戏、打连响、文南词、宿松大型民俗表演等，这些由草根创作、由草根演员自己上台表演的节目，形式多样，内容丰富多彩，道出了老百姓的心声，具有浓郁的地方特色。

“节目表演中有太多的乡村元素，真的让人感到惊喜万分，家乡富了，咱老百姓的腰包鼓了，过上了好日子，能举办这样接地气、家乡味浓的乡村春晚，我真为家乡的父老乡亲们感到自豪和骄傲。”远嫁到湖北、现任武汉佐岭星芯社区党委书记的尹水香通过网络看到节目，激动不已，专门通过微信分享自己的感受。

2020 年国庆节期间，一场欢庆国庆、决战脱贫奔小康的主题文艺晚会在各村和社区火热上演。当地特色的锣鼓、快板、广场舞等轮番上演，喜迎国庆、庆祝丰收。人民群众热爱祖国、热爱家乡、昂扬向上的精神风貌得到尽情展现。

载歌载舞天天有，文化活动年年办

司　舜

一年 365 天，天天都有中小型文化活动；多个社区、村，个个都有文艺队伍、活动场地和拿手项目。在有着“宿松第一镇”美誉的宿松县孚玉镇，文化已实实在在成为老百姓幸福生活的一部分。该镇“办”文化、“种”文化、“乐”文化的基层公共文化服务建设氛围也愈加浓厚。

孚玉镇是宿松县城所在地，历史文化悠久，人文底蕴丰厚，如今群众文化丰富多彩，校园文化生机盎然，企业文化初露锋芒，社区文化日臻成熟。

“百姓明星送欢乐”广场舞展演

孚玉镇有 3 个行政村 7 个社区，设镇综合文化站 1 个，现已建成和在建村级文化中心 10 个，均按“一场（综合文化广场）两堂（讲堂、礼堂）三室（文化活动室、图书室、文化信息资源共享室）四墙（村史村情、镇风民俗、崇德尚贤、美好家园）”的建设标准，文化广场配有戏台、宣传栏、广播器材和体育设施，让老百姓真正得到实惠，极力普及科学文化知识，丰富和活跃群众精神文化生活，使村风民风得到根本好转。

孚玉镇现有藏书 50 万余册，电脑 50 余台，投影仪 11 个，各文化服务中心和文化站皆实行零门槛、无障碍、全免费为广大群众开放，到目前为止，受益人数 6 万余人。全镇现有各业余文艺团体 40 余支，每年送戏下乡 20 余场，送戏进校园 10 余场，进社区 7 场次，送电影下乡 60 余场，全镇参加文化志愿者 670 余人，每年全镇开展大、中、小文体活动 140 余场次。

孚玉镇文化站建设面积 1000 平方米，内设多功能厅 、电子阅览室、图书室、培训室、排练厅、乡贤馆、荣誉室、老年活动室、留守儿童之家、乒乓球室等，是全镇开展文化娱乐、健身、学习的良好场所，受益群众达 5 万余人。文化站每年组织大、中型文体活动 10 余场次，各类公益讲座及培训班 20 余场次；图书分馆图书流通全年累计达 1.6 万人次，文化活动服务累计 2 万人次。

文化广场跳舞的人们

文化站举办春节联欢晚会

文化站每年积极组织各村、社区举办春晚，并排练精彩节目参加宿松县春晚，节目备受全县观众和领导的好评。

“有没有文化活动是真的不一样。”联盟社区居民程梦兰深有感触地说，“没文化活动，一不热闹，二没趣味。”

作为县城政治经济文化中心，孚玉镇有好几个村改区的社区，居民多数是刚刚搬上楼的农民。这些“兜里有了钱、手里没了事”的新居民，往往一时间不知所措。去年，联盟社区的“巾帼鼓队”成立后，就吸引了20多人前来报名参加。随着培训、排练、演出，文化活动对居民的吸引力越来越强，社区的和谐氛围和文明程度早已不可同日而语。

2019年以来，孚玉镇及下辖各村先后举办了2019年安徽省乡村春晚小湾村专场大型民俗表演《十九大精神放光芒》、2019年宿松县孚玉镇全民健身运动会之首届“体彩杯”农民广场舞大赛、2020年安徽省乡村春晚宿松县孚玉镇龙跃村专场活动、宿松县“百姓明星送欢乐”系列活动之宿松县县城周边区域文化中心等多场群众喜闻乐见的文艺活动，丰富了当地群众的精神生活需求。

孚玉镇文化站除了自身开展文化活动之外，还加强与兄弟乡镇的对接与联系，共同开展形式多样的送文化到基层活动。每年年终与年初，“文化轻骑走千村·文化惠民进万家”送文化到基层系列活动频繁开展，将文艺演出、春联、剪纸等祝福送进千家万户。

丰富的文化活动

与兄弟乡镇共同开展送文化到基层活动

“我们要继续加强文化在社区建设中的作用，将社区春晚、巾帼锣鼓等文化活动做大做强，让社区百姓成为文化的创造者、参与者和共享者。未来我们将继续坚持文化自信，努力交出文化建设的高质量答卷。”孚玉镇文化站站长董月娟说。

“庆丰收　奔小康”广场文体展演

孚玉镇多措并举实施乡村振兴战略

贺学友　王旭东

孚玉镇是宿松县政治、经济、文化中心。该镇紧紧围绕产业兴旺、生态宜居、乡风文明、治理有效、生活富裕的总要求，大力实施乡村振兴战略，加快农业农村现代化、提升农民获得感与幸福感，为实现城乡统筹发展、如期全面建成小康社会、加快建设现代化美丽孚玉而努力奋斗。

孚玉镇一隅

夯实发展基础

近年来，孚玉镇坚持以新型工业化、新型城镇化、农业现代化为主攻方向，着力增投入、稳增长、调结构、惠民生，一系列促进经济持续健康较快发展的政策措施得以实施。

工业经济主导地位日渐增强，呈现出“总量扩大，项目扩增”的强劲发展态势；农业产业结构调整加快，基础地位不断夯实，已形成畜禽养殖、蔬菜瓜果种植和花卉苗木种植三大农业产业格局；第三产业迅猛发展，产业支撑作用逐步显现，集聚效应日益凸显。

据介绍，当地联盟社区地处城郊，共有2000多亩耕地。过去，村民们都是在自家耕地零散地种植一些蔬菜，供家里食用，只有少部分村民拉往县城菜市场销售。近年来，随着人们生活质量的提高，城区居民对蔬菜的需求量越来越大，蔬菜种植优势逐渐显露。为引导菜农利用城郊优势发展蔬菜产业化、专业化种植，联盟社区居委会不断提供服务，并将通往各村民小组的村道改造成水泥路，并在20多千米长的村道上安装了260盏路灯，以方便菜农运输蔬菜。

茶元组菜农尤朝虎是联盟社区最大的大棚蔬菜种植户，其蔬菜大棚已发展到60亩，年产值达到150余万元。他的蔬菜种植基地停放着各种型号的拖

尤朝虎的大棚蔬菜基地

拉机、微耕机、无人机等机械化设备。20多座大棚内都安装了先进的吊罐设备。

尤朝虎介绍，利用吊罐设备浇水、施肥，不但节约了水和肥，而且节省了人工、降低了生产成本、减少了水土流失。

在尤朝虎的帮助带动下，联盟社区共发展大棚蔬菜种植大户11个，种植面积有300余亩；共发展蔬菜种植专业户360个，种植面积达780亩；年出产蔬菜5.5万吨。

为蔬菜浇水

美化人居环境

孚玉镇是安徽省森林城镇，该镇始终坚持“绿水青山就是金山银山”理念，围绕“生态立镇、旅游兴镇、林业富镇”的战略目标，按照“一心两片、五纵四横、四廊多点”进行规划布局，扎实推进农村人居环境整治三年行动计划，构建长效机制，农村人居环境全面改善。

村民们锻炼的地方

沐浴着冬日的暖阳，走进大河社区，给人一种心旷神怡的感觉，随处可见居民对自家庭院及房前屋后垃圾进行清扫。道路变宽阔了，空气变清新了，环境也变得越来越美了，居民对人居环境整治工作赞不绝口。

沿着村村通水泥路，来到龙跃村，硬化路肩的通村道路宽敞整洁，村民屋前的绿化带错落有致，相比于城市的繁华景象，这里更像是一幅田园山水画。在宽敞的道路上漫步，在洁净的广场上锻炼，在幽静的庭院里闲谈。村民们亲身感受到家乡发生的巨大变化，纷纷表示，如今环境好了，每天心情也舒畅了，要从自身做起，维持好“路净、水清、庭院美”的人居环境。

人居环境变好了

提升生活水平

据介绍，孚玉镇始终坚持以经济发展为中心，综合实力稳步提升。

截至 2020 年 11 月，孚玉镇实现财政收入 2.14 亿元，已完成全年目标任务的 100%；2020 年，全年实现地区生产总值 42.1 亿元，完成社会固定资产投资 1.92 亿元，实现规模以上企业总产值 16 亿元，城镇居民可支配收入 25904 元。

“人民对美好生活的向往，就是我们的奋斗目标。孚玉镇重视‘半城郊型’经济，就是投其所好，供其所需，取其所长，补其所短，应其所变。农副产品、建筑材料、手工制品从乡村涌向城区。城乡不仅仅是统筹发展，更是同频共振。”时任孚玉镇党委书记何明金说。

通过走“半城郊型”经济发展的路子，孚玉镇真正实现了“利城富乡”。

干部齐心促乡村振兴

司 舜 胡锦文

洲头乡地处长江中下游冲积平原，位于安徽省宿松县东南的滨江洲区，境内平畴千里，土壤肥沃，雨量充沛，光照充足，盛产棉、油等农作物，是传统农作物种植的主产区。

近年来，洲头乡干部群众齐心协力，统筹谋划、科学推进乡村振兴战略，重点围绕纺织服装和现代化农业两大支柱产业，大力发展村集体经济，着力改善农村人居环境，形成了以抓党建为核心，“党建引领、乡贤助力、干群齐心”的乡村振兴大格局。

党建引领

抓好党建是乡村振兴的关键，大力实施乡村振兴，必须紧紧抓住农村党建这个“牛鼻子”。洲头乡党委充分发挥统筹城乡发展优势，坚持以党建为统

金坝村鸟瞰

领，把抓党建促脱贫同实施乡村振兴战略相互融合、整体推进，将党建优势转化为发展优势，全面推进乡村振兴。

洲头乡街景

通过推进“党支部+党员+贫困户”模式和“党支部+公司+贫困户”模式，选派优秀党员和年轻干部驻村帮扶，并依托上级财政支持引导资金成立村集体经济组织，将党支部的政治优势、组织优势与公司的经济优势和市场资源有机结合，吸收引导农户参与劳动务工和入股经营获得稳定收益，实现农户、集体经济组织、社会经济多方共赢。党建促进了产业兴旺。同时加大非公企业党建力度，贯彻落实“四送一服”工作，大力培育新型农业经营主体，依托特色小镇建设发展乡村旅游和农村电商等第三产业，推动三产融合发展。党建促进了生活富裕。

2019 年，全乡 11 个村党支部积极引导村级集体经济组织累计投入 210 万元，通过入股当地龙头企业、投建光伏电站等模式，在发展壮大村级集体经济的同时，为 211 户 576 名贫困人口带来新的收益，助力贫困户稳定增收、稳定脱贫。

乡贤助力

乡贤文化作为优秀传统文化的一部分，在乡村振兴尤其是乡风文明和社会治理方面发挥着极大的促进作用。

该乡通过充分挖掘乡贤文化，培育新乡贤，助力乡风文明和乡村善治。大力挖掘古今乡贤。以村党支部为主体，着力从农村老党员、老教师、老模范、老干部、回乡创业人员、在外工作人员等群体中广泛挖掘乡贤人才，通过群众推荐、党员代表大会研究、征求意见、社会公示、党委审核等程序推举“新乡贤”，积极组织编印《洲头乡志》《泾江风韵》等历史文化丛书。

大力弘扬乡贤文化。以村党支部为主体，修订完善村规民约，发挥村民议事会等群众自治组织和乡贤的示范带动作用，完善基层治理模式。大力推动乡贤馆建设，成立乡贤理事会、红白理事会、道德评议会，推进移风易俗。设立家风家规陈列室，结合农民文化乐园建设，广泛开展“乡贤文化进四堂”活动，引导推动社会风气不断好转。

宽阔村道

干群齐心

干群齐心协力是乡村振兴的根本和关键。抓住“人”这个关键因素，发挥群众的主体力量，才能激活乡村振兴的内生动力。洲头乡通过广泛宣传，发动群众积极参与乡村治理和建设。

党员干部带头参与。通过明确党员主题活动日“三大革命”相关工作为主题，无职党员设岗定责以及党组织和党员双向承诺，充分发挥党员的先锋模范作用，带头参与开展人居环境整治提升专项行动，全面推进农村“三大革命”。

志愿者广泛参与。洲头乡组建志愿者服务队 18 支，围绕乡村振兴和践行社会主义核心价值观两大主题广泛开展志愿服务活动，深入开展脱贫攻坚“四净两规范”、集镇区环境整治和河湖“五清四乱”专项行动，弘扬社会主义正能量。

群众积极参与。在党员干部和志愿者的带动下，群众积极参与乡村环境整治和文明建设，积极参与星级文明户、文明家庭、好公婆、好媳妇、好妯娌、好邻里等评选活动，严格落实“门前三包”责任制，自觉维护环境卫生，弘扬家庭美德，践行社会公德。

近年来，洲头乡先后获得“全国美丽乡村创建试点乡”和第四至五届全国文明村镇、“省级森林城镇”、“省级纺织服装产业集群专业镇”等荣誉称号。

葡萄园

用好扶贫经验，助力乡村振兴

司 舜 胡 俭

宿松县佐坝乡位于安徽省西南部，与湖北、江西接壤，为三省结合部，下辖 14 个行政村 362 个村民小组 5.8 万人，2014 年建档立卡贫困户 2233 户 7541 人。借助脱贫攻坚的时代春风，佐坝乡科学制定脱贫规划，大力实施精准帮扶，经过多年的努力，实现了贫困人口全部脱贫、贫困户村全部出列。在全面开启“十四五”新征程中，佐坝乡利用扶贫工作中总结出的宝贵经验，助力乡村振兴开新局、谋新篇。

美好乡村一角

以党建引领为方向标，助力乡村振兴

实施乡村振兴战略是一项复杂的系统工程，规范有序地推进农村工作，要舞好基层党建这个“龙头”。近年来，佐坝乡坚持党建引领脱贫攻坚，成立了学习宣传贯彻党的十九大精神工作领导小组，按照“领导带学、媒介促学、干部帮学”的学习模式，以“两学一做”学习教育常态化制度化为主线，结合“不忘初心、牢记使命”主题教育，结合主题党日、机关例会等时机开展学教活动 170 余次，引导党员干部实现经常性的自我教育、自我完善、自我提高。同时，抓牢抓实基层党组织和基层党组织带头人建设，注重从农村致富带头人、复转军人、青年党员中选拔优秀人才参与村级事务，两年来新发展党员 17 人，为农村发展注入了新鲜血液，筑牢了基层组织阵地。

以结对帮扶为主抓手，助力乡村振兴

采摘桑葚

乡村振兴关键在于党的领导，在于工作的执行与落实。在全面开启乡村振兴工作中，该乡严格落实“四个不摘”工作部署，继续秉持“贫困户不脱贫，干部不脱钩”的责任落实制，以“五清”标准持续开展入户帮扶工作，全面摸排、精准识别低收入群体，做到“底数清”；掌握低收入群体所面临的主要困难，做到“问题清”；针对所面临的问题，制定切实可行的帮扶措施，做到“对策清”；逐户确定帮扶单位和帮扶联系人，不脱贫不脱钩，做到“责任清”；逐户制订脱贫计划，按规定时限实现帮扶目标，做到“任务清”。

在脱贫攻坚过渡期内，充分发挥“结对帮扶”的带贫效能，手牵手、心连心，全力做好防止返贫、致贫动态监测与帮扶机制工作。当前，该乡仍有工作实绩突出、作风扎实的 465 名机关干部担任驻村工作队成员、帮扶联系人，在巩固拓展脱贫攻坚成果与乡村振兴衔接工作上持续发力，久久为功。

以发展产业为引擎，助力乡村振兴

产业扶贫释放乡村振兴活力，是经济发展的关键，部署好、谋划好、落实好 2021 年度项目谋划工作，事关区域发展和百姓利益。该乡成立了项目谋划工作领导小组，明确立足各地资源，科学谋划项目、优化农业生产布局谋划项目、推进农业结构调整谋划项目、壮大特色优势产业，促进乡村三产融合发展谋划项目为总体目标，组织干部110余人深入田间地头、深入百姓家中，广纳谏言，召开群众座谈会、工作部署会、项目论证会20余次。

稻谷收割后的农田

当前，该乡保持与县行业主管部门的密切对接，经过了三轮的优化调整，共谋划2021年项目75个（其中产业类项目37个、基础设施类项目36个、公务服务类项目2个），拟投资22017.31万元。50万元以上的项目51个，200万元以上的项目11个，不乏一批“产业路”“旅游路”“资源路”，三产融合发展，补齐了农业农村发展的短板。项目落实后，全乡14个村级集体经济可得到大幅增长，近5万名群众受益。

在扶贫开发艰苦奋斗的历程中，该乡始终将作风建设作为地方经济发展、干部为民办实事的“传家宝”，既在精准上花力气、在实干上做文章，又在情感上用时间、在帮扶中添温度，严守“一过线两不愁三保障一安全”的硬性要求，关注特殊困难群体，实时做好防贫监测与帮扶机制，引导贫困群众发扬不等不靠、自力更生、艰苦奋斗的脱贫攻坚精神，以扶贫开发为跳板，助推乡村振兴迈上更高点。

鱼米之乡，美丽佐坝

司　舜

山水交错，地肥物美。这里是佐坝乡，一个山清水秀、发展迅速的边陲乡镇，一个远近闻名的鱼米之乡。近年来，佐坝乡以乡村旅游、苗木花卉、经果林、特色种养为主产业，发展态势良好，成就显著。

佐坝乡一隅

稻香鱼肥汪昌咀

汪昌咀村地处烟波浩渺的龙感湖畔，三面环水，水岸线长达五六千米，是一个山清水秀的鱼米之村，全村耕地面积 1845 亩，山场 418 亩，水面 800 亩，滩涂 1000 亩，之前一直是半农半渔的贫穷地区。

沿湖而居的地理位置，既是劣势也是优势，为促进稻田种养产业迈上新台阶，实现可持续发展，扩大并充分释放潜在效益，村里提出“双水双绿”理念，作为产业发展升级的模式和目标。“双水双绿”就是要充分利用平原湖区稻田和水资源的优势实行稻田种养，使“绿色水稻”和“绿色水产”协同发展，做大做强水稻、水产“双水”产业，做优做特绿色稻米、绿色龙虾等“双绿”产品，让生产过程来洁净水源，优化环境，实现产业兴旺、农民富庶、乡村美丽的目标。

2016 年，汪昌咀生态农业专业合作社成立，流转土地 1000 亩进行稻田养殖，出现了“稻—虾”“稻—鱼”“稻—鳖”“稻—蟹”“稻—鳅”等多种稻田种养模式。

“我去年种养了 200 亩，毛收入 10 万元，这相当于两季收入，很不错。”汪昌咀生态农业专业合作社社长、村党总支书记汪秀峰说。

汪昌咀因为居于湖咀，古代曾经是客运码头，也是鱼市交易集散地。来自湖北黄梅独山镇，湖南的汇口镇、洲头乡，邻近的千岭乡等地的鱼贩云集码头，贸易一度十分火爆。随着社会的发展，鱼市慢慢衰落，退出历史舞台。

“挪穷窝，换穷业，拔穷根。”为让群众真正整体脱贫，汪昌咀村把实施易地扶贫搬迁作为打赢脱贫攻坚战的治本之策抓牢抓实，紧紧围绕“两不愁三保障”目标和“六个精准”要求，立足实际，科学规划，积极实施易地扶贫搬迁，有效改善了搬迁群众的居住环境和生活生产条件。

5 户 18 名居住在滩涂边的农户整体搬迁到集中居住点。这里地势较高，依山傍水，建成后的房屋院落大、视野宽，搬迁群众生活非常舒适。

殷计舟一家祖祖辈辈就居住在低洼地带，经常受到水患困扰，2018 年，他与其他 4 户一起搬迁到集中居住点。

“做梦都没想到这么好，水泥道路就在门口，就像生活在花园里，与以前相比，一个天上，一个地下。”殷计舟朴实的话语里饱含着幸福。“搬出新天地，迈向新生活。”一排排新居错落有致，一条条道路平坦宽阔，一张张笑脸随处可见，汪昌咀到处呈现出一派和谐新气象。

有梦有戏虞松峦

文南词故里

佐坝乡有个叫虞松峦的地方，这是一个有梦有戏的地方。

走进虞松峦，3 棵树龄 200 年以上的枫树屹立在村口，依然枝繁叶茂。一口新修的大塘微波荡漾，映衬着树影、房舍和嘉禾，俨然一幅美丽的乡村风景画卷。

这里是国家级“非遗”——文南词的故乡。文南词是一种古老的传统戏曲剧种，龙门村的虞松峦是文南词的发源地。

《宿松县志》记载，虞松峦剧团在1931年名为虞松峦文南词戏班，从佐坝唱到宿松全县，甚至唱到了邻省湖北黄梅，还唱到了江西九江、湖口。

龙门村党总支书记虞观友是一个文南词爱好者，也是传承人之一，他的父亲虞炳炎是文南词第三代传承人。“记得我小时候，虞松峦文南词剧团的演员们经常在我家由我父亲指导排演剧目，我是耳濡目染，渐渐地喜欢上了文南词，也非常爱唱文南词。”虞观友说。

虞观友是1995年当上龙门村支书的，在村里工作已有二十多年。父亲年迈，他自觉担起了传承文南词的责任，平时除了处理村里的事务，每周一、三、五都会组织剧团排练演出，传承以前的老剧目。剧团演出不计任何报酬，附近村民家中有红白喜事，他们都会免费去演出。

传承文南词，面临的困难有很多，单单资金方面，虞观友带着剧团里的老艺人们将必要的行当买下来，包括服装、音响、乐器、舞台设备等，就已投入一二十万了。

虞观友说：“至于能够传承多久，能不能发扬光大，还是一个未知数。我所做的就是尽量让它被更多人了解到，至少保证在我们这一代，它还是鲜活的。”二三十年的奔忙，没有消磨虞观友的热情，反而激发了他的斗志。

2006年和2008年，文南词分别被列入省级非物质文化遗产名录和国家级非物质文化遗产名录。另外，从2017年开始，佐坝中心小学和龙门小学都办起了文南词兴趣班，虞观友利用休息的时间给小学生们讲起了文南词。

现在的虞松峦剧团的演员全部是业余的。他们白天生产，晚上、下雨天排练；农闲时演出。他们自己花钱请师傅，自己出钱买戏袍，没有任何报酬，最高奖赏是“送戏袍”。其积极性之高，其精神之难能可贵，现在看来不可思议。然而，就是这种执着，这种热爱，这种牺牲精神，造就了文南词，造就了黄梅戏。如今的虞松峦是省级中心村建设示范村，村里有广场、有文南词传习场所，经常有演出，群众也都积极参与，快乐幸福的生活就是他们心中的梦。

花香卉美碧岭村

碧岭村是远近闻名的花卉苗木专业村，全村村民通过大力发展花卉苗木产业走上致富道路，成了皖鄂交界地区一张亮丽的“名片”。

花卉苗木基地

碧岭村地处城乡接合部。近年来，在发展自身产业的同时，大力开展新农村建设，全村村容村貌得到根本性变化。特别是“美丽碧岭·幸福家园”环境综合整治启动以来，村里以“补短板、树精品”的要求，集中力量对环境进行综合整治，使全村整体环境再一次得到提升。在碧岭村，除了美景，更吸引人的恐怕就是满目葱绿的花卉苗木基地、村民们房前屋后的花卉苗木以及他们脸上洋溢的幸福笑容。

深秋时节，走进碧岭村，只见村里的苗木绿意盎然，生机勃勃。在华成苗木专业合作社苗圃基地，村民们正在对沟渠“明改暗”做扫尾工作。几个村民围坐在村口，说起沟渠“明改暗”都很感慨。“现在蚊子、苍蝇明显少了，臭味也没有了，旁边的马路也变宽了，周边乱打乱挂也清除了，人多精神啊！”村民老谢笑呵呵地说道。

沿着村前的马路，来到碧岭新区，只见两排漂亮的小洋楼，每一幢小洋楼前，桂花树剪掉细枝，桂花树下铺设了吸水砖，成了村民的健身步道。“你看，现在马路不光干净卫生了，连宽度也增加了，坐在门口，心里敞亮多了。”58 岁的村民胡淑娟高兴地说道。

顺着村口的大路来到广场上，不少孩子在这里追逐嬉戏。临近傍晚，有的妇女早早地拿着音响来到广场上播放。富有节奏的广场舞音乐，吸引着人们陆续来到广场上。

“村前的几个化粪池拆掉了，水塘的漂浮物清除了，整个村庄就像人洗了脸一样，干干净净的，一点都不比住在城里差。”胡淑娟说。

一条条水泥路延伸到家家户户，一盏盏新装的路灯整齐排列，一幢幢小洋楼错落有致。碧岭村现在就是一座大花园，这里从事苗木花卉的专业合作社就有 10 家，“80 后”张文斌就是其中一个。

碧岭村洪屋组的贫困户洪大鹏家中养了近千只乌鸡，他家大部分乌鸡蛋都是通过电商服务中心代销的，他说：“他们帮我在网上卖乌鸡蛋，立刻就可以支付给我现金，让我可以轻松地卖掉鸡蛋，很方便，也增强了我养鸡脱贫的信心。”

2020年，电商服务中心负责人张文斌又利用2020年电商扶贫项目的30万专项扶贫资金，建设2座标准化花卉大棚，通过土地流转、劳动用工以及带动周边群众发展花卉苗木种植等方式，带动贫困户获益。

贫困户张留保在张文斌的带动下，不仅自家种植的花卉苗木通过电商中心代销，而且他还在苗圃基地打起了零工，张留保说：“这是我自己家种的苗，每年我种成功了，只要他帮我代销，一有时间我就到他基地打工，一百块钱一天，一年基本上可以赚一两万元钱。”

张文斌介绍说：“线上线下的销售业绩每年在200万元左右，今年政府给我们大力支持，建了两个大棚，预计在明年业绩会翻一番，我们今年预计能带动25户贫困户，年人均增收3000元以上。”

“现在，每天早上醒来就能呼吸到新鲜空气，在家门口就能欣赏到山水美景，这才是我们想要的生活环境。”洪大鹏说。

“下一步将多绿化、少硬化，不仅美化村民的生活环境，而且打造出富有花卉苗木特色的产业村庄来。”碧岭村党总支书记谢强说。

柳坪乡依托生态资源优势打造特色小镇

查灿华 李秀琼 孙凯华

看过电影《卧虎藏龙》的人，一定会对影片中那片绿涛万顷、壮阔如海、美到令人心醉的竹海印象深刻吧？这样的竹海在宿松县柳坪乡有很多。柳坪乡位于该县西北角，境内群山起伏，有连绵数十里的万亩竹海和万亩松杉杂木，宿松县最高峰——罗汉尖也坐落在其境内。汽车驶入柳坪乡境内，片片竹林连绵成海，层层叠叠，铺开一幅翠绿的竹画长卷，虽是隆冬，置身其中，丝毫感受不到冬天萧索衰败的气息。在成片竹海和茶山的环抱中，柳坪乡正在推进以竹海文化旅游休闲为主题的竹海特色小镇建设，依托良好的生态资源优势，打造特色乡村旅游。2019 年 1 月 18 日，笔者走进柳坪乡，体验了一番具有竹海茶乡特色的乡村游。

传统村落里寻古意

从宿松县城出发，沿墨两线进入柳坪乡看到的第一个村是大地村。大地村四面环山，处于一个“人”字形山谷中，亭子岭是通往外界的唯一通道，一条长埂横亘其间，俗名“大地埂”，大地村由此得名。

进入大地村，记者首先注意到的是村口写着“中国传统村落——大地村”的牌子。该村党支部书记吴道乡告诉记者，大地村是住建部公示的第二批中国传统村落之一。不是浪得虚名，据《吴氏宗谱》记载，吴氏祖先最早从明代中叶迁入，后世子孙一代代开枝散叶，遂成如今大地村格局。

大地村四周青山环绕，多翠竹古木，树龄在 200 年以上的古樟就有 8 棵，这些古树散见于房前屋后。在村部旁边笔者就见到了一棵 280 年树龄的樟树，久经风雨，依旧枝繁叶茂。

修建于清乾隆四十八年（1783 年）的吴家五房屋是大地村现存规模最大的古民居。该民居坐北朝南，三进七开间，建筑面积 1150 平方米，东西两边配厢房，厢房与正房之间用天井回廊连接，屋内有大小 8 个天井，12 个水池，3 条暗排水沟。整个房屋以木架支撑，四周用青砖砌成，抬梁式、悬山顶，是一座具有典型徽派建筑风格的古民居，2012 年被列入省级文物保护单位。

笔者来到吴家五房屋时，该民居正在进行修缮。“我们修缮的原则是‘修旧如旧，翻新如故’，力求客观真实地反映百年村落的原始风貌。同时，让这一古建筑能和谐地融入周边绿色生态之中，成为绿色生态中一处弥足珍贵的人文景点。”吴道乡说，像这样的古民居大地村还有两处，分别是吴家三房屋、岩屋。

大地村在推进美丽乡村建设、发展乡村旅游中，会格外重视对古建筑和传统村落的保护以及对历史文化遗产的发掘。为进一步推进“非遗”的传承，大地村还成立了斗笠制作保护协会，继承并创新斗笠制作，生产工艺品斗笠。

“我们制定了发展规划，从保护古建筑、协调周边环境风貌等入手，改善人居环境，融合古今文明，让老屋和新房相得益彰，传承和发扬传统村落风采。”吴道乡说。目前他们正在探索的是，利用传统村落发展产业，带动发展农家乐、茶园乐等旅游经济，同时，通过产业来助推传统村落发展，增强传统村落发展的后劲。

山寨顶上建农家乐

从柳坪乡政府往西北走，穿过长溪河村即会到达宿松县最高峰罗汉尖的腹地——龙河村。龙河村有一处海拔 600 多米的山寨，名叫郑家寨，它是罗汉尖山脉的支峰，是宿松十八山寨之一。龙河村“80 后”小伙郑立意看到了生态旅游发展的前景，在山顶建起了农家乐山庄，从前人迹罕至的山寨，如今游客络绎不绝，郑立意也因此率先走上了靠旅游致富的道路。

通往郑家寨的路是一条蜿蜒的乡村公路，沿小溪盘曲而上，穿过一片片竹林，到达一线天，郑家寨便映入眼帘。山顶呈 U 字形，山庄依山体走向而建，这里住宿、餐饮、KTV 一应俱全，设施齐备。站在客房的露台上极目远眺，一众山川、河流、村庄尽收眼底。每一间客房都有整面墙的落地窗，视野很好，在房间里也能观景。

“这里从前基本没人来，但我很喜欢爬到山顶来吹吹风，看看风景，山顶视野好，会让人心情变得愉快。”郑立意说。正是看中了山顶空旷的视野，他才决定把农家乐建到了山顶。山顶建房成本高，还要先把路修通，他已经投入了将近2000万元，虽然目前来看，回本还需要很长时间，但他很有信心。

他的信心不仅来自山顶绝佳的自然风光，还来自顾客良好的反馈。“我没做过广告，但从去年2月开业以来，生意一直很好，夏天里几乎天天爆满，不只县城的人喜欢来休闲、度假，还有很多来自上海、南京、无锡等地方的游客，最多的时候一天接待了150多人。”郑立意说。因为上山的路太崎岖，阻断了一部分客源，他正在修一条较平缓的路，等路修好了，他相信生意还会翻番。

“我在山坡上种了20多亩桃树、2亩李树，还散养了牛羊。未来我会在对面的缓坡上建民房，发展民宿。”郑立意指着北方的缓坡跟记者描述起了他未来的规划。绿水青山就是金山银山，郑立意切实把“风景”变成了“产业”，还带动了周边农户尤其是贫困户增收。他会高价收购农户家中养的土猪、土鸡，还会吸纳贫困户到山庄就业。今年33岁的谈珍梅自山庄开业后，就来上班了，现在每月能挣2000多元，足够她和3个孩子在家里的开销。以前她在家带孩子是没有收入的，家里也没有产业，只能靠丈夫在外打工的钱养家糊口，日子过得很拮据。

特色生态拉动旅游

过了龙河村再往西北走就进入处于皖鄂交界处的邱山村，它是革命老区，西三区苏维埃政府旧址就坐落在邱山村；它还是宿松县海拔最高的村，全村平均海拔约650米左右，均为山原地貌。境内最高峰罗汉尖（海拔1011米），是宿松县最高峰。

“我们村是全国生态文化村，还是省级森林村庄，目前正在依托生态资源发展乡村旅游。”邱山村党支部书记吴双阳告诉记者，现在已经建了十多家民宿，生意不错，尤其夏天来避暑的人很多，“这儿海拔高，夏天凉快，晚上睡觉还要盖被子。”

另外来爬罗汉尖的人多，也带来不少游客。吴双阳说，为了让游客有个好的休闲环境，邱山村拟在罗汉尖景区新建登山步道15千米，建成后将免费对公众开放。

毛竹、茶叶、雨花菜是邱山村的传统经济作物，也是打造乡村生态旅游的优势资源。为发挥竹海茶乡优势，乡党委组织邱山村党员、村民组长和种植大户到毛竹之乡浙江安吉学习取经，并在邱山村建起120亩党员示范点，帮助竹农接受技改、恳复、施肥、管理一条龙现场学习。另外还拿出8万元作为毛竹种植补助金，带动群众种竹。同时注重对毛竹生产制造深加工的开发，生产出各种实用美观的毛竹制品和工艺品。茶叶方面，邱山村现有成片茶园1200多亩，“宿松香芽”已小有名气。雨花菜是邱山村独有产品，野生于藻木丛中，营养丰富，口感好，深受游客青睐。

打造竹海特色小镇

柳坪乡全乡都是景点，不论走到何处，抬眼就能望见竹海，茶园、屋舍、良田散落其间，相映成趣，没有特别的规划，自有一种原生态的美。

“柳坪是省级生态乡镇，特色在生态、优势在生态、未来也在生态。”柳坪乡党委书记朱元松告诉记者，“乡党委、政府形成共识，致力探索出经济生态化、生态经济化的发展路子。在招商引资项目选择上，以‘生态环保’为准入门槛，严把矿产和山场利用项目准入关，优先引进农业生态项目，限制和减少养殖类项目。”

“目前我们正在探索由生态乡镇向旅游乡镇迈进。”朱元松说。1月10日他们刚跟重庆一家旅游开发公司签订了宿松县柳坪乡竹海特色小镇长溪河漂流项目投资意向合作框架协议。

该项目拟总投资约5亿元，计划用5—6年时间进行建设及培育，项目以竹海文化旅游休闲为主题，旨在通过资源整合、旅游产业扶贫，实现政府、企业、乡镇居民联动发展，打造出极具柳坪乡地方品牌的特色小镇。

一期长溪漂流度假区项目拟投资约1.2亿元，长溪河漂流总长度约4.8千米，漂流起点在邱山村，终点至长溪河村，建设内容主要包括“一带七区”——生态漂流体验带、漂流起点服务区、漂流终点服务区、竹海养心度假区、山地徒步运动探秘区、生态培植观赏区、生态农业体验区、漂流蓄水区。

“柳坪乡整体地形东西向宽、南北向窄，墨两线、长溪河犹如一条主轴贯穿东西，乡内7个村都围绕这一主轴分布。”朱元松说，长溪河漂流度假区项目基本都能辐射到沿途的村落，另外，后期的项目还有民宿、花海、生态采摘、竹工艺品加工、农业开发、旅游休闲等。

用“红绿白”描绘全新柳坪

司 舜

把红色基因转化为为民服务的内生动力，践行“绿水青山就是金山银山”的理念，确立“打造竹海茶乡，建设生态柳坪”的发展战略，把农村道路建设作为美丽乡村建设及农民增收致富的突破口，近年来，宿松县柳坪乡用“红绿白”描绘出全新景致，走出一条山村振兴的成功之路。

宿松香芽

红色让大地“发烫”

革命精神，永不过时。柳坪乡是深山区，也是革命老区，罗汉尖大中华抗日救国军司令部、宿松县西三区苏维埃政府、宿松县鄂皖边区工农民主政府、鄂东皖西特委联络站、苏维埃红军医院均设立在柳坪乡境内。在这里，有过壮烈的反国民党“围剿”战斗，很多革命烈士在此抛头颅洒热血，这里是一片红色土地。

“红色基因”强化了党员干部干事创业的思想，为乡村振兴“筑基”“聚神”。柳坪乡依托乡村现有红色文化资源，大力传承和不断发展红色革命文化，进一步提高乡村红色文化示范教育的影响力、感召力和辐射力，让红色基因融入血液、融入品格、融入时代，实现红色基因薪火相传、红色血脉赓续不断。同时，运用信息化手段，采用干部群众喜闻乐见、通俗易懂的传播形式，寓教于业、寓教于游、寓教于事、寓教于物，让红色故事焕发新风采，让红色历史展现新形象，让红色传统呈现新风尚，让更多年轻人知党史、明党情、念党恩、跟党走，使红色传统教育活动更时尚、更现代、更贴近生活、更贴近实际、更贴近群众，不断激发乡村干部群众热爱家乡、建设家乡、奉献家乡的积极性、主动性和创造性。

近年来，柳坪乡结合宿松县第一高峰罗汉尖，打造红色文化老区示范教育基地，吸引了众多的省内外文人墨客，构成了柳坪乡特有的红色游和高山生态游文化，为柳坪乡的旅游业发展奠定了基础。

“把红色基因转化为为民服务的内生动力，激荡起干事创业的合力。”柳坪乡党委书记朱元松这样说道。

绿色让山川“含情”

青翠的山峦，此起彼伏；清澈的河水，蜿蜒而下；俊朗的山竹，枝叶扶疏；肥硕的茶树，暗香浮动。

近年来，柳坪乡践行“绿水青山就是金山银山”的理念，确立了“打造竹海茶乡，建设生态柳坪”的发展战略，高度重视、积极推进生态文明建设工作，着力打造宜居宜业宜游的生态柳坪。为打造乡镇生态特色，乡党委、政府非常重视对林业的开发，利用资金扶持，着重在山区大力种植毛竹和茶

叶。为发展毛竹，先是组织部分村党员、村民组长和种植大户到毛竹之乡浙江安吉学习取经，并请专家进行技术辅导，建立120亩毛竹种植示范点，帮助竹农进行技改、垦复、施肥、管理“一条龙”的现场学习。在种植毛竹的同时，注重对毛竹生产制造深加工的开发，生产出各种实用美观的毛竹制品和工艺品。

邱山村的吴师傅生产的蒸笼做工精细、美观，具有易熟保温、透气不馊、环保耐用等优点，用它蒸出来的包子、馒头等面点总有一股特有的香气，吴师傅本人也成为远近闻名的“蒸笼大王”。

茶叶是柳坪乡的一大品牌产业。5年来，全乡7个村共改造老茶园1200余亩，新造茶园3600亩，注册了“宿松香芽”商标。为创造“宿松香芽”品牌，柳坪人付出了不少努力。先后邀请中国茶科院教授唐晓林等举办了三期茶叶培训班，其他大大小小的技术培训更是不计其数，共培养了30多名生产能手和加工技术骨干。现在“宿松香芽”已是名声大噪。如今，柳坪乡毛竹种植面积2.2万余亩，茶园5000余亩，两者经济每年稳步增长，形势喜人。

柳坪群众在打造绿色生态经济的同时，巧妙地奠定了旅游文化的基调。柳坪乡以柳坪集镇为中心，依托长溪河绿色廊道以及墨两线、柳邱公路和柳朱公路3条主干道路，7个行政村的森林创建为点相衔接的综合城镇森林体

宽阔的道路

系，努力建成林水相依、绿廊相连、镇村绿化镶嵌的森林生态体系，不但拉动了当地的经济，也打响了“茶乡竹海”这一生态品牌，有效带动了当地旅游业的起步与发展。

白色让幸福“起飞”

曾经，在柳坪乡的邱山村，进出道路是一条沿山的羊肠小道，直到2004年才修通了一条3—6米宽窄不等的简易公路，其余通组通户皆为山林小路，群众出行极不方便。

交通不便一直是制约村级经济发展的重要因素，宿松香芽、雨花菜、竹笋干等农产品都走不出去，严重阻碍了经济发展步伐，更是制约脱贫攻坚的一大障碍。“要想富，先修路”，对于祖祖辈辈吃够了交通不便苦头的柳坪人来说，畅通的大道，一直是他们日思夜想的事。

近年来，柳坪乡紧抓“村村通”“组组通”“户户通”公路工程建设的契机，把农村道路建设作为美丽乡村建设及农民增收致富的突破口。通过整合各类项目资金，总投资1500余万元，完成“村村通”20千米，“组组通”100千米，“户户通”95千米。直接受益人口1.1万多人，使每一条路都成为群众的“幸福路”。

说起这“幸福路”带来的实惠，村民吴马超感慨万千：“以前回家，要走五六千米的山路，现在好了，小车能直接开到家门口。”

提起现在的道路建设，种植大户张春发更是感慨道：“我家的茶叶、雨花菜终于不用烂在家里，可以拉出去卖了。感谢乡党委、政府，他们是真心实意为老百姓干实事。”

俯瞰当下的柳坪，一条条白色的水泥路纵横交错，如躯体经脉般贯通全身，不仅打通了群众出行“最后一公里”，提高了群众的生活质量，还为乡村振兴打下了坚实的基础。

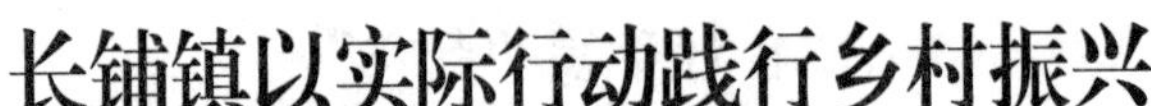

长铺镇以实际行动践行乡村振兴

胡 丰

仲夏时节，雨后的长铺镇清风拂面，翠绿清新。长铺镇位于宿松县东部，距县城 17 千米，国土面积 84.41 平方千米，下辖 5 个行政村、1 个农村社区，总人口 35576 人。自 1998 年撤乡建镇以来，经过 21 年的发展，无论是在生态改善、产业脱贫还是乡风文明建设等方面，长铺镇在整个宿松县都出类拔萃。

产业结构优化创增收

2014 年 9 月成立的安徽省唐骏重工机械有限责任公司是长铺镇最大的机械生产企业，也是目前带动区域发展的龙头企业，是属市、县重点招商引资企业、国家级高新技术企业。当天，当笔者走进唐骏重工的办公楼，映入眼帘的“安徽省工业设计中心”“AAA 级质量服务诚信单位”“安徽名牌产品

安徽省唐骏重工机械有限责任公司一隅

证书”等30余枚奖牌光彩夺目。笔者走进唐骏重工的生产车间，工人们正在熟练操作，一切秩序井然。据安徽省唐骏重工机械有限责任公司总经理孙四五介绍，目前唐骏重工的员工不少是当地贫困户，贫困户的底薪已经远远超出当地的平均工资水平，唐骏重工为当地脱贫致富贡献出了一份力量。

“上次在附近的山头做实验，我们公司生产的这种电动环卫车能从山底爬到山顶，远远超过一般的燃油车。”看着公司生产的环卫电动车，孙四五骄傲地说道。据了解，目前唐骏重工生产的小型环卫电动车能跑50千米，而大型的环卫车一次充满电能跑140千米。秉持着“创建一流品牌企业、助力中国环卫事业”的发展理念，该公司之前一直与大连理工大学形成产学研合作，近期也在积极与合肥工业大学形成产学研合作，目前研发的新产品有各类型保洁车、垃圾桶及大型垃圾压缩设备等，产品质量可靠、性能优良，技术优势让产品倍受青睐。“我们这批供货将直接发往雄安新区，截至6月初，我们已经向雄安新区交了600万的货，剩下600万的货正在紧张生产中，国家级新区能购买我们的产品，是对我们的认可。未来，我们一定不会局限于乡镇，而是要真正把公司打造成中国电动环卫车制造品牌。”

近年来，在农业发展方面，长铺镇各村（社区）通过累计土地和退宅还耕，充分盘活土地资源，农业合作社、家庭农场等新型经营主体纷纷成立。在发展油茶、大棚蔬果、特色水果的基础上，长铺镇逐步优化升级，发展综合性生态农庄，不断适应市场需求变化。在推进农业现代化过程中，长铺镇党委、政府为辖区群众提供生产技能培训，新型职业农民队伍不断壮大，并努力为辖区农业企业寻求发展项目，切实提供政策扶持。在2018年，各村（社区）依托资产收益项目，纷纷建立村级经济合作组织，通过入股分红或自主经营的方式，拓展村级集体经济增收渠道。

火龙果生态园

据相关数据统计，2018年长铺镇工业企业97家（其中规模以上企业达11家），零售商贸个体户2000余个，近3年来长铺镇的财政收入均保持在千万元左右，2018年农民人均纯收入超万元。总体而言，长铺镇已经形成以现

代农业为主，以机械重工业、建材加工业、服装加工业、商贸服务业为辅的产业结构体系。

乡村生态改善提质量

长铺居民之家

记者驱车来到长铺社区的景观长廊，一栋栋徽派建筑大气恢弘，由于当天是雨后，路面的树木花草显得格外绿意盎然，街道干净整洁，舒适温馨。整个社区还设置有专门办理红白喜事的场地，不少楼房都是因贫困户的搬迁而新建，跳广场舞、村民运动健身的地方活像一个热闹非凡的公园。据长铺镇的相关数据统计，截至2018年，长铺镇先后投入1000余万元的财政资金完成美丽乡村6个中心村和3个自然村示范点的项目建设，完成集镇建成区整治工程，新建为民服务中心6处，新修广场、文化长廊9个，植树6万余株，治理当家塘堰15口。同时，结合“三线三边”环境治理工作，完成了100个自然村庄的环境整治任务，拆除农村危旧房1334户，实施退宅还耕230余亩，村容村貌有了较大改善。

在污水处理方面，长铺镇可以说质量做得最好，发挥的效益也是最好。记者在长铺污水处理厂现场看到，从企业、居民、学校等相关场所的污水进入处理厂之后，经过层层净化，最终排出的水干净、清澈透明。据统计，长铺镇生活污水处理及配套管网工程项目规划设计主次管网总长9余千米，已建成投产污水处理站1座，污水日处理能力达1200吨，项目总投资2000余万元，实现集镇建成区住户全部接入污水处理管网，彻底改变以往农村地区“污水横流、苍蝇遍地”的落后面貌。

谈及污水就不得不提一下长铺镇的自来水厂。

“虽然长铺镇有3个自来水厂，但最棘手的问题就在于水质，虽说有一些水库，但毫不夸张地说，就是几个大池塘。”据长铺镇党委书记贺桂华介绍，由于长铺镇特殊的地理环境，长铺镇处于盆地，没有活水来源。为了解决水质问题，长铺镇全体干部上下一心，顶着资金、技术等压力，不断去创造条件，最终成功从 10 千米以外的湖泊引入水源。“今年我们全镇肯定能在国庆之前喝到新厂的自来水，日后村民们就可以不用担心水质的问题了。”

长铺镇依托宿松县农村生活垃圾治理 PPP 项目，实现全镇所有村民小组垃圾清理全覆盖，对镇域范围内陈年垃圾进行集中清理，对农村生活垃圾进行日产日清，确保干净整洁；在农村改厕方面，长铺镇树立“三年目标”，实施农村改厕 2351 户，农村改厕全覆盖的总体目标稳步推进。

人居环境一直是城乡发展的最大差距之一，近年来，长铺镇以“三大革命”为统领，综合推进美丽乡村建设、“三线三边”、拆危拆旧、退宅还耕等举措，积极建设美丽宜居的农村人居环境。

乡风文明普及促和谐

长铺镇属于文教之乡，民风淳朴。长铺镇依托当地一所省级示范高中——程集中学，带动当地民风建设，倡导建设良好家风。

“我们学校主要是从安全、教学质量和校园建设这三个方面来抓，安全、教学质量是一个学校的立命之本，而在文化建设方面我们也不断在努力。”程集中学校长夏毕华说道。除了学校在不断要求提高学校老师的教学水平和改善学生的学习成绩之外，夏校长向我们介绍，目前程集中学打算建设一条文化长廊，“我们的设想就是在文化长廊前一段陈列我们程集中学的校友，他们有院士、科学家、企业家，在文化长廊的后一段留出空白给未来的学生，鼓励我们学生为祖国为人民作贡

程集中学

献，把精神文化流进我们学生的血液之中，走进学生的灵魂，做社会主义的接班人。”

夏毕华校长还向我们介绍道，学校在不断要求家长们要以身作则，用言传身教的方式让学生们更加懂得珍惜学习的时光。在程集中学的校外，有这样一个“扫盲班”。“扫盲班”主要是由陪读家长妇女组成，而“扫盲班”的老师主要是程集中学的退休教师，帮助陪读家长辨字识音，家长们在不断地学习，为自己的孩子做好榜样。

在长铺居民之家的社区文化服务中心，记者看到村民正在表演断丝弦锣鼓，气势磅礴，悦耳动听。“断丝弦锣鼓有几千年的历史，一般的婚庆喜事和丧事，以及一些企业的开业典礼等，我们断丝弦锣鼓都能去表演。”从长铺镇文化站站长王毅那里了解到，目前长铺镇有两支表演断丝弦锣鼓的队伍，每队都是30人以上，“这几年队伍发展得特别快，主要是村民的生活水平都提高了，文化氛围越来越浓厚。”

表演断丝弦锣鼓的队伍

在传承和发展优秀传统文化上，长铺镇利用道德讲堂广泛开展“传承好家风、好家训”“庆祝传统节日”等主题活动以及“好婆婆”“好媳妇”“最美家庭”等评选活动。另外，在培育新乡贤文化上，长铺镇成立了乡贤文化研究会长铺分会，建立了乡贤调解室，并且选出了一批群众公认、处事公道、热心公益的新乡贤，引导他们积极参与邻里矛盾纠纷调处、乡村治理等工作。

据相关资料显示，2017年长铺镇举办了宿松县首届断丝弦锣鼓展演活动，将民俗文化搬上大舞台。目前长铺镇有农家书屋7个、长铺镇新时代文明实践所1个和村级新时代文明实践站6个，另外，长铺镇还在村（社区）建立了文化长廊，加强文化阵地建设，大力夯实乡村文化振兴基础。

弘扬水文化，做活水文章

孙春旺

"湖阔数百里，湖光摇璧山。"这是对宿松县河湖风貌的最好描述。地处长江下游北岸的宿松县，有63千米的长江岸线，有龙感湖、大官湖、黄湖、泊湖共同组成华阳河湖群，水域面积达125万亩，宜渔淡水面积居全国县（区）第二、华东第一。河湖密集、水网纵横的湿地生态，滋养了宿松县跨越千年的水文化，可以说水是这里的灵魂，也是这里最宝贵的财富。近年来，宿松县紧紧围绕呵护好、利用好、开发好水资源禀赋，不断在弘扬水文化、做活水文章上下功夫，有声有色的水文化使沿湖乡镇的人们拥有了幸福生活。

弘扬"龙舟"文化，打造水上旅游名片

龙舟竞渡在我国民间具有强大的生命力，从古至今，世代相传，经久不衰。

黄湖之滨的下仓镇，一直保留着赛龙舟的习俗，这不仅是当地百姓对屈原的纪念，也是对风调雨顺年景的憧憬。

"下仓这里没有多少耕地，当地人们的衣食住行全靠下湖捕鱼，黄湖承载了他们对美好生活的向往，人们便以举办龙舟赛会来企盼风调雨顺，祈求下湖捕鱼平安和丰收。"下仓镇原政协工委主任叶爱民在这里工作了近30年，他深刻感受到当地居民钟情于龙舟竞渡的那种情结。

据了解，自改革开放以来，宿松县利用黄湖湖面宽阔的独特优势，先后在下仓镇举办了"中国安庆黄湖龙舟赛"和"水产联合会"杯龙舟赛等11场重大赛事。每逢端午节期间，下仓镇还组织当地渔民举办龙舟竞渡活动。

"我们每年举办赛龙舟活动，不仅扩大了下仓的影响力，而且带动了下仓的水上旅游项目。今年端午节，我们举办的龙舟赛会就吸引了数千名外地游客过来观看，有的游客将拍摄的图片、视频制作成视频短片发到抖音使下仓镇的龙舟赛声名远播。"下仓镇镇长陈婷，对利用龙舟赛促进乡村旅游，打造水上旅游乡镇名片充满信心。她说，举办龙舟赛必须在"水"上做文章，通过打造"水旅游"，吸引游客参与到这项活动之中，让龙舟竞渡成为宿松县水上旅游的一个品牌。

也许是龙舟竞渡活动带来的旅游效应，今年夏季，赴黄湖赏荷的游客和摄影爱好者络绎不绝。品河鲜、赏荷花、观落日等日益成为宿松县水上旅游的一张张名片。

因水而立，因水而兴，因水而荣。近年来，通过美丽乡村建设，一座座"农家乐"在宿松县沿湖岸边悄然兴起，它们必将使"养在深闺人未识"的"水文化"绽放出更加璀璨的光芒。

弘扬"渡江"文化，打造河湖生态景观

"不知江月待何人？但见长江送流水。"长江水静静地流淌千年，见证了云起云落、世事沧桑。

"今年是新中国成立 70 周年，也是渡江战役胜利 70 周年，在渡江战役中，宿松牺牲了 27 名船工，大多数是沿湖的渔民，他们的英勇事迹已载入史册，永远被宿松人民铭记。"谈起发生在湖区的革命故事，从事文史工作 30 余载的王皓，滔滔不绝，并从书柜里拿出 1990 年版的《宿松县志》和《中国共产党宿松地方史》。

在渡江战役中，下仓镇有 2 名船工献出了宝贵的生命，胡大兴是其中之一，胡大兴的儿子胡怀仁 85 岁，就住在黄湖边上。

"这是民政部于 1957 年追认父亲为革命烈士时颁发的。"当得知笔者来意时，胡怀仁老人从他房间拿出珍藏了 60 多年的"革命烈士证明书"。

胡怀仁回忆，1949 年 3 月下旬，父亲加入了解放军组建的船工队。其间，他和家人在高岭乡枫林嘴与父亲见了最后一面。4 月初，父亲就一直坚守在望江县华阳镇，一边帮助解放军训练船工，一边做渡江前的准备工作。他父亲牺牲的消息，是后来才知道的，但只知道父亲的遗体安葬在望江县公

墓里，当时由于牺牲的战士和船工较多，民政部门来不及给父亲立碑留名，也就不知道哪座墓是父亲的。一直以来，他和姐姐每次去祭拜父亲，只能对着烈士纪念碑祭奠。

王皓介绍，在渡江战役中，宿松县共有 2001 名船工驾驶 1077 艘船只投入战斗，有 62 人英勇负伤，27 人壮烈牺牲，305 艘船只受损。后来，牺牲的 27 名船工被中华人民共和国内务部追认为革命烈士。

时光荏苒，岁月如梭，一晃 70 年过去。进入新时代，宿松县人民始终铭记渡江战役历史，以生态保护大局为重，积极支持和参与县委、县政府开展的渔民上岸、退渔还湖、湖泊围栏网拆除等“生态湖区”建设。当地群众还自发组建了多支长江江豚保护和湿地鸟类保护志愿队伍，致力保护河湖生态环境。

在落实围栏网拆除工作中，胡怀仁不因自己是烈士后代，而向政府提要求，他主动带着儿子将铺设在湖里的十几亩围栏网全部拆除。在他的带动下，下仓镇 60 多户渔民都纷纷将铺设在河湖的围栏网拆除。

2017 年以来，共拆除湖泊围栏网面积 73.12 万亩，拆除围栏网长度 90 余万米，清理散箅 1930 担，有 1419 户渔民“洗脚上岸”。

河畅了，水清了，岸绿了，景美了。如今，只要走进宿松县湖区，就会听到当地居民发出如此感叹，一个有着水光潋滟意境的湖区、焕发着勃勃生机的湖区呈现在人们面前。

弘扬“湿地”文化，打造河湖绿色经济

夏秋之日，沿湖水面，“接天莲叶无穷碧，映日荷花别样红”。夜幕降临，河湖岸边，灯火通明，崇楼峻阁，倒映水面，宛如海市蜃楼。这样的画面，在宿松湖区水乡随处可见。

据安徽省第二次湿地资源调查公报显示，宿松县湿地面积超过 7 万公顷，占全省湿地面积 104.18 万公顷的 6.82%，居全省首位。

华阳河湖群湿地拥有 105 种浮游生物、310 种脊椎动物、89 种鱼类、156 种鸟类，其中国家重点保护鸟类 20 种。丰富的生态资源，成就了这里优质的生态环境，也让生活在湖区的人们内心涌动着“承水之德、与水共生”的感恩情怀。

近年来，宿松县充分利用丰富的“湿地”文化资源，深入推进湖区绿色经济圈建设。在濒临下仓镇的黄湖、大官湖，深入推进野生莲藕保护、培育和深加工等工作。目前，该区域野生莲藕种植面积共发展到5万亩，采摘荷叶已成为当地居民脱贫致富的新路子。

据宿松县下仓镇副镇长胡珍珍介绍，入夏以来，下仓镇居民共采摘新鲜荷叶3000余吨，晒干后有500余吨，按市场每斤4元的收购价格，可使当地居民增加400多万元的收入。

在洲头乡的六昌湖水面，大力推广芡实种植，使许多在“退渔还湖”中“失业”的渔民，重新找到致富的门路。以前在六昌湖专门从事水产养殖的江苏高邮籍渔民黄金玉，2019年在湖里种植了300多公顷芡实，成为该县最大的芡实种植专业户。

每逢秋季，是湖区最忙碌的季节，采荷叶、采莲藕、采芡实、采菱角，晒荷叶、晒芡实、晒菱角，到处都是丰收的场景，到处都是喜悦的笑脸。

“满载一船秋色，平铺十里湖光。”每天夕阳西下，一艘艘满载收获的船只，带着对绿色的敬意，驶向幸福的彼岸，这正是人们期盼已久的梦想和对美好生活的向往。

皖江第一镇，乡村新风景

司　舜　尹丹丹

汇口镇一角

汇口镇地处皖鄂赣三省交界，八百里皖江之首，因长江主流、支流和鄱阳湖三水汇合之口而得名“汇口”，素有“皖江上游第一镇”之称，是安徽西南边陲重镇、全国重点镇，也是当地县域经济的中心，承担着加快城镇化进程和带动周围农村地区发展的任务。

近年来，汇口镇从布点规划、设施配套、环境治理、产业发展等多方面入手，着力打造乡村新风景。

文化活村

汇口镇历史文化悠久，始建于明朝万历年间，古称“桑落洲”。这里文风昌盛，翰墨飘香，在三边地区享有“书法之乡”“诗词之乡”美誉。

近年来，汇口镇加大了农村文化建设投入，加强农村文化基础设施建设，为群众提供更好、更优质的公共文化活动场所。逢年过节，都组织开展丰富多样的群众性文化活动。

乡村文化兴旺是满足群众精神需求的保障。今年9月，龙潭村新建了一座80多平方米的农耕文化馆，展出犁、耙、独轮车、蓑衣等老物件90余件，让更多的群众在家门口就能感受到文化的魅力。

村里成立了文化队，以退伍老兵梅祖福为队长，定期在文化广场开展丰富多彩的新时代文明实践活动，带领文艺队同周边文化队交流传播文化，为本地文化传承贡献能量。

乡村春晚

2020年1月2日，汇口社区举行农民春晚，舞蹈、歌曲、戏剧、器乐演奏等节目悉数登场。汇口社区是第一次承办农民春晚，舞台上摆满玉米、花生等劳动果实。

“表演者都是农民，有黄梅戏、广场舞、歌曲、舞蹈，最小的表演者5岁，所有演员不要任何报酬，演员主要来自各个村（社区）以及附近村民。”担任主持人的沈阳说。从筹备到演出，共征集节目30余个，因很多外出务工人员无法参加，正式出演的节目有17个，当天表演者近100名，吸引300余名村民前来观看表演。

“我是通过微信知道我们社区有农民春晚，前几天就放下所有工作从江西赶回来，第一次参加这样的农民春晚，所有参赛者都很朴实，有生活味。”汇口社区居民叶五林说。

“学校放假，作为教师，我们就表演了歌舞串烧《最美民族风》，这样的农民春晚很新鲜，带给大家不一样的感觉。”一位幼儿园教师说。

“今年都76岁了，我一边看节目一边编辫子，今天节目很好看，特别是黄梅戏，还有孩子们的表演更精彩。”观众席里一位老人说。

“办农民春晚得到了村民支持，搭台子、贴标语等工作，都是义务帮忙，通过农民春晚把村里的人心聚到一起，节目虽不能和电视春晚相比，虽然很‘草根’，但却给了我们自娱自乐的热情。文化活动极大丰富了群众生活。”汇口镇文化工作者宋祝军说。

助力乡村振兴战略，助力文化繁荣发展。乡村春晚，丰富了春节期间农村群众的精神文化生活，提振了乡村振兴的精气神。

产业强村

汇口镇区位优势突出，水陆交通便捷，是安徽通往湖北、江西的要道之一，是宿松联系武汉都市圈、昌九工业走廊、鄱阳湖生态区的重要节点。集镇商贸活跃，自古便是“三省通衢商贾云集”之地。

最近几年，汇口镇聚焦两类特色产业，让经济强村。汇口镇根据当地自然环境，不断探索产业发展新模式。发展农业特色产业，引进现代农业技术，转型传统农业。

在三兴村稻虾连作基地，一望无际的种养基地水波荡漾。

汇口镇农技站站长王斌说：“上水以后，龙虾都进稻田里安心地孵化下一代，明年 4 月份，美味的龙虾开始上市。”

汇口镇南临长江，北临龙感湖，稻渔共作条件很好。目前全镇稻虾共作已发展到 1.6 万多亩，家庭农场、合作社等新型经营主体加快发展扶贫示范基地，目前已安置贫困户 404 户 1011 人就业，平均每户增收 1.2 万元。

“在基地栽树，干一天挣 120 元，基地面积大，一年到头都有活干，年收入可以挣到 1 万多元。”三兴村去年已脱贫贫困户杨求民高兴地说。

“合作社流转了 1186 亩土地，每年收入 400 多万元。镇里统一注册了‘桑落洲’牌绿色大米品牌，进一步提高了稻米附加值，一斤水稻市场零售价能达到 9.8 元。”仕华种养专业合作社理事长夏四才说，“基地带动了 16 户贫困户，人均年收入 1 万多元。”

三洲村积极培育安徽棒棒生态农业科技发展有限公司，该公司主要经营农业综合开发，依托生产基地，通过土地流转、合作种养、劳动用工、产品收购等扶贫方式为当地贫困户增收，全村共流转村民土地 313 户共计 1493 亩。

三洲村党总支书记李万胜说：“我们及时协助公司对接群众，帮助联系田间技术指导，帮助联系产品销路，帮助申请稻渔综合种养产业扶贫精品工程永天圩示范区项目。”

如今的汇口镇全力实施产业扶贫提升工程，着力打造提升稻渔综合种养等扶贫产业。从开始的问经取道、边试边学，到今天的方法老练、技术独特，从开始的粗放养殖，到今天的生态绿色。汇口镇的“稻虾连作”已发展得相当成熟，出产的龙虾也畅销周边各省。

生态立村

美丽乡村是一首诗，拥有土地深沉的韵味；美丽乡村是一幅画，散发花果迷人的气息；美丽乡村是一曲歌，鸣奏劳动独特的旋律。

汇口镇生态优良，宜居宜业，是安徽省环境优美乡镇。近年来，该镇聚焦三大工程项目，让乡村环境“美起来”。

汇口镇是安徽西南门户，汇口镇地处长江中上游北岸，滨江带湖，该镇围绕“生态宜居村庄美、产业富民生活美、文明和谐乡风美”的建设目标，扎实推进美丽乡村建设这一民生工程，在提升农民生活幸福指数及美好家园建设上取得了显著成效。

龙潭中心村是2019年省级美丽乡村建设工程，经过一年多建设，如今该中心村面貌大为改观，一幅幅乡村美丽画卷徐徐展开。

为进一步提升村容村貌，干干净净迎小康，近期，汇口镇龙潭村持续开展村庄清洁整治行动。

“以前家里的生活污水排放一直是难题，今年8月，村里到我家安装上污水管道，一头接着他家的用水设施，一头连着村里的污水处理站，一根管子

生态宜居的美丽乡村

接到底。”村民劳得新说。通过整治，彻底告别了过去“隔三岔五清水沟、雨天过后污水横流”的现象。

“龙潭村美丽乡村点中心村 123 户 528 人，家家户户都像是住在花园里。”汇口镇龙潭村党总支书记吴得生说。

环境美、空气鲜，让人心旷神怡。走在村中小道上，一些村民三三两两地坐在庭院中闲话家常，明媚的阳光下，别有一番风味。在整洁明亮的院子前，村民涂祈发正为盆栽修枝浇水，看着开放正盛的鲜花，他的脸上挂满了喜悦。

美丽的村庄让人沉醉，如今的龙潭村，道路宽敞整洁，两旁绿树成荫，一边是波光粼粼、垂柳依依的小河，另一边是错落有致的宅院，院内时而几枝或红或粉的花朵伸出，煞是好看。

如今，汇口镇以美丽乡村建设为载体，立足自然生态禀赋，厚培绿色发展动能，挖掘乡土文化内涵，一幅“生产美、生活美、生态美”新时代田园乡村振兴画卷正泼墨挥就。

宿松，一座文化小城

司　舜

“我们赶上了最幸福的时代，不仅仅是物质上富裕了，精神也富足起来了。”这是地处大别山腹地的安徽省宿松县北浴乡四吉村村民洪应潮的肺腑之言。

这天，县里与乡里共同组织的二郎百花文艺演艺公司送戏下乡到四吉村。虽然山里的气温异常炎热，四乡八邻的群众聚满广场，男女老少都搬来椅子、凳子安静地坐在广场上等待演出。没过多时，一曲黄梅戏《春江月》拉开了演出序幕，演员们纷纷登台各自尽情投入演出，紧接着黄梅戏《送香茶》将演出推向了高潮。整个广场，不时传来群众阵阵掌声和笑声。两个多小时的演出，演员们个个汗流浃背，群众个个喜笑颜开，大家纷纷表示如今生活就是好，不用出村就能享受免费的文化大餐。

“戏开了，走，快看，走！”和四吉村一样，现在的宿松，从长江之滨到大山深处，到处都有演戏和看戏的人群。

镜头回放：那年、那村、那戏

宿松，是黄梅戏的重要发源地，在黄梅戏的孕育、滋生、发展的过程中，宿松从来都是不可或缺的一环。

40年前的宿松，老百姓在村里看大戏的情景早就刻录在那个年代那一群人的记忆当中。那时，农村文化生活匮乏，忙忙碌碌劳累了一年的社员们，到了年终，总算能喘口气，就嚷闹着想要看戏。

洲头乡下夹村村民刘明德今年80岁了，说起那时看戏的情景，他依然记忆犹新："戏台其实很简陋，就是用几根杨木大檩做台柱，再用几块槐木板铺盖在土堆上，除前台敞开，周围用竹席围起，台顶用一块大帆布盖上，台顶两端各架起大喇叭。"很多村里都是这样三锤两棒子搭起露天"戏台"。

太阳还没下山，每当听到锣鼓家伙响起，知道准是演戏了，各家大人小孩一起跑出去看热闹。方圆四五里地远的外村人，有年轻的小伙子和姑娘们说说笑笑地来了，有老大爷老大娘领着小孙子高高兴兴地来了，有刚结婚的新媳妇坐在男人的自行车上阔气地来了，也有长年在外工作回家过年探亲的干部职工来了，还有拖拉机上拉满了一车人吵吵闹闹地来了，那情景如同"上皇会"。唱戏的人未到，戏台下先挤成了黑压压的一片。特别是那些戏迷们，早早地来到戏台前，给自己占了一个能看好戏的最佳位置，一边抽着烟，一边闲聊着，等待开演。

戏开后，有人怕看不见，把两张板凳摞起来高高地站在上面；有人伸长脖子，用肩架起孩子；还有人扛来长梯子搭靠在土墙上；特别是村里那些不大不小的家伙，竟"猴"到高高的树杈上看热闹。看到热闹处，人群涌动开了。这边一拥挤，那边高声喊；那边一拥挤，这边人压人几乎倒了下去。

每听完一段戏后，群众都是热情得几乎能把手掌拍烂。打胡哨声、叫好声、鼓掌声总是此起彼伏、经久不息。

那时的戏，主要演唱传统古典戏《天仙配》《女驸马》《牛郎织女》《小辞店》等选段，还演一些现代戏，如当时很兴盛的《红灯记》《红色娘子军》《智取威虎山》等。

为了和台上的演员"互动"，往往台上演员唱着，台下戏迷们哼着。有时候，外地演员把一折戏刚演完，队里几个老少戏迷争先上台，各自演唱拿手的一段，博得大家一阵喝彩。

农村"草台班"因受条件限制，无正规剧团的道具服装，只能"因陋就简""土法上马"，"凑合"着弄。这些"草根"演员平常只是在家里或田间地头哼几段、唱几句，大都没有登台演出过。初次登台容易出现差错失误，但能随机应变，灵活发挥表现，很少出现过冷场现象。不管怎样，那时演戏的人图的是个痛快，看戏的人图的是个热闹。

"通过唱戏看戏，村风正，好事多。大家勤劳致富，互助友爱，尊老爱幼，和睦相处。没听说过村里有一起偷鸡摸狗的瞎瞎事，也未见过打娘骂老子的伤风败俗事。"村民刘明德感触颇深。

镜头聚焦：这山、这水、这人

宿松，遍地铺开的山水自然风光，以及她所承载的渔业和农耕文明，延续了人与自然和谐相处的文脉，孕育了“中国诗歌之乡”和“中国民间文化艺术之乡”的璀璨。作为我国五大剧种之一的黄梅戏和国家级“非遗”文南词的发祥地，除了遍开的黄梅之花和文南词之花，还有民间灯班活跃在湿地周边地区。灯会、龙舟会、狮舞等，历经百余年繁荣而不衰。尤其是最近几年，各地文化活动丰富多彩，精彩纷呈。这一份人与人、家与家、村与村的欢乐，无疑让美好的生活更加幸福。

据不完全统计，全年广场演出全县有数百次之多。全县山村更喧闹、水边更汹涌、人群更生动。特别是最近两年，宿松县充分发挥农民文化乐园等文化阵地的服务功能，组织村民开展各类文化活动。村民们相继成立了舞龙队、彩龙船队、锣鼓队、广场舞表演队，并在传统节日在全村进行表演，锣鼓助阵，给村民和邻村百姓送去了吉祥喜庆和祝福。

“张家的媳妇李家的嫂，都来广场把舞跳。”这是陈汉乡广福村农民文化乐园举行的宿松县“讴歌劳动者启航新时代”文艺扶贫汇演现场文南词演唱中的一句。当天，黄梅歌舞、大鼓书、山歌连唱等一个个由普通劳动者创作并参演的节目，不仅乡韵浓郁，更重要的是充分展现了劳动者的迷人风采。

陈汉乡文化工作者朱文华介绍说：“我们都是以百姓关注的题材为切入点展开创作，通过文字、音乐、舞蹈等形式使美好的乡音、乡情得以展现，使乡村文化作品更加聚人气、接地气。”

“我们经常开展各类文化活动和文艺演出，这些活动有声有色，极大丰富了乡村文化生活，丰富了群众文化生活。”千岭乡雨福村党总支书记刘卫东介绍说。

“真没想到，走出家门不到一百米，就能读书、散步、看展览、听讲座，还能欣赏这么多精彩的文艺演出。”雨福村村民孙阿姨说起现在的生活，她难掩内心的喜悦。

“雨福村，活动最多，较大活动每年有五次以上，小型活动数不胜数，群众文化乐园真正发挥了重要作用。”当地文化工作者叶月华说。

据了解，一些群众还自己创作节目，这些节目在广场亮相后，所有演员在村里直接享受到了明星般的待遇，希望参演的村民也越来越多。

“群众积极参与，观众叫好一片，用先进文化占领农村文化阵地，老百姓的日子越过越滋润。”千岭乡副乡长胡大潮说。

去年，国家扶贫开发工作重点县宿松县推送的现代扶贫大戏《情暖山乡》，在第八届中国（安庆）黄梅戏艺术节剧目展演活动期间精彩亮相。该剧以脱贫攻坚为时代背景，讲述了扶贫书记孙建成受命来到地处群山中的贫困小山村秀山村，以修路为扶贫工作主线，大力扶持发展特色种植和养殖，通过各种现代商业模式使农产品走出山村、走向市场，以点带面盘活山乡优势资源，以此带动全村整体脱贫的故事。宿松县推送此部新编现代黄梅戏，寄托了宿松贫困群众脱贫致富的美好愿景，呈现了全县干群携手奔小康的生动画面，积极传播宿松脱贫攻坚好声音。

也是去年，宿松全县投资2000多万元对66个项目进行实施，这项规模空前的建设，使得农村原有的经济模式和农民原有的生活习惯发生了巨大变化。

程岭乡用多彩文体活动点亮群众幸福生活，让群众“唱主角”，从文化产品的享受者变成文化产品的生产者、推广者，实现了由“送文化”向“种文化”的转变，让健康文化引领价值导向、滋养精神沃土，极大改善了农民精神风貌，提高了乡村社会文明程度，焕发了乡村文明新气象。

“脱贫攻坚路上，文化发挥着惠民、励民、育民、富民的重要作用。聚焦今年脱贫摘帽目标，县里大力实施文化扶贫工程，乡村迸发出勃勃生机。”时任程岭乡党委书记高治平说。

“村民不能光富‘口袋’，还要富‘脑袋’。”陈汉乡白鹤村第一书记、扶贫工作队队长孙明如是说。白鹤村是一个典型的贫困山村。去年下半年以来，该村立足实际，以提振脱贫攻坚精气神为目标，以群众文化活动为载体，逐步凝聚起白鹤的人心，提振了脱贫攻坚精气神。该村坚持在“种”文化上下功夫，组织举办了以“新时代中国梦白鹤梦”为主题的白鹤村首届诗歌朗诵会，参与村民因文化而相聚、因文化而振奋，用家乡话传达党的十九大精神、精准扶贫政策等新时代的声音。

柳坪乡蒲河村村民吴菊华自己出钱添置服装、道具和音响等，每天带领姐妹一起来到村里的文化广场唱歌、跳舞。吴菊华说：“非常感谢党，感谢政府，有了这样好的文化活动场所，我们也活出了自信，享受着脱贫之后的美好生活。”

“我们开展的系列文化扶贫活动，团结了妇女背后的丈夫、学生背后的家庭和村里的乡土文人，有效增强了贫困群众脱贫奔小康的内生动力。”蒲河村干部吴洪峰说。

“打赢脱贫攻坚战，不仅要筑牢物质基础，更要扶思想、扶观念、扶信心。我们坚持在丰富群众文化生活上下功夫，不断强化公共文化服务，让各地群众尽享文化惠民成果。同时，我们将积极深入推进和拓展文化惠民工程，打造品牌文化活动。为不断满足新时代人民对美好生活的文化需要，推进城乡文化一体化，推动乡村文化振兴，做到以文惠民、以文乐民、以文化人、成风化俗。”宿松县文广新局局长王丰国说。

“寒风刺骨冰雪旺，梅花迎春不畏寒。”1 月 18 日，宿松县黄梅戏剧院的演职人员们不畏严寒来到下仓镇，首场演出在黄梅戏《红丝错》中拉开帷幕，为金塘村群众送去节日的问候。

“每年元旦和春节，我们剧院都要结合‘送戏进万村’演出活动，用丰富多彩的文化活动，营造欢乐祥和的节日氛围，全体演职人员以‘文艺进基层，携手迎新春’为主题，开展戏曲专场文艺演出活动，让人民群众在家门口就能享受到丰硕的艺术成果。”宿松县新黄梅演艺公司总经理、国家一级演员陈诚如是说。

乡土文化犹芬芳

王会光

文化是一个民族的根，是一个民族的魂。而乡土文化是中国五千年绵延不息创造的璀璨夺目的“农耕文明”，在人文宝库中独树一帜，它不仅是中华文化重要根基和组成部分，更是中华文化的源泉和摇篮。

近年来，宿松县“振兴乡土文化、弘扬乡风文明”，留得住“乡愁”，守得住“乡韵”，挖掘整理和传承保护乡土文化，不断推动乡土文化繁荣发展，成为乡村振兴不可或缺的力量。

破凉乡村大舞台

乡土文化加入现代元素

连日来，宿松县新黄梅演艺公司演职人员不畏严寒，到全县乡村巡演创排的现代扶贫大戏《情暖山乡》，受到乡村群众的热烈欢迎。

长铺居民之家前的文化广场

随着社会的大交流、大融合、大变革，思想和文化发生了翻天覆地的变化。

近年来，宿松县不断完善提升乡镇和村级综合文化服务中心，按照“七个一”的标准，即一个文化活动广场、一个文化活动室、一个简易戏台、一个宣传栏、一套文化器材、一套广播器材、一套体育设施，成为乡村群众开展文化娱乐、休闲活动的好去处。同时，广泛开展送戏、送电影、送图书“三下乡”等活动，丰富了广大群众的精神生活。

“县文化馆、图书馆、博物馆、乡镇综合文化服务中心、村级综合文化服务中心、农家书屋、文化广场等所有公共文化场馆全部实现常年免费开放，让广大群众在家门口享受公共文化服务。”县文广新局负责人说，“2018 年我县共举办各类文化活动、广场舞大赛、区域文化活动、农家书屋阅读活动及各类阅读沙龙等群众文化活动 1000 余次。”

程岭乡综合文化馆石玉琴是大鼓书传承人，虽半路出家，但她热爱这项艺术，把程岭书香茶馆做得火火生风，不断搜集整理鼓书名段，并创作一些新段子。如殡葬改革、农业技术信息、扶贫攻坚、文明创建等。而今，程岭大鼓书是宿松春晚保留节目，深受人民群众喜爱。

程岭书香茶馆

“张打铁，李打铁，打一把剪刀送姐姐，姐姐留我歇，我不歇，我要气噶打呀铁……”近期，宿松籍艺人创作的群众歌曲《家在宿松》全网发布，开头和结尾融入宿松当地著名的《打铁歌》民谣，歌词还提及了白崖寨、小孤山、文南词、黄梅戏等诸多宿松当地的非物质文化和风景名胜，每个字，每个音符，都展露出创作者对家乡的感恩与赞美，将宿松听者带回了儿时纯真的年代。

…………

宿松乡土文化与时俱进，融入现代元素，成为宿松县文化百花园里一朵奇葩和绚烂的名片。

时年 57 岁的宿松县洲头乡泗洲村村支书史国正在 6 年前就开始谋划，想用文字记录村里的历史，歌咏脚下这片热土，他聘请村里能人撰写村志，讲述这个村落百年的发展历史。

春节、艺术节、大型文化活动中具有宿松乡土特色的舞龙舞狮、旱船秧歌、鼓书说唱、断丝弦锣鼓、花灯巡游、送戏送春联等丰富多彩、地方特色浓郁的文艺节目，让人赏心悦目，心旷神怡。

目前，宿松县共建成 22 个乡镇综合文化服务中心，95 个村级综合文化服务站，209 处农家书屋。去年，全县文化馆、站服务 30.97 万人次，图书馆阅览人流 37.06 万人次。

“推动乡村文化振兴，我们不仅要‘送文化’下乡，更要在乡村‘种文化’。让文化扎根乡土，让乡土文化‘花开乡村’，就必须让群众成为乡土文化传承与保护的主角，通过民间艺人、群众舞台、乡村文化站等，开展丰富多彩的群众性文体活动。”县委宣传部副部长、文明办主任姜晓蕾说。

乡贤文化涵养文明新风

宿松位于皖鄂赣三省交界处，是吴楚文化交汇地，素有“江南幅邑也，绣错三省间”的美誉。悠久的历史、浓厚的文脉，宿松形成了“崇文尚德、孝悌慈爱”的“乡贤文化”和“爱国爱乡、

千岭乡雨福村乡贤馆

乐于奉献”的“乡贤精神”。

近年来，宿松县围绕践行社会主义核心价值观，激活传统优秀乡贤文化，推选出一批以优秀基层干部、道德模范、身边好人为代表的“新乡贤”，引导他们参与社会治理，以他们的嘉言懿行垂范乡里，化解农村矛盾纠纷，涵育文明乡风。截至目前，宿松县已评选出县、乡、村三级“新乡贤”720人，建有116个乡贤馆。

“耄耋老人”退而不休发挥余热的方济仁，是县乡贤文化研究会会长，为编写《宿松历代乡贤》《宿松家训》《宿松民俗》等书籍，亲力亲为，倾注大量心血；“致富能人”回乡创业造福乡梓的宿松龙成集团董事长吴伍兵回乡流转荒山9万多亩建立山油茶基地，仅在二郎镇界岭村就带动了270多人脱贫；“致富思源”不忘回报社会的安徽松梓教育基金会，发动300多名来自全国各地的宿松籍乡贤和企业家加入助学行动，募集善款600多万元，帮助270多名贫困学子圆了求学梦……

在宿松像方济仁、吴伍兵、史国正、张掌权等新乡贤层出不穷、不胜枚举。

挖掘“古土”乡贤，寻找“在土”乡贤，请回“离土”乡贤，积极培育发展乡贤组织，县、乡、村分别成立了乡贤文化研究会、乡贤联谊会、乡贤参事会，研发乡贤资源，影响更多的乡贤回归故里，反哺家乡。

“乡贤文化植根于乡村社会土壤，蕴含着见贤思齐、崇德向善、诚信友善等优秀文化基因。乡村振兴离不开‘新乡贤’的示范带动。”姜晓蕾说，“我们要把乡贤精神转化为一种实实在在的感召力，用‘看得见’的道德力量感染人、激励人，形成根植乡土的乡贤文化。”

为此，宿松县在县、乡、村、学校建立“乡贤文化展示厅”“乡贤文化广场”“乡贤文化长廊”“乡贤文化墙”，打造乡贤文化品牌。积极开展乡贤文化进厅堂、进课堂、进讲堂、进礼堂“四进”活动，涵育重德家风，培树崇文学风，引导精明政风，淳化质朴民风。

据统计，宿松县已建有乡贤文化展示厅、文化广场、文化长廊和文化墙数百个，100多个村建有乡贤馆、家风家训馆。不少退休干部情系乡梓、优秀企业家返乡创业、学界精英反哺故里，他们填补了乡村精英人才缺乏的空白，在乡村治理和乡村振兴中发挥了重要作用，筑起了一道乡风文明的新风景。

“在历史上，乡贤文化在促进家族自治、民风淳化、伦理维系等方面发挥着无可替代的作用。在新时代，我们应该弘扬乡贤文化，培育‘新乡贤’，让‘新乡贤’成为提升乡风文明的‘引领者’，推动乡村振兴的‘实践者’。”县委常委、办公室主任、常务副县长石承抚说，“积极传颂‘古贤’，引进‘今贤’，培育‘新贤’，总结提炼‘乡贤精神’，大力弘扬时代新风，促进社会和谐等领域的引领作用，集聚乡贤文化正能量。”

“非遗”文化传承中显魅力

程岭乡，好风光，仙人洞，凿山上。
多少美故事，都在洞中藏。
月山峭壁留古韵、泊湖水映诗行行。
程岭乡，文化乡，黄鳝嘴，远殷商。
南宋麻地坡，皖商之源长。
文南词演新日历，黄梅小调人人唱。
…………

这是宿松县文南词爱好者江谋宝填词的《唱程岭》曲调。

文南词是一种古老的传统戏曲剧种，又名“文词腔”，长期扎根民间，吸收了长江沿岸的优秀民歌素材，有着丰厚的底蕴和优美旋律，曲调丰富，包含泥土芳香，有“九腔十八调”之称，表现形式非常独特，是宿松民间艺术奇葩，有很强的生命力，深受百姓喜爱，被誉为中国戏曲的“活化石”，2008 年被列入国家非物质文化遗产名录。

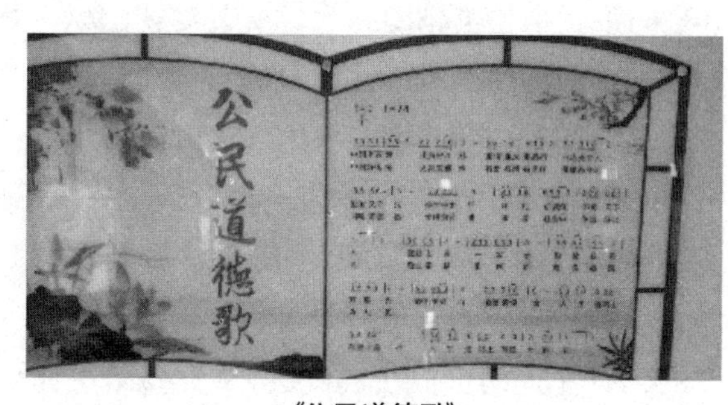

《公民道德歌》

大小曲牌有 120 余种，保留下来的剧目有《浪子抛球》《卖茅柴》《纳蓑衣》《卖杂货》《卖草墩》《纺线纱》《做渔网》等 10 多出。其中《想郎》《游江》《宋江杀媳》《陈姑追舟》等文南词小戏仍在民间流行。

宿松“断丝弦锣鼓”的形成与文南词基本同期，是该县民间艺术又一阆苑仙葩，2010年被列入安徽省非物质文化遗产名录。

“人们对‘断丝弦’特别喜爱，艺人们便将它融进了文南词中，逐步淘汰了一胡、一鼓的曲艺伴奏形式，极大地增添了舞台艺术效果。”宿松县老艺人说。

据文献记载，14世纪明朝初期，宿松县许岭、程集、凉亭、佐坝等地每逢清明、庙会、灯会、祭祖、红白喜事乃至亲戚乡邻相互祝贺、拜访都时兴演奏断丝弦锣鼓，少则几十人，多则百余人。后来发展把山歌、黄梅戏、文南词与锣鼓揉合在一起，成为吹打弹唱一体的民间音乐。

“断丝弦锣鼓以打击乐为主，间以丝竹音乐伴奏，其表现形式和音乐综合了中国腹地锣鼓的众多优点，既吸纳了川蜀锣鼓的高低音对比，又借鉴了华北锣鼓的高亢粗犷；既融合了长江下游锣鼓的清亮悦耳，又汇入了江南锣鼓的圆润，并逐渐形成了宿松丝弦锣鼓音色柔和的主要特色。”县文化馆馆长雷鸣说。

宿松人民在劳动中创造了灿烂丰富的乡村音乐，有山歌、渔歌、茶歌、秧歌。曲牌明亮悦耳，旋律简洁，节奏明快，步伐性强，便于渲染气氛。其断丝弦主要曲调有《金丝荷叶》《断荷叶》《八哥洗澡》《水底鱼》《幺二蔓》《四点清》《老八板》《小四板》等。

时下，宿松县剧团和乡村文艺演艺团队，把乡村新人新事新风尚，用黄梅戏和文南词等艺术形式，自编自导自演，引导风气，移风易俗，吸引了四乡八里的群众，使其潜移默化入脑入心。

“一些古老的手艺，如裱纸工艺、古法木榨、手工挂面、手擀面，湖区传统捕鱼方式等都是民间‘非遗’，虽然在日渐繁华的现代生活中失去了市场，但是，一些老行当、老手艺的传承，对未来乡村旅游的开发是有积极意义的，有保护的价值。”县政协文史委副主任刘鹏程在提案中说，“运用服务思维，为老手艺传承服务，县文化部门和乡镇要加大政策扶持和宣传引导、搭建‘非遗’传承平台，让更多的人主动加入传承者的行列中来。”

在乡村振兴中，传承和保护乡村历史文化，把宿松建设成既有现代气息，又有深厚历史文化传承的魅力新宿松。

“一窗综合受理”推动政务服务提档升级

司　舜　周　鑫

为切实解决企业和群众反映出的办事难、办事慢、多头跑、来回跑等问题，进一步提升企业和群众办事便利度和满意度，宿松县政务服务管理局无差别“一窗受理”模式于2019年10月9日正式运行，更加便捷、更加平等、更加高效的审批服务得以实现。

办件材料“一窗收”

“一窗办理”、“受审分离”、7×24小时不打烊、“随时办”服务，是提升政务服务质量和水平、助推经济高质量发展的现实需要。

政务服务大厅共设六大类综合窗口，其中公安服务、税务服务、不动产登记服务三类综合窗口由各窗口单位进行单独设置；工程建设项目审批服务、市场经营管理服务、社会民生服务三大类综合窗口由政务服务管理局统筹设置，通过政府购买服务方式，引进第三方运营公司。

“运行过程中，政务大厅坚持应进必进、能进必进的原则，各窗口单位将行政许可和公共服务两大类事项，全部纳入政务大厅窗口集中统一办理。”宿松县政务服务管理局副局长邓彬说。

政务服务管理局根据原审批业务重新进行窗口整合，将同类审批服务事项由原来分散的部门窗口受理，变为综合窗口集中统一收件，并通过内部流转，让数据、部门多跑，让群众、企业少跑，实现审批服务由“一站式”向“一窗式”转变，单一部门独立收件向跨部门综合收件转变。六大类综合窗口均实行“前台综合受理、后台分类审批、统一窗口出件”“受审分离”政务服务新模式。

“为提高办事效率，我局制订综合窗口专用材料袋，并用不同颜色区分办件级别，绿色为承诺件，蓝色为即办件，红色为特急件，以便材料流转到后台审批室后能快速得到处理。”邓彬说。

业务受理“一窗办”

“我们改变了以往窗口人员只能对接一个后台审批部门运行模式，将原46个窗口部门整合为六大类，申请人可在任何一个综合窗口提交申请材料，不再往返于不同部门和窗口之间。”宿松县政务服务管理局局长齐长升说。这种“一对多”审批服务新模式受到办事人员的广泛赞誉。

“一窗受理、受审分离”改革对综合窗口工作人员提出了新的更高的要求，由“专业型”变为“全能型”。“三集中、三到位”改革是“最多跑一次”改革的基础，是实现“最多跑一次”的前提。通过高位推进，各行政审批部门将分散在部门内部各个股（科）室的审批职能向审批股（科）集中，由审批股（科）统一办理本部门的审批服务事项。将相关政务服务事项与政务服务管理局签订授权委托书，委托政务服务管理局统一收件、出件，授权入驻政务服务大厅的工作人员在大厅内能够完成事项办结。同时拓展平台，设立“一网通办”专窗，安排专人负责长三角“一网通办业务”，为江苏、浙江、安徽、上海三省一市地区有需求的企业和个人提供企业开办等51种事项服务。在不断提升“线下窗口”服务效率的同时，大力推进以移动端为引领，PC端、智能自助端等多途并进的“皖事通办”总平台。

系统整合“一网办”

宿松县政务服务管理局结合工作实际，利用市“一窗受理”平台推动省政务服务网宿松分厅与“一窗受理”平台互联互通、无缝连接，改变以往窗口人员只能对接一个后台审批部门运行模式。对23个进驻政务大厅单位的1920项政务服务事项全面梳理，再次明确事项名称、设定依据、申报条件、申请材料、办理时限、审批流程、审查标准等要素，逐项规范材料名称、明确材料数量和法定形式要求。

目前，全县已完成数据归集3亿余条，编制目录数200条。税务窗口实现了金三系统与云平台数据共享，在不动产涉税窗口受理评估业务时，利用评估系统直接从政务服务云平台提取不动产数据，金三系统通过评估系统提取不动产数据处理涉税业务，充分实现平台数据共享、互联互通。县公安局积极打破部门数据壁垒，推进治安、交警、出入境等跨警种业务数字证书充分授权，根据办理事项范围及受理审批的不同权限配置工作账号，让“数据多跑路，群众少跑腿”。

在全面梳理整合政务服务事项办理流程的基础上，取消所有的非必须材料，最大化实施办事材料网络共享。各单位充分利用网络平台，推进办事材料目录化、标准化、电子化、共享化，按照“时限最短、环节最少、材料最简”，进一步压减服务事项承诺办结时限。通过省“互联网+监管”平台对办件进度实行全程监督、实时监控，确保行政审批服务优质、便民、快捷。

业务受理“快捷办”

宿松县政务服务管理局积极组织开展集中培训，坚持综合能力和专业技能相结合，不断提升窗口人员服务能力和业务水平。

按照“一套制度管理、一支队伍保障”要求，县政务服务管理局制定考核管理办法，将六类综合窗口人员统一纳入考核，同一管理、同一标准、同一尺度，建立健全激励机制和问责机制，加强和规范综合窗口人员的管理和督导，打造阳光温暖的政务服务，营造优质高效的政务服务环境。县保安公司将编制的窗口工作规范印册下发，工作规范引入量化考核评比机制，将所得分值与绩效工资挂钩的同时，还特设多个奖项，如红旗小组奖、服务明星奖、年终考核奖、奉献奖，积极营造“比学赶超”的浓厚氛围。上班时间，工作人员实行手机集中统一管理，局监督管理股与保安公司管理人员加大巡查力度，让大家更能专一地服务办事企业和群众。

优化服务“特色办”

宿松县政务服务管理局不断创新服务方式，统筹组织实施一窗咨询、快递收件、代办帮办等服务，切实提高办事效率。与县邮政局深入谋划，签订战略合作协议，共同推进政务服务工作项目化、数据化、载体化，同时加大“互联网+政务服务”云平台的宣传和推广，对所有窗口单位通过线上云平台

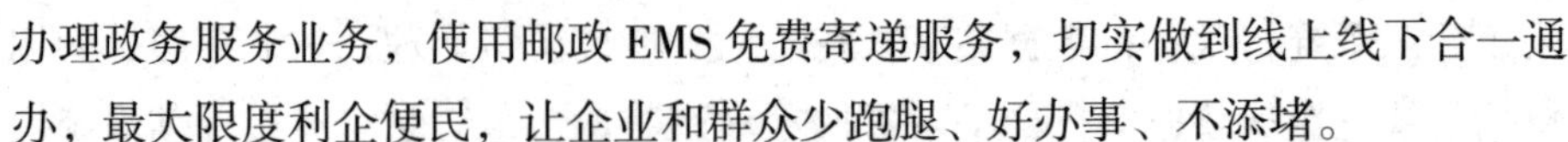

办理政务服务业务，使用邮政 EMS 免费寄递服务，切实做到线上线下合一通办，最大限度利企便民，让企业和群众少跑腿、好办事、不添堵。

“一件事”打包办、善后处理跟踪办、拓宽业务合作办、绿色通道快捷办等经验方法层出不穷。县不动产登记中心对“两园企业”有特殊服务者开辟“绿色通道”，值班主任全流程跟进。根据《宿松县不动产权籍调查工作方案》，建立了“宿松县不动产权籍调查机构名录”，在政务服务大厅设置“不动产登记前置业务区”，安排“名录”内权籍调查机构现场办公，免去了服务对象办理不动产权籍调查需往返多个部门的奔波。

规定事项“随时办”

政务服务事项“应上尽上、全程在线”，所有事项做到了只要申请材料齐全合格最多只要“跑一次”，能够全程网办的事项达到 98%。在推进“综窗”改革的同时，宿松县政务服务管理局按照高规格、高投入、高标准、全方位的要求建设 7×24 小时“不打烊”政务服务大厅。

高规格设计布局、高投入配置设备、高标准满足需求、全方位落实安全措施。

“一窗受理”运行以来，已办理审批服务事项 8354 件，平台办件平均时限为 1.67 个工作日，比法定时限缩短了 18.33 个工作日，比承诺时限缩短了 0.33 个工作日，工作人员减少 66 人。改革不但提高了窗口办事效率，同时使群众排队等候时间大大缩短，受到办事企业群众普遍欢迎。

“群众办事更便捷、群众办事更高效、群众办事更满意。”齐长升说。下一步，宿松县政务服务管理局将扎实巩固“一窗受理”改革成果，核心突出“一次办好”，集中发力、流程再造，优化服务、提升效能，持续打造“审批事项少，办事效率高，服务质量优，群众获得感强”的服务平台，全面对标长三角打造“政府一窗”民心工程。

精彩收官的宿松商务

黄　娟

“十三五”期间，宿松商务发展态势良好，在宿松县经济社会发展中发挥了重要作用，围绕建设皖鄂赣三省交界经济强县的目标，主动适应经济发展新常态，坚持新发展理念，以新思路、新气魄、新举措开拓商务发展新格局。

弱点、缺点一一改变

“创建安徽省文明城市工作先进单位”“兴农扶贫宿松县服务站”“民生工程组织实施先进单位”“第十二届宿松县文明单位”……走进县商务局大楼，那挂满了墙壁的一张张奖牌代表的不仅仅是荣誉，更多是代表着“十三五”期间，商务作用的发挥，商务工作成效的见证。

宿松县商务局大楼一角

“商务局的变化让人惊喜，办公环境、氛围越来越好了，商务人的精气神也越来越足了。”这是一位在宿松商务系统工作了几十年的老职工发出的感慨。

2017 年 3 月，县商务局主要负责人肖善庆到任后，面对商务各项工作被动乏力的倦怠局面和缺乏朝气的商务氛围，他深深意识到要去除沉疴必须内外兼攻，决心对内重拾商务人的自信心、责任心，对外重塑商务形象。“思想是行动的先导，党建是一切工作的基础和前提。”到任后第三天党组会上，肖善庆提出了以党建工作统领全局，打造阳光商务的构想和目标要求。

“首先从强化制度建设入手，从机关事务管理、各级党组织管理等方面修订和完善各项规章制度 11 项，通过狠抓基层党组织标准化建设的落实，各支部全部一次性达标。正在改制的食品公司支部标准化建设得到了县直工委、县委组织部和市级验收组的一致好评。通过狠抓队伍建设，商务系统明显‘活’起来了。”县商务局副局长石玉明说。

宿松县商务局携手淘金集团开展“2020 暖冬活动”

近几年，在党组书记、局长肖善庆的带领下，商务人追赶跨越的精神已然激发，商务工作面貌已然改变。在脱贫攻坚大局上，县商务局包保的隘口乡花学村、古山村完成脱贫任务，实现了村出列户脱贫既定目标。2020 年疫情爆发以来，全体干部职工充分发挥党员先锋模范作用，奋战在抗“疫”一线，商务系统涌现了肖善庆、王卫、石金宇等市、县抗“疫”先进典型。

巡察超市等疫情防控工作

2020年初，春寒料峭，在疫情防控最严峻的时刻，肖善庆每天从清晨开始，不但要巡察城区内各大农贸市场、超市等疫情防控工作落实情况，还要负责县指挥部要求的全县进出防疫和生活物资运输证件发放和管理工作。每天像陀螺一般运转着。疫情防控期间，全县所有的农贸市场、商超等未出现一起疫情病例。

难点、痛点一一抹平

“县商务局工作任重而道远，商务人虽倍感压力，但必须有破解难题、攻克难关的勇气和决心。”肖善庆在全体职工动员大会上说道。

县商务局承担经济发展“三驾马车”的重任，在县域经济领域中发挥着举足轻重的作用，同时也存在着巨大压力。

“商贸发展受经济下行和线上冲击，现有的商贸流通企业发展困难重重，商贸经济生存空间压缩，利润较少，企业发展后劲不足，存活空间越来越狭小。”“外贸进出口和对外投资也受到人才、地域、社会风险等因素影响。”业务股室具体业务人员说到这些显得很是无奈，很难找到解决这些问题的操作手段和有效管理办法。

面对诸多客观、无力改变的现实，局长肖善庆带领全体商务人拿出破釜沉舟、背水一战的勇气。从紧紧抓住限上企业和大型商贸个体企业这个“牛鼻子”入手，紧紧围绕《宿松县商贸流通业“十三五”规划》的布局和要求，全力推进商贸流通业建设，努力繁荣城乡市场。外贸方面设立3000万元出口退税周转金资金池支持企业扩大出口，签署关于《加强关政合作共促高水平开放高质量发展的合作备忘录》提升跨境贸易便利化水平，指导企业参加各类展会、扩大市场等措施有力推进了宿松县商务经济高质量向前发展。

“十三五”末，全县限上企业55家、大个体18家，4年来，清退了23家限上企业和14家大个体出库。培育新增23家限上企业和14家限上大个体，进一步优化了限上商贸流通企业结构，促进了社会消费品零售总额稳步增长。“十三五”期间完成进出口35445万美元，共引进外资企业6个，实际利用外资2458万美元。

除了经济发展压力，县商务局还存在着巨大的“内忧”。2010年全面启动国有企业改革改制，涉及改制的6家企业员工有数千人。随着时间的推移，改制成本在逐年扩大，改制矛盾层出不穷。局党组多次召开企业改制推进工作会，成立改制工作领导小组，出台改制方案，明确职责任务，为加速推动改制工作奠定了基础。

“在改制工作中，处理职工相关问题是至关重要的，职工对企业存在多年的感情，对企业有依恋，我们处理问题要人性化，要让职工感到党的关怀和温暖。”食品公司经理程天宇说道。

五里食品站职工徐松柏，因癌症晚期，提出提前办理病退诉求，但未达到法定退休年龄。食品公司工作人员陈刚陪同县人社领导专程到市人社局为徐松柏办理病退报批手续，使该同志顺利病退。

“贴心+暖心，不让我们这些在企业奉献了大半辈子的职工寒心，是商务局给我们最大的感受。”一位企业职工说道。

北上省会，南下深圳，给职工做思想工作，解决难题，维护企业稳定，顺利推动企业改制工作推进。在党组班子的带领下和局长肖善庆的努力下，原商务系统（机构改革前）除食品公司本级外，改制工作基本完成，进入扫尾阶段。

亮点、特点一一呈现

近年来，随着阿里巴巴农村淘宝入驻和全国电子商务进农村综合示范县项目的成功获批实施，全县“两中心一站点”电商格局和发展体系基本形成，电商作为新兴经济业态为助力脱贫攻坚、乡村振兴注入了新的强劲动力，为工业品下乡和农产品进城铺设了一条快速双向的“电商路”。

一大早，北浴乡廖河村村民张大娘挎着一篮鸡蛋来到电商服务站。她说，自从村里有了这个电商服务站，她再也不用坐车去县里卖鸡蛋了。“现在我有了鸡蛋就可以送到这里来，我哪儿也不用去了，你在市场卖多少钱这里就给你多少钱，这多省心啊。”北浴乡廖河村电商综合服务网点自 2016 年正式投入运营以来，收发快递包裹量达 10880 单，代购金额逾 85 万元，代销农特产品 8 万元，代缴费 51 万元，服务村民 8500 人次以上，辐射带动全村及周边村 2000 多户村民受益，获得了村民的高度认可。全县像这样的村级电商服务网点 143 个，村级物流配送点 169 个，经营面积近 3000 平方米的农村电商公共服务中心和物流配送中心各 1 座。

“村级电商网点主要功能是服务，农产品上行不足，难以发挥并达到带

农村电商　　农村淘宝

宿松县电子商务公共服务中心

贫减贫的目的和成效；贫困人口受知识文化水平限制，难以直接通过电商创业就业来获益增收。电商扶贫到底该如何做？这个问题一直深深困扰着我们。”县商务局电商办负责人吴在峰说道，“电商扶贫只能电商销售企业带动，通过帮销代销农产品来引导贫困户扩大种养规模、增加在电商产业链前端就业等方式来达到带贫减贫成效。”2018 年初，宿松县在没有可供借鉴的情势下，围绕助力脱贫攻坚，成功走出了 “电商企业+基地+合作社+贫困户(农户)”模式的发展之路，全县 62 个电商扶贫项目撬动了电商服务站的生存和电商企业的发展，同时累计带动 600 余户贫困户受益，带动村级集体经济收入 60 余万元。这一农村电商发展模式受到省商务厅高度认可，并在 2019 年全省农村电商优化升级现场会上作了交流。

为助力农产品销售，县商务局积极组织开展产销对接，线上线下齐发力，将优质农产品推向了全国消费者。2019 年 5 月举办“村播计划进宿松　山水源头淘好货”全省首场淘宝村播直播活动，活动开启两小时在线观看人数达 21.8 万，近 2 万斤农产品在两小时内销售一空；2019 年 10 月与陈汉乡联合

举办“村播计划进宿松　山水源头找好货”淘宝直播

举办“筑梦兴乡村　奋进新时代”皖颚大别山贫困地区农特产品联展活动

举办的“筑梦兴乡村　奋进新时代”皖鄂大别山贫困地区农特产品联展活动吸引皖鄂两省四县近 130 家企业参加，参展农副产品 300 多种，活动当天人流量达 1.2 万余人，现场交易额 60 余万元，活动各项数据均创下了宿松产品展销活动之最。以此活动为契机，再次举办了一场网络直播活动，经过与阿里巴巴协调，一次开通 12 个淘宝直播间，以活动现场作为线下展示，通过线上销售，直播活动 5 小时累计吸引围观粉丝 119 万余人，实现线上销售额 230 余万元。

近 5 年来，县商务局孵化电商经营主体 600 余家，其中年网销额超百万元电商主体近 30 家，年网销额超千万元电商企业 5 家，其他未注册和执照上未注明电商经营的各类电商经营主体累计逾 4000 家。据不完全统计，2020 年 1—11 月，实现电商交易额 11.64 亿元。预计全年可实现电商交易额 12.5 亿元以上，其中农村产品上行交易额 5.9 亿元，“十三五”期间年均增长分别达 35%和 43%以上；全县快递包裹进出单量总计 1750 万件，较 2015 年增长近 4 倍。

收官“十三五”，宿松商务人信心倍增，展望未来 5 年的商务发展蓝图已基本绘就，在深入贯彻落实国家长三角一体化的战略部署契机下，将紧扣一体化和高质量，强化科技、创新引领发展动力作用，商务人必将迈出更加坚实的步伐。

收官“十三五”，精彩看住建

司　舜　杨　锴

振兴大道南延伸顺利通车

2020年12月8日，总投资4.74亿元，全长4.8千米多的振兴大道南延伸工程正式全程通车。该道路是宿松县绕城主干道，其建成不仅解决了大型货运车辆穿城而过的混乱局面，更拉开了宿松县的城市框架，是历史性突破。

“振兴大道南延伸的顺利通车，让我们这些大货车司机不再经过闹市区穿城而过，不仅节省了行车时间，还让行车更安全了。”一名大货车司机兴奋地说道。

“振兴大道南延伸道路工程从征地到施工，再到如今全线通车，我几乎是全程见证了。这条路通了，我们这些周边住户出行更方便了，生活环境也更美了。”家在振兴大道南延伸附近的朱大姐开心地说。

振兴大道南延伸道路的顺利建成通车，是“十三五”期间宿松县城市建设的一个缩影。“十三五”期间，宿松县城市建设总投资26.25亿元，县城变化翻天覆地、精彩纷呈。

一个好班长

时任宿松县住房和城乡建设局党组书记、局长余劲松，自 2017 年 3 月任职以来，不断提高政治站位，秉承五大发展理念，积极主动作为，不断推进宿松县城市建设事业向更好更快发展。

初到县住建局时，余劲松连续几个月白天到各个下属单位、相关企业进行调研，详细了解城市建设、市政基础、供水供气、营商环境等各方面存在

余劲松主持会议

余劲松视察城市建设工作（一）

的困难和问题，晚上回到办公室整理调研材料，思索城市发展之道，谋划宿松建设蓝图，他办公室的灯光常常亮到凌晨才熄灭。

余劲松视察城市建设工作（二）

在今年的抗击新冠肺炎疫情中，余劲松充分发挥班长带头模范作用，第一时间组织成立了县住建局疫情防控工作领导小组和疫情防控指挥中心，明确各位局班子成员疫情防控职责，亲自带队督查疫情防控工作，将各项防控措施落实落细落到位，确保住建领域疫情防控工作全覆盖、无死角。疫情防控期间，宿松县无一例物业小区或建筑工地确诊病例，安徽省委书记李锦斌在宿松视察疫情防控工作时，对宿松县住建领域疫情防控工作表示充分肯定和高度赞扬。2020 年 12 月，余劲松作为全国住房和城乡建设系统抗击新冠肺炎疫情先进个人被住房和城乡建设部予以表彰。

余劲松技术员出身，嗓门大、干事拼、作风实；他做事快、走路快、说话快；他对待工作拼尽全力，时常把“办法总比困难多”挂在嘴边；他当好“班长”、带好队伍，全局上下形成了“提振精气神、全力争上游”的可喜局面。

“从群众最不满意的地方改起，从群众最需要的地方做起。”老百姓最关心的、感受最深的就是住房和建设问题。余劲松任“一把手”后，就走遍了宿松县所有乡镇、部门和工地。难点在哪里？痛点在哪里？出路在哪里？他不停思考追问、多方求证，提出实施一系列组合拳，让群众的期盼变成现实。

“他干事不怕事、遇难不畏难。面对利益错综复杂的工程拆迁征地问题，他都是第一时间牵头召开专题会议研究解决。”住建局副局长刘文谦说。余劲松立说立行，与一线干部想在一块、干在一起，与街村干部合力攻坚。矛盾突出的拆迁征地全部解决，实现零信访。

“干部要敢担当、能担当、善担当。”在余劲松的感染和带动下，县住建局党员干部啃下了一块又一块“硬骨头”。

一个好支部

旗帜亮出来，贴紧民生干，融进群众中去。系统上下以党建为引领，以实干为规范，自觉践行“勇于争先，敢于担当，胸怀大局，协作奉献”的住建精神，怀着对事业的深情厚谊，挺直脊梁塑形象，扑下身子做实事，在全县叫响和打出了“一个好支部”品牌。

“让群众有获得感，就要时刻把心放在群众身上，多为群众办实事、好事。”“扑下身子、沉入基层，争做老百姓信赖的公仆。”“干就要干实、干好、干成一流。”

作为局党组书记、局长，余劲松一直坚持“中心工作在哪里，党建工作就覆盖到哪里”，时刻把党建工作抓在手中，并积极发挥党支部作为基层堡垒的战斗作用。

在疫情防控期间，余劲松亲自指导县住建局派驻洲头乡疫情防控工作组成立临时党支部，并要求临时党支部11名党员同志集中学习习近平总书记关于新型冠状病毒感染的肺炎疫情防控工作重要批示精神，重温入党誓词，扎实做好疫情防控工作的政治自觉。同时，他还要求在工作中自觉佩戴党徽，主动亮出党员身份，始终铭记共产党员的初心和使命。

在疫情防控最紧急的时刻，县住建局受命抢建隔离病房。余劲松亲自选拔优秀干部职工成立党员“突击连”，组织专人、成立专班，倒排工期，持续加班加点，争分夺秒抢建隔离病房工程。党员“突击连”充分发挥了住建系统“工程兵”的本色，不分日夜冲在战“疫”一线，经过8个昼夜奋战，共建有42个床位，配备独立卫生间、热水器、空调等设施设备的宿松县临时隔离病房在2月6日正式交付使用，成为宿松县乃至安庆市坚决打赢打胜新型冠状病毒肺炎疫情防控阻击战的有力支持点，并进一步鼓舞了人民群众同疫情战斗的必胜信念。

一组好数据

“十三五”期间，宿松县各项重点建设项目共计投入建设资金26.25亿元，并圆满完成规划目标。

“十三五”期间，宿松县共受监房建、市政工程项目961个，面积378.41万平方米，投资额708121.54万元；受理房屋、市政工程项目竣工备案835项，面积约283.77万平方米，投资额433338.42万元。其中，累计建成楼品小区71个，面积173万平方米，累计销售161万平方米，供给、需求基本平衡。

“十三五”期间，宿松县共建成公共租赁住房（含廉租房）5788套，实施棚户区改造2722户（套），累计保障城镇住房困难家庭66572户。

“十三五”期间，宿松县农村危房改造12155户，改造资金1.56亿元，涉及全县22个乡镇，其中建档立卡贫困户7105户。

一项项令人瞩目的数据，展现着“十三五”期间宿松县城市面貌的变化，城市品质的不断提升，人民群众居住条件和居住环境的不断优化，人民获得感和幸福感在不断增强。

在向阳河散步的何大爷是土生土长的宿松人，看着昔日的黑臭河变成如今水清岸绿的景河，他不禁感慨：“曾经，这里的人们，还在因跌倒在坑洼不平、狭窄局促的泥泞道路上而牢骚满腹，还在因面对污水横流、臭气熏天的向阳河水而捂紧鼻子。如今，这里路变宽了，岸变绿了，水变清了，垃圾也不见了，臭味也没有了，这是宿松的变化，是发展的变化啊！”

在县城送快递的王大哥说：“宿松这几年的发展是真快啊！G105宿松段、孚玉东路接连提标改造，龙门南路、振兴大道南延伸道路相继建成，还有城关初中龙门南路校区完工，县中医院经开区院区、人民医院新院区一期工程、文化中心建设工程在如火如荼地建设中，宿松每天都发生着巨大的变化，而且变得越来越美好呢！”

人民的城市人民建，建好城市为人民。“十三五”期间，宿松县住房和城乡建设局不忘初心、牢记使命，通过一个个项目的落地，让宿松县发生了翻天覆地的变化。“十四五”即将拉开序幕，宿松县住建系统将继续书写好这份厚重的时代答卷，让市民切身感受到时代发展带来的红利，让人民的生活变得更美好！

教育兴邦，教育兴县

——我看宿松“教改”

石 俊

教育兴则国家兴，教育强则国家强。大力推进义务教育均衡发展改革，是继全面普及九年义务教育之后又一重大战略性任务，是实现所有适龄儿童少年从“有学上”转变为“上好学”的重大举措，对于全面建成小康社会和推进新时代中国特色社会主义伟大事业具有十分重要的意义。对于我县来说更是如此，我作为一个在职教师，从职数年，一直在注视着我县的教育发展情况。宿松县自义务教育实施以来便一直着手于中小学教育的均衡发展，并且很有效地改善了教育水平发展不均衡的现状。

通过调查走访发现，我县推进义务教育均衡发展的工作举措的公众满意度获得较高评价，这都得益于宿松县始终坚持的教育优先发展理念。全力推进义务教育均衡发展，并组织实施特色学校创建工程，开展黄梅戏进校园、传统文化进校园、廉洁文化进校园等系列活动，形成了“戏曲校园”“生本校园”“足球校园”“书香校园”等一批特色学校。2017 年 9 月，宿松县顺利通过义务教育发展基本均衡县的国家级认定。其工作举措主要有以下几个方面。一是科学布局，解决入学难题。制定义务教育学校布局调整专项规划，满足适龄儿童就近入学的需求；严格控制义务教育学校招生计划，科学合理确定学校招生划片范围，研究制定城区义务教育阶段学校学区划分方案。二是补齐短板，改善办学条件。在提前完成“全面改薄”规划资金约 2.82 亿元建设项目基础上，新建 4 所学校，新征 478 亩土地，新建 59 栋校舍，新建运动场、门卫室等 1657 个小型建设项目，全面整治 247 所校园环境，采购计算机等仪器设备，改善教学点办学条件，累计投入资金共 6.21 亿元。三是突出重点，强化师资建设。建立教师补充长效机制，近3年共录用义务教育学校教师835人；坚持工资待遇、职务评聘和表彰奖励向农村偏远地区倾斜，持续改善优化农村艰苦偏远地区教师待遇。四是依法治教，规范办学行为。开展规范办学行为集中整治年、巩固年、提升年活动，整治社会反应强烈的乱收费、乱办班、乱补课、乱订教辅等“四乱行为”。五是彰显特色，提升教育质量。开展“阳光体育运动”，2所学校被命名为“全国体育工作示范学校”，4所学校被授予“全国足球示范学校”称号；坚持“一校一品”，组织实施特色学校创建工程，4所学校创建2017年县级特色学校。

另外，就贴近教师身边生活的惠民政策而言，各乡镇大力推进学前教育促进工程，新建、改扩建公办幼儿园项目工程，各地幼儿园如雨后春笋般拔地而起。更有各种对于学生的脱贫民生工作，如开展家庭贫困幼儿资助，对接受学前教育的普惠性幼儿园在园家庭经济困难儿童、孤儿和残疾儿童给予资助，确保建档立卡等家庭经济困难幼儿优先获得资助，资助标准每人每年1000元。幼儿园从事业收入中足额提取3%的经费，用于减免收费、提供特殊困难补助等。

此外我县还大力推崇多媒体与“互联网+”联合运用的“智慧学校”多元化网络教学系统。一是为学生自主探究式学习提供开放式平台，引导学生利用网络学习空间和网络资源进行个性化学习；二是可以提高中小学学生综合素质评价管理系统的应用水平，利用信息技术实现学生综合素质评价的自动化、智能化和可视化。教学方式由传统的“粉笔黑板+纸卷”逐渐向互联网化靠近。学生对此种教学方式给予一致好评，对之前感到乏味的学习乐趣倍增，各校都收到了良好的满意度与评价。

于教师个人层面而言，高水平的教学模式与方法也有利于教师任课，更能最大潜力地激发出教师的教学灵感与激情。而且，改善教学环境，提供多元化教学工具，更是对教师工作的一种支持与认可，是对他们的鼓励与尊重。尊重教师现已成为一个热门话题，由“臭老九”变成“教书匠”，再到“祖国园丁”，人民教师越来越受到社会的重视，地位逐渐提高。这实质上是宿松县乃至整个中国教育改革建设效果的体现，也说明人们越来越尊重教书育人的老师、孩子的伙伴、知识的传授者。

同时，教师不但在教育改革的春风下地位得到提升、工作得到尊重与认可，而且生活水平与薪资待遇也变得较为可观，个人的前途发展得到了稳固的保障，有许多学生在就业问题上也开始倾向于将来从事教育职业。根据一份民调显示，大学生就业从事教育行业同比于10年前上升了12%，教职工发展前景与其热门程度可见一斑。

除了物质水平上的提高，“花园园丁”们的精神上特别是对初心的坚守上面也有很大的提升。教育工作者们在我县的精神文明建设下，进一步摆正了自己的心态，不断调整自己的思想动态，学会不断拓宽教学视野，从而在新时代找到属于自己的精神家园，懂得磨砺自己，学会不断调整教学思想动态。在中学的学生群体中，更需要教师来强化责任心和爱心，不断砥砺前行的毅力。中小学教师在县教育改革的鼓励下，改变方法，升华格调，缔结初心，让教育生涯沐浴暖爱。

教育水平的均衡，人民教师物质与精神面貌的改善，这都是宿松百姓喜闻乐见的改革结果，也是由上至下各级教育部门一直在苦心经营的惠民政策。我相信我县乃至全国无数的教育工作者都在期盼中国教育体系的一个更好的未来，教书育人、润物无声，我们一直在路上。

不忘初心，送爱上门

朱宁乐

在宿松县“推均”工作浪潮的推动下，为体现社会主义大家庭的温暖，关爱残疾适龄儿童教育的“送教上门”活动也于 2016 年 9 月正式开展了。活动一开始，就得到了各级部门和各位领导的高度重视。在经历了一系列的选派、考察、培训、考核等环节之后，我有幸成为一名特教资源教师，开始了漫漫送教之路。

小糖，一个 11 岁的脑瘫女孩，没有语言表达能力，不能自主移动，不能自主大小便，不能离开看护片刻时间，这就是我的送教对象。老天好像对这个孩子特别刻薄，不仅给了她身体的残缺与伤痛，还给了她一个残缺的家庭。就在去年，49 岁的爸爸患了脑瘤，家财耗尽还是不能挽回爸爸的生命，留下的只有无助的妈妈、大学辍学的哥哥、可怜的小糖以及家徒四壁的小屋。当我得知送教对象是这样的情况，哪怕自己是个有着 17 年教龄的教师，也不知该如何开展工作。以前我以为“送教上门”就是把平时我在学校课堂上教授的知识重新在送教孩子的家中再教一遍。纵然我平时妙语连珠，可面对一个“毫无反应”的重度残疾儿童时，我开始手足无措。多亏了特教学校的陈校长、邓主任和吴老师不厌其烦地指导与交流，我慢慢地进入了角色，伴随着工作的开展和一点一点的进步，同时也对“送教上门”这一项活动有了更进一步的了解，也有了一些收获。

《中华人民共和国残疾人教育条例》是我国第一部有关残疾人教育的专项法规，它的颁布实施，从法律上进一步保障了我国残疾人平等受教育的权利，促进残疾人教育事业的发展。“送教上门”是推行教育公平、实施对残疾儿童义务教育的一项利国利民的好事，是基于对残疾儿童接受教育的认同与肯定，是社会真正实现和谐发展的体现。

当一个原本幸福的家庭出现了一个残疾儿童时，整个家庭的幸福感和生活质量一定会急剧下降。家人情绪低沉、态度消极往往是他们给大家的感受。当今社会是一个开放性社会，每个人都在社会中扮演不同的角色，这些角色交织在一起，就构成了复杂的社会。若是身边出现了这些因残疾儿童而出现较多负能量的人，往往会影响到一个团队的整体工作，这也和当今社会和谐发展主题相违背，所以关爱残疾儿童，“送教上门”活动的开展，不仅是针对具体的“折翼天使”，更是社会稳定发展的需要。

在正式开展送教活动之前，我在特教学校责任老师的带领下，多次走进小糖的生活。通过近距离观察她的一举一动，了解她的各种能力状况；和她妈妈一起促膝聊天，了解小糖的生活特点和以往表现。因为之前对这项工作没有任何经验，所以我不仅认真学习了特教学校下发的培训资料，还专门购买了两本关于脑瘫儿童康复的专著给自己充电。最后在特教责任教师邓主任的指导下，三易其稿，终于为小糖同学量身打造了一份康复方案，一年以来的工作及结果证明，这个方案达到了有的放矢、成果喜人的效果。

一颗真心是从事“送教上门”活动老师的精神动力，在爱心的鼓励下，无论是特教责任教师，还是我们资源教师和预备资源教师，都能克服自己在工作和生活上的种种困难全身心融入送教工作中。为了减少送教活动对平时的教学活动的干扰，通过和家长协调，我们商定每周周末利用自己的休息时间进行送教。我们资源教师在学校都是业务骨干，承担了大量的教学、教研、教务工作，宝贵的周末本是我们充电、调休的时间，可一想到天真的小糖用她那让人心疼的眼神看着我的时候，尤其是耳边经常响起她以前几乎很难听到的笑声时，我立刻拖起疲惫的身躯，起身去开展活动。

在送教活动中，我除了关注孩子的康复，还注意向家长和乡亲、邻居进行“推均”活动的宣传介绍，向他们介绍政府相关法律法规，为他们解读各项和他们息息相关的政策，不厌其烦地回答他们的各种问题，并成为他们和相关部门沟通的桥梁。我努力地把自己的这一项小小的活动，变成一个宣传政府关爱、突出公平、强调和谐的大舞台。

我理解的送教除了送学、送政策之外，更应该体现送温暖这一特色。面对孩子家庭的具体困难，我也是全力争取，力求有所改变。我和社会热心人士多方联系，向她家人提供了多个就业机会让其选择；为小糖送去御寒衣物与时令水果等等，所有的一切，不仅让小糖觉得温暖与开心，也对她的家人有极大的鼓舞作用，他们不仅没感到被社会放弃、嘲笑，还被党的好政策所温暖所打动。

“送教上门”活动安排给我们龙山学校的任务一共有 2 名特殊的孩子，每一个孩子都配备了 2 名送教老师。在工作中，我和我的搭档们——陶佳、孙丹丹、严雨薇、吴秀荣老师经常坐下来一起讨论送教工作的方方面面，交流在实际活动中的心得感受，因为我们都知道，只有全力配合，才能把这台戏唱好，唱出龙山人的风采。

“送教上门”是一项长期的惠国利民的教育工作，平凡而艰辛，但只要孩子们需要，我将会义无反顾地把工作持续做下去。我将继续怀着一颗“不忘初心，向往你的向往，幸福你的幸福”的真心，在工作中去不断学习、探索，完善送教工作，把它做实做好，切实保障残障孩子享受教育的权利，落实义务教育均衡发展战略，为创办人民满意教育做出应有的贡献。

“三个兼顾”带来多重效应

何 晓

最近，宿松县农村初中第一次集体发声：乡村也有城里一样的升学率。当家长都在千方百计把孩子送往城里读书时，千岭乡木梓初级中学却因很高的升学率把已经在城里报名的学生吸引回来了。

当教法与学法不期而遇，当成果与努力不约而同，其直接效应就是众口一词：OK！

2020 年中考，位于大赛湖畔的木梓初级中学成绩十分突出：参考的 150 名学生中，700 分以上 6 人，650 分以上 39 人，600 分以上 63 人，普高达线 100 人，各分数段比率均超全县均值，各项指标创该校历史新高。

“这样傲人的中考成绩在全县农村中学里是绝无仅有的。”接到喜报的木梓初级中学校长吴水林兴奋地说。

一所地理位置相对偏僻、发展基础较为薄弱的农村学校为何能取得让学生心满意足、令家长交口称赞的成绩，实现自身的转变和突破？人们在赞叹之余，不禁充满好奇。

素质教育与应试教育兼顾

“教育教学质量是学校发展的活力和源泉，我们必须抓牢教学质量这条生命线。”作为木梓初级中学的校长，吴水林多次在不同的会议上反复跟老师们强调。

要想在教学质量上实现“敢比超”，必须对学生的学习成绩做到心中有数。吴水林下定决心，在全校恢复了月考，通过阶段性检测及时准确掌握每一个班级、每一名学生的成长和进步情况。

“我们绝不是一考了事，每次月考后，都有两个层面的分析总结会。”木梓初级中学副校长司志宏说。先由各班主任组织授课教师召开班级分析会，再由教研组按学科召开分析会，形成“一生一案”，为下一步有针对性的教学提供依据。

说起 903 班柴杭飞，班主任张江华感触颇深。进班时，柴杭飞成绩全班倒数第三名，心思根本不在学习上，张江华把对他的转化作为工作重点。

深入了解后，张老师得知，柴杭飞的父母在外务工，平时疏于管教，导致孩子很贪玩。张江华“对症下药”，从督促练字开始，端正他的学习态度，只要有一点点进步就及时表扬和鼓励。一学期下来，柴杭飞的字迹明显进步了，虽然作业还有错题，但干净、工整。

以前，柴杭飞总是要坐到教室后排，说坐前头不舒服，后来尝到了学习的快乐，积极性上来了，竟然主动要求将座位调整到前排。张江华把成绩较好的同学调到他身边，以便帮助他、影响他。遇到考试，授课老师会把他单独叫到办公室“开小灶”，找问题抓症结，耐心地帮他分析知识点的盲区。新冠肺炎疫情期间，学习方式转变，柴杭飞自感压力较大。张江华发现后，及时跟家长沟通，母亲刘艳霞放弃打工机会，专门在家陪伴孩子，同老师一起在生活上、心理上给予孩子无微不至的关怀。

“放榜”那天，柴杭飞从网上查到自己考了 549.5 分，超普高线近 30 分时，不禁喜极而泣。

与柴杭飞一起超普高线的，903 班有 30 名同学，其中 14 人已被省级示范高中录取。

教育的最终落脚点是促进学生的全面发展。木梓初级中学在瞄准中考“靶心”的同时，坚持推进素质教育，社会主义核心价值观进校园、传统文化进校园、科技创新进校园……一系列素质教育主题活动在校园里开展得有声有色，异彩纷呈。

“实践证明，素质教育与应试教育整体推进，共促学生发展，这种方法的确行之有效。”木梓初级中学党支部书记尹志文说。

封闭管理与开放个性兼顾

石锦程是木梓初级中学被省级示范高中顺利录取的学生之一。从网上查到成绩的那天，他的父亲石留保特意从超市购买了一箱烟花搬到学校庆祝。

夜幕下，五彩缤纷的烟花冲上云霄，石留保仿佛看到了孩子的锦绣前程，他充满信心地说："台阶一步步走，能考上宿松中学，3年后考上好大学就不是问题。"

在此之前，每天早上6点，石留保会准时把儿子石锦程送到学校；晚上9点，他又早早地来到校门口，等待儿子放学。

"学校实行封闭式管理，大部分时间都是在学校学习。"石留保说。

吴水林深知，学生每天在校学习和生活近15个小时，管理上不能不尽心尽力。为了让学生安心、家长放心，吴水林广泛征求意见，从管好"菜篮子"为切入点，就餐时改传统的窗口排队打饭为分餐制。工作人员将色香味俱全的"两菜一汤"提前打入餐盘，端入座位，学生到食堂后直接落座就餐，干净卫生，避免拥挤、泼洒等导致心情不快而耽误学习时间和效率。

"生活无忧，吃得好，学习也有劲头。"学生们享受周到服务之时，在学习上更加不遗余力。

在管好"菜篮子"的同时，学校还关注学生的"衣领子"和"成绩单子"，通过狠抓学生的德育教育和文明礼仪教育，引导学生日常行为规范，转变教师的工作态度和学生的学习态度。

石留保说："老师对孩子的关爱和教育，付出了太多的心血，我们家长看在眼里、记在心里。"

虽然学校实行封闭管理，但学生的个性没有得到禁锢。在展示学生个性发展的精彩舞台上，木梓初级中学捷报频传。去年10月，全县中学生体育运动会上，刘良在男子跳高中勇夺冠军并打破项目纪录，孙梦贞喜获女子跳远冠军。12月，学校选送的合唱《鼓浪屿之歌》在第12届中小学生艺术节上荣获团体二等奖。

"学校这几年的发展变化，我亲眼所见，其他家长也是有目共睹。"石留保说，"今年中考成绩一出来，家长们都有很高的评价，村里一些把孩子送到外地上学的人，都说要把孩子转回来。"

家长的说法在吴水林这里也得到了印证。新学期尚未开学，吴水林已经接到许多孩子要求转学到木梓初级中学的请求。"家长们找到我说，这两年学校变化大，在家门口就能上到好学校，当然愿意把孩子转回来。"吴水林转述道。

质量提升与创新方法兼顾

不放弃任何一个学习困难的学生，让每一个学生接受良好的教育，通过测试达到自己理想的分数，成就更好的自己，是学校教育的应有之义。为巧借优等生资源化解学困生难题，经过反复酝酿，2019年秋季学期，吴水林正式启动“领航计划”，引领孩子们以“身边的典型”为标杆，不断完善自己，不断发展自己。

学校有学校的计划，班级有班级的方案。作为901班班主任，高精华总是会对“偏科”的学生给予更多的关注。石瑶成绩中等偏上，理科较为薄弱，一直没有明显的进步。经过分析，老师们认为她在学习上有畏难情绪，不敢克服自己的弱点。初二下学期，高精华有意让石瑶做了班长，培养她的团队意识和竞争意识，让她在班级管理中锻炼坚韧不拔的意志，成绩有了稳步提升。

到初三冲刺期，高精华从学校“领航计划”中受到启发，在班里组建7人学习小组，让石瑶担任组长。不甘示弱的石瑶刻苦钻研，在一群理科成绩优秀的男生中渐渐脱颖而出。中考成绩揭晓，进校40多名的石瑶以707.5分勇夺全校第二名，数学146分，化学更是取得了满分。

“不仅石瑶实现了自己的突破，她所在的这个小组，7人全部被宿松中学录取，700分以上5人。”高精华说。

“在农村学校一个班级5人超700分，极为罕见。”教师们纷纷竖起了大拇指。

成绩的取得与教师们的辛勤付出是分不开的。李磊老师的儿子今年读高三，但因为学生面临中考，即使是儿子高考那几天，他都坚守在教学岗位上，没有回家陪伴儿子。

木梓初级中学濒临大赛湖，盛夏时节，风从湖面荡漾而来，令人心旷神怡。但在冬季的夜晚，呼啸的北风吹进条件简陋的农村学校教室，让人备感寒冷。赵腊兰老师常常带领学生们到操场上跑步，身上暖和了，回到教室再全身心投入晚自习中。

王三虎老师不仅是904班班主任，还兼带3个毕业班的物理，工作任务繁重。他把自己的2个孩子完全交给妻子照看，一心扑在工作上。中考后，他如释重负，与校长谈心时感慨地说：“3年来我对得起我的学生，但是亏欠了自己的孩子。”

谈及新学期的办学思路，吴水林说：“我校将以党建为统筹，以教育教学工作为中心，以安全工作、学生个性发展、教师队伍建设为三大抓手，全面推进各项工作的发展，努力办好人民满意的教育，谱写教育高质量发展的新篇章。”

清苦校园成了快乐家园

——合作办学三年来安徽师范大学附属复兴中学变化侧记

司 舜 余芝灵

合作办学，办出了质量，办出了特色，办出了影响。

清苦校园如今成了快乐家园。说起安徽师范大学附属复兴中学，可以用“不可同日而语”来对比，其变化是喜人的。

学校原为始建于1958年的宿松县复兴中学。4年前，由于种种原因，招生遇到前所未有的难题，生源严重不足，远远完不成既定的招生任务。学生们有的去了九姑中学，有的去了程集中学，还有的去了外省的彭泽就读。生源不足，又加上疏于管理，教师们也都没有工作积极性，空了就打牌、钓鱼，根本无心教学。

变化出现在2017年7月，宿松县政府决定将原华阳河中学与老复兴中学合并，重新兴建、规整成一所全新的中学，委托安徽师大教育集团全面施行办校管理，并更名为“安徽师范大学附属复兴中学”。

安徽师范大学附属复兴中学一览

学校占地170余亩，教学楼、科技实验楼、图书馆、体育馆等现代化的教学设施以及学生食堂、师生公寓等生活设施配套齐全。学校坚持“立德树人”原则，以“质量立校、科研强校、文化兴校”为发展战略，厘清“以品牌为依托，以质量为中心，逐步形成办学特色，努力实现弯道超越”的办学思路，连续两年超额完成县教育局下达的高考指标任务，先后获“宿松县科协系统先进集体”“宿松县教育系统先进集体”“安徽省教育系统先进集体”等荣誉称号，业已步入良性运行轨道，呈现出蓬勃发展态势。

一系列配套设施的完善，生源的回流，教育理念的改变，教育资金的不断注入，对教师的各种激励措施的实行，激发了教师们的工作热情，广大教师在平凡的教育岗位上，爱生爱校、爱岗敬业、为人师表，一改之前的拖沓与人浮于事，不再自怨自艾、感叹生不逢时，不再厌教厌校，也不再动不动就去打牌、钓鱼。教育面貌、师德师风焕然一新，教育综合竞争力整体提升，教师的整体素质也较以往有了极大层面的提高。清苦的校园总是充满欢声笑语，安徽师范大学附属复兴中学成了快乐的家园。

快乐：来自建章立制，有规可循

环境改变人也造就人。

一位语文教师，曾经一度沉湎牌局，一天到晚无心教学，为此受到不少学生、家长的议论甚至质疑，许多家长都担心这位教师误人子弟，怕孩子在他班上会见样学样。有的家长甚至要给孩子转班或转学。这位教师与他的妻子也经常吵架、闹离婚。合作办学后，该教师以学校严格规范管理为由拒绝了一切打牌邀约，全身心投入教学工作之中。他说，以前朋友一约，碍于情面不好推辞，其实自己根本不想去。现在，从认真备课、好好工作中学到了新知识，积累了新经验，取得了新进步，也获得了同事、学生和家长的普遍认同，家庭关系也和睦了，内心感到很快乐。在2020年12月的教学开放日上，这位教师的课堂中来听课的家长爆满。看着家长们脸上满意的笑容，他无比开心，也感到无比满足。

学校发生这种变化的老师还有很多。这位教师虽是个案，也是普遍现象。据说很多教师从前都不愿意考职称，因为考了职称，就有可能被钉死在这个清苦的地方了。而现在都争着抢着去考，实实在在想扎根在这里，做一名辛勤的园丁，开花结果，育桃李万千。

现在，学校狠抓教学常规的规范化，制定、完善了各项规章制度，让教师知道"我应该做什么"，"我不能做什么"，"我应该如何做，如何为人师表"。从此教师们有规可循了。学校还出台了教学常规的量化考评和奖励制度，让教师知道"我做了之后能获得什么"。每一个教师都有自尊，都愿意自强，都不愿意落后于人。因为各项制度的实施，学校教风大为改善，教师们从认真、充实的教学工作中获得了快乐感、存在感、自豪感。

快乐：来自按劳分配，多劳多得

一个好校长就是一所好学校。

校长程六三是安师大教育集团派过来管理学校的。他一直强调，学校分配制度应该向一线教师倾斜，要让付出了辛勤劳动的教师获得更多的报酬，让他们实实在在地有获得感、满足感。这一导向，大大激发了教师的工作和创新热情。

一位历史教师，教学态度严谨，对教学研究有深深的热爱，但是没有得到校方应有的关注与重视，教研潜能没有被激发出来，一直默默无闻。合作办学以来，新领导班子倡导在教学中研究，在研究中教学，提出有教必研，研必有果，果必有奖。3 年多来，这位教师有一项省级课题、一项市级课题成功立项，在教育期刊发表多篇论文，多篇教学论文获得省级、市级一等奖，在 2019 年高考中获宿松县文科综合"学科优胜奖"，2020 年被评为第七届安庆市"先进教研个人"，荣获"安庆市优秀教师"等荣誉称号。从这些成就中，他得到了极大的快乐。这位老师发自肺腑地说："我还是以前的我，我之所以能取得这些成绩，是因为学校的教学和教研氛围发生了根本性的变化。"

快乐：来自校园生活，丰富多彩

"3 年多前到宿松支教，当时学校老校区没有阅览室。有教师建议搞读书沙龙，我觉得建议很好，虽然没有地方，但第一学年快结束时，还是借了一个会议室，举行了第一次沙龙活动。"这是前副校长唐俊在一篇回忆文章中写下的一段话，当时正值 6 月下旬，天气炎热，30 余人集中在一个小会议室里，几台电风扇呼呼地转动，大家的衣服都湿透了。

合作办学前，校园显得很破旧，200 米田径运动场是泥土跑道，凹凸不平，场内杂草丛生。教师办公室十分简陋，没有空调，冬天冷，夏天热，学校没有教师休闲活动的正式场所。搬入新校区后，有了标准的400米田径运动场，有了室内篮球馆、羽毛球场地、乒乓球馆，教师运动健身有了良好的设施保障，能够享受到运动的快乐；学校投入资金，建了温馨舒适的教工之家和阅览室；还专门建成了儿童乐园，让年轻教师的孩子们回家后有了快乐的去处；同时学校还举办了多样的教师文化活动，如掼蛋比赛、书画比赛、厨艺大赛、教师解题大赛等，这些活动让大家在紧张的工作之余得到了快乐，展示了技能，也增强了教师的凝聚力与向心力，愉悦了身心，活跃了气氛，使学校从单一呆板的教学模式发展为多举措并行的生动活泼的模式。教师们在各项比赛中，互相切磋技艺，就像在一个大家庭里展示自己的看家本领，英雄有用武之地，又尊重“友谊第一、比赛第二”原则，其乐融融。一位班主任教师说，自己的教学和班级管理工作任务重、压力大，但是抽空到教工之家去放松一下，让自己疲惫的身心得到缓解，可以以更好的状态投入工作之中。

安师大教育集团与宿松合作共建安徽师范大学附属复兴中学，是安师大教育集团在宿松县开展教育帮扶的一项重要成果，是优质教育资源下沉的典范，具有示范性、联动性；对宿松教育事业改革起到重要的推动和促进作用。同时更是给这里的教育带来了许多先进理念、激励机制、办学经验，将从前严肃呆板、凌乱不堪的校园，变成了如今生机勃勃、葱茏一片的美丽校园。

“四送一服”有声有色，“双千工程”可圈可点

司 舜 陈含影

近年来，宿松县税务局紧盯服务“六保”“六稳”大局，增强企业发展活力，促进经济高质量发展。“四送一服”“双千工程”亮点突出、精彩纷呈。

三个“税务+”的常态化

税务工作千头万绪，县税务局采用三个“税务+”的方式常态化推进减税降费政策及疫情防控优惠政策落地见效。

积极拓展宣传路径，在人民网、新华网、“学习强国”、安徽网、安徽经济网、安徽青年网、安徽文明网、《安徽商报》、《安庆日报》、安徽公共频道、《安庆新闻联播》等媒体刊载减税降费有关宣传10余篇，“税务+媒体”效果明显。

2020年疫情防控期间，在全力做好疫情防控工作的同时，县税务局充分利用互联网手段，推行“非接触式”办税服务，助力企业复工发展。大厅工作人员连续奋战43天，坚守在办税服务厅，未休息一天，累计接听咨询预约电话1108次，预约登记571户次，受理行政许可76笔。

与此同时，县税务局持续开展“万名税干进万企推进税费政策落地”活动，不断健全流程机制，保障工作质效，“税务+企业”模式有声有色。与中国电信宿松县分公司、中国移动宿松县分公司联合举办“非接触式办税”电子发票培训班，利用电信公司的“云课堂”网络平台，员工通过视频进行“云上课”，培训、传达并解读了有关推广电子发票的文件精神，重点讲解并演示了相关操作，使全县发票网上申请率达90%以上，网上发放率达80.73%。

“税务+多部门”联动，助推企业健康发展。与县人社、县医保和县财政等部门密切合作，服务参保企业，简化纳税人退税手续，直接通过纳税人缴费账户完成社保费退费工作。疫情防控期间，社保费退费共779户次，退费金额共计330.91万元。截至2020年9月30日，阶段性减免企业社会保险费、减收企业养老保险2578.82万元；职工医疗保险548.18万元；失业保险92.09万元，工伤保险68.88万元。总计3287.97万元。“没想到能够减免这么多，现在手头有了资金企业就更好发展了。”宿松县保安服务公司法人代表李天斌说道。该企业今年共计减免社保费269万元。

县税务局负责同志到安徽红爱服饰有限公司调研

坐落在宿松经开区的安徽红爱实业股份有限公司，在助力重点人群就业上一直发挥积极作用，该企业招用退役士兵，2019年度减征税额22500元，2020年1—9月份减征税额22500元；招用建档立卡贫困人口就业，2019年减征税额136500元，2020年1—9月份减征税额111150元。

创新“三个一”的多样化

宿松县税务局在抓实抓细疫情防控、统筹推进全县经济社会发展工作中，政治站位高、工作措施实，尤其是在推动企业复工复产方面，政策落实精准到位、成效明显。

创新是宿松县税务局新时期高质量推动工作的集体智慧和实践。为确保各项纾困措施直达基层、直接惠及市场主体，县税务局持续开展“三个一”创新举措，多样化服务纳税人。

“一张表格”，就是设计一张包保测算表。在扎实推进省局部署的减税降费包保责任制的基础上，创新设计了落实减税降费税收优惠测算表，用测算表对县内重点企业进行一对一个性化服务，纳税人对号入座应享政策，测算享受的税收优惠金额。

国家税务总局宿松县税务局开展“网络微课堂”

宿松县税务局组建了一支由女税干组成的巾帼志愿服务队，发挥女税干的亲和力，深入企业、社区等集中开展减税降费政策宣传，先后利用“三八国际妇女节”“税收宣传月”等节点开展减税降费宣传活动，被媒体广泛刊载。

另外就是“一个群组”，建立一个包保联系群。税干与包保户通过减税降费包保联系群密切联系，主动向包保户宣传政策，接受包保户政策咨询，为包保户解决难题，确保包保户应享尽享减税降费政策红利。在结合落实减税降费包保责任工作的同时，局党委成员及相关业务股室分解任务进行包保全覆盖。实行重点企业“再回头”，建立“一企一策”详细跟踪，定期辅导，精准化帮扶。

企业发展中的“税务温情”

为国聚财，是税务部门的职责与使命；为企业服务，是税务部门的情怀与奉献。

宿松县税务局持续深化“银税互动”，结合纳税信用评价等信息，指导企业申请“税融通”贷款，帮扶企业纾困解难，目前已有 12 户企业申请“税融通”贷款，累计发放贷款 4190 万元。开展信用等级修复。举办一系列纳税咨询与辅导培训，引导纳税人诚信纳税的同时修复失信纳税人的信用评级，与失信纳税人签订信用承诺书，便利纳税人后续开展发票领购等业务，目前已完成127户纳税人信用修复。

税务人员上门服务

安徽某人力资源有限公司因前期未按规定进行申报，2019年度被评为C级纳税人。2020年受疫情影响，企业急需贷款，在宿松县税务局工作人员的帮助下，该公司及时修复纳税信用，成功获得贷款。

宿松县税务局减税降费工作方式不断改进，有效增强纳税人和缴费人的满意度，民营经济活力增强，企业盈利水平提升，服务经济社会发展作用明显。2019年，全年累计新增减免税收17194.75万元，占全部减免税费21259万元的80.9%。其中小微普惠减税3779.12元，惠及纳税人13123户；个人所得税改革减税1875.15万元，惠及纳税人26146户；深化增值税改革减税10415.19万元，惠及纳税人1394户。2020年1—8月，主体税种累计减免增值税13756.36万元、企业所得税4475.34万元、个人所得税2401.86万元、耕地占用税1408.74万元、契税1742.73万元等，各项主体税种累计减免23785.03万元。

“退税金额已到账，很好地加固了公司的资金链，工作效率很高，非常感谢税务局的辅导与帮助。”宿松县鼎和置业有限公司负责人说道，该公司于10月19日完成增量留抵退税6710034.69元。

人性化的服务，凸显了宿松县税务人员的职业情怀，切实发挥了税收职能作用和大数据管理优势，找准了部门特色，营造了有利于实体经济发展的良好环境。“四送一服”“双千工程”稳企、强企、增企，在服务“六稳”“六保”大局中贡献税务力量。

减税降费政策助力，小城重燃“烟火味”

虞成君 陈中博

六月的松兹大地，仲夏气息逐渐浓厚。小店里熙熙攘攘热闹非凡，车站内人头攒动忙碌不已，车间里机器轰鸣异常繁忙……处处都是一番繁荣景象。汗水与喜悦的交织，彰显了经济发展的韧性与活力。与此同时，宿松县税务局积极发挥税收职能作用，坚决按照“两会”精神，把减税降费政策落实到企业，帮助企业“留得青山，赢得未来”，助推“烟火味”回暖，为企业复工复产复商复市推进“加码”。

“税力量”助小店经济“提味增香”

人间烟火味，最抚凡人心。宿松县姜记烧烤店是当地知名度较高的一家烧烤店，人流量一直不错，尤其是入夏以后生意更好。但是疫情期间关门歇业，复工复产初期人流量少，生意可以用惨淡来形容，房租、水电、工资还要照常支付，其法人姜向红对烧烤店经营前景甚是担忧。就在他一筹莫展时，接到了宿松县税务局的电话，告知他个体户可以享受个体工商户复工复业相关税收政策，并辅导其完成了一季度的税收申报。姜向红说，“税务部门及时向我推送了税费优惠政策，还辅导我完成申报，如今增值税也免了，再加上其他扶持政策，暂时让我们缓了一口气。”

随着天气变暖，烧烤店生意日益兴隆。据悉，截至 6 月初，宿松县姜记烧烤店客流量已恢复到了往年的 90%左右，姜向红对目前经营状况表示满意。“真的没想到，像我们这样的小店，国家还一直牵挂于心，挺感动的。

而且今年政府工作报告中，提到的对于个体工商户的相关税收优惠政策，更是令我心潮澎湃，让我对未来更有信心。”姜向红感慨道。

“税力量”助客运企业“提速换挡”

复工复产，交通先行。安徽交运集团安庆汽运有限公司宿松分公司是宿松县最大规模的客运公司，受疫情影响，2月份起班车全线停运。公司财务负责人尹秀珍表示：“以往春运期间是我们公司业务最繁忙的时候，营业收入能比平时增长20%左右，然而今年春运恰逢疫情，对我们影响很大。”

宿松县税务局在了解到客运行业停摆的情况后，立即联系全县各客运公司和公交集团，了解企业实际困难的同时，宣传推送支持疫情防控和企业复工复产的税费优惠政策。同时将适用企业税费优惠政策、“非接触式”便民办税流程等汇编成册，进行个性化政策辅导，切实减缓企业资金压力。

如今交通运输人流量正在逐渐回温，全县企业生产经营、居民日常生活出行正在有序恢复。“从四五月份的数据来看，我们的营业收入在逐步上升，逐渐恢复到了往常的三分之二左右。”在公司经营逐渐恢复的同时，也收到了减免增值税、阶段性减免社保费等政策红利，尹秀珍表示，“省出来的这一大笔资金，将对我们公司稳岗就业起到很大作用。也多亏了县税务局及时送来税费优惠政策，让我们有了底气，也让我们更专注于为旅客提供高质量的客运服务。”

“税力量”助服装行业“换装变身”

纺织服装作为宿松县的首位产业之一，受到全球性疫情影响，内、外需整体下降，加之订单缺失、物流不畅和终端消费减少，致使全产业链的生产和销售受阻。安徽红爱实业股份有限公司是一家颇具规模的服装智能制造企业，疫情防控期间，复工转产医用口罩、防护服等防疫物资，并积极捐款捐物达30余万元。

宿松县税务局获悉企业相关情况后，第一时间通过电话与该公司相关负责人联系，了解企业的生产经营情况和企业涉税需求，精准推送税收政策，重点宣传讲解了疫情防控期间延期申报、扩大产能购置设备允许企业所得税税前一次性扣除、申请全额退还增值税增量留抵税额、在计算企业所得税所得额时可以全额扣除公益性捐赠等税费优惠政策。

“受疫情影响，我们在生产销售、招工用工等方面都遇到了很大困难，好在各个部门为我们开通绿色通道，全力帮助我们复工复产，尤其税务部门更是雪中送炭，税务工作人员通过电话、微信等渠道，送来了很多优惠政策，一系列的减税降费政策让企业信心十足。最近，又享受了疫情防控期间房产税和土地使用税困难减免政策，减免了一季度的房土两税 5.8 万余元，大大缓解了我们的资金压力！”安徽红爱实业股份有限公司负责人夏爱珍说道。

宿松县税务局主要负责人介绍，该局将继续抓实抓细税费优惠政策的宣传和落实，帮助企业和个体户抗风浪、渡难关，全力支持复工复产复商复市，为做好“六稳”工作、落实“六保”任务贡献税务力量。

宿松县“十三五”民生工作成效显著

汪波涛

“十三五”期间，宿松县累计投入民生工程资金98.51亿元，其中中央资金37.38亿元、省级资金15.77亿元、县本级45.36亿元。按年度2016—2020年分别为14.77亿元、16.19亿元、21.64亿元、22.29亿元、23.62亿元，是“十二五”期间投入资金37.7亿元的2.61倍。

助力精准扶贫精准脱贫。累计投入23.18亿元支持扶贫工作，脱贫攻坚成效显著。如支持贫困村建设特色产业扶贫园140个；支持新型农业经营主体带动贫困户1.76万户；引导和支持2.1万户开展自种自养，发展特色产业。支持70个建档立卡贫困村发展集体经济，扶持壮大经营性收入50万元以上经济强村3个。支持70个建档立卡贫困村和137个非贫困村发展资产收益扶贫，对3个深度贫困村进行重点扶持。实施农村道路畅通工程2042.88千米，县乡公路大中修56.9千米；全面实现建制村农村运输通达工程建设。完成6311户农村危房改造任务。解决11.73万农村居民饮水问题，通过对全县22个乡镇水厂进行改扩建、有效改善约22.6万群众饮水安全。累计支付17989万元，用于建档立卡贫困人口在省内就医的合规费用在基本医保、大病保险、医疗救助等报销后，个人年度自付费用在县域内、市级、省级医院分别不超过0.3万元、0.5万元、1万元，剩余费用由政府兜底保障（“351”）。慢性病患者在“351”后个人一个年度内门诊慢病合规费用再按80%予以报销。累计支付2.19亿元用于中小学生营养改善，解决27.13万名中小学生营养膳食补助。对符合政策规定的5106人次一、二级残疾人，4433人次三、四级残疾人提供补助。累计为4880人次贫困精神残疾患者提供药费补助；为 439 人次听障、脑瘫、智障、孤独症儿童提供康复训练；为 24 人次肢体残疾儿童装配假肢矫形器、24 人次儿童适配辅具。对符合对象的群体，办理法律援助案件 4407 件。培育 13 个“三品一标”农产品和对 24 家生产经营主体实施农产品质量安全追溯工程，推动规模以上农产品生产经营单位入驻国家或省追溯管理信息平台，探索开展绿色食品、有机农产品区块链追溯应用。

推动农村生活环境改善。累计投入 6.11 亿元支持“三农”发展，带来了看得见、摸得着的成效。如完成 35014 户农户卫生厕所改造，垃圾收集转运 PPP 项目农村地区全覆盖，乡村政府驻地污水处理设施全覆盖，农村地区采取集中和分散处理设施全覆盖，实现生活污水处理覆盖率达 90%。开展 21 个乡镇政府驻地建成区整治建设、完成 63 个省级中心村建设任务，完成 4 个市级中心村和 44 个县级中心村建设，围绕“生态宜居村庄美、兴业富民生活美、文明和谐乡风美”的建设目标，打造农民幸福生活美好家园。完成小型水库除险加固 5 座，小型水闸加固新建 29 座；完成中小灌区改造 6 个 11.2 万亩；塘坝清淤扩挖 1797 处；河沟清淤整治 530 条；完成末级农田灌溉渠系建设 16 万亩。累计保障 37.8 万户农村住户参加农村住房保险；为 170.27 万亩农作物承保，为 2.29 万头牛羊等承保，保险理赔兑现率不低于 90%。全面落实村干部基本养老保险政策，进一步提高村干部办理城镇职工养老保险的比例，建立村干部医疗保险和人身意外伤害保险补助制度，将村级组织基本运转经费纳入县级财政预算。

持续开展创业就业服务。其间投入 0.44 亿元用于创业就业，我县创业就业得到全面提升。通过购买服务方式，开发 1000 个公益性岗位，为各类就业困难人员提供就业托底；开发 574 个适合高校毕业生的就业见习岗位。建设完成县级电商公共服务中心 1 个、县级电商物流配送中心 1 个、乡村电商服务站点 202 个。创建省级农村电商示范村 1 个，培育年网销额超 1000 万元的农村电商企业 1 个、年网销额超 100 万元电商品牌 4 个。实施就业技能培训 6190 人次，培训合格率 90%以上。培训企业新录用人员 3200 人次，培训合格率 95%以上。实施退役士兵技能培训 640 人次，培训合格率 90%以上。组织职业农民培训 2407 人次，其中：生产经营型农民 706 人，专业技能型职业农民 550 人，专业服务型职业农民 901 人，新型农业经营主体——农产品电商人才 150 人。

保障困难群体生活水平。累计投入 41.45 亿元用于保障和改善生活水平，我县低收入群体基本生活得到有力保障。如发放高龄津贴 5061 人次，居家养老服务补贴 2800 人次。对社会办和公建民营敬老院运营进行补助。对敬老院床位进行综合责任保险。对乡镇养老服务指导中心、村级养老服务站进行维护，开展社区养老服务。家庭医生签约服务 36 万人次，在 24 个乡镇卫生院和社区卫生服务中心试点“智医助理”。推进“安康码”在政务服务大厅应用全覆盖。探索“安康码”更多便民应用。有效保障农村低保基本生活 16.49 万人次。保障农村特困供养对象 4.22 万人次。保障 3653 人次孤儿和事实无人抚养儿童基本生活权益。实行动态管理、应救尽救，累计救助 2328 人次。对符合政策规定的 38036 人次残疾人给予生活补贴。对需要长期照护的重度残疾人 8352 人次给予护理补贴。资助困难群众参合参保 24.57 万人次、直接救助 38163 人次。为困难职工提供生活救助 260 户；为困难职工子女提供助学救助 360 户；为符合条件的患病职工提供医疗救助 100 户。按规定提高筹资标准，参合率稳定在 96%以上；政策范围内住院费用支付比例达 77%左右。实现城乡居民大病保险全覆盖。累计缴费人数 158.3 万人，符合待遇领取条件的人员养老金发放率达 100%。城乡居民健康档案电子建档人数达 88.58 万人，规范化电子建档率达 75%以上。开展住院医师规范化培训，招收 11 人；开展全科医生转岗培训，培训 7 人次；开展县级医院骨干医师培训，培训 6 人次；开展儿科医师转岗培训，培训 1 人。免费婚前健康检查 5 万人，扩大国家免疫规划常规免疫接种 42.53 万剂次。向符合政策规定的计划生育特别扶助家庭发放扶助金，保障 1907 人次。开展职业病危害防治培训，上报职业病监测信息 300 条。

推进教育文化事业发展。累计投入 8.2 亿元用于教育文化事业发展，我县贫困地区教育得到全面提升，公共文化发展更加繁荣。如以贫困地区、偏远地区以及山区农村义务教育小规模学校（教学点）为重点，建设小规模学校（教学点）智慧学校 110 座，实现贫困地区义务教育小规模学校（教学点）智慧学校全覆盖。新建、改扩建公办幼儿园 14 所，资助幼儿 8683 人次，幼儿教师培训 391 人次，提升学前教育服务水平和服务能力。免除城乡义务教育阶段学生学杂费并补助学校公用经费学生数 499651 人次，免费提供国家课程教科书学生数 499651 人次，补助义务教育阶段家庭经济困难寄宿生生活费学生数 55245 人次，维修改造农村义务教育阶段学校校舍面积 25.655 万平方米。发放中职学校国家助学金 11498 人次、中职学校免学费补助 15239 人次、普通高中国家助学金 20420 人次、普通高中免学杂费 9090 人次。免费开放 24 个各类场馆，其中 1 个公共图书馆、1 个文化馆、22 个乡镇综合文化站。191 个行政村完成部署农村应急广播终端。开展农村演出 573 场，放映电影 9168 场次，开展体育活动 1146 场次，农家书屋更新出版物 5.73 万册。

夯实城乡基础设施建设。累计投入 19.13 亿元用于其他城乡基础设施及公共服务，我县城乡基础设施普遍提升、生态环境整体加强。如推广地表水断面生态补偿，建立健全以市级横向补偿为主的水环境生态补偿机制。完成 7 个中小河流治理项目，新开工建设 4 个中小河流治理项目。完成 2 个重点易涝区排涝泵站建设，新开工 1 个。实施 16 座小型病险水库加固项目。秸秆还田 75 万亩，还田示范片建设 2 处，秸秆固化成型燃料生产点 1 个，生物质户用气化炉 100 台，每百万亩农作物秸秆焚烧火点数低于 8 个。新建蔬菜农残快检系统 48 套、畜牧快检系统 6 套、水产品快检系统 5 套；奖补认证“三品一标”企业 30 家。建成 9 个乡镇食品药品监管所食品检验室，建设 4 个批发市场食品快速检测室。加强集中和非集中成片棚户区、城中村、城市危房及重点镇棚户区改造，新开工 2982 套，基本建成 4882 套。整治改造老旧小区总建筑面积 22.19 万平方米，项目小区 4 个、居民住户 2042 户。

坚持为民情怀，讲好宿松故事

司　舜

平台融通互联，生产流程再造，融合取得阶段性成果，宿松县融媒体中心成立两年多来，坚持改革创新的脚步从未停止过，坚持“一体采编、移动优先、多元传播”的理念，不断加强内容建设和硬件建设，工作亮点纷呈。

机构整合无缝对接，媒体融合深度推进

2018 年 12 月 8 日，宿松县融媒体中心正式挂牌。2019 年 3 月，将县广播电视台、县宣传信息中心的职责整合，组建宿松县融媒体中心。

宿松县融媒体中心立足“优化媒体布局、推进融合发展”，加快推进《宿松周刊》、宿松人民广播电台、宿松电视台、宿松新闻网，“今日宿松”“宿松融媒”官方微信公众号和“今日宿松”政务微博等平台资源、要素的融合，以及信息内容、技术应用、平台终端、人才队伍和管理服务的共享融通。

实施移动优先策略，推进新闻生产主力军向移动互联网和新媒体转移。新媒体进入快速发展期，宿松新闻网进入百度种子源，与人民网、新华网、百度、网易等各大媒体建立合作关系，政务微信公众号、微博跻身全省乃至全国先进行列，实现了内宣与外宣的深度融合。

为形成集群效应，“宿松县融媒体中心——全县媒体矩阵”于 2019 年 6 月27 日正式上线运行，整合本地政务微信公众号 25 个，初步形成优势互补、一体发展的新媒体传播格局。“宿松县融媒体中心”官方抖音号于 2020 年 2 月9 日正式上线，传播渠道得到进一步拓展，近一个月时间点击量就超百万人次。

以项目建设为抓手，加快推进媒体融合。2019 年 6 月，先期启动宿松县

工作中的电台主播

融媒体中心配套工程项目，为县融媒体中心能力提升工程项目建设腾出有效空间。配套工程完工后，集新闻信息采集、编辑于一体的融媒体指挥调度中心建成并投入使用，依托省技术平台建立了全媒体内容管理系统，全面推行采编合一，顺利实现“一次采集、多种生成、全媒传播”。

结合自身发展需求，在前期与安徽海豚云传媒科技股份有限公司对接基础上，县政府正式批准县融媒体中心能力提升工程项目分期实施。2020年项目建设全面启动，目前，中央厨房前端配套设备、融媒体数字广播直播间建设及演播室改造、网络安全设备采购、融媒体平台采购等一期4个子项目已完工，完成投资近400万元。

主战场在哪里，主流舆论阵地就建在哪里。中央有部署，宿松有行动，媒体有作为。一大批故事生动、主题鲜明的报道，在全媒体开设的专栏中刊播。内容丰富、形态有别、覆盖广泛、差异发展的媒体构架，讲好宿松故事，传播宿松好声音，为推动经济建设凝聚强大合力。

围绕脱贫攻坚工作，宿松县融媒体中心全媒体联动，讲述近百名脱贫群众的“乡村喜事”，派出记者走访脱贫乡镇和村（社区），调研式报道脱贫攻坚成果，拍摄帮扶干部、脱贫群众、致富带头人短视频。有思想、有温度、有品质的融媒体精品力作，有声有色传递党的声音，传播正能量，为打赢脱贫攻坚战，如期全面建成小康社会营造积极健康的舆论氛围。

着力写好“媒体+”文章，持续“造血”培植后劲

媒体宣传是生产力，是所有工作的第一道工序，贯穿工作全过程。宿松县融媒体中心是助推地方经济发展的舆论阵地。抗疫期间，与海豚云省级技术平台联手，开通“安徽省农产品绿色通道”，解决宿松滞销农产品上行问题。积极参与安徽县级融媒体中心“暖心行动”，利用新媒体平台推送省内重点企业招聘信息，助力解决企业用工“引才难”、百姓务工“求职难”问题。

2020年8月13日，承办了“七仙女”扶贫公益直播宿松专场活动。9月25日，联合全国县（区）融媒体中心联盟、全国多家市县（区）新闻媒体单位、京东生鲜、腾讯看点直播，开展“丰收好货，天涯共此食”直播活动，在线推介花生、猕猴桃等11种农特产品，线上销售11.236万元。

服务群众生产生活。与相关部门联合开展2020年“乡村春晚”、2020年春节联欢晚会、首届原创舞蹈选拔赛、安徽省青少儿主持人大赛宿松地区选拔赛等群众性文化、体育等活动，丰富群众文化生活。依托新媒体平台，开展理论宣讲、政策解读、便民服务等，在服务群众中引导群众。同时，不断完善政务服务功能，主动对接全省统一的政务服务移动APP，将“皖事通”嵌入“今日宿松”“宿松融媒”2个官方微信公众号，在公众号首页设置入口，为群众享受全方位的政务服务提供便捷。

严格落实“采编与经营”两分开，将所有创收业务归口文化创意部。2019年，承接了“宿松县政法晚会”等活动节目背景视频及相关工作成就宣传片的制作，对安徽省第三届健身休闲大会健身瑜伽比赛、皖鄂赣区域经贸文化活动等科技、体育、文化活动进行全程直播或录播。2020年以来，开展“乡村春晚”现场直播20余场次，策划开展全媒体“大拜年”活动，承接全县招商专题片、各旅游村形象宣传片、河（湖）长制工作汇报片的策划制作，社会效益和经济效益实现“双赢”。

工作一角

2020年8月19日，宿松融媒文化传播有限公司和宿松融媒科技发展有限公司正式挂牌成立，标志着面向市场探索多元经营迈上新台阶。新成立的两个公司实行在融媒体中心领导下的法人代表负责制，立足宗旨和业务范围，围绕目标管理，坚持错位发展，严格落实财务管理等规章制度，通过市场化运营实现价值变现，满足媒体深度融合的现实需求。

对内宣传稳健巩固，对外宣传提质增效

传统媒体突出重点。紧紧围绕县委、县政府中心工作，《宿松周刊》积极开展新闻选题、策划和采访报道工作，全方位、多角度展示宿松县党的建设、脱贫攻坚、经济发展、扫黑除恶、民生工程、文明创建等方面取得的成效。县广播电台自办节目每天 6 小时循环播出，栏目内容涉及《宿松新闻》《宿松故事》《戏曲文艺》《音乐世界》等。宿松电视台播发县内新闻 1649 余条，与县文明办、县委政法委、县委组织部等联合制作播出《文明创建在行动》《法治宿松》《党建视点》《曝光台》《市场监管在行动》等电视专题专栏。

新兴媒体彰显亮点。实施移动优先策略，截至 2020 年 12 月 30 日，宿松新闻网累计编发各类新闻稿件 2 万余篇，“今日宿松”“宿松融媒”微信公众号分别发稿 1772 条、1035 条，公众号粉丝数量分别为 3 万人、2.5 万人；“今日宿松”微博发博量 2894 条，超上年度发博总量，微博关注人数近 1.4 万人，比去年末增长 100%。新媒体平台总粉丝人数增长 1.5 万人。新媒体作品 10 万+阅读量 30 条、5 万+阅读量 36 条。

坚持团结稳定鼓劲、正面宣传为主的方针，加强与中央、省、市主流媒体沟通对接，邀请上级媒体记者到我县采访，大力宣传推介我县工作亮点和闪光点。同时，精心策划外宣选题、选准报道方式，鼓励记者联合采访，发挥“1+1≥2”效应，打造新闻外宣精品。

2020 年，宿松县融媒体中心推送的疫情防控、复工复产、脱贫攻坚、扫黑除恶、经济发展、环境保护等主题稿件，在国家级、省级、市级媒体分别发稿 66 篇（条）、268 篇（条）、326 篇（条）。

宿松县融媒体中心建设正在发挥自身信息传播“接近性”的优势，以“公共服务”带动“信息接受”，通过融媒体的服务功能吸引县域公民参与到社会治理中来，同时通过“公共服务”使县域受众对基层媒体的信息传播与新闻宣传产生接收意愿与接收黏性，整体提升了基层媒体的传播力与舆论引导力。

市场监督管理，引来好评如潮

司　舜

央媒记者“围观”，“没想到做了这么多，做得这么好”；专家评价工作创新举措“很鲜活”；业界人士赞誉工作成效“模式好”；茶农谈及成功时坦言，“没有他们的帮助，绝对不可能!”群众看待他们，崇敬之情溢于言表……

宿松县市场监督管理工作，引来好评如潮。2016年，宿松县市场监督管理局获全省“食品安全示范县”称号，同年被评为全省工商系统“六五”普法先进集体；2019年，获全省市场监督管理局企业年报综合年报率第一名，同年被评为全市“七五”普法中期先进集体；2020年，宿松县被命名为“安徽省质量强县”，同年作为5个全省推进质量工作成效突出的地方之一被省政府通报表扬并予以政策激励。

每一项举措都走在前面

宿松县市场监督管理局充分发挥商事改革“先手棋”作用，持续简政放权，优化服务流程，打通审批放权“最后一公里”，助推县域经济高质量发展。

截至2020年9月底，全县登记各类市场主体38650户，注册资金720.9亿元，每千人拥有企业数10.8个，与2015年底相比，分别增长2.5倍、10.2倍、3.9倍。

把握改革重点，严格依法稳步推进，市场主体迅猛发展。推行“多证合一、一照一码”改革，实现市场主体“一照一码走天下”。实行“先照后证”改革，将企业信息同步共享到“安徽省协同监管平台”，实现企业登记“双告知、一承诺”制。全面推开“证照分离”改革。对县政府出台的第一批106项“证照分离”改革事项，协调相关部门落实具体措施。对搭车设置的前置审批事项，一律予以取消。

以“最多跑一次”改革为抓手，逐步实现企业开办“一窗口受理、一网通办、一次采集、一套材料、一档管理、一日办结”的总体目标。持续发力推进企业名称自主申报和登记实名验证。取消名称预先核准，全面实行企业自主申报名称。大力推进企业登记身份信息管理工作，最大限度防控通过冒用他人或虚假身份骗取登记注册行为。对市场主体的住所（经营场所）实行“申报承诺+负面清单”管理制度，企业对材料的真实性负责。

全面推进企业注销提升行动，让企业实现快捷退出市场。2016年以来，共办理各类企业和农专注销1409件，其中简易注销登记642件，有效地挤出了市场水分。推出30项“长三角一体化通办”首批试点企业服务事项，办事群众企业能够通过窗口实现跨区域全程网上办理，让企业和办事群众少跑腿，共享一体化发展成果。

每一项举措都走在前面，就带来工作成绩覆盖到全面。

每一件事务都做到最好

市场监督管理工作内容多、任务重，每一项事务都做到最好，是全体干部职工的初心。2017年，成功通过省食品安全示范县创建验收，这是食品安全方面最大的成果。

县市监局全面推行食品生产企业“风险分级监管+双随机”模式，深入开展食品生产许可后跟踪检查。严格高风险食品相关产品生产许可；加大食品相关产品监督抽查力度；严格食品销售经营监督检查，建立完善食品销售风险分级监管制度；严格特殊食品监管，实现保健食品、婴幼儿配方乳粉、婴幼儿配方食品专柜（专区）销售。实施餐饮业质量安全提升工程，全面推进餐饮服务食品安全量化分级管理和“明厨亮灶”工程。严格网络订餐监管，完善网上交易在线投诉和售后维权机制。持续开展小作坊、小餐饮、小摊贩食品安全整顿规范工作。加强重点问题、重点时段、重点区域和重点业态的监督检查，及时排除食品安全风险隐患。组织开展食品安全专项整治行动，严厉打击违法行为。加强食品安全“四员”（管理员、宣传员、协管员、信息员）队伍建设，健全“四员”管理制度。深入推进食品安全监管信息公开，深入开展“食品安全宣传周”活动。

开展药品零售企业执业药师“持证”行为整治工作，查处并曝光一批违法违规的药品零售企业和从业人员。全县使用的疫苗均由上级疾控中心统一采购配送，疫苗购进渠道规范，疫苗来源可有效追溯，储存和运输符合规定。成立了药品医疗器械不良反应中心，对各药品经营企业和医疗机构上报的不良反应定期进行审核，启动药物滥用监测工作，指导并督促县拘留所加强药物滥用网上报告工作。每年定期在县城人口密集地区举办各种宣传活动。尤其是将易制毒化学品、芬太尼类药品、含麻黄碱复方制剂、危险化学品等的监管列为重点监管品种，列为各类监督检查重点内容。2016年以来，开展对全县医疗机构规范药房创建工作，对乡镇以上医疗机构药房创建达100%，村级卫生室药房的创建达95%以上。开展落实药品安全“四个最严”工作。

持续开展特种设备“铸安”行动，建立健全应急管理制度。做好特种设备安全隐患排查和风险管控工作，及时消除安全隐患。重点加强电梯、锅炉、气瓶、起重机械等特种设备的监督管理，严查违法行为。抓好特种设备的监督检验和定期检验工作。成功举办气瓶充装及压力容器事故应急救援演练。

2020年3月，安徽省质量工作领导小组下文命名宿松县为“安徽省质量强县”。2020年7月，作为全省5个推进质量工作成效突出地方之一，被省政府通报表扬并予以政策激励。有2家企业获得县政府质量奖、1家企业获得安庆市政府质量奖提名奖、10家企业产品获得“安徽名牌”、9家企业产品获得“安庆名牌”。工业产品质量合格率逐年提高。其他各项工作都是精彩纷呈、可圈可点。

每一处亮点都包含热度

近期，县市监局会同公安机关依法查处1起唐某某、邓某某无证经营药品、未经注册医疗器械案件，捣毁销售窝点1处，查获一批药品和未经注册的医疗器械，涉案案值金额近5万元，罚没款22万余元。10月12日，省药品监督管理局发文对宿松县市场监管局以及参与办案的7人予以通报表扬，并号召全省各级药品监管部门要向受到表扬的单位和个人学习。

打击市场销售长江流域非法捕捞渔获物行动，立案查处的1件虚假广告案，入选国家市场监管总局和省局典型案例，并在国家市场监管总局和省局网站上予以公布。

疫情防控期间，立案查处某药房销售的口罩涉嫌三无产品及价格虚高案件，被省局作为第一批全省疫情防控期间打击哄抬物价5个典型案例之一进行公示。

2020年3月，省质量工作领导小组办公室公示宿松县为“安徽省质量强县”。

组织企业参加第三届安庆市质量品牌故事大赛，三家企业分别荣获作品一、二、三等奖。

深入安徽中天石化股份有限公司开展“计量服务中小企业行”活动。邀请供电公司和自来水公司负责人参加省局召开的全省计量视频会议。为复工复产企业减免检定费5.48万元。

“3·15”活动当天联合县农业农村局、县公安局、县城市管理局、县商务局开展公开销毁假冒伪劣商品活动。销毁的假冒伪劣商品6个品类196种，货值13451.7元。

部署开展线下实体店无理由退货工作，全县11家商超、企业签订无理由退货承诺书，承诺无理由退货的商品品种范围、退货时限、退货条件。

对全县口罩企业全覆盖无死角摸底排查建立台账。抽检17家24个批次产品，19个批次检验不合格，立案12起，移送公安机关1起并抄送检察院，作为重大案件线索，公安机关已立案侦查，刑拘3人。对未加贴标识的口罩责令加贴标识的共230万只。

由县市监局召集县发改委等4部门共同召开“宿松县公平竞争审查工作（召集单位）联席会议”，部署公平竞争审查工作。现已委托第三方对全县自2016年以来印发的规范性文件和政策措施进行抽查清理，抽样清理文件16份，对其中涉及违反公平竞争审查制度的相关4条措施，提出整改意见和建议。

每一处亮点都包含热度，县市监局为“十三五”收官写下了生动的注脚，也将为“十四五”发展奠定扎实的基础。

打通交通瓶颈，串联美丽乡村

司　舜

黄湖、大官湖、泊湖三大湖泊依次环绕；省道、县道、乡道多条公路并行交叉。近年来，下仓镇努力打通交通瓶颈，串联美丽乡村，一针一线绣出乡村振兴新蓝图。

黄湖大桥（效果图）

冬日的下仓，山清水秀，到处都充满生机。碧波荡漾的黄湖之上，一座大桥雄姿初现。这条全长 7.5 千米的大桥是安徽省最长跨湖特大桥梁，北起下仓镇，南至华阳河农场，总投资约 6 亿元。预计一期 2021 年 6 月竣工。黄湖大桥的建成，将彻底改变下仓镇长期处于陆路交通“末梢”和“断头”的尴尬格局，一条条公路和桥梁串联起环湖周边乡村一起腾飞。

公路就是产业路

先进村曾是下仓镇最偏远的村落，2013 年以来，修通了连接外面的长河桥，随之而来的产业路、便民路、入户路都变成了现实，村民们彻底告别了“出门就是坡、出行靠摆渡、搬运靠背驮”的历史。

“全面奔小康，关键在农村；农村奔小康，基础在交通。”这已经成为镇、村两级干部及广大群众的共识。

近年来，下仓镇大打农村公路建设攻坚战，为脱贫攻坚和乡村振兴提供有力支撑。

笔者走进先进村茭白种植基地，村民们忙着挖茭白，打捆后放在产业路旁，接着用车运回加工房进行加工包装。

“2019 年以来，我在先进村承包水塘种植茭白，总面积达 40 亩。镇里为产业基地建成生产便道 2 千米，还有 2 千米产业路正在建设中。”业主吴向军说，如此一来，施肥、洒药、采收都很方便，这为自己发展茭白产业铺平了道路。

“脱贫攻坚，交通先行。破除交通瓶颈，才能有效助力产业培育，促进贫困地区增收致富。”具有丰富农村工作经验的县交通运输局干部叶骏对此深有感触。

目前，下仓镇在全县提前实现全镇村村通、示范村组组通目标。交通条件的改善，给下仓带来了机遇，发展产业有了底气。公路线路的贯通，让沿线产业一下子都起来了。

公路就是致富路

“要想富，先修路。”“公路通，百业兴。”一条平坦开阔的公路，对于农村经济社会发展来说至关重要。

下仓镇三面环湖，唯一一条陆路到达湖边就成为“断头路”。历史上的下仓镇一直受到现代交通瓶颈的困扰，最近几年最大的变化就是公路建设。一位村民激动地说道：“现在公路都通到每个村了，比以前可方便多啦!”

道路施工

记者在长湖村村道破损路面整治现场看到，一台沥青摊铺机正在给路面铺水泥，一台压路机紧随其后压实路面。

“这条村道通往戴卜，里程 0.659 千米，因今年洪涝灾害，路基沉降，路面破损严重。县上投资 39.5 万元在原路面上加铺20厘米混凝土面层，切实解决‘畅返不畅’问题。”公路施工负责人吴琼瑶说。

长湖村一位村民一直盼望着“肠阻梗”打通，这天，他正在施工现场旁观，并用手机拍照发了朋友圈，分享喜悦的心情，并说道：“路边的这些破旧房子拆了，路口就拓宽了，出门就痛快了，政府很给力，我们很高兴。”

据悉，下仓镇已经对辖区内村组道路养护及安防设施设置情况进行摸底调查，编制了道路维修整治计划。目前，已完成3.6千米破损道路修复和8处村组道路安全隐患整治。

“我在这里开店很久了，以前特别不方便，因为路窄车多，店面的招牌经常被刮伤。路修好了，家家户户都一起搞点绿化，景色也美了。”在“肠阻梗”道路边经营超市的杨先生说。

一条道路展开一幅愿景，美丽的湖区北岸，一条条宽阔平坦的农村公路通到农民、渔民家门口，已形成了以镇治为中心、村落为节点、屋场为网点，遍布农村、连接城镇的农村公路。四通八达的农村公路，不仅大大改善了群众的出行条件，更为实施乡村振兴战略、打赢脱贫攻坚战奠定了基础。

公路就是幸福路

“我们先后投入700余万元用到村基础设施建设项目中，其中包括2个提水站重建和新建、‘村村通道路’‘农田最后一公里’项目等19条路建设。目前，14条路已全面完工。”洋普村党支部书记朱荣涛介绍说。

在洋普村，只见绿树环抱下，一栋栋干净的农家小院错落有致、一条条笔直的乡间村道整洁宽敞、一盏盏整齐划一的路灯挺立两旁。近年来，该村大力推进美丽乡村建设，不断改善农村人居环境，绘就了一幅村容整洁、乡风文明、产业发展的幸福画卷。洋普村通过“双基”建设的扎实推进，打破了农村基础建设等方面的瓶颈，为未来发展打下了坚实的基础。不仅如此，该村还不断完善基础公共服务，村容村貌发生了翻天覆地的变化。特别是从村部一直延伸十里的“绿荫长廊”，使旅游扶贫成为可能。

村民高洪章和几位老人在院子里沐浴着融融的冬阳，感慨着“新”村庄、新生活。高洪章笑容满面地说：“我一辈子住在这里，亲眼目睹了这里点点滴滴的变化，以前是泥巴地，现在路好了，出行方便了，可比以前幸福多了哩!”

路通了，村庄变美了

道路修通了，村庄变美了，环境整洁了，老百姓的日子过得跟城里人没任何区别。说起村里的变化，脱贫户丁汉顶最有发言权，他说："原来，村里的路没修好，我们出行很不方便，所以，一年到头很少上街。现在不一样了，路修好了，车也通到家门口，现在一个礼拜就要到街上转转。"说着说着，丁汉顶就端起了酒杯，就着刚刚从镇上买回来的红烧小河鱼和卤菜，抿上几口小酒，日子过得是美滋滋。

交通出行、居住环境都是与百姓切身利益息息相关的大事，下仓镇还在老镇区街道更新改造过程中，时时刻刻想着改善居民出行体验、优化居民居住感受，让原本"肠阻梗"的地方都变得通畅，让隐蔽的卫生死角见着阳光。

交通瓶颈打通后，不仅道路的宽度拓宽了，道路两侧还腾退出空间，用于小微绿地建设，整体提升镇区"颜值"。

"'行百里者半九十。'要让群众彻底脱贫，关键要解决好精准脱贫的'最后一公里'问题，让群众自己能造血，自己能长肉。公路瓶颈打通，才可以促进自我发展能力的稳步提高。"时任下仓镇党委副书记陈大胜说。

渔民上了岸，开启新生活

司　舜

2020年1月1日，长达10年的长江“禁渔令”开始实施。长江禁渔是为全局计、为子孙谋的重要决策。禁令之下，非法捕捞、私下兜售“江鲜”的情况依然存在。如何保障退捕渔民就业和生活？近一年来，作为全省水面最大、从事渔业捕捞人数最多的宿松县做了成功尝试，县乡联动、多措并举，渔民上了岸，开启新生活。

老杨自主创业忙

转型创业，是50多岁的老杨之前从来没有想过的。

老杨名叫杨松柏，出生在洲头乡泗洲村，自小生活在江边，说起话来，乡音无改。泗洲村是移民村，祖籍安徽枞阳，同样也是江边。他和父辈一样，十来岁就开始在长江安徽段水域从事渔业生产。“小时候长江水质很好，鱼很多；后来污染增加，鱼也就慢慢变少了。”老杨坦言，自己也曾想过主动改换行当，但没资金也没技术。

转折发生在今年，随着长江禁捕退捕工作正式启动，心里早就有所准备的老杨，在洲头乡人社所所长吴强东的反复鼓励和支持下，带头响应号召，第一个上缴了渔船和网具。

退捕后，老杨领到了拆船费5万元。计划多干几年再回家养老，老杨决心重新找份工作。

今年年初开始，宿松县劳动就业局针对渔民上岸后的转型发展开展了几轮培训。“有电商、电焊、厨师，我都参加了，对推荐的企业也很满意。只是年龄太大了，刚干熟就面临退休，没有合适的岗位。”老杨说得很实在。

2020 年 10 月，泗洲村因为长江大汛受淹三个月后恢复正常生产、生活，所长吴强东继续找到老杨，帮助他自主创业，办执照、送资金、给政策。这让老杨看到了前景。

“人社部门在培训和政策宣传等方面，那是没得话说，他们是真心帮助我们。”老杨介绍，自己创业，政府还给 5000 元就业补贴，这样的好事只有共产党领导下才有，解决了退捕渔民创业起步阶段资金周转上的困难。

“以前老想着怎么捕鱼，现在开始思考如何养鱼。”老杨说。

老杨现在承包了 100 亩池塘养殖龙虾，一生都在“水里游”的老杨做起了养殖基地老板。

“以前捕鱼是体力活，还得看天收；现在养殖是技术活，旱涝保收。”如今的老杨踌躇满志、信心满满。

在老杨养殖场旁边，一座整洁漂亮的农家院内，30 岁的李文兵和爱人正在做风干鱼，一排排风干鱼被冬日暖阳映得雪白，显出“年年有余”的好光景。

与老杨一样，泗洲村渔民李文兵成立志发农庄，进行农业综合开发。他们在人社部门的帮助下，自主创业，生活幸福。

小徐有了公益岗

小徐大名叫徐小兰，去年底，湖区也禁止捕鱼了。小徐虽然心里支持，但还是有些失落，祖祖辈辈都在捕鱼，她从小就生活在渔船上，已经离不开这片波澜不惊的湖面了。

小徐今年 41 岁，丈夫在一次车祸中高位截瘫，公公年迈，疾病缠身，两个孩子读书，全家经济都靠她一人。

还是所长吴强东，在对渔民走访摸底时，了解到她家的实际困难，帮助她找工作。考虑到小徐要照顾瘫痪在床的丈夫，年老体弱的公公，两个正在读书的孩子，乡里出面，将乌池村公益性岗位安排给她，每月上班五六次，比较机动、灵活，她可以每月拿到 600 元的薪水，包括政府补贴 300 元。

这样的照顾，让她心存感激：“感谢各级领导对我的特殊照顾，以前在渔船上，不知道还有社会这个大家庭，我要好好干，对得起这份工作。”

“上无片瓦，下无寸土，以船为家，终日漂泊。”这是曾经渔民生活的真实写照，生活上存在诸多不便，在渔民的眼里，一条船，就是一个家。从曾祖辈开始，小徐的家族就开始了专业渔民的生活。吃、穿、住、行，生、老、病、死，一生都在船和水之间度过。现在的小徐，处处获得来自大家庭的温暖。

正在工作的小徐

“我县共有退捕渔民人口数309人，其中劳动年龄内有就业能力且有就业意愿的215人。通过劳动者自主就业、公共就业服务机构推荐就业和扶贫公益性岗位安置就业等措施，已经实现就业215人，其中渔业产业安置13人、自主创业20人、灵活就业29人、企业吸纳53人、务工就业83人、务农14人、公益性岗位安置3人，就业率100%。”宿松县劳动就业局干部曹海明说。人社部门支持退捕渔民购买社保，财政也给予补助，每位渔民在达到法定年龄后都能拿到退休金，这也解决了他们的后顾之忧。

“渔三代”外出就业多

“我们积极组织退捕渔民到县内外务工就业。县公共就业服务机构结合退捕渔民就业意愿，针对性搜集县内外企业用工岗位需求信息，通过招聘会、手机信息、公共就业招聘网和乡镇人社所工作人员入户问卷调查等途径全方位推送，促进人岗对接，促进灵活就业人员稳定就业。”曹海明说。

年轻渔民的转产就业问题也被提上议事日程。洲头乡人社所所长吴强东介绍说：“8月初，乡里在县劳动就业局指导下召开了针对退捕渔民的专场招聘会，协调县内企业和公益性岗位单位，帮助退捕渔民顺利实现再就业。”

“90后”的刘元中，是“渔三代”，与前两代不同，他遇到了最好的时代，有知识、有文化。因此，他的就业范围更广，也更体面。

得益于洲头乡人社所的帮助，刘元中通过培训、学习，加上文化基础，他顺利入职县城一家楼盘，在办公室做文员，成为一名“白领”，每月工资超过4000元。

劳动就业部门“送政策、送培训、送岗位”就业服务活动，帮助渔民安心“上岸”。刘元中是受益者之一。

工作中的刘元中

劳动就业部门通过入户实地走访、数据比对和电话调查等形式，倾听退捕渔民的诉求，并对他们的就业状况、就业意向等进行详细了解、登记，精准掌握退捕渔民就业创业、培训意愿、参保等情况。

比刘元中年龄稍大的宗营村渔民汪锦兵在劳动就业部门的帮助下，带着全家老小来到汇口镇街上，租来店面，做起了万新眼镜店老板，生活稳定、幸福。

“我们支持发展产业带动就业，给予一定标准的奖补资金，支持创业带动就业，政策激励推动转产就业。”曹海明说，“在我县实施方案中，明确规定在县外省内、省外务工就业的分别给予 300 元、600 元每人每年的交通补助；在组织劳动年龄内的退捕渔民居家就业的，给予退捕渔民每人每年 2000 元补助，给予安置就业的单位或实体每人每年 1000 元补助；开发临时性公益岗位给予兜底安置，对劳动年龄内的安置人员就业补助资金给予每人每月 450 元岗位补贴。”

通过一系列的政策措施推动，全县有就业意愿且有就业能力的劳动年龄内的退捕渔民就业安置已到位，渔民退捕后的收入相对稳定。就业有出路，生活有保障，宿松退捕渔民开启了自己的新生活。

在宿松，还有很多渔民把眼光投向了生态林业，发展核桃、金银花、软籽石榴等生态产业，当初的“水上漂”端上了“绿饭碗”。

基层治理创新探路

陆 飞 司 舜

将难事一件件化解

群众哪里有困难，就从哪里着手。地处深山的柳坪乡龙河村，海拔较高，村民饮用水大多为山泉水。由于今年持续的干旱天气，导致部分村组居民基本生活用水受到影响。

龙河村黑坞组居民 14 户，其中贫困户 11 户，饮水受旱情影响较为困难，前期饮用水源干涸，居民连续几天需要挑水吃。为保障村民基本生活用水，包组村干部舒德刚先后多次组织群众上山寻找新的水源。熟悉地形的老人舒水江在山脊间找到了新的泉眼，村里立即行动起来，采取村级奖补、村民投工的方式，着手修建水塔铺设管网。饮水问题得到及时解决的贫困户舒德青竖起大拇指笑着说："找到了新的水源，不仅水质干净而且水量充沛，这样的大实事咱老百姓很满意。"

2019 年出现的罕见持续干旱，还导致柳坪中学严重缺水，300 多名师生的饮水成为问题，柳坪乡了解情况后，立即派出党员干部组成工作队，寻找水源。喜不自禁的柳坪中学副校长周毛虎激动地说："从 3 千米外接过来的水，延续的是乡党委、政府对教育的无条件支持、对孩子们无私的爱护。"

其他各村在旱灾面前也是不等不靠，一面巩固老水源头，一面寻找新的水源，开发所有的供水渠道。

"党的力量来自组织，组织能使力量倍增。"长溪山村党支部书记吴配良说。党员干部将群众的困难化作工作动力，真正贴近群众了，群众就会贴近干部，很多问题就会迎刃而解。

柳坪村5户居民一直没有宅基地盖房，原因是2013年一家企业在此征地，老宅基拆除后一直未归还地基，造成群众与企业，与乡、村政府矛盾深厚，这个多年未解决的问题也在今年得到圆满解决，村民余松堂已经入住新房，其他5户也将陆续开建。

注重效果，为民解难。柳坪乡党委、政府不喊空口号，将着力点聚焦在为民服务的实际行动上，各党组织班子成员均围绕“为民服务解难题”，罗列出了群众反映强烈的实际问题，并一一着手解决。这些问题都与群众的生产、生活息息相关，所以问题顺利解决后，在群众中取得了很好的反响，干群关系得到进一步密切。

将好事一件件深入

曾经很长时间，长溪山村村部三角地带，建筑垃圾和茅草、乱石成堆，影响村容村貌。乡村干部反复与村民做工作，总是清除不了，搁置了十多年。看到乡村干部真心为民，村民自感倔强和固执是无礼的蛮横，再通过做工作，今年9月，这个老大难问题得以解决，现在这块地方变成了花园，村民们又多了一个休闲的好去处。

将好事一件件深入，是乡村干部“不忘初心、牢记使命”的生动实践。邱山村在“厕所革命”上打了一个漂亮的“歼灭战”。阳坦组是邱山村最大的村民小组，长期以来，组内有38个东倒西歪的旱厕，夏季蚊蝇遍地，臭气熏天。邱山村“两委”利用外出民工返乡过年的时机，走访该组54户村民，连续5个晚上召开村民小组会，反复征求意见和疏导矛盾。最后，大家商定，有地方建沼气池的建沼气池，没地方的推平后面的小山坡建卫生厕所。对于2个困难户，村集体筹资3460元为他们分别建起了沼气池和卫生厕所。如今，依托为养殖家禽家畜建成的沼气池和三级化粪池，全村实现了无害化改厕目标。

随着邱山村美好乡村的逐步建成，全国民主法治示范村、美丽宜居乡村、人口与计划生育示范村和安徽省民主法治示范村、森林村庄、美丽宜居乡村、一村一品示范村等荣誉也接踵而至。邱山村党总支书记吴双阳说：“有生态立村的共识与现实做基础，邱山的生态文明之路越走越宽，邱山人的生活越来越美好。”

如今在柳坪乡，各个村都建立起“一约五会”，即村规民约，红白理事会、道德评议会、乡贤参事会、村民议事会、禁毒禁赌会，这些规定和约束，从根本上达到了让民风更淳朴、群众更自觉的目的。

“到处茅房猪圈，沿途臭气熏天。蚊虫苍蝇舞翩跹，见闻愁上眉间。中央政策下达，地方上下齐抓。彻底扫除脏乱差，造福万户千家。”长溪山村村民吴百弟一首《西江月·人居环境整治有感》，不仅对农村面貌作出了鲜明对比，还从一个侧面体现了农村环境整治真的是顺应民心。群众幸福指数提升了，就有了自豪感和获得感。

将喜事一件件延伸

“村里变化越多，快乐和幸福就越多，喜事一件件延伸到群众心中，精神就提升了。”村民吴建军说，“以前，村里有什么事我们都溜边儿，现在村里号召大家干什么，我们都不含糊，就是跟着干。”

最近几年，柳坪乡不断加大投入，美化人居环境。各村基本实现了硬化道路“组组通”，小型文化广场遍地开花。同时加强文化引领，强化了精神文明建设。山区群众打牌的少了，懒惰的少了，无理取闹的少了，文艺汇演多了，文化生活丰富起来了。

精神层面的变化，才是最根本的变化。乡风民俗正在朝着越来越文明的高度攀升。

今年国庆节，在柳坪村举办的“国庆联欢晚会”上，村民们用自编自导的扇子舞《祝福祖国》拼出“国富民强”“祖国万岁”“不忘初心”“牢记使命”字样，表达对祖国繁荣昌盛的祝愿，同时演绎出幸福生活的美好愿景。

如今的柳坪乡，树木葱茏，到处可见就势而建的民宅墙体洁白、房顶红黛相间；登高远望，山峦叠嶂，山间烟波缥缈，船石河蜿蜒在山脚下，构成一幅春意盎然的生态水墨画卷。

“长期对山、水、林、田实行保护，才有了今天良好的生态环境，也给当地带来了实惠。”柳坪乡乡长何谋德说。生态山水林田等自然资源给全乡带来了取之不尽的发展红利，也让老百姓的生活越来越甜、心情越来越愉悦。

创新山区综合治理，激活乡村一池春水。一个农业强、农村美、农民富的新柳坪正从梦想走进现实。“用发展的思维来解决遗留问题和破解难题，我们是用为民服务理念争取民心，努力建设产业兴旺的富裕乡村，同时用实际行动温暖民心，将柳坪建设成生态宜居的美丽乡村和安居乐业的幸福乡村，提高广大农民的生活质量和水平是路径也是方向。我们将一步一个脚印，一棒接着一棒往前走，让广袤乡村焕发出新的生机和活力。”柳坪乡党委书记朱元松说。

城市公园绿道成为市民散步休闲好去处

司 舜

依山傍水，休闲娱乐；山间水边，闲庭信步。最近几年，安徽西南门户宿松县城区“山线绿道”“水线绿道”一条又一条陆续建成，已经成为群众休闲娱乐的好去处，八道水系、五个公园和星罗棋布的广场，勾勒出迷人的山水美景。越来越多的人喜欢驻足在这座小城里，来深入了解、品味松城的精彩。从日新月异的城市建设，到多彩丰富的文化活动，再到轻松舒心的生活，松城着力营造着主客共享美好的“养心”生活空间。

山间绿道

不需要特别的景点、目的地，就让心情放松的县城居民抬头见绿，俯首见景，一步一移中尽是诗意的美好。

最近几年，宿松县城鳞次栉比的高楼间，绿道宛若一条条“绿色动脉”，让绿色生态空间不仅“看得见”，更能“走得进”。

立足生态，是宿松县一以贯之谋发展的“硬道理”。作为皖鄂赣三省的门户，宿松从不缺乏美的资本。群山环抱，植被葱郁，资源丰富，交通便捷，绿水青山吸引了来来往往的游客。

把生态搞得“美美的”，钱家山绿道就是其中一个典型缩影。整条绿道绵延 2.35 千米，将新城与老城串联在一起，徒步行走时可以感受山野的美和诗意。

山水公园

绿道是以自然要素为依托和构成基础，串联城乡游憩、休闲等绿色开敞空间，以游憩、健身为主，兼具市民绿色出行和生物迁徙等功能的廊道。

城市公园

“建设绿道，更重要的是改变城市发展的思路，跳出从经济以及交通快速发展的单一思维模式，从生态保护、人本化关怀创造一个开放空间连续系统的多思维角度出发。”宿松县建设局年轻干部杨楷说。

绿道是一种线形绿色开敞空间，在宿松这个千年古县，近年来纵横交错的绿道已经成为人们亲近自然的空间。人们从此开展慢跑、散步、骑车等户外运动，俯仰之间串联起城市社区与历史建筑、古村落和文化遗迹，还兼具生态功能，成为生物

小区绿道

栖息地，具备清洁水源、净化空气、缓解城市热岛效应的功能。

绿道建设串联城市自然山水人文、服务市民休闲游憩健身、促进城乡绿色协调发展，保持绿道卫生，让大家共享生态文明建设成果最为重要。

“公园和绿道都铺设了步道、滨水慢跑道，建有林荫花园、景观节点，每座公园都是绿树森森，曲径通幽，成为市民休闲好去处。”住在公园旁边的社区退休老干部殷正阳说，他每天都会过来转转，美景能够愉悦身心。

住在向阳河河边的何大爷是土生土长的宿松人，看着昔日的黑臭河道变成如今水清岸绿的景观带，他不禁感慨：“曾经，这里的人们，还在因跌倒在坑洼不平、狭窄局促的泥泞道路上而牢骚满腹，还在因面对污水横流、臭气熏天的向阳河水而捂上鼻子。如今，这里路变宽了，岸变绿了，水变清了，垃圾也不见了，臭味也没有了，这是宿松的变化，是发展的变化啊！”

在宿松县城，公路就是一条绿色廊道，新建楼宇也是让地于绿。

“宿松这几年的发展是真快啊！G105 宿松段、孚玉东路接连提标改造，龙门南路、振兴大道南延伸道路相继建成，还有城关初中龙门南路校区，县中医院经开区院区、人民医院新院区一期工程、文化中心建设工程或已经完工，或正在如火如荼地建设，县城每天都发生着变化，而且变得越来越美好呢！”在县城里送快递的王大哥说。

滨水绿道

大湖名镇，美丽下仓

司　舜　李田琦

清晨，早起的村民打开家门，纷纷拿起扫帚开始打扫房前屋后的卫生……这样的场景已成为下仓镇村民的日常。而这背后，正是镇、村两级党员干部用文明的力量开启乡村治理的新模式，以新时代文明实践活动为载体，让村民沐浴传统文化洗礼，让文明新风滋养百姓生活，全面提升村民的精神风貌，为乡村振兴提供强大精神动力。

扮靓“微环境”

一走进洋普村，平整的路面干净清爽，两侧的花坛中石榴树还是那么翠绿，手绘文化墙在枝叶的映衬下更是让人惊艳。昔日斑驳的墙面被粉刷一新，一幅幅精美的墙绘跃然眼前。淡墨山水美不胜收，“中国梦”“讲文明树新风”“仁义礼智信”等现代文明和传统文化都被手绘在墙上，让昔日沉寂的村落也充满了浓浓的文化气息，一下子成了一道亮丽的风景线。

和谐洋普

近年来，洋普村大力推进美丽乡村建设，不断改善农村人居环境，绘就了一幅村容整洁、乡风文明、产业发展的幸福画卷。

作为省级中心村，洋普村在宿松县最早实行整村土地流转，因地制宜发展产业，积极盘活农村土地资源，让村民们走上致富路。该村很多青壮年都外出打工，大部分土地处于抛荒状态。村民们自愿把土地的经营权委托给村里，村里再把土地租给有能力有实力的种植大户，实现土地集中连片种植，提高了土地的经营效益。目前已集中流转土地2626亩用于种植优质水稻、流转山场424亩用于发展油茶，土地流转收入近50万元。

现在村里干净整洁，已成为一种常态。目前洋普村已改厕545户，改厕率为91%，新建公厕2座；拆除无功能的破旧房屋46处，拆除破旧附属用房181处；按五户一桶的基本标准发放140个垃圾桶，购进3台电动垃圾转运车，并安排专人进行日常管理，建立了长效管理机制，确保治理成果不反弹。

“传播文明共树新风，村里做的公益广告很给力。无论是大人还是孩子，看了都很受教育，村民都给咱文化墙点赞呢！”正和孙女一块看文化墙的村民杨大姐热情地说道。洋普村立足以德育人、以文化人，设立文化墙，既扮靓了群众“家门口”的“微环境”，更充实了百姓的精神家园。

“一主”加“两翼”

文明是乡村振兴最鲜亮的底色，但文明的养成并非一日之功，既要靠自觉的“软作用”，更要靠监督的“硬指标”。如何调动村民参与村庄长效管理，在群众面前，单纯宣传收效甚微，行动往往最具说服力。

为建立乡村治理的长效机制，先进村不仅带领村民外出学习参观先进地区的经验做法，还创新推选了两位德高望重的文明监督员，专门负责“找茬”，每天为文明村庄“体检”。他们每天对全村进行巡查，义务检查监督环境卫生及不文明行为，让文明意识入脑入心，成为村民的自觉行动。

看到村里变美了，变靓了，老百姓甭提多高兴了，他们都说咱村里不比城里差。

干净的道路

走进村民沈小红的家里，窗明几净、物品整洁，客厅、卧室、厨房到处都打理得井井有条。“以前大家对门口乱堆乱放习以为常，没当回事。自从设立文明监督员以来，家家户户收拾卫生，还主动美化庭院，这给我们减少了不少工作。非常感谢两位老人的辛苦付出。”先进村党支部书记吴令荣对老人们的付出非常感激。

而今，村民的获得感与幸福感得到提升，实现了环境美、生态美、风尚美的和谐共生。与此同时，先进村经过深入调研，结合实际，立足自身优势，确定村组发展思路，就是坚持“一主两翼”，变输血式扶贫为造血式扶贫，建立健全稳定脱贫攻坚工作长效机制。“一主”就是以壮大村级劳务服务公司为主，以光伏发电、休闲农业发展为“两翼”。

在“一主”方面，抓住九成农场5万亩土地耕作业务外包机遇，成立先进村劳务服务公司，主动承接土地耕作派遣业务，每年村级集体经济收入增收10万元，让47户贫困户通过就业实现稳定脱贫。

在“两翼”方面，建成两座60千瓦的村级光伏发电站和47座贫困户户用3千瓦光伏电站，每年村级集体经济收入10万元和贫困户增收0.3万元。建成黄湖山庄、大堰休闲观光垂钓中心；建成占地16.6亩花卉苗木基地；建成30亩村级蔬菜大棚种植基地。扶持壮大宏润种植合作社、先进村稻谷烘干厂。

“颜值”配“气质”

长安村是2018年省级中心村建设点，开展美丽乡村示范村创建以来，长安村加大工作力度，提升村级人居环境整治水平。

村里积极探索垃圾治理有效路径，首创“组织引领、群众参与；垃圾分类、源头减量；健全制度、现代管理”为核心的“长安模式”，系统性解决了乡村垃圾处理难、面源污染大的突出难题，依靠农民全方位主动参与实现乡村人居环境从“脏、乱、差”到“净、畅、美”。同时做到所有公共设施均有制度、有人员、有资金，让中心村名副其实。

漫步村中，顺着蜿蜒村路，一步一景，一趟一品，畅游其中，陶然惬意。村头的小公园构思巧妙，在苍劲有力的“长安村”主题墙绘下，草坪铺就的清幽小径、休憩桌椅，似乎唤醒了逝去的时光，小草在自然生长，在坚硬与柔软的曼妙合奏中形成了古朴的乡土公园。村里基础设施建设一年就超过以前的几年甚至十几年，人居环境整治明显得到改善。

“我们全面提升村级公共服务设施，服务中心、健身广场等公共设施建设，让公共服务设施发挥实效。”村支书石天明说，“产业发展方面，我们充分利用地域优势，因地制宜发展特色种养业，围绕一村一品发展产业新格局，依托宜安牧业、久安种养合作社等村级龙头以点带面，带动全村畜牧业、种植业全面发展。”

发展特色种养业

既有“面子”，也有“里子”；既有“颜值”，也有“气质”。长安村在物质生活富裕的同时，十分注重精神文明建设，引导村民改陋习，改风气，遏制陈规陋习；依托现有条件多次开展电影下乡、送戏下乡、读书比赛等活动；设立农耕文化展示馆，让新一代村民充分了解农耕文化、让在外游子记得住乡愁。

“黄湖美，碧水绕田围。自古下仓鱼米足，如今湖上鹭鸥飞。舟动采莲归。”下仓镇教师胡卓淳用诗歌《黄湖美》写出了大湖名镇的美丽，也表达了对家乡的热爱。

下仓镇位于风景秀丽的黄湖岸边，湖水倒映着周围村庄、田野的景色，就像一面镜子，清澈透亮，让人的心灵得到放松，安稳澄净。

而今，好时代加上好政策，这里水美，景美，人更美。人民群众精神风貌不断提升，文明新风正吹拂在群众心中，滋润着百姓生活，提升村民精气神，呈现出“党风正、民风淳，人心齐、干劲足”的生动画卷。

东乡大地忙乡村振兴

司 舜 王 欢

泊湖之滨，山清水秀，历史悠久，文化灿烂。安徽省宿松县许岭镇历史上称为“东乡”，是一个农业大镇、经济大镇、资源大镇，在全县发展大局中具有重要地位。实施乡村振兴战略、提升全面小康社会的成色和社会主义现代化的质量，既是许岭镇开创现代化强镇建设新局面的关键支撑，也是带动“三农”发展和乡村振兴的重要力量。近年来，许岭镇不断创新体制机制，破解乡村振兴“人、地、钱”难题，一幅壮美画卷在东乡大地徐徐展开。

培育乡村振兴生力军

“真没想到，咱没学历也能评上职称。”在石庙村，一见面，张掌权就递来一本证书，内书“农民农艺师”。今年50多岁的张掌权种了一辈子地，去年获评新型职业农民中级职称。

农民在艾叶基地劳动

石庙村坐落在泊湖之滨，三面环水，北与太湖县徐桥镇隔河相望，东与望江县泊湖乡比邻，是远近闻名的鱼米之乡。2020年，张掌权参加了宿松县新型农民职业培训，想通过“充电”回到乡村，靠科学种田发家致富。像张掌权一样，去年全镇获得职称的农民有86名。

近年来，宿松县劳动就业部门将职称评定群体扩展到农村，种植多少粮

食、饲养多少畜禽等都可以作为职称评定依据。

两年来，一批“田秀才”“土专家”脱颖而出，许岭镇就有7人获得基层高级职称，17人获得中级职称。镇里和县里不仅分批次组织取得职称的农民进入大专院校和培训机构学习，而且在申报涉农项目、涉农资金、平台建设、人才奖励评定中予以倾斜。职业农民知识层次的不断提升，让“三农”科技含金量大大增强。目前，许岭镇主要农作物良种覆盖率超过98%、农业科技进步贡献率超过65%、综合机械化率达89%。

“今后，我们将根据农业生产周期和农时季节分段安排课程，根据农户的需要展开有针对性的培训，同时利用现代化、信息化手段开展跟踪服务、在线教育培训、信息技术咨询等，开通新型职业农民网络课堂。”许岭农技站站长龚连保对此信心十足。

乡村振兴，人是最关键的因素。这既是指以人的发展为归宿——促进农民增收，把产业发展落到促进农民增收上来，全力以赴推动乡村生活富裕。

“强化乡村振兴人才支撑，加快培育新型农业经营主体，激励各类人才在农村广阔天地大施所能、大展才华、大显身手。富起来的农民，职业化的农民，正是让农村活起来的核心要素。”镇党委书记沈国和说。

提升规模化经营水平

“现在种地比以前容易多了!”白云村村民徐泽群感慨。

2018年，白云村通过党支部领办合作社，实行全方位土地托管，统一采购农资、统一机械化运作，通过规模化运作大大节约了成本。2020年，徐泽群每亩地平均比之前多收入400元。如今，他一到闲暇时间还能打零工挣钱，“路子越来越宽哩!”

白云村是宿松县第一农业人口大村，为解决群众外出打工无人种地、耕地分散、效益低下等问题，许岭镇探索出土地托管服务、党组织领办合作社、农科“三联三化”引领等新路子，农业社会化服务体系不断完善，农业适度规模经营发展迅速。

重新“发现”土地，重新“塑造”农业。目前，全镇家庭农场达到47家，农民合作社50家，土地流转面积达到2.7万亩，占家庭承包经营面积的86.7%。

“下一步，我们将进一步提升土地流转和规模化经营的管理服务水平，依法依规，鼓励农户依法采取多种方式流转承包地，增加其工资收入。通过发展多种形式的适度规模经营，全面提升许岭现代农业发展水平。”许岭镇党委委员周丽丽说。

农民在梳理金丝皇菊

在白云村的股份制经济合作社带领下，村民们都成为村合作社的“股东”，身份变了，眼光也更开阔了。大家如今关注的是长期的、不断增加的分红，而不是守着自家的“一亩三分地”，村集体的资产实现了“双利润双循环”。

破解涉农主体融资难

花卉苗木基地

昔日偏僻的贫困村，成功变身网红打卡地。在滴露村，一间云朵状的书屋“浮”在眼前，许多游客慕名而来，寂静的山村变得热闹起来。人们来拜访的，是清朝翰林院士朱书，一时间，梨花坞里尽是前来游春的人流。不止一个滴露村，行走东乡大地，12 个行政村串珠成链，乡村旅游“一村一品”“一村一韵”，如火如荼。

绿水青山变成金山银山，建设的钱从哪里来？“政府资金投入基础设施建设，国有资本导入产业，民营资本竞逐项目。”安徽正宏农业科技有限公司负责人丁百牛说，他们目前已引入资金 7000 万元，做到“多个渠道进水、一个龙头出水”。

为解决涉农资金多头管理、使用分散等问题，许岭镇创新性地把涉农资金全部纳入乡村振兴“资金池”，进行集中统一管理、统筹安排使用。

许岭镇财政所所长张琴军介绍说，两年来，他们不断健全涉农资金整合长效机制，“握指成拳”提高涉农资金规模效益，研究土地出让收入优先支持乡村振兴政策，完善农业信贷担保体系，破解了涉农主体融资难题。

乡村振兴就像大湖的波浪，澎湃的是新动能，人气更旺了，土地更肥了，更好的日子还在后头。

多措并举建设新时代农村

司 舜

近年来，宿松县破凉镇依托城郊优势，同城发展，相继创造出商品经济大合唱、农工贸一体化、农业产业化、农村社区化等一系列经验，大力实施农村产业融合发展工程、农村新型社区提升工程、乡村文化兴盛工程和农民多渠道增收工程，推动生活社区、生产园区、生态景区共建共享，和谐发展新时代乡村。

“大动脉”串联镇村大发展

道路，蕴含着新机遇；道路，昭示着大发展。

宿松县高速出口正在北移至破凉镇新耕村，与新 G105 和 S249 交叉串通，破凉镇真正成为城市新区交通枢纽。

宿松互通立交迁移新建工程位于 G50 沪渝高速高界段，目前主体工程开始进入收尾阶段。与此同时，新 G105 和 S249 升级改造工程均集中在破凉镇范围内，工程正在快速推进。这三大县级重点工程与县城在交通上实现了无缝对接，为该县工业和服务业发展打下坚实基础。

“把环村道路与精准扶贫、旅游开发融合发展，为农村特别是贫困地区带去了人气、财气，也为党在基层凝聚了民心。”破凉镇黄大村挂职扶贫干部郎文深有感触地说。

破凉镇围绕“联通”构建内通外联的高等级公路网，围绕“畅通”构建通行便捷的乡村公路网，随着交通设施的上档升级，一张覆盖城乡、便捷高效的公路交通网络初步形成，成为经济社会发展的“大动脉”。

与此同时，镇、村两级还对新出现的“畅返不畅”“油返砂”等病害线路，进行全面整治。深入推进“交通扶贫+产业”融合发展，旅游路、资源路、产业路如雨后春笋。

“含绿量”就是发展“含金量”

2012年年底，破凉镇黄大村42户茶农一起注册成立了黄大村茶叶种植专业合作社，种植白茶。目前合作社已有800亩龙井茶园、1600亩白茶茶园，茶叶加工厂也投入使用，实现了生产、加工、销售一体化。同时还辐射到周边花凉、先觉、车河等村。茶叶合作社通过二次分红和股份分红，“以社带户”提高贫困户收入，形成了茶叶产、供、销一条龙产业链，为社员提供了更多的致富路径。

近年来，黄大村一边扩大合作社规模，一边壮大村级集体经济，“两轮”驱动，让全体村民享受到村级集体经济不断壮大带来的红利。

村民杨连生曾经是贫困户，现在他和妻子在合作社务工，年收入超过2万元，2016年顺利脱了贫。

“山区农村产权制度的改革激活了沉寂多年的农村生产要素。处于山地丘陵地带的破凉，把荒山这一最大资产变为发展资本，从改变农民生产生活方式入手，让群众成为乡村振兴主体，走出了独具特色的发展之路。”破凉镇党委书记王硕华说。

有了经济发展，就有了建设底气。现在的黄大村马路宽阔整洁，健身娱乐设施齐全，群众服务中心、农家乐、卫生室等配套设施完备。“开门可见山水，下楼可寻乡愁”，这是黄大村生态宜居的环境写实。良好的生态，就如同墨绿色的磁石，被吸引来的，有安居者、创业者，也有旅游者、休闲者。这份巨大的吸引力，是践行“两山理论”释放的生态红利，也生动演绎着从“生态美”到“百姓富”的绿色发展路径。

“邻聚力”带来生活“微确幸”

“以前山上荒秃秃的，现在村里满是花卉苗木，全村处处是景，赏心悦目。”雪镇村村民苏爱兰高兴地说。苏爱兰喜欢唱歌、跳舞，她组建起了一支舞蹈队，载歌载舞是对快乐生活的最好表达。

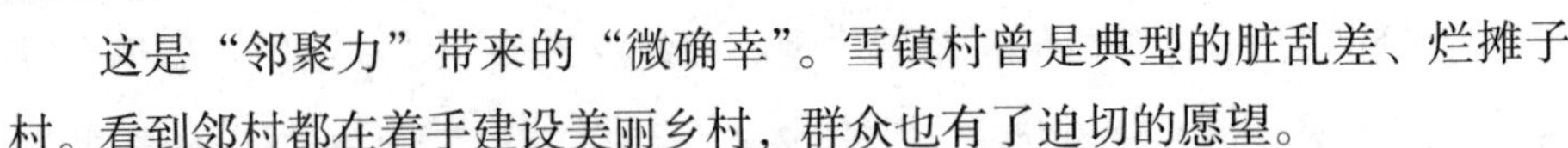

这是"邻聚力"带来的"微确幸"。雪镇村曾是典型的脏乱差、烂摊子村。看到邻村都在着手建设美丽乡村，群众也有了迫切的愿望。

"我们立足村情村貌，努力彰显中心村特色和品味，做到不推山、不砍树、不填塘、不毁古建筑，确保美丽乡村望得见山、看得见水、记得住乡愁。"雪镇村党总支书记张方平说。

和雪镇村一样，对桥村早一年开始启动省级中心村建设，该村充分尊重农民意愿，打造"精品村"的"升级版"。

一村更比一村美，一村更比一村好，在破凉镇，已形成了村村相比、相互竞争的良好局面。

"以前都向往着搬到城里去住，现在乡下的日子一点也不比城里差，住在风景区附近，空气还新鲜。"黄大村村民张礼兵此前居住在县城，看到家乡越来越美，他又回到了农村。

凝聚乡村产业兴旺新动能

司　舜　吴小娟

乡村振兴，产业为先，产业兴旺是重点。去年以来，宿松县佐坝乡以产业兴旺、生态宜居、乡风文明、治理有效、生活富裕为总要求，积极深化农村改革，发展适度规模经营，推动质量效益双提升。乡村面貌逐步改善，基础设施不断健全，生态环境向好，社会保持和谐稳定，乡村振兴取得初步成效。

农民饭碗换一种端法

佐坝乡位于安徽西南与湖北省交界，三面环湖，是远近闻名的“鱼米之乡”。全乡国土面积 128 平方千米，其中耕地面积 6.09 万亩，林地面积 3.58 万亩，水域面积达 13.26 万亩。

佐坝乡龙感湖水域

近年来，佐坝乡依托自身地理位置和优质水资源优势，以乡村振兴为主线，主抓“林果栽植、特色种养、旅游电商”三大产业发展，“党建+”“公司+种植+养殖+基地”“合作社+致富能手+综合服务”……一项项创新经营模式在佐坝乡的土地上生根发芽，一大批发展前景好的特色产业不断壮大。全乡土地流转90%以上，其中碧岭村实现98%以上。绿蒂蔬果、天天香食品、乡园禽业等新型农业产业基地在带动村集体经济发展的同时，盘活了乡域经济发展，有效激发了群众内生动力。靠山吃山，靠水吃水，饭碗端在手上并换了一种端法。

佐坝乡地形具有“五指绕水”的鲜明特点，水资源丰富，很适合发展水产经济。水禽养殖一直是传统优势产业，目前，全乡年水禽养殖量达400万羽。产业是实现乡村振兴的治本之策、关键之举。截至目前，全乡先后成立95家家庭农场、78家合作社，宿松顶帮禽业养殖专业合作社成功申报国家级合作社，宿松县国寺家庭农场成功申报省级家庭农场。碧岭村“八个一”旅游扶贫项目初显成效，温泉旅游扶贫项目正在筹建。全年家禽养殖量达80多万羽；稻虾共生项目1.2万亩，遍布全乡14个村，油茶7000多亩、林果栽植2000余亩、花卉苗木800余亩；电商网点10个，碧岭村花卉苗木直播基地已投入运营。安徽绿蒂农业开发有限公司曾先后获得省级农业标准化示范区、省级农业产业化龙头企业、科普示范基地等荣誉称号，汪昌咀村龙湖圩稻鸭共生香米正在申报市级“一村一品”。鱼雁、环湖等11个村先后完成“三变”改革，产权制度改革工作全面完成，产改覆盖率达100%。

佐坝乡坚持把项目建设作为稳投资的生命线，精准施策，精心服务，及时组织13家企业复工复产。坚持“内优环境、搭建招商平台；外聚人脉，拓宽引资渠道”的招商思路，进一步加大招商引资力度。全乡今年新开工重点项目4个，续建项目4个，总投资3.12亿元，均已全面开工。深入开展“暖企行动”和“四送一服”活动。1—12月，全乡固定资产投资完成2.2亿元，同比增长52%，其中，一产投资完成0.91亿元，工业投资完成1.24亿元。全年规上工业总产值完成4.03亿元，同比增长7.62%。同时主动对接乡域范围内符合条件的公司企业、家庭农场、合作社和能人大户，将扶贫产品认定工作的条件、程序、所需材料及政策内容宣传到位，同时为其申报扶贫产品提供业务指导，帮助解决扶贫产品认定上遇到的问题。目前该乡共有13家企业18个产品完成了扶贫产品认定，并已全部纳入国家扶贫产品目录。

贫困户滞销农副产品帮销工作取得较大进展，大米、活禽、肉类、蛋类、蔬菜等农副产品帮销金额 268835.1 元。

颜值发现换一种路径

佐坝乡物产丰富，近年来农产品生产由增产导向转向提质导向，突出农业绿色化、优质化、特色化、品牌化，乡村经济价值、生态价值、社会价值、文化价值日益凸显，乡村旅游作为服务业同样是产业，同样能创造价值、实现价值。

佐坝乡鸭鹅养殖基地

乡党委、政府牢固树立“绿水青山就是金山银山”的理念。乡、村两级干部及群众对于颜值的发现换了一种路径，那就是以实施乡村振兴战略为契机，以文明创建、村庄清洁行动、农村垃圾污水厕所“三大革命”和“五清一改”行动为抓手，抓好基础设施配套、公共服务提升等工作，大力改善农村人居环境。2016—2020 年共完成 131.879 千米道路畅通工程建设任务，共实施危房改造 846 户，已完成 5 个村农田水利“最后一公里”工程。完成王岭集镇新老街道路面、下水道、管线等的改造，完成王岭集镇车站、污水处理厂和农贸市场、自来水水源地保护设施的建设及乡村为民服务中心建设，实现全乡 14 个村垃圾集中处理，有效改善发展环境。制定乡、村两级网格化包保责任制，全面做好秸秆禁烧宣传工作，生态环境突出问题整改任务清单全面完成。在抓好基础设施建设和环境空气质量的同时，佐坝乡大力推进厕所革命，2016—2019 年完成改厕 3581 户，2020 年改厕验收 915 户，全乡卫生厕所普及率已达到 85%以上，同时强化农村饮水安全排查、巩固提升，让人居环境改造工程惠及全乡村民，助推乡村振兴战略落地生根。

佐坝乡依托当地自然优势，千方百计谋发展，促进农业、工业、旅游业、电商全面融合发展，实现了全乡经济健康持续较快发展。依托碧岭试验区，坚持新发展理念，抓住实施乡村振兴战略契机，立足生态发展区定位，坚持三产融合，推动乡域经济高质量发展，去年全乡实现财政总收入 1590.7 万元。

让“文化下乡”叫好又叫座

司　舜　郭继春

文化惠民，搭好了台，还得唱好戏。要让好戏长演不衰，不仅仅是“送”，还在“种”。“送文化”营造出浓厚的氛围，“种文化”催生心中的种子。在宿松县，无论是发展文化培训基地，还是组织广场舞、诗朗诵比赛，让群众在基层文化活动中唱主角，自我表现、自我教育、自我服务，文化惠民和民惠文化相得益彰，共同汇聚起汩汩流淌的文化之流。

基础设施在创新中提升

在宿松城乡，首先是基础设施建设在创新中得到普遍提升。文化惠民坚持分众化、差异化的方向，从而赢得越来越多的受众，把文化惠民的“遥控器”交到群众手中，提供更多“频道”，建立起“自下而上、以需定供”的互动式、菜单式服务。

宿松县共有 209 个村（社区），到 2020 年改造提升了 201 个村（社区）综合文化服务中心，村级综合文化服务中心成为村民文化活动的主要场所。宿松县文化旅游体育局以文化惠民工程建设为抓手，通过合理整合公共文化服务资源，扎实推进文化设施网络建设，使得文化设施网络日益完善。各个综合文化服务中心设备配送齐全，运营管理有序，中心月月有活动，活动丰富多彩。

“基层文化服务中心建设凸显地方特色，在推进过程中，注重与美丽乡村建设、旅游发展、民俗文化、乡贤文化等相结合，做到整体规划，分阶段实施。各地文化建设凸显出本土文化、农耕文化、乡贤文化、民俗文化亮点，并已成为当地的特色文化服务品牌。”宿松县文化旅游体育局干部杨扬说。

2020 新城之夜　相约龙湖公园

佐坝乡龙门村综合文化服务中心建设凸显深厚地方文化特色。龙门村是国家级非物质文化遗产文南词的发源地，在建设中整合资源，将松峦文南词传习基地纳入中心建设项目，基地建设将演出、排练、教学、参观、娱乐等功能融合在一起，以文南词为龙头，让黄梅戏、断丝弦锣鼓、民俗、歌舞、健身操等文化活动有了展示平台。

千岭乡木梓村综合文化服务中心创新设计理念，按照阵地共享和一室多用的原则，将图书室与村为民服务大厅开放性相联，彻底告别从前图书室常年“铁将军”场景。图书室区域明亮整洁温馨，规划合理，自建成后，大厅办事区域告别喧哗与嘈杂，等候办理事务人员自觉进入图书室区域边阅读边等待，统筹设计建设进一步丰富了辖区居民的精神文化生活，提升了居民群众的生活品质。

图书室一隅

汇口镇程营村文化服务中心建设乡贤

文化特色凸显。程营村在中心内建设乡贤馆，从脚下的土地发现人才，依托农村新乡贤力量，村民代表、乡贤的联系互动。一个个乡贤开始由“配角”成为“主角”，一幢乡贤馆汇聚乡村振兴“智囊团”，一套乡贤经，激发乡村振兴“动力源”。

宿松全县村级综合文化服务中心建设“一、二、三、四”标准有 20 个；“七个一”标准有 106 个；“八个有”标准有 75 个。

文化惠民在服务上提高

乡镇综合文化站、村级综合文化服务中心坚持“一堂多用、一室多用”，充分挖掘各地传统特色文化，把村级综合文化服务中心建设与美丽乡村建设、旅游发展、民俗文化、乡贤文化等相结合，做到整体规划，分阶段实施。

高岭乡综合文化站以传承传统农耕文化为理念率先在全县建成乡级农耕馆；长铺镇综合文化站充分挖掘地方特色艺术断丝弦锣鼓文化，建成断丝弦锣鼓文化展厅；千岭乡雨福村、高岭乡汪冲村、陈汉乡广福村等新建的综合文化服务中心，通过与美丽乡村建设同步进行，各功能室得到了充分整合；洲头乡金坝村、汇口镇同马村、趾凤乡吴河村建设的综合文化服务中心，民俗文化、乡贤文化得到了充分体现。洲头乡乌池村农民文化乐园的规划设计是由中国建筑规划设计院安徽分院进行规划设计的，设计方案七易其稿，建设投资 200 多万元；北浴乡迎宾村的改扩建乐园则是村里自己规划，将闲置用房改为活动室，废置的仓库改为礼堂，再新建广场和舞台。

村级文化服务中心发挥了阵地作用。在各地农村，闲暇时节或者茶余饭后，村级综合文化服务中心总有许多群众跳广场舞、打篮球、下象棋，一些村子里群众自编自演的节目精彩不断，这里的群众人最多、最活跃，现场最热闹。

2020 年举办了 17 场区域文化活动及黄梅戏展演、乡贤文化、“非遗”进景区等系列文化服务活动。二郎河区域文化中心在北浴乡罗汉山村开展以“传承红色文化·助力乡村旅游”为主题的红歌展演；县城周边区域开展以“脱贫攻坚·决胜 2020”为主题的广场舞展演；凉亭河区域文化中心举办乡村学校少年宫才艺展演；二郎综合文化站创新性举办“千人阅读大家讲书”读书活动；宿松县“新城杯”歌手大赛等活动，群众参与度高，全县文化宣传氛围浓厚，村级综合文化服务中心建设托起了群众舞台梦。“送戏进万村”

广场舞展演

活动走进全县211个村（社区），并与戏曲“非遗”进乡村等活动相结合，凸显活动多重效益。

“全县22个乡镇精心组织举办的28场乡村春晚，不仅弘扬了传统节庆文化，而且让广大老百姓由看到演、由观众变演员，极大地满足了广大群众的精神文化生活需求，提升了群众文明素养。村民春晚的举办彰显出文化助力乡村振兴、文化服务于民的特色和亮点。”宿松县文化馆馆长雷鸣说。

幸福指数于欢乐中提纯

宿松县利用文化中心开展经常性的群众文化活动，通过高密度的文化活动来倒逼村综合文化服务中心的开放和有效利用，人民群众的幸福指数于欢乐中得到提纯。

县里要求所有乡镇综合文化站每个季度开展一次综合文化活动，村级综合文化服务中心月月有活动，各文化区域中心每年组织2场以上区域文化活动。同时提出了“四进中心”的要求，即文化志愿者进中心、图书馆分馆进中心、乡贤文化进中心、数字图书进中心。同时以乡镇文化站、综合文化中心为阵地，开展丰富多彩的文化惠民服务活动，通过文化活动开展提高建设场地利用率。组织开展“送戏下乡”“文化惠民巡演乡村行”“百姓明星送欢乐”等系列活动，创造性开展“文南词进校园”、扶贫题材大戏“情暖山乡”等专场演出，极大地丰富了全县群众的文化生活。各区域也紧密结合实际，拓展工作思路，创新文艺活动形式，进一步增强了广大群众的幸福感和获得感。其中，在陈汉乡举办的区域文化活动“筑梦兴乡 奋进新时代”经贸文化活动将优秀民俗文化、艺术表演与经贸活动融为一体，充分展现出多姿多彩的地方文化，皖鄂2省4县16乡镇共同参与活动。25支民俗游行队伍舞龙舞狮，敲锣打鼓，踩着高跷，划着旱船，打着连厢，抬起花轿，吹起唢呐，现场热闹非凡，吸引近万名群众到现场游玩观赏。整场活动网络直播，超过10万名观众通过网络在线观看。在创新活动模式下，展销会现场交易额达60余万元，实现线上交易额超230万元，助推了乡村振兴发展。

群众观看表演

据统计，2020年宿松县共举办乡村春晚活动28场次，其中程岭乡程岭村、破凉镇永丰村的乡村春晚被评为省优秀乡村春晚。以区域文化中心为单位，组织开展的“百姓明星送欢乐”“特色文化”等系列活动，让广大群众在“家门口”就享受到了丰盛的“文化大餐”，让文化下乡既“叫好”又“叫座”。

“2021年，我们计划开展13场主题突出、特色鲜明的区域文化活动，依托各类节庆、重大工作和重要活动，组织开展丰富多彩的群众文化活动，调动群众参与文化活动的积极性、主动性和创造性，充实群众文化生活，扎实推动文化惠民工程实施。”雷鸣说。

社区文明正美诗意正浓

司　舜

社区是城镇治理的“最后100米”，面对精细化治理难题，安徽省宿松县长铺镇长铺社区的“解题思路”是创新开道，做活社区。

鼓励型新模式“舒经络”

近年来，长铺社区率先在全县村级组织体系中组建社区发展治理委员会，把分散于各领域的资源和服务整合起来下沉到社区。同时推动党的基层组织向小区、楼栋、商业楼宇延伸，加快构建“共建共治共享”新型基层治理机制。

“洗衣粉兑完了。”“食用油也兑完了。”“得赶紧去进货。”这样的对话频频出现在社区的爱心超市里，一年四季，爱心超市成了社区最忙碌最聚集人气的地方，而超市的顾客也不一样，这些顾客就是来自各行各业的志愿者们。

长铺社区文化广场一角

爱心超市由社区新时代文明实践站设立，这在宿松全县是第一家。在这个超市买东西不收钱，按照积分兑换，评分细则是按照群众的产业发展、志愿服务、庭院卫生、脱贫攻坚、移风易俗等 6 个大项 13 个小项来评分，社区群众都可以报名参与评分兑换，由“爱心超市”评委会评定积分公开公示后再发放积分券，后按照积分券领取相对应的超市物品。

2019 年获得积分最多的居民徐仁华兴奋地说：“没想到把家里打扫干净，参加村里的三清洁活动，也能获得积分。通过自己的努力获得积分兑换生活用品，这样的扶贫政策真好。不仅有物品，还可以培养良好习惯，一举多得。”

随着爱心超市的货架逐渐清空，社区群众积极参与爱心超市积分兑换的热情也高涨起来。志愿服务每日打卡、婚事新办丧事简办、积极开展村庄清洁行动，大家积分兑换的事项也日益增多，群众的“精气神”也越来越好了。去年社区内获得积分人数有 165 人。

“巩固脱贫攻坚成果、推进乡村振兴实施，积极探索鼓励型乡村治理新模式。以爱心超市为平台，建立党建引领、党群融合的管理模式，着力激发群众内生动力，提升乡村治理能力。这是鼓励型新模式，进一步增强了基层党组织的凝聚力和向心力，值得推广。”长铺镇老干部张艳南说。

社区的绣花功夫下得越深，发展就越好。爱心超市的创办不仅可以帮助贫困群众逐渐消除“等、靠、要”思想，同时提升了人居环境，形成良好的社会风气。也让“一分耕耘，一分收获”不再是一句空话，而是对广大人民群众可以兑现的承诺。

欢乐型软治理“提效能”

曾经，青年外流，土地撂荒，组织涣散，缺乏产业，“空心村”比比皆是。一个个沉寂的乡村成为制约乡村发展振兴的瓶颈。长铺社区针对乡村治理理念滞后、乡村法治意识淡化、乡贤作用弱化、村民凝聚力不强等问题，以健康向上的文化推动法治、德治、自治有机结合，有力促进了乡村治理和乡村振兴，欢乐型软治理开始“提效能”。

去年 1 月，安徽省乡村春晚宿松县长铺镇长铺社区专场文艺演出热闹上演，此次乡村春晚主要是由村民们自编自导自演。四里八乡的村民欢聚一堂，共赏晚会，迎接美好生活新一年。晚会节目有舞蹈、锣鼓说唱、黄梅戏大联唱、情景剧等多种艺术形式，精彩纷呈，通过接地气、贴人心的表达方式，歌颂祖国强盛、百姓幸福，给现场观众呈现了一场丰盛的乡土文化盛宴。

乡村春晚长铺社区专场

“我们今天参加的是10个人变队形的《百花香》，这次春节晚会我们也很高兴。能把这么好的舞蹈带给我们的宿松人民，我们心情是非常非常愉悦的。”参加晚会演出的村民彭石珍说。

精彩纷呈的节目让观众大饱眼福，台下的阵阵掌声让现场气氛更加热闹。记者注意到，现场有不少观众纷纷拿出手机进行录像，记录下精彩瞬间。活动期间，还有文学爱好者挥毫泼墨，现场为群众书写赠送新春对联，恭贺新年。

社区居民叶永松说：“今晚的节目丰富多彩，非常好，展现了家乡的快速发展，充满了浓浓的年味。”

社区建有“居民之家”，里面有科普馆、图书室、残疾人康复中心、日间照料中心、视频对话室等14种不同功能的公共文化娱乐服务场所；门前建有一座可容2000余人的休闲广场，每天清晨或傍晚，上这儿娱乐健身的村民络绎不绝。每天傍晚，广场上聚集一两千名群众，有的在音乐的伴奏下跳着广场舞，有的在健身器材上体验自己喜欢的健身项目，有的则三个一群、四个一伙地在广场边来回散步，这里成了名副其实的“居民之家”。

“几年前，村里农闲时聚集搓麻将成风，村民常常因为输赢发生矛盾，甚至打架斗殴。”社区干部余琼说。现在群众“钱袋子”鼓起来了，游手好闲的人少了，麻将声也销声匿迹了，社区连续10年没有发生一起刑事案件。

景观型大营造“活气血”

一处文化广场，打开一片生活天地，搭建一个精神平台，成了居民共同的乐园，更成了长铺社区一道亮丽的风景线。

路面干净整洁，凉亭里乘凉的老人神态悠然，处处透着祥和安宁。在长铺社区，于今年年初正式开张营业的“长岭铺农庄民宿”，建设面积1500平方米，投资300万元，拥有民宿13间、餐厅10间，已打造成一家文化旅游景区，这也是宿松全县村（社区）中的最大手笔，场景大营造带来的是“活气血”。

长岭铺农庄民宿

为了推动社区发展，长铺在做好“减负提能”的同时，更强调创新场景营造能力，推动传统社区空间向融地域、生活、情感、价值于一体的新场景延伸，使场景营造成为满足居民美好生活需要的物化空间，告别“千村一面”。

长铺社区50个村民小组都修通了“组组通”水泥公路， 3450户家庭户均机动车1.4辆，家家户户住上楼房并安装了自来水、有线电视。

居民石金龙说起现在的生活，满是幸福，他说：“我家里姊妹5人，我排行老三，因为家里穷，姐姐没进过校门，2个妹妹仅读到小学二年级，我和哥哥也只读到初中。当时村里找不出一个读到高中的女孩子；现在不同了，组里每个女孩子都读了书，考上大学的就占十几个，我女儿在2016年也考上了大学。”

改革开放以来，长铺社区共走出了1500多名大学生，其中7人考上了博士，参加工作的大学生遍及全国各地。

长铺社区自设立以来，发展面貌日新月异，先后获得“全国科普示范社区”、“全国防灾减灾示范社区”、全省“科技示范社区”、全市“廉政文化示范社区”等各种荣誉64项次。

家家住在花园中，户户建在美景里。社区内建有景观长廊，一排排徽派建筑大气恢宏，街道干净整洁，舒适温馨。社区还设置有专门办理红白喜事的场地，不少楼房都是因贫困户的搬迁而新建，有跳广场舞等村民运动健身的专门场地。

文明正美，诗意正浓，创新“深”下去，社区“活”起来。“我们努力将场景搭建起来，运作好，春暖花开的时节，采摘季节、秋收季节以及其他节假日，每天都有游客前来旅游观光，能给村里群众带来可观的收入，让老百姓意识到场景营造带来实实在在的好处，也进一步促进乡村振兴的长远发展。”社区党总支书记洪灿东说。

产业富，环境美，百姓乐，“三变”改革绘就美丽山村画卷

孙凯华　虞太文　汪方胜

“今年我一直在村里的茶园基地务工，既增加了自己的家庭收入，又为发展村级集体产业出一份力。”正在茶园整地的村民何金凤说。近日，走进宿松县北浴乡滑石村，只见老茶园里的茶树修剪整齐，新茶园里四处闪现着忙碌的身影，有的村民正在除草，有的村民正在翻地、掏沟、整地，呈现出一幅生机勃勃的美丽山村画卷。

滑石村地处宿松县西北边陲，位于皖鄂两省三县交界处，属典型的山区村，平均海拔约 600 米。村域内山场资源丰富，山场面积 10056 亩，耕地总面积 1065 亩，居民 2100 余人。过去这里土地贫瘠、山场荒废，群众受益甚微。近年来，该村依托丰富的山场资源优势，因地制宜，大力推进资源变资产、资金变股金、农民变股东“三变”改革，发展茶叶、油茶等特色种植和乡村旅游，彻底改变了交通闭塞、贫穷落后的面貌。

2007 年，该村引进宿松林树参天农业开发有限公司来开发荒山，跟 126 户村民签订山场流转租金、分红协议，一次性流转山场 1300 亩，发展银杏、红豆杉等苗木产业。截至目前，该村已有 8 家经营主体落户，流转了 486 户村民的山场，共计 6900 余亩，为“三变”改革打下了坚实基础，有力地带动村集体经济增收。

在资源变资产方面，通过对村集体资源进行清查核实，评估作价，量化到经营主体，取得股份权利，按股比获得收益分红。开展土地承包经营权、林权和村民住房“三权”抵押贷款试点，解决农民及经营主体融资难问题。培育适度规模家庭农场和合作社，办理土地流转经营权证和林权证，进行抵

押贷款，充分利用村民住房财产权进行抵押贷款。该村集体茶园 600 亩、林场 200 亩、竹林 100 亩，折股资产达 500 多万元。

在资金变股金方面，充分利用扶贫政策，将扶贫资金注入经营主体，变成股东。鼓励引导村民在完全自愿的基础上出资走合作发展的道路，按股比获得收益分红。截至 2019 年年底，共有 270 多万元资金变成股金。

在农民变股东方面，该村引导和组织村民自愿以土地入股。采取“二次”流转方式进行流转，村民先把土地委托流转给村委会，再由村委会统一打包流转给经营主体，流转费全部打卡发放到户，确保村民利益得到保障。这样，既减少了经营主体的工作量，也增加了群众的信赖感。企业在未取得经营收入之前，按面积收取土地流转费，荒田流转价格根据水稻价格的增长而增长，荒山承包价格根据小麦价格的增长而增长。企业取得经营收益之后，按 3∶7 进行分成，即村民占比 30%，经营主体占比 70%。

在农特产品牌建设方面，该村注册成立富达茶叶种植专业合作社，流转土地 520 亩，开发茶园面积 720 亩，实现采摘面积 320 亩，申报的“罗仙云雾”茶叶品牌在国家知识产权局成功注册，获得国家级绿色食品证书。2018 年，该合作社被评选为省示范合作社。

“通过实施‘三变’改革，全村 70%多的山场和荒田得到有序流转，村级集体经济和村民收入持续稳定增收，生态环境得到改善，社会效益明显提高。”滑石村党支部书记汪爱学说。不仅带动 200 多人的劳动力就业，人均年增收约 6000 元，还推动荒山改造，增加“绿色”覆盖率，促进村集体经济增收 10.9 万元。

〔新时代　新宿松〕

聚焦“全面依法治县”，谱写“新时代宿松高水平治理”新篇章

依法治县谱新篇

孙春旺

“丹桂飘香醉万家，一弯新月照天涯。楼台隐隐云霄外，处处霓虹织晚霞。”这是宿松县孚玉镇居民张盛菊为描绘家乡呈现的一派平安、祥和景象，写下的《松城夜景》诗篇。

宿松县地处皖鄂赣三省七县结合部，是第四批安徽省法治县创建活动先进单位，在法治建设方面既有国家顶层设计全面落地，又因地制宜不断探索创新，行政机关负责人出庭应诉、政府常务会议会前学法、干部任前法律知识考试、法制机构专业化等依法治县新常态已形成，行政复议体制改革向纵深推进，法治为民、便民、安民取得新成就，1 个行政村被评为“全国民主法治示范村（社区）”，8 个行政村被评为“安徽省民主法治示范村（社区）”，34 个行政村被评为“安庆市民主法治示范村（社区）”。

巍巍罗汉山，记录着宿松县 22 个乡镇迎着依法治县改革大潮，迎难而上，创新方式，落实落细建设法治宿松的伟大实践。

滔滔泊湖水，谱写了宿松 87 万人民顺应法治乡村创建洪流，齐心协力，奋勇向前，一以贯之奏响社会治理的动人乐章。

建设法治政府，公信力越来越高

“国家的禁渔退捕政策这么好，我们必须响应……”高岭乡枫林村渔业组是宿松县有名的“渔业村”，这里居民世代临水而居、以渔为业。在县政府部门宣传发动下，2020 年 7 月，该组 27 户渔民主动将放置在湖里的 1600 多件渔具全部收上岸并入库封存。

高岭乡渔民的做法，见证了宿松县政府部门在群众心中树立的公信力，这也是该县在深入推进依法治县中打造法治政府建设取得的重要硕果之一。

党的十八大以来，宿松县紧紧围绕打造法治政府，探索建立了行政机关负责人出庭应诉、政府常务会议会前学法、干部任前法律知识考试、法律顾问值班、重大事项合法性审查等制度，同时在全县行政执法部门全面推行行政执法公示、执法全过程记录、重大执法决定法制审核“三项制度”、“双随机一公开”、失信联合惩戒、行政复议、法律援助、“放管服”改革等工作，让政府行政活动在法律的框架内健康运行，确保“法定职责必须为、法无授权不可为”。

“法治政府是法治社会建设的先导和示范，政府承担着经济、政治、社会、文化等建设的重要职责，是执行法律法规规章的重要主体。政府是否依宪施政、依法行政，各级领导干部和政府工作人员能不能带头尊法学法守法用法，直接影响人民群众的法治信仰和行为选择，直接决定法治社会建设的速度和成效。”宿松县公安局政委梅金翔对党的十八大以来宿松县深入推进法治政府建设取得的变化感受深刻。

宿松县人大常委会监察和司法委员会主任周春天介绍，过去县人大常委会仅对规范性文件实行合法性审查，现在拓宽到对重大行政决策、重大建设项目、重要经济合同等方面的审查。在推行律师顾问制度上，以前，仅限于行政执法部门，现在扩大到行使公权力的所有单位，防止违法行政及慢作为、不作为、乱作为等现象，以减少损害群众利益的情况发生。

“以前，涉事群众基本都是抱着信访不信法的思想，动不动就堵门堵路，‘三堵六闹’现象十分普遍。”“过去，人们追讨欠款不通过法律途径解决，而是采取暴力手段，由受害人演变成了犯罪嫌疑人。”……一线司法人员的感触，道出了人们不愿依法维护自身权益的深层原因。

在深入推进依法治县工作中，宿松县委、县政府深刻认识到：“没有公信力一切都无从谈起，而要树立公信力必须从依法行政做起。”“十三五”规划实施以来，宿松县在着力推动法治政府建设、基层社会治理等工作迭代升级上不断下功夫，切实抓好法治理念提升、依法科学决策、规范文明执法、社会参与法治建设等方面工作，运用法治思维和法治方式破解工作难题，让广大领导干部带头做依法行政的忠实“践行者”，让广大老百姓做法律的“明白人”。

“行政执法公信力的增强，让我们在落实‘长江10年禁渔’工作中尝到了‘甜头’，执行禁渔工作3个月来，广大群众都能配合工作，无一起阻碍我们执法的行为发生。”宿松县农业农村局党组书记、局长陈文浩表示。

据了解，2016年以来，县法律援助机构共办理法律援助案件4611起，其中办理农民工请求支付劳动报酬案件972起，追讨资金1098万元。县人民法院发布失信被执行人名单信息9500余人次，屏蔽2700余人次，失信曝光发布510人，执行到位6亿元。行政复议纠错率逐年下降，2020年以来为14.3%；信访人数逐年减少，行政执法满意度不断提升，政府公信力越来越高。

增强法治理念，治安状况越来越好

社会治安好不好？政法工作怎么样？老百姓最有发言权。

民意调查显示：2013年，宿松县群众安全感94.54%、政法工作满意度82.09%；2019年，宿松县群众安全感98.68%、政法工作满意度96.67%。数字的变化，折射出宿松县政法人加强法治宿松、平安宿松建设的坚强决心和真情实效。

维护社会稳定，打击违法犯罪，公安机关是主力军，而执法质量是公安工作生命线。

党的十八大以来，宿松县公安机关坚持遵循以人民为中心的执法理念，努力让人民群众在每一起案件中都能感受到公平正义。同时，不断完善公安执法体系，保证公安执法工作始终在法治轨道内运行。着力增强公安民警以审判为中心的办案理念，加快办案中心建设步伐，全面实行讯问犯罪嫌疑人、讯问违法行为人全程录音录像制度，提高民警依法收集、固定、保存、审查、运用证据的能力水平，加强对刑讯逼供和非法取证的源头预防。

“过去，因为执法理念上的问题，加之打击犯罪手段和执法力量有限，我们对老百姓遭受的一些侵财小案，处于被动应付状态，老百姓对我们的工作不怎么满意；对抓获的嫌疑对象，往往都是靠审讯来认定犯罪事实，案件退查的现象时有发生。”梅金翔从事公安工作30多年，经历了公安机关从传统侦查模式到信息化侦查模式的转变过程。

梅金翔回忆，“受地处皖鄂赣三省七县结合部的特殊区位影响，过去，飞车抢夺、盗窃摩托车、入室盗窃等侵财类案件在宿松城区一度呈高发态势。2015年之前，摩托车被盗案年发案数达到500起以上，作案人员基本都是多次受到公安机关打击处理的外地盗窃惯犯，反侦察意识非常强，即使将他们抓获现行了，他们也只交代个案，不交代其他罪行，往往因为个案达不到立案标准，由此导致我们对他们是抓了放、放了又抓，老百姓不理解，我们也很无奈。”

过去，在宿松县，不止是侵财类案件多发，聚众斗殴、寻衅滋事等六类公开性犯罪、“黄赌毒”违法犯罪、未成年违法犯罪也呈高发态势，宿松县公安局 110 指挥中心最多时一天要接到举报涉黄涉赌警情 44 起。

“以前，我们开出租车的，一天到晚总是提心吊胆的，担心不知道什么时候会遇到小痞子找茬，到时不但挣不了钱，还受窝囊气；现在的治安状况没话说，即使是半夜出车，也不用担心。”宿松县长铺镇曾记中从事出租车生意 14 年，目睹了社会治安状况越来越好。

近年来，宿松县在着力培育政法干警树立正确执法理念的同时，结合动态化、信息化社会背景下如何做好社会治安防控工作的实际，不断完善治安防控体系建设，特别是“智慧宿松”建设。同时深入开展治爆缉枪、扫黑除恶、整治“黄赌毒”、“七五”普法、公益诉讼等专项工作。通过深入开展普法活动，弘扬法治精神，熔铸法治社会，使广大群众逐渐由“知法、用法”向“尊法、守法、护法”转变。

“2019 年 6 月，通过治安卡口人像自动比对系统，成功将潜入宿松欲再次盗窃摩托车的外省在逃人员抓获现行。”科技手段的应用，大大提升了公安部门打击各类违法犯罪活动的精度，形成了对跨区域盗窃摩托车、飞车抢夺、入室盗窃等侵财类犯罪的强大震慑。2016 年以来，刑侦大队民警王节华运用视频侦查手段，协助一线单位抓获犯罪现行 240 起，破获各类案件 1190 余起。

据了解，随着政法队伍法治理念的不断增强，社会治安防控体系的不断完善，以及人民群众法治意识的不断提高，宿松县社会治安秩序明显好转，刑事案件发案总量从 2015 年的 2100 起下降到 2019 年的 1760 起，“黄赌毒”警情、8 类暴力案件、侵财类案件、6 类公开性案件分别同比下降 51.3%、48.1%、11.1%、62.4%。

完善化解体系，涉诉纠纷越来越少

2020 年 4 月，宿松县孚玉镇大河村村民刘某在帮人建房过程中，不慎摔成重伤，而包工头和雇主均拒绝承担医药费。宿松县信访局接访后，按照

“访调对接”机制，引导刘某到县信访事项调解委员会调处。5月20日，经调解人员悉心调解，该信访纠纷被妥善化解。

“改革进入攻坚期，各类社会矛盾多发高发，我县积极探索化解矛盾纠纷新路子，充分发挥人民调解在化解信访事项中的积极作用，依法、及时、就地化解群众信访诉求。”宿松县人民政府信访局局长余苍松介绍。成立信访事项调解委员会是宿松县为了落实“访调对接”机制而推行的一项重要举措，根据来访群众诉求，及时将可调解的信访事项移交给调委会进行调解，实现人民调解与信访工作无缝对接。

“矛盾纠纷如果得不到及时发现和有效调处，就有可能导致矛盾激化、纠纷升级，有的会形成群体性事件，有的会形成信访事件，有的还会演变成刑事案件，造成意想不到的严重后果。人民调解的力量来自基层，来自群众，对民间纠纷能够第一时间发现，第一时间进行调解。再说不是所有矛盾纠纷都适合‘打官司’，‘打官司’并不是解决纠纷的最佳方式，它往往是当事人在无其他解决方式可寻的情况下的无奈之举。人民调解是具有中国特色的‘东方经验’，不仅能降低诉讼成本，还能节约司法资源，具有便捷性。”宿松县司法局局长石海燕说。

党的十八大以来，宿松县针对行业性矛盾纠纷多发的现状，大力推进行业性专业性人民调解工作，将其纳入社会治理创新工作体系，使行业性专业性人民调解工作在多个领域落地生根，充分发挥了人民调解在化解行业性专业性矛盾纠纷中的第一道防线作用。截至目前，全县共建立医患纠纷调处、交通事故纠纷调处、婚姻家庭纠纷调处等7个县级行业性专业性人民调解组织。

宿松县医疗纠纷人民调解委员会自2014年7月成立以来，成功调解医疗纠纷322起，调解执结率100%。2017年5月，宿松县医疗纠纷人民调解委员会被司法部评为“全国模范人民调解委员会”。同时，积极探索乡贤文化与人民调解工作深度融合治理机制，在全县深入推进乡贤调解工作室建设。截至目前，全县共设立乡贤调解工作室241个，发展乡贤调解员512名，使一大批矛盾纠纷化解在萌芽状态。

近年来，宿松县依托273个人民调解组织、1755名调解员队伍，聚焦医疗纠纷、重点工程征迁、交通事故赔偿、农民工讨薪等重点领域，将“诉调对接”“警民联调”“检调对接”“援调对接”“访调对接”等作为人民调解参与矛盾纠纷的主要支撑，不断创新对接机制，规范工作流程，将化解矛盾与执法办案相结合，既促进了纠纷当事人和解、息诉、罢访，又节省了公共行政资源。

“信访事件、群体性事件、民转刑案件等影响社会不稳定的因素越来越少了，矛盾纠纷化解率越来越高了。”这是宿松县不断完善矛盾纠纷多元化解体系下老百姓看得见、摸得着的“成果”。

如今，在依法治县的道路上，宿松县已营造出办事依法、遇事找法、解决问题用法、化解矛盾靠法的良好法治环境和法治氛围，并在助力乡村振兴、脱贫攻坚、疫情防控等工作中发挥着重要作用。

全面治理“两违”，城乡形象越来越美

街道宽阔通畅，行人川流不息；街边商铺林立，树荫浓密，车辆停放有序。走进宿松老城区黎河东南西北四街，文明、有序、和谐的城市气息扑面而来。

而在一年前，这里街道拥挤，违建棚亭、占道经营等现象屡禁不止。2019 年 8 月，宿松县出台《整治城区违建棚亭专项行动方案》，先行拆除黎河四街和县城主次干道交叉口等重点路段、区域的违建棚亭。通过多部门联合执法，利用 3 个月时间，依法拆除违建棚亭 218 个，让市容市貌发生重大改观。

土地是一个城市发展的有限资源，违章违法建筑不但侵犯了国有土地所有权使用权，而且有碍观瞻、妨害社会公众日常生活，还影响社会公平正义的法治环境。“不改，何以求发展？不改，何以谋未来？”

依法治县，决不能允许有“任性”的建筑。整治违法用地、违法建筑的“硬骨头”再难啃，也要迎难而上、攻坚克难。2016 年，宿松县组建城市综合执法专职队伍，队伍人数由过去的 26 人壮大到现在的 100 人，从而掀起了席卷全县的拆除“两违”风暴。

据了解，2017 年以来，全县共拆除违法违章建筑 4600 余处，拆除建筑面积 36 万平方米，拆除违法户外广告 4200 余块，清除乱堆乱放建筑材料 2600 处，210 条狭路变通途。这一串串数字是宿松县委、县政府交给广大人民群众的一份满意成绩单，更展示了宿松县委、县政府依法推动法治宿松建设的坚强决心。

“开展‘两违’整治不仅在城区，还在全县各乡镇铺开。去年，我们在陈

汉乡罗汉宕村将一处违法建设的10间房子全部拆除，在当地形成了强大震慑，有力地推动了山区美丽乡村建设。”在宿松县城市管理局党组书记、局长刘胜新心中，整治“两违”工作是一场必须打赢的攻坚战，更是一场持久战。

在坚持整治“两违”的同时，宿松县还将餐饮夜市、露天烧烤、占道经营、骑路摆摊、小喇叭噪音扰民、污染源等违法违章行为列为整治重点，对存在反复违法违章的商户和摊贩，组织公安、市监、法院、环保、城管等部门开展联防联治。

“民之所忧，我之所思，民之所望，我之所行。”宿松县委、县政府深刻认识到，整治城市违法违章行为的根本目的，是不断提升人民群众的获得感、幸福感，增进人民福祉；做好这项工作，不仅要有力度，更要有温度。

2019年，宿松县投资200多万元在县城老厅附近拆除原县水产局门面房，设立统一的标准化自产自销菜市场，免费向菜农、流动摊贩提供摊位。同时，在城区设立3个临时摊点群，供从事地摊生意的群众摆摊设点，并在城区设立14个西瓜销售摊点。

“以前，我一直是在黎河老街一带，靠占道摆摊卖豆腐，每次看到城管来了，我就东躲西藏，担心被驱赶、被处罚。”住在城郊的许瑞金，生产销售豆腐20多年了，去年12月，他和40名菜农一起搬进了黎河自产自销菜市场免费摊位，从此结束了违规经营的摆摊生涯。

2020年4月，宿松县又将县城北门街96个商铺的违建棚亭全部拆除，拓宽了街道，使这条通往城关小学、宿松商城的街道真正成为家长、学生和市民的“平安路”。

如今，随着“法治宿松、美丽宿松”的加速推进，宿松县越来越新、越来越美，已成为闪耀在皖西南大地的一颗璀璨明珠。

东风浩荡满眼春，跨越发展正当时。宿松县委原副书记、县长王赵春满怀信心地说：“在脱贫攻坚全面建成小康社会期间，我们已取得依法治县历史性进步，‘十四五’规划中，我们将仍然把法治政府建设放在突出位置，在危机中求新机，于变局中创新局，争创全国法治先进县，让全县人民群众拥有更多的获得感、幸福感、安全感。”

乘风破浪绘就公平正义司改蓝图

——记宿松县人民法院

陈 娟

司法体制改革在全面深化改革、全面依法治国中居于重要地位，对推进国家治理体系和治理能力现代化意义重大。在改革浪潮前，宿松县人民法院紧紧围绕“努力让人民群众在每一个司法案件中感受到公平正义”的伟大目标，砥砺奋进，蹄疾步稳，以逢山开路、遇水架桥的勇气与魄力，绘就了一张新时代公平正义的司法改革责任制蓝图。

落实司法责任制改革，夯实司法公正之基础

全面完成员额遴选工作，分类管理，各归其位。在法官遴选时严把政治关、程序关，严格履职保障，严格规范管理。2016 年 11 月，第一批 37 名员额法官遴选产生，并由县人大常委会依法审批任命。落实法官员额增补要求，根据员额退出及指标空缺情况，逐年遴选递补，保证员额数量动态平衡。2019 年新遴选“80 后”员额法官 6

举行就职宣誓

名，法官学历层次、年龄结构明显优化。落实人员分类管理，现有员额法官38人，审判辅助人员34人、司法行政人员22人，三类人员形成各归其位、各尽其责的司法人员管理制度。落实省高院司法雇员制度，首批招录26名聘用制书记员，兑现工资待遇，稳定书记员队伍。

组织办案骨干考察学习

顺利完成内设机构改革，精简机构，轻装上阵。严格按照省委、市委关于深化司法体制改革的总体部署和要求，精心筹备、周密安排，平稳顺利将原有的15个内设机构精简为10个，设派出法庭7个。改掉冗余机构，清扫人浮于事的作风，有力推动了审判业务骨干回归办案一线。目前，机构人员配置已全部到位，工作按新机构模式有效运行。

不断完善审判监督管理机制，充分放权，有效监督。落实“让审理者裁判、由裁判者负责”的改革要求，制定司法权力和司法责任清单，建立专业法官会议制度，规范审委会讨论事项，进一步明确审判权和审判监督管理权的边界。院长、庭长带头办理案件，重点审理重大、疑难、复杂、新类型和在法律适用方面具有普遍指导意义的案件。实行办案质量终身负责制和错案责任倒查问责制，加强司法权运行节点管理，确保改革后案件质量不下降、管理监督不缺位。

推进诉讼机制改革，破解司法实践之难题

全面深化立案登记制改革和多元解纷机制改革，推进一站式多元解纷和诉讼服务体系建设。

加快建设现代化诉讼服务中心。归集整合立案审查、信访申诉、咨询服务、诉调对接等窗口功能，对材料完备的立案申请一次办好，当场立案率达到99%。大力推行网上立案、手机立案、跨域立案，开通诉讼费在线支付渠道。2020年以来，网上立案879件，居全市领先位次。健全立体化诉讼服务

渠道，打造“厅网线巡”为一体的诉讼服务中心。借力信息化助推诉讼服务提档升级，引进自主立案终端、诉讼服务一体机等设施，推出虚拟导诉员，为当事人直接办理立案、提供查找法律文书式样、法律咨询、交退费、保全、网上立案、跨域立案、案件信息流程查询、传递材料等服务，开通12368诉讼服务热线，接受当事人法律咨询，满足当事人的基本诉讼需求。将集中送达等辅助性事务外包，向诉讼服务中心集中，统一协调管理。

网上巡查系统

推动一站式多元解纷机制建设，打好矛盾纠纷化解“组合拳”。完善诉调对接机制，调解前置，充分发挥派驻调委会作用。2017年7月，天平调解委员会入驻县人民法院，着力化解民商事纠纷，自成立以来共计调解案件372起，调撤率达80%。2019年9月，县总商会人民调解委员会入驻县人民法院，推动商事调解实质化，自成立以来调解案件202起。2020年9月，家事调解委员会入驻县人民法院，开展婚姻、家庭案件调解。大量简单、类型化案件和部分普通案件在前端快速化解，2019年县人民法院信访维稳考核得分全市第一。进一步加强诉前调解与立案、审判的衔接，建立了速裁团队和调委会相互协作配合的良性机制，在诉讼服务中心实行“员额法官+法官助理+书记员+调解员”的团队设置模式，由法官直接进行调解业务指导，做好无缝对接。

宿松县人民法院人民陪审员颁发任命书暨宣誓仪式

深化人民陪审

员制度改革，提升司法案件公平公正。改革人民陪审员选任程序，2018 年，在县人大常委会的支持下，共有 69 名人民陪审员获得任命并举行入职宣誓仪式。落实人民陪审员办案经费，加强陪审员业务培训，明确陪审员的权利和义务，不断强化人民陪审员的履职保障。扩大人民陪审员参审范围，参审陪审员实行随机抽取，2019 年以来，全院人民陪审员共参审案件 800 件。

深化执行工作机制改革，完善执行工作新模式

宿松县人民法院开展巡回法庭

推进执源治理，建立执行长效机制。整合社会力量参与执行，在县委政法委指导下联合出台《关于在我县全面推行执行网格化的通知》，借鉴疫情期间防疫做法，选聘 2911 个村（社区）工作人员、单元长、联防长作为执行联络员，延伸执行触角，形成攻克执行难的“协同战、立体战”网络。制定出台《宿松法院社会信用体系建设工作要点》，将执行工作纳入社会信用体系建设，召开 31 个执行联动部门参加的联合惩戒推进会，完善信用联合惩戒机制。出台 21 条意见，对自觉履行完毕被执行人出具《自觉履行证明书》，引导被执行人主动履行义务。探索失信企业信用修复机制，依据被执行人是否主动履行义务等项目进行量化评分，达到标准的恢复企业信用，4 家企业成功修复信用。

组织法官集中阅卷

健全完善执行工作规范管理制度。积极探索建立以信息化为依托的执行新模式，所有执行案件全部纳入流程管理，建立具有远程指挥、快速反应

等功能的执行指挥中心，不断完善执行工作规范体系。完善执行实施、执行审查等系列规程，实行“一案一账户”执行案款专项管理，开展代表委员见证执行、执行直播等活动，实现执行全过程监督、全过程管理。制定出台《执行案件流程指引》，对执行过程中每一阶段进行全面梳理。制定执行案件流程节点风险控制表，共梳理 86 个执行中的廉政风险点，并制定风险防控措施。推进“三项治理+”行动，对涉刑事财产刑执行、执行款等问题开展专项整治，并深挖根治，从源头着手规范。

群众向法官赠送锦旗

健全完善强制执行实施工作机制。开展“江淮风暴”春、夏、秋、冬集中统一行动，全力攻克涉金融执行、房屋土地腾退、超期未结案件等 13 类重点案件，2018 年至 2020 年 9 月，执结案件 8743 起，执行到位标的额 5.22 亿元。强化执行案件“一性两化”，对拒不履行生效判决的被执行人，果断采取强制拘留措施，3 年来司法拘留 176 人，判处拒执罪 6 人。建立执行案件繁简分流工作机制，基本实现了“简案快办、繁案精办、特案特办”。实施执行团队改革，改变执行实施案件“一人包案到底”的传统办案方式，按照事务、快执、普执、终本 4 个基本模式，组建新型执行团队 7 个，执行案件实行繁简分流，执行效率进一步提高。

司法改革，一次伟大的出发，一段艰难的征程。5 年来，宿松县人民法院始终坚持司法为民、公正司法，有重点、有步骤、有秩序地深入推进司法体制改革，一路披荆斩棘、破解难题，取得了阶段性成果。走过千山万水，仍需跋山涉水。未来，宿松县人民法院“司改工作”将继续以习近平新时代中国特色社会主义思想为指引，站在更高起点，攻坚克难，开拓进取，扎实推进各项改革任务向纵深推进，为法治宿松、平安宿松建设作出新的贡献。

于变局中开新局

——记宿松县公安局110指挥中心

孙春旺

110接报警服务台

从“四有四必”到“四句话、十六字”总要求，从单一的接处警到防范、打击和服务，从驾驶摩托车出警到集“现场勘查、救助服务、网络追踪”为一体的警用装备车辆。自2001年4月开通110接报警服务台以来，宿松县公安局虽然经历了机构、职责、装备、技术等方面的发展变革，但服务群众、打击犯罪、维护稳定的职责却一直未变，执法为民的初心一直铭刻在一代又一代110人心中。

据统计，19年来，宿松县公安局110指挥中心共接群众报警222万起，其中刑事警情2.3万起、治安警情4.5万起，成功救助群众107万人次。

从电话派警到网络派单

要说宿松县公安局发展史上的大事，莫过于110的开通。2001年4月，全天候24小时运作的宿松县公安局110接报警服务台正式开通，它就像一条纽带，将百姓的需求和危难及时传递到一线处警单位。宿松县公安局原副局长石贵明是该局110指挥中心的首任主任，他见证了110的发展变化。

石贵明与110有着不解之缘，参与了110筹建，当了十几年的主任，步入局领导岗位后，又分管110工作至今。新建于2018年的110指挥中心，高端大气，超40平方米的LED小间距液晶大屏，格外显眼，听着从电脑里发出来的清脆的报警语音，石贵明的思绪回到了20年前的110初建时期。

石贵明介绍，2000年8月，县公安局根据公安部、省公安厅部署，集中社会力量筹集30万元资金建设110，并成立了由县委副书记为组长的110社会联动领导小组，联动单位有30多家。在县委、县政府的高度重视下，110指挥中心于2001年4月9日建成并投入运行，该中心建在原老公安局二楼，办公面积只有十几平方米；设立班长台、通信台各1个，接警席位2个，从全县公安机关抽调7名民警担任接警员。那时，县公安局没有开通公安网，110是从电信开通的“特服号”，只安装了2部电话，接到的所有警情都是靠电话派警，原巡逻防暴警察大队作为专业处警力量、孚玉派出所作为属地处警力量，承担着城区警情的处置任务，县公安局专门为巡逻防暴警察大队配备了2台警车处警，涉及其他乡镇的警情由属地派出所负责。

“那时，我们积极按照‘有警必接、有难必帮、有险必救、有求必应’的庄严承诺，做好每一起接处警工作；当时，报警记录都靠手工登记，一本报警登记簿有50页，最多一天要登记3本。”回忆担任接警员的经历，宿松县公安局出入境管理大队民警李红霞的话语多了起来。

李红霞说，电话派警最怕雨雪天气电话线路出故障和电话线路占线，以及处警单位处警力量不足等问题。那时，使用手机的人很少，而手台的信号跟不上。一个大年三十下午，程岭乡一户居民家里因燃放爆竹发生火灾。由于电话占线严重，她心急如焚，拨打了十几次电话，才与辖区派出所取得联系。有一年春运，她打电话指令交警事故中队处置一起交通事故，中队值班人员回复说，民警、辅警都到外面处警去了，联系不上他们。当时，全县所有交通事故的处理职责都由事故中队承担，她只得打电话通知交警大队，后来交警大队安排其他中队人员处置了该起警情。其间，耗费了不少时间。一次值班，她陆续接到一个报警人的5个电话，对方称属地派出所一直没派人去处警，而她每次打电话给该派出所催促时，接电话的人员都说已派人去了。该所是否及时处警，她一时无从得知。

怎样才能解决影响110效能发挥的各种现实问题呢？宿松县公安局根据上级公安机关部署作出了积极探索。

2002年，宿松县公安局开通公安三级网和110接处警系统。

2005 年，将公安机关“110”“119”“122”三个对外公布的号码进行整合，实现“三台合一”，实行“一个中心、一级接警”的工作模式。同时，对公安网进行升级，统一将公安各派出机构的办公电脑接入公安网，为实现 110 网络派单处警创造了条件。

2007 年，将指挥中心搬迁至位于县城孚玉西路的县公安局 110 大楼，在指挥大厅增设 4 个接警席位，并设立背投大屏幕，将城区监控探头接入指挥大厅。

2010 年，对 110 接处警系统进行升级改造，增加了一键调度、录音录时等功能。同时，第一期的“天网工程”建成投入使用，指挥大厅背投大屏幕也更换为液晶拼接屏。随后，为一线单位配备了手台、警务通、执法记录仪等装备，初步形成网络派单指挥调度工作模式。

2018 年 11 月，将 110 指挥中心搬迁至位于东北新城的县公安局业务大楼，第二期“天网工程”同步投入使用，110 指挥中心成为一个集接处警、可视指挥调度、视频巡查、缉查布控、反电诈等于一体的系统平台，网络派单指挥调度工作模式的效能进一步凸显。

宿松县公安局 110 指挥中心副教导员曹园介绍，现在，接警员只要接到报警，就会通过网上指挥调度系统，以网络派单形式，将警情一键同时推送到多个一线处警单位和出警民警手持终端，并通过系统对接警、网络派警、签收、处警、到场反馈、处理反馈、电话回访等实行全流程管控，确保警情指令准确推送、警力报备实时掌握、警力分布一目了然、处警反馈及时规范、现场证据固定上传、重大案件同步响应、检查监督有据可查，大大提高了公安机关快速反应、统一指挥、协同作战能力。

“网络派单充分发挥了多警种合成作战共同打击现行犯罪的优势，体现出了公安机关在处警上的稳、准、快。”今年 8 月 20 日下午，两名外地窃贼在宿松县河塌乡作案后骑摩托车往 105 国道方向逃窜。110 接报警服务台接到群众报警后，迅速通过网络派单形式，同时指令 105 国道沿线派出所和沿线路面交警紧急布控并实施拦截。由于调度到位、处警及时，两名窃贼被在 105 国道破凉镇段布控的交警成功截获。

从事路面执勤工作多年的交警大队三中队指导员曹成武，对此感受深刻。他说，网络派单，不只在打击违法犯罪上发挥了重要作用，还解决了一线单位警力不足等现实问题，同时发挥了就近警力处警的效能。去年以来，交警部门根据 110 网络派单，通过在路面紧急布控，协助其他警种抓获各类违法犯罪人员 41 名，有力震慑了流窜侵财犯罪活动。

从“投递员”到“大管家”

“从事 110 接处警工作后，第一个感觉是忙，每天的接警量都很大，大脑每天都在飞速运转。”李红霞说，随着 110 的知晓率不断提高，涉及各行各业的民生诉求开始增多，为此她和同事把涉及公安机关服务职能的警情，都直接“投递”给公安一线处警单位；涉及其他部门的警情，就“投递”给相关部门。

石贵明说，110 接线员的工作看起来像是“投递员”，但做的都是关乎人民群众生命财产安全的事情，责任重大，容不得一丝马虎，对其政治素质、业务素质、文化修养等都要求非常高。一次，一名接线员在值夜班过程中，接到一起火警，将报警人说的“柴房着火”误听为“柴山着火”，致使消防人员跑错了处警地点，耽误了处警时间。

李红霞对自己从事接警员的经历仍记忆犹新，她说，她是 110 设立后的第一批接警员，对 110 工作有着特殊情结，当时 7 名接警员都是按照“四班三运转”模式开展接警工作，现在他们 7 人都离开了 110 岗位。为了做到精准下达指令，她和同事把当时全县公安机关所有民警的手机号码、单位固定电话，所有联动单位的联系电话，全县 22 个乡镇 207 个村（社区）的名称，城区主干道、各街巷弄道和标志性建筑的名称及具体位置，以及城区重点单位、知名行业场所的具体位置和流行在民间的各乡镇地名等都牢记在心，并能做到随口说出。

李红霞回忆，有天晚上，她接到一名男子报警，称其骑车路过县城一条街道时，看到一位老人昏倒在路边，但报警人说不出该街道的名称。她就耐心询问报警人路边有哪些建筑物，有没有熟悉名字的店铺。在她的提醒下，报警人说路边有几棵梧桐树，还有一个卖药的店铺。她立刻联想到通德街。果不其然，辖区孚玉派出所民警根据她指令的地点，成功找到该老人并将其送到医院急救。经紧急抢救，老人平安脱险。事后，医生对处警民警说，老人是心肌梗死，再迟几分钟送来就没得救了。

八角楼、白云楼、四牌楼、白洋河桥、八里凉亭、光头岭、一天门、城门冲水库、二十五里铺……至今，李红霞仍对这些流行于宿松民间的建筑名称和地名如数家珍，过目不忘。李红霞说，从 2006 年起，110 接警员都是从社会公开招聘，为此她当了 10 年的考官，对招聘的每一个接警员，她都要从社会人文知识、地理知识、各警种业务知识、法律知识、方言俗语等方面对她们进行培训和考试。

小孩子走失了，如何才能确定孩子去向？盗车贼骑着盗窃的摩托车逃跑了，怎样才能成功将其截获？路边商店时常遭人盗窃，如何才能及时发现？

宿松县政法委副书记刘柳斌，曾在110指挥中心担任多年的负责人，他对110在探索中谋发展感受深刻。他表示，随着社会的快速发展，人们对110的期望值和要求越来越高。新形势下，110必须适应时代发展，从警情“投递员”向“大管家”转变，从单一接处警到勤务指挥调度转变，让110更快更灵。

2010年以来，宿松县公安局在110建设上，坚持在转型中抓机遇、在创新中谋发展、在变局中开新局，在110指挥中心的大框架下，先后发展了网安、情报、科信3支专业化力量，并建立健全联片联勤联动、重大警情应急响应、网格化巡逻防控、紧急布控等多个警务工作机制。积极整合全县社会视频监控资源，全面发挥视频监控在预防、打击犯罪和服务群众方面的作用。

宿松县公安局指挥中心

110，为便民而生，因为民而强。据统计，2018年以来，宿松县公安局110指挥中心严格按照“对党忠诚，服务人民，执法公正，纪律严明”总要求，通过对各种警情的研判，找回走失人员460余人，破获现行犯罪案件180余起；通过视频巡查、可视指挥调度，制止各类违法犯罪现行260起，追回群众遗失财物480起；通过指挥调度警力紧急布控、网格化巡控，抓获违法犯罪人员310人，充分发挥了110的“大管家”作用。

从日均接警60起到416起

2001年共接报警22213起，日均60起；2006年共接报警88875起，日均243起；2011年共接报警143678起，日均393起；2019年共接报警152048起，日均416起。通过这组数据，不难发现宿松县公安局110指挥中心的接警量每隔几年都会发生较大递增。

警情在不断递增，而警情的特点在不断发生变化。宿松县公安局情指中心负责人袁章莲介绍，过去涉及矛盾纠纷、打架斗殴、侵财犯罪等类型的警情比较突出，特别是街面盗窃、抢夺等警情；现在，这类警情大幅度下降，而交通堵塞、交通事故、电信网络犯罪等警情呈高发态势，并在不同季节、不同社会环境下呈现不同特点，考验着每一名接警员的综合素质。

“经常到村里闹事的人，算不算黑恶势力？”“哪种行为算黑恶势力？”“这里有人聚集，有传播病毒的风险。”“有人在这里拦路，不让我们走。”“在长江里放地笼，算不算非法捕捞？”“有人贩卖从长江里捕来的鱼，抓不抓？”“我家的鸡还没有转移出来。”“我从家里转移出来时忘记带衣服，我想回家拿。”……在开展扫黑除恶专项斗争、打击非法捕捞等专项工作期间，以及在开展疫情防控、抗洪救灾的特殊时期，宿松县公安局110指挥中心接到涉及举报、求助、咨询等类型的警情特别多。疫情防控期间，最多一天接到涉疫警情187起。每接到这类警情，接警员们都是镇定自若、有条不紊，或是用温柔的话语安慰报警人的情绪，或是利用掌握的专业知识为报警人释疑解惑，或是利用文明规范的接警语言引导报警人正确处理问题，赢得了广大人民群众对110工作的信任和尊重。

“姐姐，你觉得活着累吗？”2019年10月12日晚上，接警员聂婉君凭着职业的敏感，根据报警女孩在电话里讲的这句话，判断该女孩有自杀倾向，在她的引导下，女孩向她说出了服农药的实情。情况紧急，她急忙安抚女孩，但女孩拒绝透露自己的位置，并挂掉电话，她就不断拨打女孩的电话，在多次拨打后终于被路边群众接通，并告诉了具体位置。当民警和120急救车赶到现场时，女孩口中不停地吐着白沫，后被送往医院救治成功脱离生命危险。聂婉君的事迹经媒体报道后，在社会引起强烈反响，全网阅读量达到4.2亿次，并获邀参加2019年省厅“110宣传日”主题宣传活动。

聂婉君说，每年春节、清明、国庆等重要节日，是110最忙碌的时候，电话声此起彼伏；今年国庆，中心最多一天接到707起报警，她和同事不得不缩短轮休的时间，每天上班忙到下班，连上厕所的时间都没有，一下班会感觉很疲倦。

“80后”接警员洪日利在110指挥中心工作的时间比较长，经历了警情逐年递增且呈现疑难复杂化的变化过程。她说，日常工作中，她和同事时常会接到涉及坠楼、自杀、人员走失等疑难复杂警情。接到这类警情，头脑要保持冷静，并能根据报警的内容迅速作出准确判断。2019年7月的一天晚上，有个人在电话里喊了一句“救命啊”然后就挂断了电话。她根据对方说话的话音，立刻判断出是一位十几岁女孩的声音。后来，情报研判民警根据她提供的信息，通过分析研判，确认报警人系五里乡村民张某的女儿。随后，处警民警找到张某家。原来是张某女儿因未完成作业，被张某打了一顿后而打电话报警。张某女儿打完电话后，就去房间睡觉了，而公安民警却为此忙碌了一个晚上。

曹园介绍，近几年，公安机关为处置人员走失警情，牵涉了大量的警力，消耗了大量的警务资源。走失警情涉及多种情形，有小孩走失的，有未成年人逃学离校出走的，有夫妻吵架离家出走的，还有老年人、智障患者走失的。虽然在新的社会形势下，110 承担的任务更重更艰巨，但随着法治社会建设的深入推进，特别是公安机关不断加大对谎报警情、骚扰警情等行为的打击和宣传力度，谎报警情、骚扰警情的现象越来越少，所以现在有效警情在不断增多，无效警情在不断下降，而处警量在不断上升。

据了解，近年来，宿松县通过不断加强法治社会建设，各政务服务部门“以人民为中心”的理念得到了增强；与民生息息相关的部门，都依托各种载体开通了自己的服务热线，110 接到涉及公交车乘坐、环境污染、食品安全、劳动纠纷、法律求助等民生类的警情逐年减少；特别是 2017 年安徽省公安厅通过微信公众平台开通“一键挪车”服务后，人们都是通过下载该 APP 移动终端，利用“一键挪车”系统及时、准确通知堵塞通道的车辆车主挪开车子，为此大幅度减少了此类警情。民生类警情的分流，大大减轻了 110 的工作量，使 110 的主业功能得到进一步凸显，充分发挥了 110 服务实战的作用。

谈到 110 今后的发展，指挥中心负责人袁章莲表示，宿松县公安局将依托拥有的警务科技资源，打造超融合指挥调度系统，实现可视化、扁平化和智能化调度，形成智能语音接警、抢单式接警等工作格局。

“工作最苦、坏人最怕、百姓最爱、发展最快”——“宿松 110”作为宿松县公安战线上最亮丽的名片之一，如今这张名片沐浴着新时代的阳光，更加熠熠生辉。

十九年风雨历程，春华秋实；十九年初心不改，薪火相传。年轻而充满时代气息的接警大厅内，一台台先进的设备，一块块清晰的电子屏，一双双充满智慧的眼睛，都在默默守护着这片土地的安全。

打出禁渔“组合拳”，绘就生态新画卷

孙春旺

波涛滚滚的长江，浩浩荡荡，奔腾不息。长江自江西省九江市入县境，在素有“八百里皖江”之首的宿松大地上奔腾63千米之后，滔滔东去。

长江“十年禁渔”是以习近平同志为核心的党中央作出的重大决策。宿松县委、县政府坚决落实党中央决策部署，切实提高政治站位、强化责任担当，及时下沉公安、渔政、市监等部门执法力量，建立联合执法机制，加快推进长江水域治安防控体系建设，做好退捕渔民转产安置工作，打出禁捕退捕工作“组合拳”，全力为绘就长江流域美丽宿松生态新画卷保驾护航。

下沉执法力量，精准打击非法捕捞

2020年12月26日凌晨3时许，位于宿松县下仓镇境内的黄湖重点水域，湖面漆黑一片。这时，在远处湖面上，隐约出现两束手电光，缓缓向岸边靠近。借着越来越近的手电光，在岸边蹲守了半个多小时的宿松县公安局水上派出所民警和县农业农村局渔政执法大队执法人员，这才发现湖面上有两条小塑料船，每条船上坐着两个人，他们一边用木桨

组织巡逻艇开展联合巡查

划着小船，一边忙着收取丝网。就在两条小船靠岸的一瞬间，几名联合执法人员迅速跳到船上，将该 4 人控制，并从船上查获 11 斤鲜鱼和 16 条丝网。

这是近期宿松县联合行动组执法人员根据群众报警，在辖区重点水域对非法捕捞行为实施精准打击的成功案例之一。

据了解，地处长江北岸的宿松县，有着 63 千米的长江岸线，以及由龙感湖、龙湖、大官湖、黄湖、泊湖共同组成的华阳河湖群，水域面积达 125 万亩，宜渔淡水面积居县级全国第二、华东第一。

举行省际联合巡航启动仪式

在大势中站位，在大局下行动。在贯彻部署长江流域重点水域禁捕工作中，宿松县针对辖区禁捕水域面广、线长的管理现状，将从事相关禁捕工作的执法力量全部下沉到长江流域重点水域所在的重点地段，驻点开展工作。县公安局水上派出所从中部丘陵地区搬迁至长江复兴镇段的县经开区临江园区内，在县农业农村局组建了渔政执法大队，并在长江流域重点水域的 4 个重点地段分别设立渔政执法中队，派驻执法人员常年执勤。同时，依托停泊在长江宿松段的海事局趸船，设立宿松县长江联合执法基地，成立长江联合执法警务中心，从公安、渔政、海事、市监等部门抽调执法人员驻点合署办公，形成常态化联打联控的警务（勤务）合作模式，全力遏制长江流域重点水域非法捕捞活动。

“执法力量的下沉，联合执法基地的设立，使公安机关同渔政、海事、市监等部门在执法协作上更加密切，在打击非法捕捞现行违法犯罪上更加及时和精准，同时，在办理涉渔案件的程序上更加规范。” 谈起下沉执法力量给禁捕工作带来的实效，宿松县公安局党委委员、县纪委监委驻县公安局纪检监察组组长徐国林感受深刻。

徐国林说，以前县公安局只要接到涉及非法捕捞的警情，基本都是从县城组织力量赶到现场处置，由于路途远、执法力量难以及时集结，容易贻误打击的最佳时机，往往难以抓到现行。现在，只要警情属实，在长江流域重点水域驻点执勤的执法力量，就会在很短的时间内，快速集结，快速赶到涉案地点，基本上都是“一抓一个准”。

2020年以来，联合执法人员根据摸排的线索和群众的举报，共抓获非法捕捞违法犯罪现行38起，查办的34起非法捕捞刑事案件，均已移送起诉。其中31起案件法院作出判决，40人被判刑，有力震慑了涉渔违法犯罪活动。

在加强内部协作的同时，宿松县针对境内长江水域同江西彭泽县、湖口县和湖北黄梅县段的长江水域交融的特殊地理环境，主动与相邻两省三县的公安、农业农村、海事、水利等部门进行工作对接，建立省际同步联合巡查执法机制，破解三地“同管不同策、同江不同步”带来的各种现实问题，对跨水域非法捕捞违法犯罪活动实行联合打击，压缩跨水域违法犯罪活动的生存空间。

实行“千里眼”巡查，完善联控工作机制

走近有着“长江绝岛”之称的小孤山，耸立在附近江岸的一座乳白色铁塔格外显眼，在20多米高的铁塔顶端安装着各种仪器，有一种仪器在不停地旋转着。

陪同的渔政执法大队长江中队中队长吴海平介绍，这是前不久安装的电子巡查设备，上面装有光电系统和目标小雷达，由雷达指引光电设备，每天24小时自动识别、跟踪来往的疑似非法捕捞渔船，对这类渔船实时预警并录像取证。目前，宿松县已在进出长江水道宿松段的两个关口分别安装了一套电子巡查设备，实时监测过往的每一艘船只。

“有了‘千里眼’协助，任何非法捕捞的船只，都逃不过我们的打击；你看，它就像一个巨人，傲然屹立在这里，守护着长江母亲河。”吴海平感叹道。电子巡查设备的投入应用，对他们做好长江禁捕工作带来了极大帮助，特别是晚上睡觉比以前踏实了。

一语道破禁捕工作的艰辛。原来，受利益驱使，不少沿江临湖居民，为逃避执法人员打击，往往选择深夜、节假日或下雨天等特殊时间段，利用花盆、塑料船、电瓶、丝网、地笼等各种捕捞工具，到长江流域重点水域实施

重温入党誓词

非法捕捞活动。

为此，下沉到长江流域重点水域沿线的执法力量，不分日夜进行常态化巡查的同时，在宿松县公安局多警种的协助下，适时对非法捕捞活动猖獗的水域开展集中联合整治行动，始终保持高压打击态势，对非法捕捞行为实行“零容忍”。

2020 年 7 月，县公安局水上派出所所长柴杨清牵头带领联合执法队员，根据非法捕捞违法犯罪活动的特点和规律，辗转该县 10 个乡镇开展集中联合整治行动 17 次。通过江上巡、陆上查、点上蹲方式，共查办非法捕捞刑事案件 24 起，查获非法捕捞行政案件 29 起，抓获违法犯罪嫌疑人 67 人。其间，柴杨清整整熬了 17 个通宵。有几次，在确保执法安全情况下，为了抓获非法捕捞现行，他和联合执法人员冒雨在岸边蹲守了 3 个多小时，衣服都被雨水淋透了，但没有一个人有怨言。

柴杨清表示，禁捕路上，哪有不辛苦？没有艰辛的付出，哪能换来禁捕工作的实效？

坚守在长江江畔的每名执法人员都感同身受。身为渔政执法大队副大队长的刘象平，自禁捕工作开展以来，几乎天天吃住在执勤点，即使是双休日，也都坚守在岗位上。他每天带领队员除了开展正常的巡查之外，还要忙着清理废弃在江边的丝网、地笼等渔具，有的渔具被深埋在沙滩里，只露出一点线头，他们就用铁铲将其从沙子里面刨出来，拿到执勤点集中拆解、销毁。

刘象平介绍，冬季长江水位持续下降，江水退到哪里，他们清理渔具的工作就推进到哪里。每次出勤，他和队员都要带上救生衣、皮裤、铁锹、镰刀等工具，随时开展清理作业。2020 年以来，渔政执法人员在长江沿岸共清理各类废弃渔具 1600 余件，不仅净化了长江的生态环境，而且有效减少非法捕捞行为的发生。

捕鱼人变身巡护员，筑牢禁渔工作防线

自 2020 年 7 月以来，在宿松长江渔政执法队伍里，每天多了 5 个参加常态化巡查的陌生身影，他们虽然穿着同渔政执法人员一样的服装，但服装臂章上绣着的标记不一样。原来，他们都是由渔民转岗就业的巡护员。

53 岁的张树生，从小在长江边长大，自 20 世纪 80 年代开始，就跟着父亲在长江捕鱼，靠打鱼维持家庭生计。长江实行禁捕后，他积极响应国家政策，主动将家里渔船交了出来。像张树生一样，汇口镇三洲村居民胡行春也是地地道道的渔民，从父辈开始，一家人就是依靠打鱼为生，且吃住在船上。为了支持国家的禁捕政策，他做通家人工作，主动“洗脚”上岸，还将价值 4 万元的铁皮船上交拆解。

沿江渔民退捕后的转产、就业等情况，让各级党委、政府十分牵挂，特别是那些“以船为家，以渔为业”的渔民，他们的转产、就业情况更是让各级领导牵挂。

2020 年 7 月，在宿松县委、县政府的关心下，长江渔民张树生、胡行春、王云海等 5 人，被安徽省长江环保协会吸收为巡护员，并被派驻到宿松县，负责长江流域宿松段的日常巡护工作，并协助县渔政长江执法中队开展长江禁捕各项工作。

“打鱼 40 多年了，上交渔船的时候很是不舍，但为了长江母亲河的水生物资源能够得到修复，还是决定退捕上岸。” 胡行春家的房子建在长江八里江水域岸边，对长江有着特殊情愫的他，望着浩瀚的长江八里江水域，颇有感触。

为了让家里日子过得好一点，2020 年胡行春还从村里流转了 20 亩耕地，发展蔬菜种植。现在，他比以前更忙了，在从事长江巡护工作之余，还要协助妻子打理蔬菜基地。

胡行春家的蔬菜基地

隆冬时节，胡行春家的蔬菜基地更加生机勃勃，15 亩包菜、白菜都成熟了，出产的 2 亩莴笋已销售一空。看着满园的包菜，胡行春脸上露出开心的笑容。

“5 名长江巡护员，每天都要沿长江宿松段 63 千米的岸线，开展不少于两次的巡查。巡查过程中，他们都要做好记录，拍摄照片、视频留存。”宿松县农业农村局党组成员、渔政执法大队大队长周本真介绍，巡护员的工作不止观察和记录，巡护中如果发现有非法捕鱼行为，还要进行监督劝离，重大案（事）件要及时向渔政部门报告，同时还要根据渔政部门安排，协助开展其他工作。现在，宿松县 67 名长江渔民已全部“洗脚”上岸，并将渔船全部上交。在各级党委、政府的关心下，宿松县 67 名渔民都已转产、就业，其中一部分渔民被安置到经开区临江园区就业。

一江碧水向东流，万里长江绘宏图。如今，宿松县为了重现长江昔日鸢飞鱼跃的美好景象，踏着落实“十年禁捕”决策的坚实步伐，阔步前行。一幅水清、岸绿、产业优的壮美“画卷”，在“八百里皖江”之首的宿松水域正徐徐展开。

禁捕退捕工作向纵深推进

司 舜

宿松，63 千米长江干流岸线长度，安徽省县级行政区域第一；80 万亩水面，安徽省县级行政区域第一；1104 条在册捕捞船只、729 户 3012 名专业渔民，范围涉及全县一半乡镇，还是安徽省县级行政区域第一。

宿松境内长江干流均为江豚保护区；境内龙感湖、大官湖、黄湖、泊湖四大湖泊相连，其中黄湖 10 万亩水面为中华绒螯蟹省级水产种质资源保护区。自禁捕退捕工作启动以来，切实压实属地责任，强化力度举措，在抓好疫情防控的基础上，在主汛期最为紧张忙碌的节骨眼上，宿松县委、县政府第一时间组织谋划、强力推进建档立卡“回头看”、禁捕退捕转产协议签订、退捕船只清收、捕捞证回收、专业渔民转产就业等各项工作，禁捕退捕工作有序高效开展。坚持自我加压加力，掀起合力共为、共克时艰的浓厚干事热潮。目前，宿松县境内重点水域长江干流、黄湖水生生物保护区已全面落实禁捕、在册渔船已全部退捕拆解，非重点水域退捕工作正在有序推进。

高规格部署，顶层发力

实行长江流域重点水域禁捕退捕，是贯彻习近平生态文明思想、建设绿色美好家园的重要举措；是坚持以人民为中心的发展思想，为全局计、为子孙谋的重大民心工程和历史工程；是落实“共抓大保护、不搞大开发”，打造美丽长江经济带的重要行动。

为此，宿松县提前谋划，成立由县委书记、县长为双组长的最高规格领导机构，领导组织机构下设拆解、安置保障、结算、维稳 4 个工作组，对应解决相关问题。县委、县政府多次召开常委副县长联席（扩大）会议、座谈讨论会议、工作布置会议，传达贯彻上级会议精神，研究部署全县禁捕退捕工作。各责任乡镇和部门分别召开禁捕退捕工作会议，学习贯彻上级会议精神，分解落实禁捕退捕工作任务。

精心安排部署，县党政主要负责人全程参与、反复会商，亲自审定方案、细则和相关细化方案，在启动阶段，组织赴外地考察学习，开展县内调研、座谈、衔接，起草工作方案、实施细则都是慎之又慎，反复斟酌。夯实工作责任，明确属地乡镇为责任主体，细化相关部门的工作职责，建立了点对点、人对人的一对一责任包保机制和进展情况每日一上报、每周一调度的工作推进机制。

重难点结合，全力推进

禁捕退捕工作时间紧、任务重、范围广、难度大，宿松县委、县政府组织有关乡镇和部门重难点结合，全力推进，取得一定成效。

境内长江水域 69 艘在册渔船在 2018 年 4 月前全部拆解，黄湖种质资源保护区 106 艘在册渔船在 2019 年 12 月前全部拆解，全面完成省下达的当年任务。符合条件退捕专业渔民家庭成员 2018 年、2019 年享受了县围栏网拆除每人每年 3300 元的过渡期生活补助。境内长江于 2018 年率先全面禁捕，黄湖种质资源保护区于 2019 年常年禁捕，渔政部门在禁捕水域设置了界限标志和警示标牌，严格落实了禁捕管控。

2018 年、2019 年已完成境内非重点水域 99 艘在册渔船拆解。2020 年以来，根据任务要求，在向上级主管部门请示咨询、外出考察学习、与渔民和沿湖群众座谈交流、与涉湖乡镇探讨衔接、开展摸底和测算分析的基础上，反复讨论研究，起草出台《宿松县长江干流及其他水域禁捕退捕转产工作方案》《宿松县长江干流及其他水域禁捕退捕转产工作实施细则》《宿松县长江干流及其他水域禁捕退捕转产社会保障工作实施方案》《宿松县长江干流及其他水域禁捕退捕转产转业工作方案》。组织建档立卡“回头看”，进一步核实完善了登记信息。开展禁捕退捕政策宣传，视频、图片、文字宣传报道全面铺开，结合建档立卡信息核查登记，进行了入户宣传。邀标确定了 830 艘在册捕捞船拆解专班，正在组织在册养殖船和在湖水泥船拆解专班招标。启动退捕船只清收拆解，7 月 19 日起开始了退捕船只拆解。

人性化操作，合理保障

“人离湖、船上岸”，宿松从上到下坚持“以人为本”的工作理念，努力为退捕渔民提供生产生活保障。

按规定标准兑现退捕拆解补偿补助；按每人每年 1500 元、缴费 15 年标准落实退捕专业渔民符合条件家庭成员养老保险参保或补助；按每人每年 3300 元标准对退捕专业渔民发放两年退捕过渡性生活补助；开展退捕专业渔民就业技能培训，引导创业、务工，提供公益性岗位安排就业。以确保 2020 年 8 月 31 日前完成 830 艘在册捕捞船拆解任务；10 月 31 日前全面完成 243 艘在册养殖船和 500 艘在湖水泥船拆解封存，全面落实不在册辅助船和沿江沿湖村民自备船上岸编号封存等。

管查惩并重，多方联动

宿松地处皖鄂赣三省交界，与江西九江、湖北黄冈毗邻，多地联动、多方共同禁捕成为禁捕水域管理的可行性经验。

该县职能部门主动对接九江长航公安、九江海事和周边县相关部门，联合进行长江禁捕执法管理，建立了信息共享、区域联动的长江省际联合执法管理机制，合力落实长江禁捕。全面加强内湖日常巡查管理和非法捕捞打击查处，突出抓好禁捕联合执法专项整治行动，加大县内长江干流及其他水域巡查检查力度，保持严管、严查、严惩高压态势，初步达到禁捕管控震慑效果。安庆市禁捕工作视频会议后，该县农业农村、公安、市监三部门迅速联合出台《宿松县长江流域重点水域禁捕联合执法专项行动方案》，发布《关于加强宿松县长江流域重点水域禁捕管理工作的通告》，启动了为期 3 年的禁捕专项执法整治。2019 年以来，共没收非法渔具 915 套，处理涉案船只 13 艘；查处非法捕捞案 79 起，移交公安机关立案追责 13 起。

目前，宿松禁捕退捕工作正在强力向纵深方向推进。

凝心聚力创平安和谐园区

周　田

2020年4月的一天，宿松县公安局经开区派出所接到周某报警电话，称其停放在路边的面包车被人砸坏。接警后，该派出所民警分成两组，采用实地走访与视频监控同步的工作方式，第一时间锁定嫌疑人，迅速破案。

办案民警介绍，之所以能够将案件一举破获，还是要归功于辖区技防升级改造工程，高清的监控视频让犯罪嫌疑人无处遁形。其实，如何把经开区打造成宜业宜居的幸福家园，切实提高群众的安全感、幸福感、获得感，一直是经开区领导密切关注的问题。2012年，经开区出硬招实招，逐步建立起“人防、物防、技防”体系，实现园区治理社会化、法治化、智能化、专业化，“平安园区”便逐渐成为经开区的闪亮名片。

齐心协力抓平安

近年来，经开区党工委、管委会把平安稳定视为经济社会发展的重要基石，坚持把平安建设与经济社会发展同谋划、同部署、同落实，在人力、物力、财力上给予重点倾斜、充分保障。定期召开平安建设工作专题会议，积极研究解决平安建设中的困难和问题。党工委书记、管委会主任谢长兵多次对“平安园区”建设提出要求，并经常深入基层、群众，针对平安建设工作开展调查研究；对突出矛盾纠纷和重大不稳定问题亲自包案，跟踪督办。

为充分激发和调动企业平安创建工作的积极性、主动性、创造性。该区不断完善“平安园区”建设考评体系，制定“平安企业”创建工作考评办法，把考评结果与企业评先、个人评优及晋级提升等挂钩，通过通报批评、警示约谈、扣减目标考核分等举措，营造出水紧鱼跳的工作氛围。同时，该区紧紧围绕平安建设的决策部署，坚持开展平安系列创建活动。继续加大平安社区、平安企业、平安校园、平安家庭等基层平安创建活动力度，深入开展“综治工作进民企”活动，加强安全生产监督，强化对各种行业的管理，进一步健全了公共安全体系，确保了全区社会平安和谐稳定。

化解矛盾润民心

为维护经开区社会稳定，全区各级党组织把排查调处矛盾纠纷作为社会治安综合治理工作的重点来抓。建立矛盾纠纷排查调处机构和企业内部矛盾纠纷排查调处组织，完善矛盾纠纷定期排查和调处制度。围绕推进平安建设、构建和谐社会的总要求，重点针对群众关心的拆迁补偿、出嫁女权益、涉法涉诉等热点、难点问题，开展矛盾纠纷集中化解，把可能引发群体事件的苗头性、倾向性问题全部纳入排查范围，摸实情、知真底，做到情况明、对策实，确保了矛盾早发现、情况早掌握、措施早制定、工作早介入，有力地维护了社会稳定。

该区各大型企业还成立调解委员会，一大批离退休干部和热心调解事业的调解员走上调解岗位，建立起警民联调室与各人民调解委员会矛盾联系调处、涉稳事态联合研判、重大项目联动稳评、突发事件联手处置的联动机制，形成平安建设和促进经济发展良好互动局面。据统计，仅 2018 年，全区共排查出各类矛盾纠纷 226 件，受理各类矛盾纠纷 773 件，成功调处 773 件，调解成功率达 100%。

铁拳出击保平安

随着经开区经济社会的快速发展，人员流动的频率不断加快，诱发治安问题和违法犯罪的因素也随之增多。经开区坚持铁拳出击保平安，深入开展扫黑除恶专项斗争。

今年以来，经开区主要领导坚持靠前指挥、一线督战，先后多次召开专题会议，围绕线索摸排、案件侦办、延伸打击等方面及时进行跟踪督办，对发现的问题，坚持紧盯不放、一督到底，全区步调一致、整体推进，扫黑除恶专项斗争取得阶段性成果。截至目前，共侦办经济案件 3 起，挽回经济损失近百万元。

保稳定、促发展，共同支撑起了经济开发区这片蓝天下的沃土。平安，让经开区的各项事业取得了长足的进展；平安，有力地促进了经开区经济的迅猛发展。“平安建设只有起点，没有终点。我们还要全面提升社会管理科学化水平，努力打造平安园区‘升级版’，让广大群众更有获得感、幸福感、安全感。”经开区原党工委委员、社事局局长朱文忠如是说。

创建“枫桥式公安派出所”的洲头路径

——记宿松县公安局洲头派出所

孙春旺

洲头派出所

什么是“枫桥式公安派出所”？新时代“枫桥经验”是什么？57年前，“发动和依靠群众，坚持矛盾不上交，就地解决……”的“枫桥经验”诞生在浙江省诸暨市枫桥镇，并成为实践这一经验的桥头堡。在创新社会综合治理的改革大潮中，被公安部评定为“公安一级派出所”，先后获得“全省优秀公安基层单位”“全省优秀执法单位”“全省执法示范单位”“全省百优所队”的宿松县公安局洲头派出所，紧扣新时代脉搏，积极践行“矛盾不上交、平安不出事、服务不缺位”的新时代“枫桥经验”，全力打造了具有时代特征和地方特色的“枫桥式派出所”，实现警务理念新转变、警务手段新突破、警务方式新拓展、警务能力新提升，让新时代“枫桥经验”在皖西南大地焕发出全新的光芒。

坚持政治引领，“党建+”模式硕果累累

2020年伊始，新冠肺炎疫情突然来袭，洲头派出所党支部迅速组织党员

民警战斗在疫情防控最前沿，用坚守践行使命，用奉献护佑民安，让党旗在疫情防控斗争一线高高飘扬。疫情防控期间，全体党员连续两个月坚守在岗位，没回过一次家。在党员们的率先垂范下，准备举行婚礼的辅警吴行敏、刘星，主动推迟婚期，当地260多名志愿者也主动加入疫情防控队伍中来，在辖区筑起了一道道抗疫的坚强防线，确保了疫情防控工作开展以来当地无一起感染病例的发生。

社区民警接待上门群众

近年来，洲头派出所在各级党委的坚强领导下，聚焦“枫桥式公安派出所”创建，坚持党建引领，牢牢把握“理想信念”这个根本点，通过模范人物传帮带、理论宣讲与实际工作有效结合等多种方式，以党建带队建，认真抓好党员民警队伍思想建设，全面提升党员民警队伍对理想信仰的忠诚度，锻造最强“枫”警。同时，积极创新“党建+”模式，充分发挥党支部的战斗堡垒作用和党员民警的先锋模范作用。

2020年7月10日，暴涨的江水直逼长江同马大堤外圩永天圩。永天圩危在旦夕，为防止灾情发生，次日凌晨6点，宿松县防汛指挥部发出撤离圩内人员的紧急命令：当天下午6点之前必须将圩内人员全部撤出。洲头派出所党支部接到命令后，立即启动“党建+”抗洪抢险模式，成立了由支部党员组成的抗洪抢险突击队，协助乡村干部逐户上门通知圩内13个村民小组、407户居民撤离。一些年老体弱的村民，担心来不及转移的化肥、空调、电冰箱、粮食等物品会被洪水淹掉，不肯撤离，突击队党员就帮他们一一转移到家里楼上。

经过十几个小时的连续奋战，突击队如期赶在下午6点之前将圩内407户902名村民全部安全撤离。村民撤离后，他们又投入维护灾区治安秩序、服务安置点灾民等工作之中，连续7天没睡过一顿囫囵觉，连续一个多月吃住在同马大堤，直至洪水退去、灾民返回家园。

“抗洪抢险期间，所里没人请过一天假，大家都主动放弃双休日，全力以赴投入抗洪抢险、守护灾区平安等工作之中，在全体党员、民警、辅警的齐心协力下，灾区未发生一起人员伤亡事故，也没发生一起刑事案件，可以说党支部从中发挥了重要作用。”不管是在抗击疫情的紧要关头，还是在抗洪抢险的危急时刻，洲头派出所党支部书记唐慧生都忘我地战斗在最前面；抗洪抢险期间，他既当指挥员，又当战斗员，哪里任务急、难、险、重，他就赶到哪里；为组织灾民有序安全撤离，他的嗓子都喊哑了。因表现突出，唐慧生被安庆市公安局记个人三等功 1 次。

一名党员就是一面旗帜，一个支部就是一座堡垒。如今，洲头派出所创建的“党建+”模式，不仅应用到疫情防控、抗洪抢险等保障民生安全的重要领域，还广泛应用到护学、禁毒、社区警务等各项公安工作之中，发挥着巨大作用，先后涌现出“全国优秀社区民警”“全省优秀基层民警”“全省优秀人民警察”“全省优秀执法办案能手”“全省优秀公务员”等一批先进典型。

坚持创新发展，“警民联调”升级版落地见效

组织开展矛盾纠纷化解工作

在洲头派出所警民联调中心接待大厅，放着 11 本台账。泛黄的纸张，记录着调解员葛甲春和同事一年多来的 267 个故事。“每化解一个矛盾，社会和谐发展的根基就更稳一点，我们与群众的感情就更深一点。”葛甲春加入公安辅警队伍 11 个年头，对如何做好农村化解矛盾纠纷排查化解工作感触颇深。“有事找老葛”成为当地群众的口头禅。

2019 年 6 月，洲头派出所在乡党委、政府的大力支持下，通过凝聚调解资源、增强调解力量，建立了由乡贤、律师、辅警、人大代表、政协委员、老党员等群体组成的调解员资源库，将原警民联调室升格为警民联调中心，

并在警民联调中心的发展框架下，在警务责任区和村委会分别设立警民联调室，构建了派出所、警务责任区、行政村三级警民联调体系。

“警民联调中心与警民联调室有什么不同?”“警民联调中心与警民联调室比起来，不仅政治规格高，而且调解力量强，以前警民联调室室长是由派出所负责人担任，而现在的警民联调中心主任是由乡政府分管政法工作的党委委员担任，在统筹全乡调解资源上比以前方便多了；人民调解员数量比以前多了一倍，且都是当地化解矛盾纠纷的能人；警民联调中心专门负责化解各警民联调室化解不了的疑难复杂矛盾纠纷，努力实现矛盾纠纷不上交，切实把矛盾纠纷吸附在基层、化解在基层，着力打造新时代基层公安调解工作升级版，发挥维护社会稳定的第一道防线作用。”唐慧生介绍说。

葛甲春是警民联调中心首席调解员之一，他摸索总结的“摸、察、唠、稳”四字矛盾纠纷化解法，在日常化解中发挥了重要作用。今年 6 月，他利用该工作法成功化解了一起历时 6 年的工伤赔偿纠纷。警民联调中心自成立以来，他和同事累计化解各类矛盾纠纷 267 起，化解成功率达 100%。

“以前，村民之间只要发生矛盾纠纷了，民警就会组织当事双方去派出所化解，有的村民不会骑车，靠步行走到派出所，一去一返，光路上就要花两个多钟头，一度影响了调解的工作效率。现在，我们这里的村民只要发生纠纷了，坝头警务责任区民警就会组织当事双方到设立在警务责任区的警民联调室来进行化解，不但方便了村民，而且大大提高了化解现行矛盾纠纷的工作效率；特别有些现行矛盾纠纷的及时介入，有效防止了矛盾纠纷的升级。”坝头警务责任区警民联调室调解员潘国华是坝头村土生土长的居民，也是洲头乡新乡贤，他目睹了基层矛盾纠纷化解工作的发展变化。

以警民联调中心为牵引，截至目前，洲头乡共发展建立区、村警民联调室 13 个，遍及该乡 11 个行政村，调解员队伍由过去 10 人壮大到现在 200 余人，实现了人民调解、行政调解、司法调解、警务调解的互联互动，真正做到“小事不出村、大事不出乡”，成为宿松县平安综治建设工作的一块牌子。

“所、区、村三级警民联调体系的建立，大大提高了洲头乡矛盾纠纷化解工作的质效。自 2019 年以来，全乡警民联调中心（室）共受理矛盾纠纷 460 起，化解成功率达 100%，确保了该乡无一例民转刑案件、无一例信访事件的发生。”宿松县公安局原党委委员、副局长徐国林说。

坚持警务前移，“家门口派出所”深入人心

一边是武装整齐的民警辅警，一边是穿着黄马甲的校园义警。每到学生放学时间，无论是烈日炎炎，还是大雨滂沱，总能看到洲头派出所民警辅警，以及由学生家长组成的校园义警队伍在洲头乡中小学校门口护学的身影。

组建校园义工队伍、联合校园义警设立护学岗是洲头派出所在创建“枫桥式公安派出所”工作中推行警务前移的重要举措之一。

开展护学工作

“2020年，我孙女在洲头中心小学上五年级，在这里做校园义工，既能照顾孙女，又能帮助派出所和学校做好护学工作，虽然没有报酬，但我觉得是件非常光荣的事情。”66岁的石水萍，是洲头派出所组建校园义警队伍时发展的第一批志愿者，自2019年4月加入校园义警队伍以来，她坚持在洲头中心小学学生上学、放学期间协助洲头派出所民警辅警开展护学工作，风雨无阻。如今，在洲头乡，共有21名像石水萍一样的村民义务当起了校园义警，成为守护校园平安的一道亮丽风景。

在推行警务前移做好护学工作的同时，该所还将辖区划分为两个警务责任区，并分别设立警务室，按照“1+X”模式配备1名民警和1名辅警，将警力下沉到警务区，全力打通服务群众“最后一公里”。

“坝头警务责任区，管辖5个行政村，156个村民小组25228个常住人口……”说起自己的“责任田”情况，坝头警务室警长陈和子如数家珍。

处警、照相、办身份证、入户走访、化解矛盾……这个设立在坝头村委会大楼内的小小警务室，迅速成了老百姓心目中的“家门口派出所”。

家庭闹纠纷了找警务室，孩子丢了找警务室，户口漏登了找警务室，马

蜂扰民了找警务室……“有困难找警务室”成了当地人们的共同想法，也成为人民公安密切联系群众的一座座“桥梁”。

坝头警务室曾被安徽省公安厅评为全省“十佳警务室”，是洲头派出所的一块“金字招牌”。

2019 年 7 月，陈和子在入户走访中，得知坝头村有名的流浪乞讨老人，是个无户口人员。老人有智力残疾，不知道自己姓什么和出生日期，在履行 DNA 比对、向社会发布寻亲公告等程序后，陈和子多次往返县局，帮老人补登了户口，还给老人取了一个好听的名字。事后，村委会给老人安排了住所并帮其申请落实了“五保”政策，使老人的生活从此有了着落。

“流浪乞讨人员只有办理户口后，才能享受公民的待遇，政府也才能更好地给他们提供服务。”担任坝头警务室警长 3 年来，陈和子通过深入走访群众，共为 4 名长期生活在洲头乡的流浪乞讨人员解决了无户口问题。前不久，他通过核查网上信息，帮助下夹村胡某找回失踪 18 年的儿子。

像陈和子一样，金坝警务室警长何子川每天也有忙不完的事。入秋以来，他几乎每天都要接到蜜蜂扰民的警情，有时一天要接到四五个，爬树、翻墙、钻窗……成了他的日常。

“真不好意思，辛苦你们了！”“非常感谢你们，总算除去了我的一个心病！”每次除蜂结束，村民都会用最朴素的方式向何子川和他的同事表达感谢，从警的自豪感油然而生。

在推行警务前移工作中，洲头派出所不止在警力、装备上下沉，还在科技应用上下沉，在辖区主干道、重点单位全部安装了视频监控，并在重点单位全部安装了智能门禁系统；创建“微警务”服务模式，建立 26 个微信服务群，开通了公众号、QQ 警务室。2020 年新冠肺炎疫情防控中，该所“微警务”服务模式发挥了重要作用，共发送预警信息 400 余次，向群众提供各类咨询 760 次，惠及群众 3 万余人次，让数据多跑腿，让群众少跑路，切实做到了“服务不缺位”。2019 年，该所被安庆市公安局评为创建“枫桥式公安派出所”先进单位。

连续 3 年警务零投诉、队伍零违纪、重大案件零发生，这是洲头派出所在创建“枫桥式公安派出所”过程中交出的一张令人满意的成绩单，也是该所积极践行新时代“枫桥经验”结出的硕果。

为保民生勤守护，稽查队里尽精兵

——记宿松县市监局稽查队

何其三

有这样一群人，他们不分寒暑四季，不顾烈日暴雨，不论白天黑夜，像亲人，像卫士，默默地守护着宿松人民，大到生命财产，小到一汤一饭。为了营造宜居宿松，他们抛洒热血和汗水，不计个人得失，他们一身正气、铁骨铮铮，他们就是宿松县市监局稽查队的队员们。

一箪食，一瓢饮

阳春三月，呼朋引伴，踏青陌上，在茵茵绿草上席地而坐，分食香软甜糯的各色面包糕点，是一件多么惬意的事！炎炎夏日，在开足冷气的街边小店，选一靠窗座位，饮几杯香香滑滑的奶茶冷饮，消消暑气，是一件多么爽心的事！金风送爽的秋天，在秋日的阳光下腌制碧绿的雪里蕻，是一件多么舒心的事！白雪飘飘的冬日，到暖烘烘的店里，同家人喝一碗热气腾腾的瓦罐汤，是一件多么暖心的事！下班回家，打开液化气灶，在蓝蓝的灶火上，为家人烹煮可口的饭菜，是一件多么幸福的事！

这些，是人间的烟火，也是我们的日常生活，普通到我们都习以为常。试问一下，有多少人知道我们享受的美好生活背后有多少默默的守护者？有多少牺牲自己的幸福只为了成全别人的幸福的人？

晶莹如雪的食盐，是烹饪各种舌尖上美味必不可少的调味品，一日三餐都离不开。为了让人们吃上放心盐，宿松县市监局稽查队对全县盐业市场进行了监督检查，发现某公司仓库非法存放了大量精盐、腌制盐、海制盐。由于数量较大，到案发日止，已批发销售42吨，尚未销售18吨。经批准，对此进行立案调查，尚未销售的食盐就地封存，当事人依法刑拘，后依法移交司法机关，因案件处理得当，且具有典型性，被评为2019年全省“十大典型案例”。

2020年的“两节”期间，市监局稽查大队执法人员开展市场食品安全监督检查，依法对某超市的腊肉、腊鸭腿进行抽检，发现产品腐败变质。稽查大队依法对当事人的违法行为进行了处罚。9月，稽查大队对宿松区域生猪鲜肉市场开展专项检查，发现违法户销售的鲜肉来自外地屠宰场，销售的猪肉检测出兽药成分，长期食用，后果不堪设想。为了深挖源头，净化宿松县猪肉市场，保证全县人民吃上放心猪肉，执法人员远赴货源地开展调查，并开展跨境联合执法。经过通宵达旦、不眠不休的战斗，查获不合格猪肉35头（1万余公斤）。

除了肉类食品，还查出过期面包、饮品等，稽查队对涉嫌经营标注虚假生产日期、保质期的食品，以及弄虚作假、愚弄消费者的行为，查出一起，惩处一起，切实保障了人民群众的饮食安全。对不符合安全技术规范要求，超过使用年限的液化气瓶进行充装的案件也多次进行了查处，消除了安全隐患，维护了人民群众的生命财产安全。

一时之跬步，千里之遥程

随着城市的现代化，小城拔地而起的高楼鳞次栉比。电梯除了载货电梯、车辆电梯外，与人联系最密切的是载人电梯。人们上班要乘电梯，回家要乘电梯，逛商场要乘电梯……电梯已经成为常见设备，进入人们的生活里。在方便了人们生活的同时，也造成过事故，酿成过惨剧，带来了许多安全隐患。

为了让市民乘上放心电梯，市监局特种设备安全监察员按期对各处电梯依法进行安全监督检查。一次在例行检查中发现某小区3台电梯已经到期两年零五个月，未经检查还在投入使用，存在重大安全隐患。执法人员经过批准，依法对逾期未检电梯实施强制封存，责令整改，及时消除安全隐患。

现代人的代步工具五花八门，多不胜数，小城最常见的是电动自行车。走在熙熙攘攘的大街上，随便一看，就可以看到如花般的少女，骑着车，裙角飘扬，长发飘飘，一眨眼就从身边过去；玉树般挺拔的帅小伙，哼着流行歌曲，风一样地飘过去。逢年过节，骑着车出城走亲访友；天气晴好，骑着车到野外郊游……喜欢到处跑的人，一年的行程甚至不低于500千米。电动自行车如同草原上的骏马，成了人们贴心的坐骑。

为了确保电动自行车新国标的顺利实施，稽查大队持续重拳出击，整治城区电动车市场。共出动执法人员86次，检查电动自行车经营户26户，依法严厉查处非法销售不符合新国标、未获CCC认证的电动自行车，以及非法改装、拼装和篡改电动自行车等违规行为，维护和保障了消费者的合法权益。

郑佳彬队长说执法就要处理好“最先一公里”和“最后一公里”的关系，一个问题一个问题跟进解决，一个节点一个节点扎实推进，一个方案一个方案有序推出，就是要有行动，更是要出结果。群众利益无小事，不是嘴上讲讲就可以，要落实到行动上才行。要严格做到：有诉必应、有案必查、有查必果。

一堆案卷，两袖清风

走进稽查大队档案室，整洁的案卷整齐地排放着，如同一排排线装书，看起来赏心悦目。其实案卷的完成过程烦琐复杂，线上案件录入系统至少要有案源登记、立案审批、案件调查、案件审核、行政告知、行政处罚、结案、归档8个环节，整个案件办下来至少需要5个账号、24次登录。同样，一份纸质案卷中也至少有8个环节。一本本装订精美，厚得如同长篇巨著的案卷，需要投入大量人力和花费心血，完全可以想象到。

稽查大队非常重视案卷的制作和装订工作，对这一块，大队安排了专人负责。稽查大队案件多，涉及面广，包括食品安全、产品质量、特种设备等各个方面，案卷繁多。在案卷装订工作上，保持案卷美观整洁的同时，更要严格按照标准规范操作。从对案件的全面了解，到整理归纳各类执法文书，到“穿针引线、打孔装订”等手工技巧的灵活运用，诸多烦琐的流程和细节，稽查大队都做得尽善尽美。因成绩突出，2020年稽查大队多起案卷被评为优质案卷。

2018年11月稽查大队新负责人上任后，也同时上任了几只“电子眼”，稽查大队办公场所的公共区域安装上了电子监控摄像头，并开通云端，永久保存。监控的安装对内对外都形成了一定的震慑力，一方面，保护了稽查大队的执法人员，防止不法分子的打击报复；另一方面，也让稽查大队的执法在阳光下公平运行。大队工作人员的日常出勤在“电子眼”的监控下一目了然，既抵制了腐败行为的发生，又加强纪律建设和党风廉政建设。

2020年，为了保障人民群众的健康安全，按照要求，稽查队依法对某公司生产的口罩进行监督抽检，发现产品质量不合格。郑队长的亲侄子是该公司的出资人之一，面对法律和亲情，郑队长选择了大义灭亲，依法立案调查。为了办案，他们还受到过威胁，有人扬言说“宿松就那么大，我知道你家在哪里”，言语间的恐吓意味不言而喻。面对电话的恶意骚扰，面对亲友的求情和责难，稽查队的队员们都顶住了。因为心正、影正，他们更相信邪不压正。

郑队长上任之前，稽查大队队员们千方百计往其他的部门调，没有一个人想留下来。郑队长以党建促工作，通过一系列的整顿后，稽查队的面貌焕然一新。以前遇事推诿扯皮，现在遇事大家争着上。凝聚力和战斗力增强了，大家拧成一股绳，劲往一处使，2019年稽查大队被评为“先进党支部”。

宿松县市监局稽查大队，兵精将勇，对工作认真负责，对违法行为零容忍，心系人民群众。他们对人民群众的守护，就在一箪食，一瓢饮；他们对人民群众的守护，尽在一时之跬步，千里之遥程；他们对人民群众的守护，全在重重叠叠的案卷里；他们两袖清风，他们的品格，在单位监控的影像里，更在宿松人民的口碑中。

风风雨雨市监人

余芝灵

有人说市场监管人是“大杂烩”，是“百事通”，是“万金油”，诚然，融合了原工商、质量监督、食品药品监督、物价、盐业、科技、农业等部门职能的市场监管部门，要说权力有权力，要说职能那更是无所不管，无所不包。只要有买卖的地方，他们都要进行监管。但是要管理好市场，身为基层市场管理人员，必须具备相当的业务素质与文化素质，方可不负使命。

召开联席会

最近几年，市场监管局招录的公务员学历至少都是本科生，还有一部分是研究生。但是具体到市场监管上，光有高学历显然是不行的。年轻的同志必须向老同志虚心学习，学习他们的执法经验与工作方法，加强自身的素质，才能更好地监管市场。

哪里有商业行为，哪里有食品药品安全监管，哪里有质量监督管理，哪里有举报投诉，哪里有特种设备安全故障，哪里有注册登记，哪里有商标广告管理，哪里有计量管理，哪里有知识产权管理……哪里就有市场监管人员的身影。不管条件多么艰苦，不管工作多么劳累，不管白天黑夜，不管风和日丽还是风霜雨雪，只要这个世界上有市场存在，市场监管人就出现在那里。监管、服务、维权、促进经济发展、政策法规宣传，是市场监管部门神圣的职责。当光阴的故事定格在执法人员挺身而出、打假维权；定格在顶着烈日，巡查在大街小巷；定格在冒着风雪走访在通往个私企业的路上；定格在汗流浃背地检查食品企业；定格在日夜兼程地赶往违法现场的路上，市场监管人永远在用实际行动，谱写着市场监管事业的辉煌篇章。面对执法对象的责难、辱骂、不理解，市场监管人总是耐心地给他们解释法律法规政策，努力使他们最大限度地理解、支持市场监管事业。有了执法对象与广大民众的理解与支持，市场监管就会更加顺利，更加得民心。

开展市场巡查

从 2014 年各个相关职能整合成市场监管局以来，市场监管人，基本没有节日没有假日，因为市场在节日假日照常运营。他们不分白天，不分黑夜，在坚守岗位，即使不是工作日，也有值班值守的。晴天一身汗，雨天一身湿，不是在办公室，就是在市场，在企业，在个体户家，在服务窗口，在

“12315”平台，在违法地点。

当午夜一个举报电话打来，哪怕你睡得再香，哪怕再炎热再寒冷，你都必须立刻赶赴违法地点执法。节假日里，哪怕你跟久违的亲友团聚，哪怕你正在为家人庆祝生辰，哪怕你在娶媳妇嫁女儿，此时饭菜再香，气氛再温馨，你都得立刻离开饭桌，奔赴执法地点。

审阅税务台账

巾帼英雄们在岗位上，也从来都是不甘示弱。即使在特殊的时段，也从没有一个人叫过苦叫过累，总是克服生理上的不适带来的困扰，克服孩子小、父母生病等家庭琐事的困难，坚守在岗位上。而男士们更是如此。市场监管人，没有一个逃兵。

2020 年新冠肺炎疫情大暴发的时候，全体市场监管人员，主动放弃休息日，放弃节假日，连春节都没有好好过，每天早出晚归，奋战在各自的岗位上，全员随时整装待命，轻伤不下火线。有的人累病了甚至晕倒，也不去请假就医。因为市场是人口密度相当大的地方，人流量相对较多，必须做好防控工作。在每一个卡点，市场监管人都无时无刻不在履行着自己的职责，维护着人们的身心健康，将自己的生命安全置之度外。此前的非洲猪瘟、禽流感，市场监管工作同样扎实、硬朗，致使宿松市场没有出现什么大的问题。

说到底，市场监管人就是“百事通”，但绝不是“万金油”。市场监管人是要真刀真枪地维护老百姓利益的。百姓利益无小事，哪里有人，哪里有市场，哪里有交易，哪里有买卖，就要进行监管。哪里有违法行为，市场监管就打到哪里。市场监管千头万绪，容不得半点马虎，尤其食品药品安全、特种设备安全、化妆品安全，都是关涉人民生命财产安全的头等大事，假如监管不力，市场秩序必定遭到扰乱。

“十三五”期间，市场监管人为宿松经济发展作出了巨大的贡献。不仅在维护消费者权益上，在打击假冒伪劣产品力度上，在食品药品安全监管上，在企业登记上，在其他各项职能监管上，而且在质量强县方面作出了卓越的成绩。在此期间，市场监管局正式启动了“安徽省质量强县”创建工作。以质量求突破，以质量求转型，以质量惠民生，提升了全县的产品质量水平、工程质量水平、服务质量水平、环境质量水平。让人民有更多的获得感、安全感、幸福感，让他们充分享受到更多的质量红利，为维稳工作打下坚实的基础。

新时代赋予市场监管人更多的职能，更多的责任与义务，肩上的担子重而又重，使命光荣而又神圣。市场监管人，必须个个练就一身铁打的本领，在市场监管领域不出任何差错，在大时代的风风雨雨中历练，百炼成钢，不负初心，勇立潮头，做市场的坚强卫士，做每一个百姓的贴心人、娘家人。维护好市场秩序，也就是维护好了自己的事业，维护好了做人的尊严，也就是不辱使命，也就是坚定地听党话、跟党走。

下仓镇探索创新农村社会综合治理新模式

司 舜 肖丹妮

黄湖、大官湖、泊湖三大湖泊依次环绕；S248、县道下（仓）九（成）线、太（子庙）下（仓）线三条公路并行交叉；党员、乡贤、群众三方互动，宿松县下仓镇探索创新农村社会综合治理新模式，打造共建共治共享的社会治理新格局，激活基层经验，一针一线绣出乡村振兴新蓝图。

一个村庄就是一座花园

建设美丽乡村是下仓镇创新农村社会综合治理的新模式。提起新农村，不少人脑海中浮现出一幅山清水秀的画面。村里美了，生活好了，向往的生活又回来了。一位在外地打拼多年的下仓人道出了自己的心里话。

2020 年 4 月，记者走进下仓镇洋普村，只见绿树环抱下，一栋栋干净的农家小院错落有致、一条条笔直的乡间村道整洁宽敞、一盏盏整齐划一的路灯挺立两旁。近年来，洋普村大力推进美丽乡村建设，不断改善农村人居环境，绘就了一幅村容整洁、乡风文明、产业发展的幸福画卷。

作为省级中心村，洋普村在宿松县最早实行整村土地流转，因地制宜发展产业，积极盘活农村土地资源，让村民们走上致富路。

洋普村很多青壮年都外出打工，大部分土地处于抛荒状态。村民们自愿把土地的经营权委托给村里，村里再把土地租给有能力有实力的种植大户，实现土地集中连片种植，提高了土地的经营效益。张玉松告诉记者，目前已集中流转土地 2626 亩用于种植优质水稻、流转山场 424 亩用于发展油茶，土地流转收入近 50 万元。

来到该村的中心村，首先映入眼帘的是一块被徽派建筑和花草映衬下的景观石，上面镌刻着“和谐洋普”四个大字，一股文明和谐新风扑面而来。顺着宽敞的道路一直走到村里，每家每户门前干净卫生，看不到一丝垃圾。

现在村里干净整洁已成为一种常态。洋普村党支部副书记、村委会副主任张玉松介绍说，目前他们村已改厕 545 户，改厕率达 91%，新建公厕 2 座；拆除无功能的破旧房屋 46 处，拆除破旧附属用房 181 处；按五户一桶的基本标准发放 140 个垃圾桶，购进 3 台电动垃圾转运车。安排专人进行日常管理，建立了长效管理机制，确保治理成果不反弹。

村民高洪章和几位老人在院子里沐浴着暖融融的冬阳，感慨着新村庄、新生活。高洪章笑容满面地说：“我一辈子住在这里，亲眼目睹了这里点点滴滴的变化，以前是泥巴地，现在路好了，出行方便了，可比以前幸福多了哩!”

一名乡贤激活一池春水

发挥新乡贤作用是下仓镇创新农村社会综合治理的又一新模式。下仓镇让乡贤参与基层社会治理，进一步凝聚乡贤力量，积极调节和化解各种社会矛盾，助力乡村振兴走上快车道。

68 岁的党员胡宗耀是下仓镇长湖村人，在村里威望高、口碑好，处事公正公平，为村民们所信服，他一直用自己的实际行动发挥着余热。

长湖初中涉及下仓镇下仓埠社区、长湖村、长桥村 3 个村的人口，为留住本地生源，优化长湖初中的教学资源，促进全镇教育事业更好发展，2018 年暑假期间，胡宗耀老人顶着烈日，对准备升入初一的 70 余名学生每家每户进行了 3 次走访。胡宗耀耐心细致地劝说，不停地做学生和家长的思想工作，60 多名学生决定在长湖初中就读，其中有几名学生从县城回流到村里。

2017 年，下仓镇大力推进农村人居环境综合整治工作，全面推动农村危旧房屋拆除。其中，长桥村村民王某的危旧房处于公路沿线，影响形象，但王某起初并不同意拆除。“他人不在家，我和村里干部就去他的兄弟家，并通过电话沟通的方式跟他们讲政策、讲道理。”胡宗耀告诉记者。经过他们多次上门做工作，王某意识到危房拆除是提升农村环境的必要举措，跟胡宗耀说：“该怎么拆就怎么拆!”

胡宗耀说："目前我的主要工作是驻点在九成村和先进村，入户宣传森林防火、秸秆禁烧等，监督村干部的工作有没有做到位。"据介绍，今年下仓镇从各村选树一批新乡贤，随机抽调到各村参与森林防火、秸秆禁烧、人居环境整治等重点工作，当好宣传员、监督员、战斗员。

下仓镇原党委副书记陈大胜说："我们充分利用好乡贤文化这一宝贵资源，在镇人大代表、政协委员、老党员、老村干、退休老干部等群体中，选聘12名新乡贤组建新乡贤工作室，配合镇村干部参与矛盾纠纷调处，取得了良好的效果。"

下仓镇积极探索新路径，除设立新乡贤工作室外，还设立了警民联调室、法律顾问工作室、疑难矛盾会诊室，组成矛盾纠纷化解志愿服务队伍。今年以来，通过"四室"化解各类矛盾纠纷96起，其中化解信访矛盾30起，化解率达100%；通过法律顾问工作室，积极帮助7名债务纠纷信访人维护正当合法权益、追回借款123万元。

一条道路展开一幅愿景

完善交通设施是创新农村社会综合治理的另一种新模式。要想富，先修路；公路通，百业兴。一条平坦开阔的公路，对于农村经济社会发展来说至关重要。

下仓镇三面环湖，唯一一条陆路到达湖边就成为断头路，历史上的下仓镇一直受到现代交通瓶颈的困扰，最近几年最大的变化就是公路建设。一位村民激动地说道："现在公路都通到了每个村，比以前可方便多啦！"

2020年4月，深入下仓采访那天随处可见工人们正在忙碌的身影，机器声轰鸣，有的在忙着路面施工，有的忙着铺设路基，有的忙着铺设草坪，呈现出一派繁忙的建设场景。

S248（许岭至复兴段路）全长18.9千米，起点位于宿松县许岭镇境内，途经下仓镇跨湖，终点位于复兴镇，路线与现有X063太下公路和北沿江一级公路相交。该线路下仓镇境内全长11.01千米，共涉及7个村36个村民小组，目前征地和沿线主路面拆迁工作已完成，正在开展路基、路面和边沟建设。

黄湖大桥是该路跨湖连接公路的一座特大桥梁，北起宿松县下仓镇，南至华阳河农场，全长7.5千米，总投资约6亿元。该镇干部介绍说："这是全省内湖最长的一座桥梁，是 S248 的重要组成部分，目前场站建设、梁板预制场、钢筋加工厂等临时设施建设基本完成，4.7 千米钢栈桥全面贯通，各项建设工作正有序进行中。”

一条道路展开一幅愿景。美丽的湖区北岸，一条条宽阔平坦的农村公路通到农民、渔民家门口，已形成了以镇治为中心、村落为节点、屋场为网点，遍布农村、连接城镇的农村公路。四通八达的农村公路，不仅大大改善了群众的出行条件，更为实施乡村振兴战略、打赢脱贫攻坚战奠定了基础。

下仓镇深入学习贯彻党的十九届四中全会精神，坚持和发展新时代“枫桥经验”，积极寻找基层社会治理药方，不断推动农村基层社会治理创新发展。该镇镇长程婷如是说。

百计为安稳，苍松有本心

——记宿松县信访局局长余苍松

何其三

宿松县信访局局长余苍松因为好与信访群众谈心交心，对群众奉献爱心关心，让群众和组织放心安心，能坚持初心本心，在工作中有坚心恒心，成为大众公认的“多心”局长。

接待来访群众

誓同百姓成知己，每向苍生吐赤心

余苍松的微信名叫“谈心”，这是到信访局履职以后专门取的。他认为同信访群众好好谈心和谈好心，是信访工作最基本的一步，为弱势群体提供优质服务，把他们当亲人家人，基本点就是能面对面、和气平等地谈心，话家常，谈心时除了交心，还需要有无穷无尽的耐心。余苍松把倾听诉求、当好听众、当好参谋作为自己应尽的本分。

他案头上有堆得如同小山一样的工作笔记，将每户的家庭情况和诉求详细地记录在册，密密麻麻的，看了让人暗自咂舌。他说：“凡是合理合法的诉求，当天解决，绝不过夜。当有些诉求无法解决时，就同他们亲亲热热地闲话家常，问他们的生活情况，以及子女上学就业情况，给他们精神抚慰。”

“含笑相看当故人。”对老访户，他如同接待老友来访，没有半点不耐烦。一位信访群众，每次去都点名要见他，平时路过也会到他办公室坐坐。一进门，很自然地接过余苍松为他泡的茶，絮絮叨叨地把遇到的烦心事，竹筒倒豆子般说出来。他说不知道为什么，每次见到余苍松，他烦躁的心就会平静下来，心情会莫名舒畅。来访户进来往往眉头紧锁，离开时每每眉开眼笑。余苍松说，对他而言，让来访户揣着怨气来、带着笑容去是最有成就感的事了。

接待来访群众

小小悲欢都在意，轻轻寒暖也关心

徐某是一位残疾人，经常越级上访。通过细致的工作，余苍松了解到他老婆有精神疾病，一儿一女正在上学，家庭非常困难，所以悲观厌世，对生活丧失了信心，在上访中有时候情绪激动。怎样才能打开他的心结，让他回归理性？余苍松为此操了不少心。了解到他非常疼爱自己的孩子，余苍松有意同他聊起孩子的事，当他讲得眉飞色舞时，余苍松及时插话，告诉他如果上访中有违法行为不仅影响他自身，还有可能影响子女的前途。徐某一听立即呆住了，半天没有吭声。

余苍松多次找团县委、县教育局、县妇联，为徐某争取政策；联系爱心企业和爱心人士对其进行资助；利用扶贫政策，提供合适的岗位，鼓励他们夫妇就业，让他们从事力所能及的工作。徐某现在在村里做守墓员、防火员，妻子做清洁工，家庭收入增加了，生活也有了盼头。

进村走访信访群众

趾凤乡李某也是老访户，凉趾公路拓宽时，他恰好有一栋楼房在公路沿线，当时他正在监狱服刑，父母去世，因无妻子儿女，凉亭镇政府只得找到他的哥哥，代他签了协议。出狱后，他找到凉亭镇政府，要求在公路沿线给他安排屋基，凉亭镇政府承诺给他在开发区安排，李某坚持要公路沿线的，双方意见没有达成一致，李某于是两次同镇政府打起了官司。

刚出狱，单身，这样的人往往容易走极端，考虑到李某情况的特殊性，担心处理不好，会危害社会，余苍松四处奔走，积极同相关人员沟通，最终为他争取了相应的经济补偿，消除了潜在的隐患，用实际行动践行了“矛盾纠纷见之于早、防之于小，把安全隐患消除在萌芽状态”的宗旨。

须知世上深情意，尽是人间真爱心

信访局局长是一般人避之不及的岗位，以前被戏称为“扑火局”，信访干部被戏称为“情绪消防员”。刚得知自己的安排时，余苍松心里也纠结过一阵子。当时的信访形势没现在好，他担心工作做不好，有负组织的信任；担心自己面对新工作、新环境，怕自己不能适应，有负群众的期望。他经常对全局干部说：“人民对美好生活的向往是我们信访工作人员的奋斗目标，把信访群众当亲人，怀着一颗仁爱之心，会发现其实他们也很可爱，他们是一个个鲜活的、对美好生活有向往的人，我们的工作实际上是既快乐了别人又快乐了自己，每解决一个棘手的问题，是非常有成就感的。”有人开玩笑说：“信访信访全凭嘴讲，一日到晚不痛不痒。”而对余苍松来说，信访不仅关系到了痒更关系到了痛，还牵系到了他的情和爱。逢年过节，对家庭生活困难和有伤残的信访群众，除进行电话慰问外，他还走村入户，送米送油，有孩子在校读书的信访人，另送纸笔及学习资料。作为一局之长，他关爱着身边的每一个职工，发现职工家庭有困难，立即为其在省里争取生活困难救助。发现职工思想出现动摇，工作热情不高涨时，第一时间进行疏导，唤起他们对事业的热爱和对信访人的爱心。

暖语如春能治病，良言胜药可安心

“叮铃铃！叮铃铃！”冬夜，凌晨2点了，寒气逼人，又被一阵阵刺耳的铃声惊醒，余苍松急忙拿起手机，穿上拖鞋，摸着黑，蹑手蹑脚地往客厅走，生怕弄出声音吵醒熟睡的家人。电话是陈汉乡信访群众余某姣老人打来的。这已经不知道是第几个夜晚了，老人苍老沙哑的声音在寂静的夜里响起，她说自己又没法入睡了，心里烦躁得很。余某姣老人有3个儿子和1个女儿，2个儿子已自立门户，女儿已经出嫁，刚退伍的小儿子无处居住，只得借住哥哥家。余某姣急着建房，与邻居发生了矛盾纠纷。她说她憋得慌，只得找余苍松讲讲心里话。5年来，这样的事余苍松不知道碰到多少，但他没有一点不耐烦，他温暖贴心的话语不知道安慰了多少深夜不眠人的心。为了方便接访和处理事情，余苍松的手机是24小时开机。同事讲余苍松一天到晚少说要接上百个工作电话。家里有急事找他，电话打不进，只得通过局里职工转达。妻子在替他交电话费的时候说：“每个月话费这么高！家里几个月都接不到你一个电话，真不知道你的电话费是用到哪里去了。”余苍松闻言只是淡淡一笑，他心里太清楚自己的话费是用到哪里了。

四海共谁言近事，半生从未负初心

出生于陈汉山里的余苍松，身上有着山里人特有的淳朴和善良，这个特性如影随形地伴着余苍松。

毕业后分配到陈汉乡，自此在陈汉山区一待就是26年之久，人生中最美好的年华奉献给了山区人民，山区乡镇工作的经历也练就了余苍松做群众工作的本领。

他爷爷是一位烈士，参加新四军后作战英勇，后被叛徒出卖，31岁英勇就义。烈士的后代，传承了为事业奉献一切的精神，这是他的家风，也是余苍松初心养成的原因。

2020年农历七月十五，宿松俗称月半，按照习俗，余苍松要回山里老家为祖老上坟。其时振兴商城的业主为发证的事集体上访，在这关键时刻他不愿意离开岗位半步。80多岁的老父亲没办法，只得一人从县城赶往百里之外的老家。老家房子年久失修，周围杂草丛生，父亲看不过眼，拿着镰刀颤颤巍巍地割草。苔浓路滑，一不小心摔破了头，晕了过去，幸好被人发现，及时送到了医院。余苍松接到电话，忍着心痛和焦急，等事情处理完毕才匆匆赶到医院。头上缠满白纱布，鼻青脸肿的老父亲拉着儿子的手，怜惜地看着儿子疲惫不堪的脸，没有一句责怪的话。

有时候刚端起饭碗，电话来了，余苍松只得歉意地一笑，放下饭碗就走。妻子不无嗔怪地说："家对你来说就是一个旅社。往日在陈汉上班，离家远，不着家还可以理解，谁知道进城了，离家近了，更加见不着人影了。哪天我也去做你的上访户，估计那样才可以每天见到你，才可以同你多讲几句话。"妻子近乎开玩笑的话里是满满的心酸。余苍松说谁的人生都有选择，在家人和信访群众之间，毫无疑问，他选择了信访群众。想到家人，他心里充满了愧疚，但对于自己的选择他依然无怨无悔。

雨里留踪千里路，风中过迹5年心

窗外的桂花香得沁人心脾，采访因为信访群众的不断到来，变得断断续续。看着忙忙碌碌的余苍松，我忽然觉得他像月宫里抡着斧头，斫桂花树的吴刚。吴刚所做的是无用功，而余苍松做的是造福人民的事，两者有所不同，也有相同之处。相同之处就是两者的恒心和毅力都是惊人的。

在5年的时间里，余苍松虽然备尝酸甜苦辣，偶尔也有思想上的波动，但考虑到再加一把劲，把工作做得再好一点，把底子铺得再厚一点，为下一任打下更好的工作基础，那样才能安安心心地离开。

信访群众赠送锦旗

余苍松常说信访工作需要时间磨，不能一蹴而就。凤凰小区、宿松商贸城业主集体上访要求办理不动产登记证的诉求，在他的努力下，历时 3 年之久才得到解决。5 年来，集体访达到 300 多次，都是他亲自接待，个访接待 800 余次，近 2000 多人。在县委、县政府的大力支持下，在他和同事的共同努力下，信访秩序大为好转，干部依法办访和群众依法信访得到了双提升。随着信访影响力的扩大，以及社会各界对信访工作的认知和重视，宿松信访工作首次跨入全省全市的先进行列，既得到了组织的认可，又得到了群众的真心夸赞，连续 4 年在县干打分评定和乡镇对县各部门工作满意度测评中名列前茅。

余苍松是真正带着心、带着温度、带着感情和责任，为民解难的人。他彻底改变了以前“光凭嘴讲不痛不痒”的局面，磨破了嘴皮，磨破了鞋子，四处为信访群众奔走。这位“多心”局长，之所以把基层第一的大难事做得这么好，这么出色，凭的是脚踏实地的苦干精神，还有众多的心凝集而成的对党的赤胆忠心和为人民服务的初心。

铁血刑警有柔情

——记宿松县公安局刑侦大队队长王庆平

何其三

宿松地处皖鄂赣三省七县结合部，区位特殊，治安状况复杂，跨区域犯罪突出，各类刑事案件易发多发。从警快三十年的王庆平，始终工作战斗在第一线，从穿上警服的那一天起，他恪守的原则就是：受命之日，则忘其家，临军约束，则忘其亲，援桴鼓之急，则忘其身。2009 年，走上宿松县公安局刑侦大队队长工作岗位后，他更是秉公执法，不曾有半点逾矩。

伤心怕说往时事，深悔未还慈母恩

提到母亲，向来冷静自持的王庆平，不禁流下了伤心泪。王庆平的母亲张桂香是个苦命人，四个月大的她，被逃荒要饭，落户许岭镇王家屋的毛姓人家抱养，长大后嫁给同屋的王姓人家。日书未读的母亲好强坚韧，贤良淑德，具有中国传统女性的一切美德。家务农活，里里外外一把手，无论多累多苦，她都默默忍受。王庆平觉得哪怕是一把刀子，母亲都能一声不吭地咽下去。

王庆平清楚地记得好强的母亲仅有的几次哭泣。第一次是在王庆平 12 岁的时候，那天放学回家，他像往常一样，放下书包就去挑火粪。记工分的人嫌弃他人小，个子矮，不让他挑。王庆平秉承了母亲不服输的性格，说今天的火粪我一个人包了！王庆平咬着牙把所有火粪全挑完了。儿子一下子挣了比以前多四倍的工分，母亲没有半点喜悦，她用指头点着香油，涂抹儿子磨烂红肿的肩膀，豆大的泪珠，扑簌簌地滚落下来，那次母亲哭肿了双眼。

王庆平考取高中时，母亲又哭了一次。大儿子考取了高中，母亲很欣喜，看到一贫如洗的家，母亲又愁肠百结，即使全家不吃不喝，也无法承担 4 个孩子的学费，母亲狠狠心，让成绩稍差的三弟歇学了。手心手背都是肉，这对经常遗憾自己未读书，而又爱子情深的母亲来说，让年纪尚幼的三儿子告别学校，这是怎样的一种痛啊！母亲默默的啜泣声，至今还不时在王庆平的耳边响起。

1991 年 7 月，王庆平从警校毕业后成了一名光荣的人民警察，母亲感到无比的光荣和幸福。正值农忙季节，道场上、公路上、屋前屋后，全是别家晒的谷子，金黄金黄的一片连一片。家里的稻子还大部分在田里，王庆平体恤母亲，想利用假期为母亲干点农活，母亲不答应，赶他回单位。参加工作第一年，刚过完春节，她又赶儿子去上班，正月初二，王庆平含着泪告别了母亲。每次赶儿子，她都是含着泪，要儿子以工作为重，叮嘱得最多的就是让他好好工作，要对得起国家对得起人民。其实，她比谁都想和儿子待在一起。

母亲是心有大爱的人，只有英雄的母亲，才能教出英雄的儿子！正是母亲的言传身教，从苦难里淬炼出来的王庆平，深知民间疾苦，树立了牢固的亲民思想，身怀爱民之心。

吃了一辈子苦的母亲，也节俭了一辈子。王庆平结婚不久，母亲来看儿媳，儿媳给了母亲 10 元钱，对母亲来说，这算是一笔巨款了。在孩子出生时，母亲将那笔一直舍不得用的“巨款”，从包得里三层外三层的包里，小心翼翼地掏出来，塞进了孙女的襁褓里。

那年端午节，或许是长时间没见到儿子，母亲打破了从不到儿子单位的惯例，来到了公安局，想看看正在加班的儿子；也或许是母亲有一种预感，知道自己时日无多。王庆平忙完后，在公安局门口看到了一向爱干净的母亲，不顾形象地坐在地上。那时，他不知道母亲已经疼得无法站立了，带着责备问满头大汗的母亲，为什么要坐在冰凉的地上。母亲在儿子的搀扶下，强笑着咬牙站了起来。王庆平只要一想到那个场景，就忍不住痛哭失声，他哪里知道可恨的癌细胞正在吞噬母亲的身体。无论多么疼痛，母亲从未同他们讲过，同他们讲得最多的是，要好好工作。

不久，母亲在宿松查出了癌症，王庆平和妻子带母亲前往合肥复查。这是母亲第一次出远门，她一路隔着车窗玻璃看沿途的风景，高兴得像个孩子。在合肥的逍遥津公园里，王庆平给母亲照了一张相，这是母亲一生唯一的一张照片。令人痛彻心扉的是，3 个月后，它成了母亲的遗像。在母亲的葬礼上，王庆平每次磕头时，都使劲用头重重地磕在硬邦邦的地上，他觉得此刻，只有这样的痛，才能缓解心中的痛，他知道自己对不起母亲，因为工作忙，而忽视了母亲的健康。如果早点发现，母亲不至于49岁就撒手人寰。每次在灵前下跪时，他都让膝盖重重地撞击在地面上。头上撞出的青包，膝盖上血肉模糊一片，这些都缓解不了丧母之痛。

一生历经苦难，没享过一天福的母亲，就这么走了，而母亲叮嘱儿子爱工作爱人民的遗训留下了。一路走来，母亲的期望成了王庆平披荆斩棘的动力。

今世今生长不厌，一蔬一饭最关情

“我们刑侦队员都是怕老婆的”，说这句话时，一向不动声色的王庆平忽然羞涩地笑了。提起妻子，王庆平眼里饱含深情和愧疚。与妻子结婚20多年，一直都是妻子在围着他和孩子转，接送孩子、照顾老人的事全是她一个人操持，说到这里王庆平眼角泛起了泪花。他说爷爷奶奶的后事，3个弟弟的家庭琐事，全是她料理。妻子的贤惠、豁达、能干，为她赢得了全屋人的尊敬。

妻子有能力有才干，是正规银行学校毕业的，有三次调合肥一次调安庆的机会，还有一次提拔的机会，为了家庭和孩子，她都选择了放弃。她同王庆平说的时候，王庆平以刑侦人员的敏锐，感觉到妻子其实是很想去的，他看到了她的眼睛突然明亮起来，跳动着火花，脸上也有一种别样的神采。他知道妻子是事业心很强的人，是呀，作为受过教育的新时代女性，谁愿意围着锅台转？谁愿意只围着丈夫和孩子转？谁不想在广阔的天地里去施展自己的才干？谁不愿意让自己得到同事和单位领导的承认和肯定？谁不愿意去实现自身的价值？这些王庆平都知道，他对妻子说如果想去你就去吧。妻子听后含泪笑了，她知道丈夫理解和支持自己，这就够了，从选择他的那天起，她就决定了做他背后的女人。她满怀深情地问丈夫：“我如果走了，你怎么办？女儿怎么办？反正今生是入了你的坑了，想绑我走都不行了，我这一生就赖着你了！”其实，这是警嫂们对丈夫说的最动人的情话。

王庆平至今还记得妻子年轻时，娇滴滴十指不沾阳春水的模样。刚过二人世界时，两人进行了分工，妻子烧饭，他炒菜。第一次两人兴致勃勃地忙活起来，色香味俱全的菜摆满了一桌子，打开电饭煲一看，全是白生生的生米粒，原来，妻子不知道烧饭要加水，以为插上电就可以了。

“我会烧饭，而且厨艺不错。穷人的孩子早当家，我7岁就用小板凳垫脚在灶上烧饭，我还无师自通地知道菜里加点韭菜野葱味道会更好。如果不做警察，我会是个很好的厨师。”说完他笑了起来，“不过，后来我基本没烧过饭，现在我妻子的厨艺远胜于我。只有她烧的菜最合我的胃口，她亲手为我烧的一蔬一饭都是用情作为佐料的，味道自然最足。”

看着像陀螺一样旋转个不停的妻子，王庆平想起了李白的两句诗：“相看两不厌，唯有敬亭山。”他觉得改一下，用在他和妻子身上最合适不过：“相看两不厌，唯有你和我。”

这些面对穷凶极恶的犯罪分子，眉头都不皱一下的铁血男儿，对妻子不是真怕，更多的是敬，是爱，他们深知自己家庭角色的缺位，都是妻子在顶着。他们的妻子身兼数职，上要服侍老人，下要照顾孩子，还要牵挂着与危险相伴的丈夫。

对别人来说，一家人温馨地围坐在红泥小火炉前，外面大雪纷飞，家里热气腾腾，笑语声声，这是件稀松平常的事，对他们来说，却是可遇而不可求，一年能遇到一次，作为妻子的她们就已经很满足了。

别的女人在丈夫面前撒娇的时候，她们孤灯独守，等着丈夫归来；别的女人与丈夫花前月下，她们形单影只，等着丈夫归来。等待，是警嫂们唯一能做的，她们从青丝等到了白头。携手 20 多年了，流走的是无情的光阴，流不走的是夫妻之间的深情。

忆昔牵衣小娇女，曾迎风雪夜归人

“我女儿对我最好了。”说起女儿，王庆平满脸幸福。看到妈妈在数落爸爸，女儿总是不管三七二十一，立即站在他这一边。她觉得一声不吭，任由妈妈数落的爸爸特别可怜，特别值得同情。其实王庆平并不觉得自己可怜，在他看来妻子的唠叨和数落是世上最美妙动听的音乐。自己经常不着家，是甩手掌柜，妻子偶尔的抱怨嗔怪，他理解懂得，更能包容。

办大案要案，必须对家里人保密。扫黑除恶期间，他告诉妻子女儿晚上不要出门，有人敲门无论如何都不要开，又暗地里同四邻打招呼，请求他们留意一下，万一他家里有什么响动，麻烦他们一定要去看看，接着就消失了，十几天不见踪影。他办了那么多案子，得罪了那么多人，万一有个万一呢。办案的地点其实距离家里不过几百米，步行几分钟就可以到家，而他与家人无任何联系，那时孩子小，幼女弱妻，说不牵挂是假的。

王庆平认为，惩恶是最大的扬善，也是对受害者和受害者家属的尊重和告慰。看着花朵一般可爱的小女儿，他更觉得扫除世上的罪恶是他义不容辞的

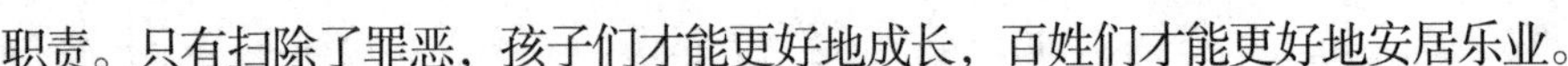

职责。只有扫除了罪恶，孩子们才能更好地成长，百姓们才能更好地安居乐业。

他不记得多少次答应女儿，然后多少次爽约。他答应带女儿去公园玩，临时接到任务，只得扔下女儿就走；答应带女儿出去旅游，行李全收拾好了，正准备出发，接一个单位的电话，就会让行程泡汤；答应陪女儿过生日，妻子订好了生日蛋糕，女儿围着蛋糕又唱又跳时，他又不得不离开。女儿眼睛里饱含的泪水，女儿扁着小嘴欲哭又忍的样子，女儿流露出的失望，女儿可怜巴巴地看着他离去……这些他不知道已经在外地工作的女儿可曾记得？王庆平苦笑着说，反正他是一辈子都忘不了。

那年除夕，大雪纷飞，他已多年没同家人一起吃年夜饭了，抓捕工作也差不多完成了，他同女儿说这次他无论如何都会守约，会赶回来陪她们母女吃年夜饭。偏偏事不遂人愿，出了一点小意外，回家已是半夜了。看到桌上未动筷子的饭菜，看到妻子怀抱里熟睡的女儿，王庆平一句话都说不出来，默默地接过女儿，抱在怀中。妻子把冷透了的饭菜热好，女儿已经醒了，小脸红扑扑的，高兴地说："今天终于等到爸爸了。"

女儿中考高考时他都在出差，女儿刚参加工作时，是多么希望爸爸能送她去上海啊，可王庆平日夜奋战在扫黑除恶的第一线，哪里能分身？因为连续作战，体力透支，他一会儿发烧、一会儿头晕，反而还害得懂事的女儿为他担心。

这么多年亏欠家庭的，他用工作上取得的成绩回报了。在他的带领下，刑侦工作绩效连续5年排名全市县公安机关第一，大队荣立集体功2次、三等功1次，荣获"全省追逃工作先进基层单位""侦破命案工作先进集体"，他先后受到个人嘉奖7次，荣立个人二等功2次，荣获"第五届安徽省优秀青年卫士"荣誉称号。这些成绩的取得，既有王庆平的无私奉献和付出，更有家人的无私奉献和付出。

"女儿在上海工作快3年了，我才去过一次。"王庆平内疚地说。我问他退休以后准备干什么，他说钓鱼唱歌跳舞都不会，准备多陪陪家人，如果可以，想把自己积累的刑侦经验写成书。

刑侦大队的铁血男儿们，他们不是不食人间烟火，他们是儿子是丈夫是父亲是兄弟，他们是国家的公民，也是一名普通的家庭成员。与普通人所不同的是，他们还担负着守卫社会安宁的重任，为此他们只能为大家舍小家，他们在家庭的角色中或许会偶有缺席，但在守护大家的时候从未缺席过，他们获得的荣誉越多，他们家人的牺牲奉献就越大。我们既要看到英雄的牺牲和奉献，也要看到英雄背后默默付出的无名英雄，他们就是英雄的父亲、母亲、妻子和儿女！

〔新时代　新宿松〕

聚焦“全面从严治党”，谱写“新时代宿松高站位护航”新篇章

党旗飘扬引领高质量发展

——宿松县党的建设工作综述

周发勤　孙凯华

“十三五”以来，宿松县委以党的政治建设为统领，深入推进党的政治建设、思想建设、组织建设、作风建设、纪律建设，将制度建设贯彻其中，持续巩固风清气正、干事创业的良好政治生态，为打造“四个强县”、推动经济社会高质量发展提供了坚强组织保证。

宿松县坚持把政治建设摆在首位，以高度的政治自觉、思想自觉、行动自觉坚决贯彻落实中央、省委、市委关于加强党的政治建设的意见。发挥县委总揽全局、协调各方的作用，思想上对标对表、行动上紧跟紧随、执行上坚定坚决、落实上不折不扣，通过政治引领，推动全县各级党组织和党员干部树牢“四个意识”、坚定“四个自信”、做到“两个维护”。发挥各级党委（党组）领导作用，推动经济社会事业不断发展。推行上级党组织派员列席指导下级党组织组织生活制度，引导党员干部在党内政治生活的火热“熔炉”中淬炼党性、提升境界。一体推进纪律监督、监察监督、派驻监督、巡察监督全覆盖。推进党的机构改革、干部人事制度改革，完善党内各项规章制度，开展领导班子和领导干部分析研判，建立和落实党内政治监督谈话机制。

坚持以学习贯彻习近平新时代中国特色社会主义思想为主线，坚持不懈地强化理论武装，大力培育和践行社会主义核心价值观，筑牢信仰之基、补足精神之钙、把稳思想之舵。建立健全常态化学习机制，发挥县委中心组示范带动作用，不断完善各级中心组理论学习、基层党组织集中学习等制度，推动党的最新理论成果进机关、进乡村、进学校、进企业、进社区，以抓实抓长促进常学常新。出台《党委（党组）意识形态工作责任制实施细则》，将落实情况纳入精神文明建设考核和巡视巡查内容，有力推动意识形态工作责任落实。加强正面舆论引导，全社会向上向善的正能量蔚然成风。创新开展“乡贤文化进四堂、培育文明新风尚”主题活动，乡贤文化工作经验在全国、全省交流。加强城乡文明创建，推动农村“三大革命”，改善农村人居环境，提升人民群众的获得感、幸福感、安全感。坚持在一线发现干部、考察干部、识别干部，一大批在脱贫攻坚、疫情防控、防汛救灾、综治维稳等领域的乡镇干部、重点工作和经济建设一线干部得到提拔和重用，充分调动村干部积极性，激发干事创业热情。

坚持以提升基层党组织政治功能和组织力为重点，以党组织标准化、规范化为抓手，在抓基层、打基础、保基本上下功夫，基层党建工作取得全面进步。建立县领导班子党员同志“包乡走村入户”制度，建立党建工作“三项清单”。坚持“月例会、季研讨、年述职”工作机制，实现党组织书记抓党建工作述职评议全覆盖。实行党建和经济发展工作双百分考核，构建书记抓、抓书记，一级抓一级、层层抓落实的党建工作局面。开展标准化建设和党支部提升行动，打造党建示范点 200 个，获省、市表彰党组织 26 个，整顿软弱涣散党组织 98 个。实施村级干部素质提升工程，380 余名村干部参加大专学历教育。坚持“月例训”制度，党组织书记轮训 4600 人次。先后选派 238 名干部任村党组织第一书记，参与脱贫攻坚和软弱涣散党组织整顿工作。派驻 862 名党建工作指导员到非公企业和社会组织指导党建工作。县直单位选拔配备 23 名专职副书记，具体负责基层党建工作。实施村级活动场所 3 年提升计划，投入 1000 万元对 143 个村级活动场所改造升级，乡村为民服务大厅全面达标。实施发展壮大村级集体经济 4 年行动计划，先后投入 1 亿元资金支持发展壮大村级集体经济，年收入 10 万元以上的村达 144 个。

持之以恒纠治“四风”，营造风清气正新风尚。出台“三改进、四规范”规定和贯彻落实中央八项规定精神实施办法，加强对贯彻落实情况的监督检查，2016 年以来通过受理举报、明察暗访、舆情监督等方式，严肃查处违反中央八项规定精神问题 43 起，处理 125 人，给予纪律处分 116 人，组织处理 4 人，推动党员干部立警立醒、形成自律自觉。在常和长、严和实、深和细上下功夫，出台作风建设监督检查实施意见，在县电视台设立曝光台，推动改进作风常态化。紧盯作风建设关键领域，及时研究出台违反中央八项规定问题处理、党政机关公务接待、重申严禁公款相互吃请、公车使用管理等硬性规定。紧盯作风建设突出问题，每年明确一个主题，开展赌博、“酒桌办公”、“不作为、慢作为、乱作为”专项整治，出台《关于对不作为、慢作为、乱作为行为实施问责的暂行办法》，先后给予纪律处分 37 人、组织处理 1 人、问责 22 人。

突出把纪律挺在前面，加强监督执纪问责，深入推进党风廉政建设和反腐败工作。深化纪检监察体制改革，建立纪检监察工作协作区，增强监督实效。精准运用监督执纪“四种形态”，抓早抓小，防微杜渐。围绕打赢“三大攻坚战”，重点聚焦脱贫攻坚首要政治任务，开展扶贫领域腐败和作风问题专项治理，2016 年以来共处置扶贫领域线索 536 件，给予提醒、警示、诫勉谈话等第一种形态处置 876 人次，纪律处分 238 人。紧盯基层反腐败形势任务，加强问题线索核查处置，深入整治群众身边“微腐败”，巩固拓展反腐败压倒性胜利。2016 年以来共受理各类信访举报 2954 件，立案 1100 件，结案 1112 件，给予党纪政务处分 1176 人，其中科级干部 99 人。审查了一批严重违纪违法案件，形成震慑。成立县委巡察工作领导小组及其办公室，设立 3 个巡察组，制定出台巡察工作办法、5 年工作规划和年度巡察工作方案，综合调配巡察人员，开展业务培训，推动政治巡察深入开展。共巡察单位 75 个，巡察覆盖率达 90%以上；实现对村（社区）巡察全覆盖。市县巡察反馈问题 2323 个，已整改 2197 个，整改完成率达 94.6%；移交问题线索共 149 件，办结 123 件，给予党纪政务处分 77 人。

书记“既挂帅又出征”，守好“最后一公里”

石火旺 张婷芳

党员干部的“硬核”怎样育成

冲破了疫情的阴霾，2020 年上半年，濒临湖北的宿松县在疫情“零发生”的情况下，跑出了发展“加速度”，朝着“十三五”既定目标挺进。

2020 年 8 月 18 日，宿松县委召开十四届九次全体（扩大）会议，郑重对外宣布：全县上下勠力同心、攻坚克难，确保夺取决胜全面建成小康社会、决战脱贫攻坚“双胜利”，确保“十三五”圆满收官，确保全年工作“满堂红”。

走过砥砺奋进的“十三五”，宿松县全面从严治党实践充分证明，始终毫不动摇地坚持党的领导，是宿松县党的建设的根本经验，是宿松从胜利走向胜利的力量所在；宿松县全面从严治党的实践还告诉我们，党和人民事业发展到什么阶段，党的建设就要推进到什么阶段，全面从严治党永远在路上。

种好“责任田”——县委书记带头履行好第一责任人职责

“党委（党组）书记要带头履行好第一责任人职责，督促班子成员认真履行‘一岗双责’，切实把管党治党责任层层落到实处。”2019 年 4 月 19 日，宿松县召开党委（党组）书记抓基层党建述职评议会议，11 名乡镇党委书记和 5 名县直单位党委（党组）书记一一报告抓基层党建工作情况，安庆市人大常委会副主任、宿松县委书记王华现场进行了评议。参加述职评议的党委（党组）书记反映，这样的述职评议，“述”出了责任，“评”添了动力。

推进全面从严治党，需要党委压实主体责任。近年来，宿松县委牢固树立“抓好党建就是最大的政绩”理念，修改完善乡镇和县直单位绩效考核指标体系，将党建工作权重提高到50%，坚定不移加强党的建设。完善县委常委（扩大）会月调度机制，自2016年6月开始将党建工作和经济社会发展同调度同落实。压实基层党组织书记党建责任，将基层党组织书记抓党建工作述职评议制度向县直机关党组织、村级党组织书记延伸。

宿松县委还建立县领导班子党员同志“包乡走村入户”制度，形成县委书记带头抓、组织部部长全力抓、各位常委配合抓的良好局面。制定了基层党组织负责人、分管负责人、党务工作者职责任务清单，以及组织委员、组织员管理办法。实行党建和经济发展工作双百分考核。每年年初，县、乡、村三级层层签订党建工作目标责任书，制定“三项清单”，推动基层党建工作全面落实。

强化思想理论武装——党员干部成为干事创业的“领头羊”

理论读书电视节目《马克思靠谱》中主题曲《马克思是个九零后》唱词，用走心、妥帖、青春的方式，还原更加真实生动的马克思，讲述马克思主义，圈粉无数。

近年来，宿松县委始终坚持把思想建党放在首位，用理想信念凝神聚力、固本培元，提升广大党员干部思想认识、党性修养和理论水平，筑牢党员干部的思想道德防线，凝聚全县上下推动改革发展的思想共识与强大力量，全县各级党组织和党员干部思想建设达到新境界，全县党的思想建设取得新进展、新成效。

党要管党必须从党内政治生活管起、从严治党必须从党内政治生活严起。党的十八大以来，宿松县委坚持把思想理论武装摆在严肃党内政治生活的首要位置，牵引党内政治生活严肃起来、认真起来。严格执行中央部署要求，始终把学习贯彻习近平总书记系列重要讲话和考察安徽重要讲话精神作为加强思想理论武装最现实最重要的任务，引导党员干部筑牢信仰之基、补足精神之钙、把稳思想之舵。带头立规矩、抓源头、作表率，带动党内政治生活呈现新气象。

抓好“学”这个基础，筑牢思想根基。

县委常委会带头加强学习。建立县委常委会学习制度，规定每次常委会会议前，必须先行学习习近平总书记治国理政新理念、新思想、新战略，以及中央和省、市重要文件会议精神，一改过去以中心组理论学习代替常委会学习的做法，以常委会的先学一步、学深一层来带动中心组理论学习。建立健全常态化学习机制，发挥县委中心组示范带动作用，不断完善各级中心组理论学习、基层党组织集中学习等制度，推动党的最新理论成果进机关、进乡村、进学校、进企业、进社区，以抓实抓长促进常学常新。

为了提升理论学习实效，宿松县委订购、发放《十八大以来重要文献选编》（上、中）以及十八届三中、四中、五中、六中全会有关文件，编发《领导干部应知应会理论知识》小册，开展党员干部理论学习测试，倒逼党员干部主动加强学习。出台《党委（党组）意识形态工作责任制实施细则》，将落实情况纳入精神文明建设考核和巡视巡查内容；建立干部选拔任用凡提必查学习制度，在考察干部时，组织部门要查看个人学习笔记；把党支部生活会、党小组会、党课和民主生活会、组织生活会机制化、制度化，推进学习教育融入日常、严在经常；充分发挥支部组织党员的主体作用，以支部为基本单位，运用“三会一课”制度，领导讲学、上门送学、党员帮学、线上线下交流学……这些创新措施成为学习教育成效的有力保证。

抓好“做”这个关键，充分发挥先锋模范作用。

立足岗位“做”。根据不同领域不同行业实际，立足本职岗位作贡献。农村设立党员示范户、悬挂标识牌，无职党员设岗定责、党员评星定星，社区组建党员志愿服务队，机关立家规、正家风、严家教，企业设立党员示范岗、党员先锋岗，窗口单位和服务行业党员“我的岗位我负责、我的工作请放心”“向我看齐”承诺践诺……党员标准立起来，党员形象树起来。

搭建平台“做”。全县各级党组织教育引导党员干部坚定信念跟党走、勇于担当做在前，在打造宿松高质量发展的生动实践中，争当推动经济发展先锋、促进文化繁荣先锋、保护生态文明先锋、引领各族人民幸福生活先锋。

培养“本色干部”——“三到位”为干部健康成长“保驾护航”

2019年8月1日，地处皖鄂交界的宿松县西北角北浴乡罗汉尖腹地迎来了一批特殊的客人，大家齐聚罗汉山村，举行罗汉尖革命根据地纪念馆揭牌仪式。

活动当天，宿松县十几个单位和当地群众100余人参观了纪念馆，并详细了解和观看了罗汉尖革命史料和先辈们的战斗遗物。

体验品读红色课堂、感受红色故事、倾听红色经历……近年来，宿松县把开展红色教育之旅作为培养“本色干部”的必修课之一。

全面从严治党需要更多“本色干部”。宿松县委始终高度重视干部队伍建设，特别是党的十八大以来，坚持党管干部原则，认真贯彻中央关于干部工作的路线方针，深入落实《党政领导干部选拔任用工作条例》等干部工作法规政策，围绕培养选拔党和人民需要的好干部这一根本任务，不断深化干部人事制度改革，着力提升干部教育培训、选拔任用、考核评价、管理监督工作整体水平，为建设美好宿松提供了有力的干部保证。

创新干部教育方式，培训到位。

聚焦筑牢理想信念根基，用干部素质提升工程，持续推进大规模培训轮训。把党的重大会议、重要法规文件、中央领导同志重要讲话、党的民族理论作为培训重点，采取集中办班、专题辅导、网络在线学习等形式，强化理论认知、党性观念、纪律规矩意识，增强干部的道路自信、理论自信、制度自信和文化自信。

开展“十百千万培训工程”，每年推荐40余名村干部参加学历教育；坚持村党组织书记、村委会主任在县委党校“月例训”制度，对400余名村党组织书记、村委会主任进行精准轮训。

依托县乡党校、罗汉尖革命根据地纪念馆、红二十七军纪念馆等红色教育基地和邱山村、界岭村、长铺社区等村干部培训基地，每年对全县1200余名各级党组织书记、3万余名党员进行轮训。自2019年开始，县财政每年增加投入100万元，专题举办乡村干部发展产业能力提升培训班，分两期组织乡镇党委、村党组织书记和乡镇长、村委会主任赴省内外参观考察，推动乡村党组织带头人整体素质优化提升。

上挂、下挂、外挂、互挂的立体挂职体系，提升干部推动发展的实践能力。放大省市机关选派、长三角合作交流、省内短期互挂等平台效应，推动干部在开拓视野中提升素质、在基层磨砺中成长成才。5年来，累计选派干部参加挂职锻炼55人次。

健全完善干部选任制度体系，制度到位。

信念坚定、为民服务、勤政务实、敢于担当、清正廉洁、忠诚干净——

树立政治过硬、服务大局、精准科学、重视基层的用人导向，激励干部改革创新、担当有为的正向力量也已形成。党组织把关为基础，健全完善动议酝酿、提名推荐、考察考核、讨论决定等工作程序，让制度说话、按制度办事，干部选拔任用科学化、规范化水平不断提升。系统完备、有效管用的干部选任制度链条已然形成。

改进干部考核评价工作，考核到位。

多年的积极探索、创新实践，构建了年度考核、平时监控、结果运用为主要内容的立体化考核评价机制。考核功夫下在平时，多角度了解干部、近距离接触干部、深层次掌握干部，坚持在一线发现干部、考察干部、识别干部，一大批在脱贫攻坚、疫情防控、防汛救灾、综治维稳等领域的乡镇干部、重点工作和经济建设一线干部得到提拔和重用，充分调动村干部积极性，激发干事创业热情。

坚持强基固本——让政策在基层“沉下去”实效“浮上来”

强基才能固本，只有增强基层党组织整体功能，才能打牢党在基层的执政基础。近年来，宿松县委统筹推进各领域的基层党组织建设，基层党组织固本工程扎实推进，全县基层党建工作全面进步、全面过硬。

重心下移，增强基层党组织整体功能。

基层组织提高战斗力，关键是选优配强带头人。近年来，宿松县委始终把带头人队伍建设作为基层组织建设的重中之重。全面落实村党组织书记县级备案和村干部调整县乡联审制度，已完成 14 个乡镇拟调整充实的 36 名村“两委”成员预备人选的资格审查；全面实行村党组织书记县级备案管理，县委组织部对 209 名村级党组织书记备案信息进行了审核把关；开展村“两委”换届“回头看”，有 9 名村“两委”成员因醉驾、违纪等原因被清除出队伍，责令辞退解聘 14 名临聘人员；按照不设比例、给足时间、逐个整顿、应整尽整的要求，确定 30 个软弱涣散村党组织，采取“五个一”措施开展集中整顿。2018 年村“两委”换届后，一批“不同心、不作为、不担当、不在岗、不干净”的“五不”村（社区）干部，被村民坚决“选”了下来。

制度追着干部跑，干部围着群众转。创建基层服务型党组织，千名干部下乡驻村、党员联心帮扶群众，党员干部联系服务群众机制长效起来。在

2020年防汛抗洪工作中，抽调三批217名党员干部赴同马大堤帮助防汛救灾，累计发动3946名基层一线党员参与防汛救灾，在防汛一线成立临时党支部63个，充分发挥了党组织战斗堡垒作用和党员先锋模范作用，保卫了灾区人民群众生命财产安全。

精准施策，统筹推动各领域基层党建创新发展。

以提升基层党组织政治功能和组织力为重点，在抓基层、打基础、保基本上下功夫，聚焦党支部建设，健全和完善基层党组织体系，不断提升基层党组织建设质量，为决战决胜脱贫攻坚、全面建成小康社会提供坚强的组织保证。

在农村，抓好脱贫攻坚和增收致富，实施“富民党建”，提升村级党组织服务群众能力；建立健全村务监督机制，村党组织规范化水平显著提高。

在社区，便民、为民、利民，全面推进和谐社区建设，实施“暖心党建”，在职党员社区报到为群众服务，3700余名党员参与志愿服务2.1万余次。

在非公有制经济组织和社会组织中，巩固扩大党组织覆盖和党的工作覆盖，推行党建工作任务“月清单”制度，开展党支部建设规范提升行动，实现了从有形覆盖到有效覆盖的质变。

在机关，服务为中心、建强队伍为重点，实施“活力党建”，晋位升级活动持续开展，推动机关党建走在安庆前列。

…………

全县1352个基层党组织标准化规范化建设全面达标，实现转化升级。

典型带动，推进基层党建示范群体建设。

富不富，看支部，强不强，看“头羊”。全县确定党员示范户700余户，形成“党员示范户+协会”带头致富群200余个，覆盖和造福近10万农村群众。培树先进典型，发挥示范带动作用，先后集中选树命名优秀共产党员、党务工作者，乡镇党委书记、村党组织书记和先进基层党组织等先进典型194个；涌现出县公安局刑侦大队四级警长严崇飞，柳坪乡邱山村党总支书记、柳坪乡邱山村村委会主任吴双阳，隘口乡创业致富带头人罗国华，安徽绿蒂农业开发有限公司党支部书记尹斌斌，宿松县中医院脑外科护师邓炼等一大批优秀共产党员……全县上下，各领域各行业先锋模范不断涌现，成为宿松各项事业发展的排头兵和生力军，助力宿松经济社会全面发展，基层党组织的战斗堡垒作用、党员先锋模范作用不断凸显。

面向基层，加大基层基础保障力度。

着眼于“有人管事、有钱办事、有场所议事”，不断完善政策措施，做到人往基层走、钱往基层投、政策往基层的“四个倾斜”。

人员力量向基层倾斜——抓乡促村，选优配强该县抽调的1035名干部，带着县委、县政府的重托和全县人民的期望，对照“千名干部下基层”行动实施方案，迅速进驻全县207个有扶贫工作任务的村（社区）开展工作。选优配强“两委”班子及配套组织，选聘选调一批大学生村干部。

资金经费向基层倾斜——每年投入近8000万元，全面落实农村基层党建保障工程，村干部报酬、村干部保险、村级组织运转经费、离任村干生活补助得到全方位保障。每年安排80万元设立专项基金，切实关心和爱护基层困难党员干部，进一步激发干部担当作为、干事创业。

阵地建设向基层倾斜——新建改扩建村活动阵地1757个，200平方米以上的达到6497个。

在2013—2015年县财政投入450万元开展村级活动场所全面改造升级3年计划的基础上，2017—2019年县财政在标准化建设中投入600万元，全县209个村级活动场所建设全面达标。

增强服务群众能力向基层倾斜——县财政每年安排500万元奖励资金，重点奖补一批符合条件的村发展村级集体经济，对全县65个低于10万元的村，排出3年行动计划，力争到2022年所有村集体经济年经营性收入不低于10万元。2019年，年集体经济经营性收入10万元以上的村有144个，占68.9%，其中经营性收入100万元的2个，50万—100万元的5个。

高压惩治腐败——推动主体责任在县乡党委（党组）落地生根

2017年6月，宿松县纪委监委对宿松县审计局原局长燕某龙采取留置措施。这是宿松县推进国家监察体制改革试点工作以来，县纪委监委首例采取留置措施的案件。

经查，燕某龙在担任宿松县长铺镇党委副书记、镇长、镇党委书记、县住建局局长、县审计局局长等职务期间，严重违反党的纪律，违规拨付工程款，长期参与赌博活动，并且利用职务便利，为他人谋取利益，先后非法收受他人财物共计84.838万元。2018年11月，宿松县人民法院以受贿罪判处燕某龙有期徒刑3年零2个月，并处罚金30万元。

近年来，宿松县委认真贯彻中央和省委的部署和要求，坚持党要管党、从严治党，切实把主体责任记在心里、扛在肩上、抓在手上，做到“既挂帅又出征”，建设风清气正的政治生态，推动党风廉政建设和反腐败工作不断取得新成效。

安庆市人大常委会副主任、县委书记王华带头落实主体责任，重要工作亲自部署、重大问题亲自过问、重点环节亲自协调、重要案件亲自督办，切实做到履行第一责任人的责任“不甩手”。形成了从县委书记到基层领导班子“横向到边、纵向到底、责任明确、全面覆盖”的党风廉政建设责任体系，有力推动了主体责任在各级党委（党组）落地生根。

认真落实监督执纪“四种形态”，持续保持惩治腐败高压态势，严厉管住大多数、坚决查处极少数。2016 年以来共受理各类信访举报 2954 件，立案 1100 件，结案 1112 件，给予党纪政务处分 1176 人，其中科级干部 99 人。严肃审查县财政局预算编制办公室原主任、预算股原股长吴某名，县审计局原局长燕某龙，县自然资源和规划局二郎国土所原所长张某洲，县税务局长铺分局原局长许某一等一批严重违纪违法案件，持续形成震慑。深化推动执纪执法贯通、有效衔接司法，成功办理燕某龙首起留置案件和桂某权首例“零口供”案件。

把纪律和规矩挺在前面，对党员干部身上的问题早发现、早提醒、早处置。发挥纪律审查的治本功能，推进警示教育常态化，以案明纪，以儆效尤。在监督执纪的具体实践中，注重早教育、早发现、早处置，立足“早”字，做好监督执纪问责文章。2019 年 1—11 月运用“四种形态”处理党员领导干部 551 人。

利剑亦向低处悬，剑指基层。围绕打赢“三大攻坚战”，重点聚焦脱贫攻坚首要政治任务，开展扶贫领域腐败和作风问题专项治理，2016 年以来共处置扶贫领域线索 536 件，给予提醒、警示、诫勉谈话等第一种形态处置 876 人次，纪律处分 238 人。紧盯基层反腐败形势任务，加强问题线索核查处置，深入整治群众身边“微腐败”，巩固拓展反腐败压倒性胜利。

严惩不是目的，严管才是厚爱。在铁腕执纪同时，纪检监察机关突出抓早抓小，加强日常宣传教育。县纪委机关联合县委组织部、宣传部在全县开展“勤廉榜样”宣传活动，举办先进事迹主题报告会，以正面典型引领广大党员干部勤政廉政。纪检监察机关集中宣讲党纪党规，强化纪律和规矩意识。

前移监督执纪关口，力争把小问题化解在萌芽阶段。

充分发挥县委巡视巡察机构利剑作用，推动全面从严治党向基层延伸。成立县委巡察工作领导小组及其办公室，设立 3 个巡察组，制定出台巡察工作办法、5 年工作规划和年度巡察工作方案，综合调配巡察人员，开展业务培训，推动政治巡察深入开展。共巡察单位 75 个，巡察覆盖率达 90%以上；实现对村、社区巡察全覆盖。市县巡察反馈问题 2323 个，已整改 2197 个，整改完成率达 94.6%；移交问题线索共 149 件，办结 123 件，给予党纪政务处分 77 人。

创新督导机制追责问责，压实管党治党政治责任，从制度、体制、机制上厘清了党委主体责任与纪委监督责任，确保“两个责任”向纵深传导。整合年度实绩考核与党风廉政建设考核，党风廉政建设考核赋分权重由 5%提高到 20%，党风廉政建设责任制落实情况实行“一票否决”。1—6 月，县纪检监察机关谈话函询 16 人，诫勉谈话 72 人。通过不断强化日常监督，使党员干部感受到了监督的“存在感”，增强了对纪律的敬畏之心。

“关山初度尘未洗，策马扬鞭再奋蹄。”未来 5 年，宿松县将按照中央决策部署和省委要求，深入学习贯彻党的十九届五中全会精神，不断推进全面从严治党向纵深发展、向基层延伸，以改革发展的新成就和管党治党的新成效书写精彩的宿松答卷！

利剑高擎强监督，激浊扬清谱新篇

杨　浔

战疫情、斗汛情、促脱贫、护发展、正四风、保廉洁……

激浊扬清，弘扬正气。回眸2020年上半年，在市纪委监委和县委的坚强领导下，县纪委监委认真贯彻落实中央和省、市、县纪委全会的部署要求，立足职责定位，坚持“严”的主基调，持之以恒正风肃纪反腐，统筹推进常态化疫情防控监督和纪检监察日常工作，不断推动全面从严治党向纵深发展，全县党风廉政建设和反腐败工作取得新的进展与实际成效。

坚定不移践行“两个维护”

党中央重大决策部署到哪里，监督检查就跟进到哪里。

2020年，县纪委监委坚持以政治建设为统领，切实推进政治监督具体化常态化，坚决做到“两个维护”。纪检监察工作持续保持高压态势，巩固和发展反腐败斗争压倒性胜利。

深入学习贯彻中央和省、市纪委全会精神，及时组织召开县纪委十四届五次全会，全面部署年度工作任务。完成对各乡镇、县直各单位2019年度“严强转”和“三个以案”警示教育专项考核及县直单位政风行风评议工作。

加大信息采编力度。上半年省、市纪委监委网站分别采用信息18篇、59篇，县级媒体采用67篇，信息宣传工作位居全市前列。开展党风廉政宣讲60场次，受教1.26万人次，发送廉政提醒信息260余条。

2020年上半年，全县共受理各类信访举报262件，立案72件，结案77件，处分96人次，其中党纪处分89人次，政务处分17人次，双重处分10

人次。先后召开 2 次问题线索排查会，对 52 件重点问题线索研究处置意见。县纪委常委会会议共 8 次研究有关案件立案、审理等事项，成功办结自办留置案件 1 件。

寸步不让持续正风肃纪

作风建设永远在路上，一刻不能松，半步不能退。

县纪委监委深入贯彻落实党中央关于坚持和完善党和国家监督体系的部署要求，持续深化纪检监察体制改革，推动监督职能向基层延伸，推进全面从严治党向纵深发展。

结合全县机构改革需要，县纪委监委调整派驻机构设置，派驻纪检监察组由原来 13 个调整为 14 个，其中综合派驻 11 个、单独派驻 3 个，行政编制 58 名，22 个乡镇派出监察办公室已于 5 月底前全面挂牌成立。

对县委第五、第六、第七轮 18 个县直单位和 71 个村级党组织巡察整改工作进行指导督导。围绕“四落实七看”以及“两项目两资金”等扶贫领域腐败和形式主义、官僚主义等问题，对 7 个建档立卡贫困村开展巡察“回头看”。完成县委第八轮覆盖 38 个村（社区）巡察。紧扣“三个聚焦”以及做好“六稳”、落实“六保”，启动县委第九轮对 15 个县直单位巡察。

机构改革后，县委巡察覆盖完成率达 90%，对村（社区）巡察覆盖率达 100%。市县巡察反馈问题 2323 个，已整改 2197 个，整改完成率达 94.6%；移交问题线索共 149 件，办结 123 件，给予党纪政务处分 77 人。

毫不放松抓实疫情防控

危急时刻显本色，疫情当头勇担当。

新冠肺炎疫情暴发以来，县纪委监委切实提高政治站位，立足职能，闻令而动，毫不松懈加强疫情防控监督。

及时组建成立县疫情防控监督督查组，落实“日督查、日会商、日通报”制度，采取“四不两直”日夜巡查、电话抽查等方式，深入县际边界防控卡点、医药农贸市场以及自然村庄、居民小区最后一道防线，开展明察暗访，及时发现问题、纠正偏差、补齐短板。开辟涉疫问题线索受理处置“快车道”，加大“12388”、网络信箱等“不见面”举报方式的宣传力度，设立专门台账，建立及时受理、处置、反馈机制，及时回应社会关切，筑牢群防群控防线。

截至目前，共编印监督督查通报116期，共受理群众举报和国务院办公厅“互联网+督查”平台等交办问题线索134件，发出监察建议书1份，给予提醒谈话等组织处理38人，党纪处分10人，通报疫情防控工作中违纪违规典型问题2起。

一以贯之护航脱贫攻坚

民之所望，政之所向；民之所怨，利剑指向。

县纪委监委始终坚持以人民为中心的工作导向，以优良作风决战脱贫攻坚、决胜全面建成小康社会。

牵头承担县委分解中央脱贫攻坚专项巡视“回头看”和2019年成效考核反馈问题整改任务8个，制定整改措施30项。制定县纪委监委脱贫攻坚专项巡视“回头看”整改方案，认领整改任务13个。全面办结中央脱贫攻坚专项巡视“回头看”交办扶贫领域问题线索5件，给予组织处理5人次，追缴扶贫资金7900元。

加强扶贫小额信贷风险处置工作监督，建立依法清收联合机制，制定问责办法。截至目前，对后进乡镇和银行先后约谈5批次，逾期率控制在1%以下，共清收贷款1.9亿余元。

着力锻造纪检监察铁军

执纪者必先守纪，律人者必先自律。

县纪委监委坚持把学习贯彻习近平新时代中国特色社会主义思想贯穿始终，抓好政治机关和专业化队伍建设，着力铸造忠诚干净担当的纪检监察铁军。

一手挥利剑、敲警钟，一手握长卷、强素质。定期召开县纪委常委会会议、县纪委监委理论学习中心组学习会，有效落实党支部“三会一课”等制度，深入开展政治理论和党纪法规学习。制定机关深化“三个以案”警示教育实施方案，组织全员参加省纪委监委组织的9期“视频讲堂”培训，先后派送纪检监察干部参加省、市纪委监委审查调查锻炼9人次，推动纪检监察干部受教育、获警醒。

疫情防控期间，机关 6 名年轻干部主动下沉一线、驻点参与疫情防控，第二纪检监察室主任叶旸被评为“安庆战‘疫’好人”。

全面实施廉政考察和档案核查工作，健全落实科级干部提拔重用任前廉政考试制度，24 名干部通过测试并接受廉政谈话，累计开展党风廉政审查 102 人次、否决 5 人次，精准运用监督执纪“四种形态”处置 425 人次，实施提醒、警示、诫勉谈话等 292 次，函询 18 人次。

全面从严治党永远在路上。下半年，县纪委监委将持续发挥纪检监察专责监督的作用，推动新时代纪检监察工作高质量发展，为决胜全面建成小康社会、决战脱贫攻坚、加快建设现代化美丽宿松提供坚强保障。

构建立体宣讲网络，讲透五中全会精神

司　舜　黄带斌

新年伊始，安徽省宿松县委宣讲团分别来到多个乡镇举行党的十九届五中全会精神宣讲报告会，集中时间对全县乡村基层党员干部进行有针对性的宣讲，力求学深学透、融会贯通，将学习的过程转化为提高全面振兴发展能力的过程。

领导干部讲政策

干部台上说政策，把党的创新理论转化成通俗易懂的版本，推动党的理论“入心入脑”。

为把全会精神层层宣讲到广大基层群众，宿松县委从县直部门抽调 12 名政治素质好、政策理论水平高、实践经验丰富、宣讲能力强的主要负责同志组建“学习贯彻党的十九届五中全会精神宣讲团”，赴全县各地开展集中巡回宣讲。

与此同时，宿松县还充分发挥县级领导干部领头雁作用，带头到联系乡镇和部门宣讲全会精神。

“县级干部，工作的根基在群众，力量在群众，出发点和落脚点也都在群众。”宿松县一位县级领导干部说，“只有善于接地气，扎根基层，深入群众，党员教育工作才能更有发展的生机。”

为把全会精神讲清楚、能领会、可落实，宿松县四大班子领导纷纷下到基层，深入调研，从高处着眼、低处着手，情况熟悉了，教育内容就“低到尘埃里”。在宣讲政策时，不仅限于“你说我听”的讲授式，还经常现场互

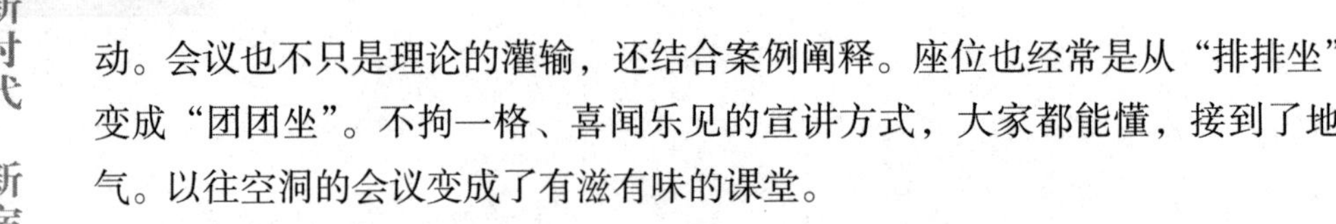

动。会议也不只是理论的灌输，还结合案例阐释。座位也经常是从“排排坐”变成“团团坐”。不拘一格、喜闻乐见的宣讲方式，大家都能懂，接到了地气。以往空洞的会议变成了有滋有味的课堂。

宣讲聚焦人民群众最关心、最直接、最现实的利益问题，重点是中央和省委、省政府的重大决策安排以及市委、市政府与县委、县政府的工作部署，相关领域改革发展的具体思路和工作进展，既讲怎么看又讲怎么办，运用最新素材和鲜活事例阐释政策、说明道理。

乡贤好人讲事迹

2020 年 12 月 29 日，宿松县举行 2019 年度乡贤好人集中上榜入馆仪式。

为培育文明乡风，宿松县广泛组织乡贤好人、道德模范、“五老”人员等，利用新时代文明实践所（站）、“道德讲堂”等载体，持续推进乡贤好人文化进厅堂、进课堂、进讲堂、进礼堂“四进”活动，大力宣讲他们情系乡亲、奉献乡里的优秀事迹，宣讲他们诚实守信、敬业奉献、孝老爱亲的感人故事，培育和弘扬社会主义核心价值观，助推农村精神文明建设，提高社会文明程度。

宿松县还充分发挥乡贤引领、示范、调解作用，积极探索乡贤参与社会治理的新路径，通过颂“古贤”引“今贤”育“新贤”，开展平民英雄“人人推”、凡人善举“处处敬”等活动，持续汇聚“道德能量”。截至目前，全县已建成 24 个乡镇（县经开区、东北新城）乡贤文化研究分会，209 个行政村（社区）乡贤参事会、乡贤调解工作室，120 余个乡贤馆（家）。

“党的十九届五中全会指出，要提高社会文明程度，推动形成适应新时代要求的思想观念、精神面貌、文明风尚、行为规范。宿松县乡贤资源丰富，要持续放大‘道德能量’，推动十九届五中全会精神落地落实落细，为厚德宿松贡献力量。”宿松县委宣传部副部长、文明办主任姜晓蕾如是说。

“身边的好人最感人，身边的榜样最易学。”高岭乡党委书记夏仕能说。无论是古贤的先进事迹，还是今贤的感人故事，都能让人感受到他们奉献社会、服务桑梓的崇高精神和风范，这样的宣讲最接地气、最感人。

专家学者讲理论

近日，宿松县委讲师组组长黄带斌围绕“深入学习贯彻党的十九届五中全会精神，牢牢把握意识形态工作领导权”，给县医保局全体干部职工作了一场生动的十九届五中全会精神宣讲报告。

宿松县依托县委讲师组、县委党校等专门宣讲力量，扎实开展“举旗帜·送理论”宣讲活动。专家学者们立足县情、突出主题，着力将政策理论本土化，用群众的语言使理论宣讲更加生动活泼，用群众身边人身边事使析事辩理更深入浅出。这样全面、准确地解读和宣传全会精神，常常让群众听得津津有味，使党的创新理论在基层展示出强大的生命力和感召力。

“理论宣讲既要把理论讲透，也要让群众坐得住、听得懂、记得牢、用得上。”宿松县委宣传部常务副部长徐慧表示。

为加强理论宣讲队伍建设，各地都加强了人员选拔，鼓励和动员符合条件的人员积极参与理论宣讲，培养、储备理论宣讲人才。县委宣传部还对全县理论宣讲队伍实行统一管理，建立健全全县理论宣讲人才库，并通过组织集中培训、开展研讨交流、召开集体备课会、协助修改宣讲稿、提供相关学习资料和宣讲资料等方式，切实提高宣讲员的理论素养和宣讲水平。同时鼓励各地各单位主动邀请宣讲员开展宣讲，扩大宣讲的覆盖面和影响力，及时掌握党员干部群众对宣讲工作的反馈意见，不断提高宣讲实效。

此外，宿松县还组建了青年讲师团，重点面向青少年进行宣讲，创新“互联网+宣讲”，开展党的十九届五中全会精神微宣讲视频征集评选活动。

百姓群众讲体会

全会宣讲先到乡后入村，先到村再进户，群众如何听到原真性的政策解读？宿松县积极探索屋场会新模式，把会议开到村民家门口，开到田间地头，和村民同坐小板凳、同喝大碗茶，用“掏心话”把“十四五”规划和2035年远景目标讲到群众心坎里。

2020年1月5日，凉亭镇三德村村民胡盼贵家中，炉火正旺，十多名村民围绕着一团炭火，有说有笑。“今天喊大家来，开个屋场会，请大家说真心话、提真意见！”驻村帮扶工作队队长黄德春先说。随后气氛就热闹了起来，“‘十四五’规划怎么发展我们农村呢？农闲的时候会不会有新的文化活动?”村民们你一言我一语，抛出了不少问题。

屋场会不需要固定场所，没有固定时间，更没有主席台、话筒音箱，也无讲话稿。只需一块场地，几条板凳，挑一个农闲之时，驻村干部、党员干部、群众围坐一起，侃几句“土话俚语”，扯一些家长里短，聊一下谁家困难，议一下村级发展，让群众参与到乡村振兴的建设中。这不仅增强了干部干事创业的热情，也能及时解决群众的难题，更增强了人们对于未来农村发展的信心。

“以前，干部在会议室对着文件念，我们在下面听着犯困，回去该干啥还是干啥，现在啊，屋场会开到了家门口，政府有什么惠民政策，都当面解释，我们有什么问题，也可以及时反映。”说起屋场会，三德村村民余称心深有感触。

屋场会上不搞死板式“念读”，除了乡村干部结合村民熟悉的人和事，通过举例子、讲故事的方式宣讲政策外，另外还把群众请上“讲台”，变“配角”为“主角”，让他们畅谈体会感受。

“不等、不靠、不要，应自强不息，勤劳致富，就像咱们村的许峰，在扶贫工作队的帮扶下，通过发展产业来脱贫，值得尊重!”在这次屋场会上，村民讲起了本村的“脱贫之星”，触动了很多村民的心。

上接天线，下接地气，干部群众在房前屋后拉家常，田间地头谈心事，变干部讲群众听为群众讲干部听，干部成了群众的倾诉者、知心人，群众成了干部的亲人。

“主动向身边人讲身边事，用身边事教身边人，以点带面，示范引领，提高了村民议事的积极性。我们正在将这样的模式在全镇范围内推广。”凉亭镇党委委员石焰炉说。

党建工作重“四化”，新城迸发新活力

黎泽斌

东北新城一角

素有安徽省“西南门户”之称的宿松县，坐落于皖鄂赣三省交界处。短短几年内，位于该县东北方向的新城区（东北新城）迅速崛起，宛如一颗璀璨的明珠，镶嵌在秀山碧水之间。这里，一栋栋高楼鳞次栉比，一条条大路平整宽阔，一片片绿化五彩斑斓，一张张笑脸幸福洋溢……

“十三五”规划以来，宿松县东北新城党工委着力推进党建工作常态化、网格化、创新化、规范化，强化党建引领，坚持从严治党，创新工作机制，激活党群动力，实现了新城从拆迁到建设、再到高质量发展的跨越式赶超。

党建工作常态化，提升党员干部公信力

为加强党的政治领导，充分发挥党组织的战斗堡垒作用和广大党员的先锋模范作用，依靠和调动党员、群众的积极性和创造性，新城党工委坚决贯彻县委和县直工委要求，以深入开展“不忘初心、牢记使命”主题教育为契机，投资 200 万元对龙井、玉龙 2 个党群服务中心进行升级改造，设立一站式服务平台、就业扶贫驿站、农家书屋等便民服务场所，打通了宣传教育、

服务党群的“最后一公里”。

为深入贯彻落实党的十九大精神，推动党务业务融合发展，东北新城党工委严格落实“三会一课”制度，通过定期召开党员大会、支部委员会、党小组会，按时上好党课等形式，促进党组织生活制度化、常态化，结合平时的城市建设、市容管理、征迁安置、脱贫攻坚等重点工作，将“三会一课”变成了积极宣传党的路线、方针、政策，提高政治素养，集中党员智慧的重要平台。

为加强党员干部的政治理论和党性修养，进一步强化廉洁从政意识、增强抗腐拒变能力，东北新城党工委持续开展“三个以案”警示教育、反腐倡廉教育、红色革命传统教育，切实加强党风廉政建设，坚定不移把全面从严治党引向深入。

“坚持党建工作常态化，党员干部的党性原则和理论水平才能得到提升，才能在实际工作中经受得起考验，党和政府才会在百姓面前有公信力。”东北新城党工委副书记赵俊强调。

党建工作网格化，激发干事创业大热情

东北新城规划建设面积 5.8 平方千米，在东北新城党工委成立之初，仅下辖龙井社区、玉龙社区 2 个党总支。区域范围过大等一系列因素导致基层支部组织力软弱涣散，干部群众工作积极性不高。

巾帼志愿者上门服务

“基层党组织的组织力强不强，抓重大任务落实是试金石。”东北新城党工委书记夏幼华说。为充分发挥基层党组织的组织力、战斗力，推动各重点工作提质增速、落地见效，东北新城党工委将原来的两个党总支调整组建为龙井、桐梓等 10 个党支部，全部由年轻党员担任支部书记，配齐配强支部班子。此举不仅丰富了党员的组织生活、加强了基层组织管理，还大大激发了各支部之间、党员之间比学赶超、干事创业的热情。

杨仁担任松兹党支部书记时才 33 岁，干劲十足的他下定决心解决松兹南路的“拆迁难”问题。经过多次上门，他和阻滞松兹南路达 15 年之久的 3 户人家都攀上了亲戚。“姨父、姨妈，这条断头路让多少人吃尽了苦、受尽了

罪啊！前几天，有个小女孩上学就摔伤了腿，如果是你们的孙女，肯定也会心疼……”数不清有多少次登门拜访，记不清有多少回诚恳劝说，在杨仁的千般努力下，这3户人家都很高兴地接受了管委会的征迁方案。

党建管理网格化，大胆起用年轻党员干部，东北新城的建设发展很快驶入了快车道。5年来，按照“打通断头路、贯通核心区”思路，新城先后完成了核心区17条全部路网的建设施工，新增竣工道路15条，通车里程26千米，“外部联通、内链闭环”已成现实。

党建工作创新化，保证群众生活更幸福

土地征迁工作千头万绪，多数时候都是盘根错节，甚至牵扯到一些黑恶势力。东北新城党工委一方面聚焦社会治理不松懈，组建扫黑除恶专班，加大打黑除恶力度；另一方面从管委会、社区和辖区内的松兹派出所抽调党员，成立了7个“亮剑护航”临时党支部，向各类违法行为“亮剑”，为城市文明建设“护航”。

太白路延伸段建设时，虽然事先已妥善处置了居民祖坟和土地庙的迁移问题，但现场还是出现了一伙不明身份的人阻挠施工。“亮剑护航”党支部迅速赶到现场，在管委会和社区党员进行政策宣传的同时，派出所党员全副武装站立一旁。这种文武结合、恩威并重的方式，让黑恶势力不敢上前，现场矛盾迅速得到化解。

在新冠肺炎疫情防控期间，东北新城党工委组建了23个疫情防控临时党支部，设置规范性道路卡口、有序推进防控工作、宣传疫情防护知识、排查疫区返乡人群等一系列举措全面铺开；与此同时，松兹派出所沉警社区，派出所党员兼任社区总支副书记，与社区干部组成综合执法治理小分队，参与到疫情防控、应急处理、社会稳定等工作中。在那段特殊的日子里，高高飘扬

东北新城党工委理论学习中心组国家安全专题学习会

的党旗成了新城最亮丽的风景。

“让群众过上幸福美满的生活是新城开发的初衷，也是我们新城党工委一班人矢志不渝的追求。”夏幼华说。

党建工作规范化，营造风清气正好生态

“为使党建工作更加规范化、科学化，要严格按照习近平总书记提出的从严治党八点要求，健全管理机制，做到常抓不懈。”东北新城党工委委员、纪工委书记徐武明说。

2020 年 6 月 17 日，玉龙社区党总支副书记郭行国因劳累过度，突发脑溢血，倒在了工作岗位上。而他在陷入昏迷前，还惦记着社区的工作……在新城，像郭行国这样的好党员好干部数不胜数，他们用实际行动诠释了“一面党员就是一面旗帜”的担当。

为更好地服务群众，发挥人民监督作用，东北新城党工委常年无间断开展“戴党徽、亮身份、树形象”活动，让党员高调亮明身份，自觉接受社会各界的监督；延伸党员志愿服务方式，结合“党员主题日”开展了“党员示范岗”“党员示范户”等评优评先活动，进一步强化党员干部的服务意识，密切党和人民的血肉联系。

为坚持从严管理党员干部，东北新城管委会挂牌成立了纪检监察工作委员会，新设纪工委书记 1 名，增设纪工委副书记 1 名、纪工委员 1 名，专设纪工委谈话室 1 间，实现了纪检监察工作从无到有、从虚到实的根本性转变，为东北新城的党风廉政建设、效能建设和反腐工作提供了有力支撑。

“制度是我们党的内在智慧，是我们的行为规范，必须要刚性执行。”据徐武明介绍，近年来，东北新城纪工委加大监督执纪力度，先后处理违法乱纪社区干部及普通党员 8 人，其中开除党籍 1 人、留党察看 1 人、党内严重警告 2 人、免去干部职务 2 人、解除聘用 2 人，营造了风清气正的政治生态。

多年来，东北新城党工委坚定不移推进全面从严治党，以高质量党建引领高质量发展，坚持“人民城市人民建，建好城市为人民”发展理念，努力推动东北新城开发建设和经济发展各项事业共同进步，让东北新城迸发出全新的活力。

“三突出三聚焦”抓实基层党建工作

吴金旺

为把思想和行动统一到党中央和省、市、县委决策部署上来，确保一切工作顺应时代潮流，扎实推进乡村振兴与脱贫攻坚深度融合，以脱贫攻坚为主战场，以乡村振兴为主阵地，按照县委要求，凉亭镇始终把学习贯彻习近平新时代中国特色社会主义思想和习近平总书记重要讲话精神作为首要政治任务，抓实基层党建工作。

突出强学习，聚焦政治抓常态

率先垂范学。党委干部坚持中心组学习不缺位；干部在线学习不缺课；“学习强国”学习不缺分。一年来，参加中心组学习10余次，人均撰写学习笔记3万字，交流心得体会20余次，完成在线学习必修课和选修课全部课时，收获“学习强国”每日基本分。

召开全体党员教育培训会

对照典型学。在“不忘初心、牢记使命”主题教育中展示践行群众路线的好干部兰辉、“樵夫”廖俊波等红色典型，观看他们的先进事迹，学习他

们的为民情怀，向他们靠拢走近。围绕群众关心的难点、热点、堵点问题，完成调研报告12篇，制定长效机制2个，解决历史遗留问题5个；在“三个以案”警示教育中对照“负面清单”学，补齐学习关于脱贫攻坚、蓝天保卫战、重大风险防控、乡村振兴等有关论述不深不透的短板，警惕学习贯彻中的偏差，杜绝脱贫攻坚中“吊高胃口”、留“痕”不留绩、留“迹”不留心等问题。开展专项排查发现问题17处，并立行立改。

紧跟关切学。疫情防控期间，坚持每晚学习，每晚会商，每晚完善方案。根据省、市、县委的决策部署，提出了“六个不间断”举措；在确保疫情防控到位的前提下，安全有序恢复生产生活秩序，复工复产、脱贫攻坚、春耕备耕，画出了“六个100%”疫情防控作战图；在“不获全胜决不轻言成功”的总体号召下，化整为零、担当作为，37个基层党组织全覆盖，开展专题学习400余人次。“六个不间断”“六个100%”疫情防控目标和举措先后在安徽新闻网、“学习强国”等媒体推介。

突出强合力，聚焦防疫抓常态

各级党组织认真履行领导责任，把党中央和省、市、县委各项决策部署抓实抓细抓落地，让党旗在凉亭疫情防控第一线高高飘扬。

疫情防控志愿者合影

吹响集结号，打响抗“疫”阻击战。从腊月二十九到正月初一，很多镇村干部都坚守在防控一线，关注疫情动态。1 月 26 日（正月初二），凉亭镇提前结束春节假期，127 名镇村干部、58 名医务人员、32 名村室医生仅用半天时间全部到岗到位，打响了疫情防控的人民战争、总体战、阻击战。

联防联控，显英雄本色。在这场严峻斗争中，各级党组织和广大党员干部冲锋在前、顽强拼搏，充分发挥了战斗堡垒和先锋模范作用。该镇 37 个党支部的 1364 名党员，仅用 3 天时间全覆盖捐款近 14 万元；先后有 600 名党员投身疫情防控第一线，自发建立临时党支部 13 个、“党员示范岗”56 个；100 多名党员主动当起了“联防长”或“单元长”；夫妻党员岗、父子党员岗、兄弟党员岗、妯娌党员岗、姑嫂党员岗遍地开花、闪光发热；近千名志愿者、10 支政法干警巡逻队、144 个卡口近 300 名值守人员、192 名“联防长”“单元长”参与到凉亭镇疫情防控行列，同时间赛跑，与病魔较量，形成了抗击病魔的强大合力。

统筹各方力量，坚持全镇疫情防控“一盘棋”。2 月 1 日晚 6 点整，镇领导班子成员、县派驻督导组成员、卫健办、卫生院、市监所、派出所、城管站等相关办、站、所负责人一起召开了第一个疫情防控专题会商会，确定了“一日一会商、一日一调度”的疫情防控工作机制。先后召开会商会 30 多次，发布工作指令 16 份，解决疫情防控共性和个性问题 100 多个。会商会以“咬定青山不放松”的韧劲和“不破楼兰终不还”的拼劲，沉下心来、扑下身子，紧盯影响落实的问题，一个一个解决，实现了全镇疫情防控“一盘棋”。

突出强弱项，聚焦问题抓常态

凉亭镇始终把问题“清零”放在抓工作的首位，常态化聚焦问题整改。

在中央脱贫攻坚巡视反馈意见整改上用力。该镇主要负责人主持召开巡视整改专题研判会 6 次，听取分管同志、二级机构负责人、村（社区）党组织书记整改情况汇报 100 余人次；坚持每星期 2 天实地到各村（社区）调研群众关心的热点、难点问题，并带着认领的问题走访贫困户、边缘户 500 余人次，疏通群众心结 100 余人次，督办实事 20 余件；针对“十失现象”精准施策，对可能出现的错退漏评推行“十子工作法”，在春节期间开展“四

组织党员义务修路

多四不失”活动，努力实现“两率一度”100%的要求。

在提升组织力靶向施策上用力。严格落实党委书记抓党建第一责任人责任，进一步提升村（社区）党组织组织力，解决村（社区）党组织弱化、虚化、边缘化等问题。根据“软弱涣散、巩固提升、增强创新”3种类型，该镇对村（社区）党组织进行分类定级、靶向施策，并将工作重心放在软弱涣散型党组织整顿上。凉亭社区党总支是典型的软弱涣散型党组织，2018年换届时找不到合适的党组织书记人选；在扫黑除恶专项斗争中3个村民小组涉嫌恶势力，长期干扰地方生产生活。对此，县委政法委、县公安局快速从严“亮剑”；县委组织部第一时间派出第一书记帮助镇党委驻社区整顿。经过8个月的精准施策，凉亭社区党总支组织力、凝聚力、战斗力明显提高。疫情防控期间，凉亭社区党总支全面动员、全面部署，发动党员126人、志愿者300余人、“两长”54人，封闭大小街道58个、经营店铺500多家、公共场所5处，停办红喜事20家，简办白喜事10家，守住了最复杂的凉亭集镇地段，筑起了抗击疫情的“铜墙铁壁”。

在党的建设缺位补位上用力。该镇支持镇工会开展“春送岗位、夏送清凉、秋送助学、冬送温暖”活动，解决了150余人的农民工就业问题，为132名一线职工发放了降温物品，为7名贫困学生解决了失学经费问题，为

40 名困难职工送去了慰问金。镇团委、妇联围绕林长制、“四净两规范”、“五清四乱”等党委、政府中心工作，组织志愿服务 500 余人次，特别是疫情防控期间发挥了“生力军”“半边天”的积极作用，化解了防控力量不足、干部疲战等问题。“党建搭台群团唱戏”的良性互动提档升级，有效根治了抓党的建设全面性不够、群团工作“应景”现象等问题。

凉亭镇党员干部发扬斗争精神，增强斗争意识，工作中与能力不足作斗争，精神上与消极心态作斗争，作风上与麻痹思想作斗争，成为敢于斗争、善于斗争的战士，把自我革命进行到底。以乘风破浪的姿态迎接各种风险挑战，以实际行动与党中央保持高度一致，与凉亭人民一道进入全面小康社会，共同谱写构建“工业重镇、创新凉亭”新篇章。

脱贫路上党旗红

吴 平 孙凯华

在脱贫攻坚中，宿松县趾凤乡充分发挥党建引领作用，各级党组织和广大共产党员牢记初心使命，主动担责、积极作为，发挥了战斗堡垒和先锋模范作用，为决胜脱贫攻坚提供了坚强的组织保障。

支部筑起坚强堡垒

时值初夏，九重城桃园里油桃挂满枝丫，管理员余书得正在进行田间管理，“今年我与村签订承包经营协议，负责桃园管理，预计今年桃园收入达10万元以上，带动5户贫困户增收2000元左右。”余书得介绍道。在该村的宋墩宋坂组，刚刚栽植的丑橘、梨树长势良好。“今年，全村流转土地100余亩，发展绿色休闲观光农业，常年聘请10余名贫困户务工，进入盛果期后，预计年产值达80万元左右，将实现村集体与群众收入双增长。”村党总支书记李德刚说。驻村工作队一直将产业发展放在心上，积极利用各种资源，引进龙成集团发展油茶，邀请绿蒂农业发展有限公司对桃园管理进行技术指导，组织农民外出参观，“大到产业谋划，小到田间管理，工作队可是为我村的产业发展操碎了心。”村委会主任余张保说。

龙溪村是深度贫困村，产业结构单一，经济效益差。村党总支决定村成立合作社，干给群众看、带着群众干。经过几年的发展，龙溪村累计发展果园300余亩，引进丑橘、石榴等品种，首批丑橘已于去年上市，取得良好的经济和社会效益。合作社项目采取“四金模式”促进贫困户增收，即土地流转租金、务工酬金、管理薪金、资产收益分红，累计受益贫困户256户，户均受益 1200 余元。看到合作社产生了效益，周边群众纷纷加入，合作社无偿提供树苗和技术服务。

党员举起先锋旗帜

在南冲村“双培双带”示范基地，一排排大棚引人注目，棚内石斛、白及长势喜人，工人正在忙着移栽、修剪。基地负责人贺志伟是党员发展对象，是该乡将致富能手培养成党员的典型。“支部安排专人培养，确保贺志伟在带领群众共同致富上发挥更大作用。”南冲村党支部书记贺民生说。该基地通过几年的发展，种植 158 亩，年销售额 130 多万元。同时采用“合作社+基地+农户”经营方式，共带动贫困户 48 户，其中长期在基地就业 10 人，人均增收 4000 元。“加入党组织后，肩上的责任更重了，我将牢记党的宗旨，多为乡亲们谋福祉。”贺志伟说。

为发挥党员在脱贫攻坚中的帮带作用，该乡建立党员联系贫困户制度。根据党员的职业特点、专业技能和个人意愿，结对帮扶 2—3 名贫困户，负责思想引导、协助产业发展，同时提供力所能及的帮助。“在工程中，我优先安排结对帮扶的 3 户贫困户，今年一年在我这里的务工收入人均达 2 万余元，脱贫不成问题。”月丹村党员方后明说。方后明是一个承接工程的“小老板”，根据双向选择，帮扶余冲组方德旺等 3 户贫困户。“做工程，我是门外汉，多亏了方后明，手把手教我，有了手艺，日子一定会越来越好。”方德旺高兴地说。

群众竖起大拇指

“你家的生姜有多少，网上有人要买本地生姜，价格还不错。”九重城村党员贺传明张罗着。“今年收了 1000 多斤，正愁卖不掉，这下好了，真得感谢传明。”贫困户贺立林应声答道。贺传明是九重城村农村淘宝平台负责人，结对帮扶贺立林，每到农产品上市时都会主动上门代销。

趾凤村贫困户黄新旺双腿重度残疾，母亲已 80 岁，生活十分艰难。趾凤村第一书记郑军时常去看望他，当得知他有养猪意愿时，郑军时自掏腰包资助他购买小猪崽，激发他的生产意愿，鼓励他战胜贫困。“习主席意重情深似海，共产党功德地厚天高”“安徽建工扶真贫，幸福之家暖人心”，这是入住趾凤村幸福之家的贺接福老人写下的两副对联，字字表达着对党的感恩之情。山区宅基地紧张，为保障贫困户特别是五保户、特困户等群体住房安全，驻村工作队积极争取，投资近 120 万元的“幸福之家”已建成使用，解决了 18 户特困户住房问题。

鱼“欢”米“香”党旗飘

——宿松县佐坝乡脱贫攻坚纪实

王会光

位于皖鄂赣三省交界，美丽的龙感湖、龙湖之滨，享有“鱼米之乡”美誉，辖14个行政村，总面积128平方千米，2014年建档立卡贫困户2233户贫困人口7541人的佐坝乡，近年来，依靠党建引领，立足境内有山有水资源，做足“山水”经济文章，大力发展名、特、优水产品和无公害绿色农产品特色农业龙头企业、专业合作社和大户。同时，招商引资，着力打造碧岭工业园区，实施“扶贫驿站”工程，走出一条园区、企业、大户、专业合作社带动、农户自主发展生产“四带一自”脱贫攻坚之路。2016年，该乡实现344户1319人脱贫，佐坝村出列。

“党建+贫困户”扶贫，突出统筹发力

“我家有今日生活，是托党和政府的福，是乡村干部介绍我去合作社做工，还帮我家贷款养鸡、养羊、干农活……日子才有了改变啊!”佐坝乡新建村闵湾组黄香银家去年脱贫，作为一个贫困户，黄香银非常感恩乡、村党组织倾力帮扶。

“落实党建促扶贫主体责任，以党建工作为主线，以脱贫攻坚工作为主战场，坚持党建与脱贫深度融合，组织党小组和党员开展脱贫攻坚帮扶和政策宣传等服务。每名党员联系1—2户贫困户，为实现全乡1个贫困村出列、2233户7541人顺利脱贫提供有力支撑。”该乡党委书记石宗亮，对坚持党建引领、打赢脱贫攻坚战胸有成竹。

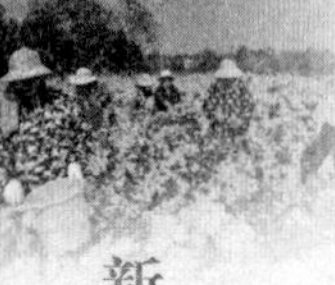

佐坝乡坚持精准施策，契合群众脱贫需求，因地制宜确定项目，因户制宜确定措施，做到一户一档，一户一策或多策。

得胜村的建档立卡贫困户张求东，村党总支副书记洪后全知晓他家情况，帮其筹资 2 万多元购买了一台二手运输汽车，并介绍他从事村内养殖大户养殖物料运输，每月增收 2000 多元。同时，让他承包村组 20 余亩集体水面，收入稳步增长，他家于 2016 年顺利脱贫。

据了解，该乡为把脱贫攻坚落到实处，抓党建突出重心下移，创新干部包村、乡村干部同奖同罚工作机制，每个村安排 1 名科干和 3—4 名一般干部，1 名联村干部包保 1—2 名村干，实行乡干和村干包片到户，将贫困户的脱贫与乡村干部目标责任考核挂钩，不脱贫不脱钩。

“双创双培+双带”，突出精准扶贫

佐坝乡实行党员带头学用科技搞营销、党支部带领群众闯市场，创办完善乡村服务体系、创办稳定乡村财源增收基地“双创双带”，激发该乡脱贫内生动力。

“多渠道谋划脱贫措施，坚持双培双带，创新创业，让贫困户自己唱主角。”乡长石必健说，“以政府引导、致富能手带动、‘合作社+农户’运作形式，带动佐坝村、王岭村等村民共同发展肉鸭特色生态养殖。”

柳咀村的周丙华前几年家里条件不怎么好，在村“两委”帮助下，发展种养殖业，养鱼、养鸭、流转田地，年收入几十万元，家庭经济状况大变，成为当地种养大户，富了的周丙华不忘身边的贫困户，每年帮助 6—7 家贫困户人员在他的基地干活，户均年增收近万元。

据了解，佐坝乡、村党组织引领村民突出产业扶贫，开展特色养殖，因户施策，脱贫致富。通过合作社带动，对有劳动能力但缺乏资金、技术的贫困户，实施小额信贷、技能培训、介绍就业等帮扶措施，鼓励支持其通过自身发展自主脱贫。截至 6 月底，该乡建档立卡贫困户发展 1 个及以上产业项目 1749 户，产业覆盖率达 78.89%，小额信贷完成 2257 万元，其中今年完成 1932 万元，技能培训 88 人次，助推精准扶贫。

“占地面积 200 余亩、湖面 50 余亩、总投资 60 万元的佐坝乡汪昌咀村生态农业综合农村专业合作社，有油茶、苗木花卉种植 88 亩，为 11 位贫因户提供了就业岗位；稻虾混养 126 亩，带动 8 户贫困户参股分红；小龙虾精养鱼塘 17 个 51 亩，带动 11 户贫困户参与分红。2017 年上半年，售出小龙虾 4200 公斤，热销宿松、黄梅、太湖等地，获利 8 万余元。”乡扶贫专干胡俭说。

“村养殖合作社吸收 8 家养殖大户入社，带动 12 户贫困户就业和参与养殖。由合作社提供雏鸭，负责养殖技术指导和成品鸭回收，另外，每只给予定额补助，确保贫困户增收。”

“企业+大户”带动，突出多层帮扶

“我夫妻二人在乡工业园区打工，每人月工资有三四千元，在家门口就近就业，既增加了家里收入，又可照顾家，消除了以前在外打工，总惦记着家里的顾虑。”该乡碧岭村上屋组今年 30 岁的贫困户蔡长海，夫妻二人长年在外打工，去年回家在乡碧岭工业园区锐宁服饰扶贫驿站就业，于 2016 年脱了贫。

近年，该乡对自身发展能力不足的贫困户，充分发挥企业、农业专业合作社、家庭农场的带动，结合扶贫小额信贷、资产收益、光伏扶贫等产业政策，通过带资入股分红方式增加贫困户收入。

该乡安徽绿蒂农业开发有限公司是全县农业与旅游产业相结合的一家综合性龙头企业，有桑葚园、桃园、葡萄园、草莓园、梨园等近 10 个种植园，提供了近 200 个就业岗位，带动了乡里 94 位贫因户入股，股金 467 万元，入股的贫困户每年获红利 2000 元。

2017 年，该乡评定带动农户脱贫致富示范主体 12 家，其中龙头企业 1 家、农业专业合作社 10 家、家庭农场 1 家。

“我乡充分利用丰富滩涂、水面资源优势，鼓励发展壮大村级集体经济，切实增加公益性岗位供贫困户就业或通过入股分红等方式增加收益。”佐坝乡石宗亮书记说，“对 2017 年、2018 年未脱贫的贫困户除由县、乡、村三级干部每人包保不超过 3 户外，同时，要求村级包片干部包片联系、采取干部包保帮扶和村干包片联系‘双保险’，做到真‘帮’、真‘扶’。”

当地老百姓说：“我们不但对脱贫充满信心，而且更要感谢党和人民政府为我们老百姓办了这么多的实事、好事！”

以政治建设为统领，全面推进系统党的建设

吴金旺

2020年以来，在宿松县税务局党委坚强领导下，在系统各部门的大力支持下，县税务局认真贯彻落实习近平新时代中国特色社会主义思想、党中央全面从严治党要求以及习近平总书记在中央和国家机关党的建设会议上的重要讲话精神，以党的政治建设为统领，全面推进系统党的建设，为全县税务事业高质量发展提供坚强保证。

一、层层传导压力，加强政治建设

加强党对税收工作的领导，组织召开系统全面从严治党工作会议，层层传导压力，切实把加强党对税收工作全面领导落到实处。严肃党内政治生活，坚持高标准、严要求，召开党委班子深化“三个以案”警示教育专题民主生活会及各党支部组织生活会。广泛听取意见建议，深入查摆问题，实事求是开展批评与自我批评，切实制定整改措施。

二、强化理论武装，加强思想建设

县税务局印发《宿松县税务局党委理论学习中心组学习计划》，按月召开中心组学习会，充分发挥中心组表率与示范作用。利用“三会一课”、主题党日活动、研讨会等形式，带领系统党员干部实学、深学。加强意识形态工作引导与管理，调整“宿松县税务局意识形态工作领导小组”，严格内刊、网站、微博、微信、微视频等媒体信息发布审核，常态化开展工作QQ群、微信群、公众号等专项清理，建立健全宣传阵地日常运营管理、内容审核、舆情应对、值班值守、责任追究等制度规范。加强党内关怀，坚持从思想、工作、生活上关心和爱护党员，特别是做好困难党员和离退休老干部工作。春节期间，对系统30多名困难职工、生病职工以及其他特殊情况职工进行了慰问。

三、突出政治功能，加强组织建设

切实加强党支部建设，认真贯彻落实《中国共产党支部工作条例（试行)》要求，突出政治功能，强化政治统领。严格落实“三会一课”、组织生活会、民主评议党员等制度，每月开展主题党日活动，组织党员集中开展政治学习、听党课、警示教育、志愿服务等活动。深入推进基层党组织标准化规范化建设，根据县委关于全面加强基层党组织标准化规范化建设部署要求，按月完成各级党组织的“必修课”，并及时更新宿松智慧党建平台相关内容。开展党务知识培训，重视加强群团组织建设。加强党对群团工作的组织领导，将工会、共青团、妇委会组织建设纳入党建工作总体部署，加强日常工作指导，积极为群团组织创造有利工作条件。

四、开展自查自纠，加强作风建设

对照总局巡视巡察反馈问题自查自纠，对照省局巡察清单，对 4 个方面存在的 78 个问题逐条开展自查，对涉及的 35 个问题制定整改方案，完成整改问题 22 个。开展扶贫领域作风大排查，对“四个意识”不强、工作督查不够、措施不精准等问题进一步明确整改思路。大力开展深化“三个以案”警示教育暨作风纪律突出问题专项整治，集中整治形式主义、官僚主义专项行动。

五、加强文化建设，深入开展文明创建活动

着力加强税务文化建设，深入开展精神文明创建活动。依托税务志愿江淮行系列活动，通过开展疫情防控、减税降费、助力复工复产、主题党日、脱贫攻坚等活动，积极践行雷锋精神，推动文明创建工作再上新台阶。

六、提高政治站位，大力开展脱贫攻坚工作

县税务局将扶贫工作当作一项重要的政治任务，通过“单位包村”“干部包户”“驻村包保专班”等形式，把扶贫工作提升到前所未有的高度。县税务局对口帮扶 2 个贫困村、149 名职工结对帮扶 687 户贫困户、派出 40 名干部职工组成 8 个“包保”专班驻村帮扶，为助力全县打赢脱贫攻坚战作出积极贡献。

县税务局被表彰为“三八红旗集体”“五四红旗团委”“优秀基层妇联组织”“服务经济先进单位”，被安徽省文明委授予“第十二届省级文明单位”称号，第一税务分局（办税服务厅）获安徽省“巾帼文明岗”荣誉称号。

党旗引领脱贫路，穷村也能泛生机

刘鹏程　王会光

宿松东北边的凉亭镇柳溪村，是太宿两县交界的偏僻村，36 个村民小组 971 户 3484 人，全村面积 6.8 平方千米，其中山场、林地面积 4800 亩，耕地面积 2655 亩。总支下辖 2 个党支部，党员 130 人。

长期以来，这里的人们以传统产业为生，没有历史古迹和文化亮点为耀。这样一个远离集镇偏僻的地方，人居环境也极为落后。2014 年，柳溪村建档立卡贫困户 180 户，动态调整尚有 175 户 577 人。其中因残致贫 29 户 107 人，动力不足 88 户 314 人。脱贫攻坚路上柳溪村面临着巨大的压力和挑战。

柳溪村紧紧围绕村情，因地制宜，攻坚克难，从加强党建统领、调整产业结构等入手，多措并举，真抓实干，取得了可喜变化。

加强党的建设，营造村级品牌

脱贫路上，柳溪村“两委”不忘初心，牢记使命，严格按照镇党委的要求，上好党课，增强意识，履行义务，自我提高。通过这些行之有效的途径和措施，使广大党员干部统一了思想，并清楚地认识到要打赢脱贫攻坚战，首先要做好村级品牌文章，把扶贫资金和各项资源用在能为农民带来“真金白银”的产业上，走出一条切实可行的致富道路。

对此，村“两委”结合该村庞大的荒山面积，锁定了以发展油茶种植作为实现群众脱贫致富和建设秀美乡村的目标。他们将党建融入扶贫攻坚的行列，以党建促进扶贫工作的有序开展。然而，山场流转后的权益分配，涉及 30 多个村民小组的利益，困难重重。对此，村“两委”充分发挥党员、村民组长及离任村干的先锋作用，将全盘工作划分为若干个小组，每片区村干配合组长协调处理。其中对咀组的祖堂宅基和一处古墓迁移，是当时面临最棘手的一个问题。70多岁的江香英老人有意见，离任老村干周久春主动协调矛盾。他凭着几十年与当事人之间的交往，耐心细致说服了她，妥善解决了问题。这样的例子很多，村里的、镇老龄委关工委的、驻村扶贫工作队的许多同志投入到此项工作中来，他们不辞劳苦走村串户，做工作，所有党员发挥了先锋模范带头作用。

依托有限资源，做好产业调整

2015年，在社会各界的大力支持下，柳溪村3500多亩油茶发展项目正式与龙成集团顺利签约。油茶发展一举成功，成为柳溪村脱贫路上的第一个品牌，2018年，柳溪村退宅还耕新增油茶17.8亩。

2018年是宿松脱贫攻坚摘帽年，柳溪村紧紧围绕"一户一方案，一人一措施"的要求，因户制宜落实帮扶措施，制定帮扶计划。采取劳动就业、经济作物种植、家禽家畜饲养及光伏安装等多种有效途径为贫困对象排忧解难。同时，把旅游与电商帮扶作为该村新的扶贫措施，已带动26户创收发展。

入股龙成集团分红，175户577名贫困人口从中受益，年人均增收34.66元；流转水田1742亩，175户从中受益……所有这些，在脱贫攻坚中显现效果，随着规模的扩大发展，必将硕果累累，展示出更加可喜的前景。

严格帮扶政策，确保公平公正

脱贫攻坚中，透明公开是柳溪村又一亮点。在宣传政策的同时，做好贫困对象的情况核实，柳溪村"两委"在民主评议的基础上，充分发挥基层党员、乡贤和离任村干的表率作用，确保扶贫政策精准到位。

2014年以来，柳溪村投入到户的扶贫资金675.88万元。对31户贫困对象进行了危房改造，10户实行了易地搬迁；拆危拆旧3155平方米，附属用房42间，旱厕18处，改厕165户；为脱贫对象代缴医保243090元，家庭医生签约率达100%；教育扶贫手续清，台账明晰，全村各类学生105人享受到了100996元的教育扶贫资金的帮扶，为贫困生资助实现了全覆盖。

柳溪村充分发挥民主，通过政策宣传、入户走访、老同志的信息反馈、扶贫工作队情况核实，使“两率一度”准确到位。

柳溪村对咀组70多岁的周早春，在全村贫困对象民主评审中未选中，无法入围。对此，老人大发牢骚，十分不解。村“两委”组织离任村干和扶贫工作队员，多次上门，与其促膝谈心，耐心解释，通过摆政策、对标准，得到了老人的支持与谅解。这样的事，多年来，该村都妥善解决，从未矛盾上交和发生群众上访事件。2018年1月10日召开的村民代表会上，共产党员、70多岁的五保户朱国柱首先提出了脱贫申请，并一再感谢党恩国策，使他晚年幸福，吃穿无忧。

立足真抓实干，构建文明氛围

柳溪村紧紧围绕脱贫攻坚，同时结合“三线三边”整治及“美好乡村建设”群众最关心的热点问题，求真务实，开展工作。

加宽解决了长期困扰乡亲们出入的6.8千米两条村级主干道路，并在主干路线及人口繁密地段安装了50多盏路灯，大型水域及窄路危险地段建立完善了安全设施和警示牌，与此同时，3.74千米的通组公路投入施工，已完工0.75千米。对环境治理，该村制定了严格的乡规民约，配备了3名环卫工，每天及时处理垃圾。在开展“四净两规范”人居环境整治中，村党员干部、扶贫工作队员利用帮扶活动日，深入村残疾、五保户老人家中，打扫卫生。从里到外，梳头洗脚，内外清理……受到了村民的赞誉。

目前，该村162户539人脱贫，还有13户38人待脱贫，贫困发生率降至1.01%。

党徽在大山深处闪耀

方长松

一、引言

费宏斌于2017年5月初，加入了全国声势浩大的反贫困斗争伟大决战之中，成为全国19.5万名驻村工作队队长兼第一书记中的一员。驻村之前他是安庆市住房公积金管理中心党组成员、副主任，同时兼任安庆市住房公积金管理中心桐城分中心主任。驻村后，他长期居住在大山深处，战斗在脱贫攻坚第一线。他先后获得了2017年度、2019年度安庆市委扶贫考核优秀个人和2020年度宿松县扶贫先进个人。2018年，安庆市委组织部摄制的《邓山村来了费书记》专门报道了费宏斌在邓山村扶贫攻坚的先进事迹，并作为安庆市375个贫困村中唯一的一个扶贫干部事迹报道专题片，上报省委组织部。他没有辜负组织的重托和期望，让党徽在大山深处熠熠闪烁！

他所在的村是安徽省宿松县陈汉乡邓山村。这里属于大别山余脉，皖鄂赣三省交界处。刚进到村里，感觉像掉进了谷底深渊，四周全是绵延起伏层层叠叠的山脉，山与山相依，山与天相连，峰与峰相望，峰与云相绕。人像井底之蛙，与世隔绝，望不见外面的世界，看不到平坦的路，心口似堵着厚厚的墙，让人喘不过气来。

这是一个典型的山区贫困村。改革开放后，大量的青壮年外出在沿海一带发达地区打工。他们把打工挣来的钱带回家乡，盖房修路，有的甚至还开回了小轿车，给山区带来崭新的气息，默默改变着家乡的面貌，改善着世世代代贫穷落后的日子。但是对于那些没有青壮年劳动力的人家，却很难实现这些美好的梦想，依然生活在贫困线上。

2012年开始，情况发生了变化。以习近平同志为核心的党中央，把脱贫攻坚摆到了治国理政的突出位置。习近平总书记向全世界发出了振聋发聩的强有力的声音："我们要立下愚公移山之志，咬定目标，苦干实干，坚决打赢脱贫攻坚战，确保到2020年所有贫困地区和贫困人口一道迈入全面小康社会。"

可以说，这场伟大的反贫困斗争，是中国共产党有史以来最为坚决、最为广泛、最为彻底的为消灭贫困而进行的一场声势浩大、史无前例、举世瞩目的大决战。党和政府一系列的惠民、富民措施，持续不断地改变着山区贫困落后的面貌，给山区带来了翻天覆地的变化。特别是那些老弱病残、无依无靠的人，真正过上了幸福的生活。真正实现了老有所养，幼有所教，贫有所依，难有所助，鳏寡孤独废疾者皆有所养。

邓山村区划面积3.7平方千米，下辖12个村民小组397户1366人。这里山多地少，其中山场面积3750亩、耕地面积870亩。2014年列入国家建档立卡贫困村，贫困户137户407人，在政府各级领导干部和全村人民的共同努力下，现已全部脱贫。

二、党建

2017年5月2日，当费宏斌站在邓山村村部门口的时候，眼前的一切令他目瞪口呆：村部办公房破败不堪，办公室里布满灰尘，桌椅乱摆乱放，到处都是纸屑和烟头。更为可怕的是找不到村党支部书记，一问根本就没有书记，只有年近60岁的村主任邓成党和一个村党支部委员、一个妇女主任、一个老村委在维持工作。党组织基本上处于瘫痪状态。一个有着36名党员的村党支部没有支部书记，只有一个支委在维持工作。火车跑得快不快、稳不稳，全靠车头带。费宏斌意识到问题的严重性。脱贫攻坚是党中央的重大战略决策，全村137户407人的脱贫任务，没有健全坚强的党组织怎么行？费宏斌曾经在桐城市乡镇干过团委书记、副镇长、镇长、镇党委书记，有着21年的乡镇基层工作经验，深知党的基层组织的重要性。面对邓山村目前的状况，他必须首先弄清楚邓山村党支部瘫痪的原因，并且重新建立起新的强有力的党支部。

在一个月时间内，黄宏斌先后走访了老村干、党员、教师、乡贤、群众代表，足迹踏遍 12 个村民小组的每个角落。其间，多次召开村组干部、村民代表、党员座谈会。他热情诚恳的态度，平易近人的作风，不畏辛劳的工作精神，让群众看在眼里、记在心上。经过反复开导，耐心讲解，跟群众交心谈心，绝大部分群众放下了思想包袱，开始跟他说真话、讲实情，在他的调查摸底和乡党委、政府的介绍下，他终于弄清了其中的原委。

2011 年村“两委”换届的时候，有人利用宗族势力，串通宗亲拉票选举，甚至恐吓要挟投票人，将已有 20 多年党龄 10 多年村党支部书记经验的老书记拉了下来。乡党委在新选上的支委中临时指定一人负责党支部工作，3 个月后此人离村外出打工。后来 2 个支委先后维持了一段时间，其间矛盾重重，上访不断，村里歪风邪气上升，老百姓的疾苦无人问津，民怨较大。在这种情况下，2014 年下半年，乡党委只好指派时任乡水利站站长的梅开全同志兼任邓山村党支部书记。2 年后，即 2016 年下半年，又指派一名年轻大学生村官朱贤华同志负责邓山村党支部工作，半年后该同志调回了乡政府。实质上，从 2011 年到 2017 年 7 年间，村党支部工作基本上处于维持甚至瘫痪状态。党员的先锋模范作用和支部的战斗堡垒作用丧失殆尽。党的政策长期得不到贯彻实施。

与此同时，费宏斌针对现任村主任邓成党同志工作积极性不高、精神萎靡不振、干劲不足的现状，展开了调查，请求乡纪委协助，彻查有人上访反映他的问题。后经查清，邓成党是清白的，绝大部分问题属于子虚乌有，甚至是造谣污蔑。费宏斌将调查结果大张旗鼓地向群众公布，还了邓成党同志的清白，让他卸下了思想包袱。随后，费宏斌乘势而上，做他的思想工作，给他打气鼓劲，并开导他说：“身正不怕影子斜。做了 20 多年的村干部，哪有不得罪人的？敢于得罪人的领导说明有一腔正气！群众的眼睛是雪亮的。我在摸底调查的时候，绝大多数老百姓，说你是好书记、好主任，为人正直，秉正办事，任劳任怨。你不能消积，要振作起来，要对得起老百姓的信任，要对得起党员的称号，要学习革命年代老党员老英雄坚韧不拔、百折不挠的精神。作为一个老党员，要经得起挫折，受得了打击，让胸前的党徽闪耀，要在这穷山沟里发亮闪光。”在费宏斌与他交心谈心、反复启发开导下，本来就有政治觉悟、大局观念、群众意识的老书记，随后彻底放下了包袱，重新回到了 2011 年换届选举前的工作状态，树立了信心，恢复了干劲。

从那以后，他积极为老百姓办事谋福祉，重新受到了老百姓的尊敬。

鉴于历史上遗留的一些问题，要想建立一个新的强有力的村“两委”领导班子，仅凭现有的村干是远远不够的。费宏斌经过多次调研，在乡党委的大力支持下，得知邓山村本村的企业家、致富能人邓柏水，政治觉悟高，群众基础好，能力强，决心动员他回村担任村干工作。经过多次反复上门找邓柏水做思想工作，2017 年底，邓柏水丢掉了自己的企业，回到家乡从事村干工作，同时招来了本村年轻大学生邓先明。为了让年轻人安心山村工作，能够长期在山区为老百姓贡献自己的聪明才智，费宏斌积极帮他介绍对象，张罗婚事，建立起自己幸福的小家庭，彻底解决了他的后顾之忧。2018 年下半年邓山村“两委”换届，在县委、乡党委的统一部署下，如期顺利举行。邓柏水担任了村党支部书记、村主任，邓成党担任了村党支部副书记、村副主任，老村干郑珍玉任支委、妇女主任、计生专干，邓先明任文书、民兵营长、扶贫专干。一个新的村“两委”领导班子建立起来了。班子的年龄结构、知识结构、政治觉悟、群众基础、工作经验、人生阅历、综合素质考虑全面，搭配合理，为保证党的政策特别是近期脱贫攻坚的中心工作的顺利实施，起到组织保证、政治保证的作用，为村民脱贫致富增添了信心和力量。

班子建立起来后，费宏斌及时健全各项规章制度，坚持开展各项活动。每周一例会从不允许任何人走过场，“三会一课”扎实到位，坚持每周有交流，每季有活动，年初有计划，岁末有总结。党的十九大会议召开期间，费宏斌及时组织党员干部和村民代表集中收看学习习近平总书记的报告。大会结束后，又迅速组织党支部、村民代表等开展不同层次的会议和活动，传递党的声音，宣传贯彻党的十九大精神，特别是就一些群众关心的民生问题、乡村振兴战略、土地承包、脱贫攻坚、农村关爱留守儿童和妇女老年人等热点问题，进行反复宣讲，提高政策的认知度和理解能力，帮助大家增强对党富民、惠民政策的认识，增强“四个意识”、坚定“四个自信”、做到“两个维护”，树立脱贫致富的坚定信心。

三、扶贫

山区致贫的原因，不外乎是缺乏劳动力、缺乏经济资源、疾病和闭塞愚昧。针对这些情况，国家制定了十多项脱贫致富措施。费宏斌知道最重要的还是要因地制宜提高产业扶贫的水平。产业一旦建立起来，脱贫后一般不会返贫。邓山村山多地少，没有什么有价值的产业资源，尽管有一些野菇野菜药材之类的优质食用资源，但量很小，很难形成规模，眼前只有茶叶、毛竹有一定的产量，可供养殖的山场也比较多。邓宏斌在摸底调查中，一直琢磨着要想制定脱贫措施，找准脱贫方向，就必须要在这些方面多动动脑子，想想办法，才能做到精准施策。

经过反复调研后，决定首先建茶园，鼓励老百姓种茶叶。山上山下，田坝地头，水塘四周，房前屋后都可以种。这里山深林茂，雨量充沛，云雾缭绕，空气湿度大，漫射光强，对茶树生长发育非常有利。加上山区没有任何工业，没有污染，生产出来的茶叶品质好，汤色晶亮碧绿，香气缥缈幽远，醇厚清爽，是种茶的好地方。

2017 年下半年开始，邓山村将分给老百姓的土地、山林，根据自愿原则，让他们流转给村里统一使用、管理，然后利用政府扶持的项目资金、扶贫单位赞助的配套资金、政府贴息贷款给贫困户的金融扶贫资金，前前后后投资 200 万元改造老茶园 30 亩，新辟村集体茶园 200 多亩。这些茶园 3 年后就能够产生收益。同时规定，老百姓的地要给他们租金，请他们做工要给他们工资，茶园收益要给他们股红，股红以外项目扶贫及其配套资金收益的 80%再次分给贫困户。所以种茶可以让老百姓一举四得，让老百姓实实在在稳定增收。

邓山村毛竹很多，漫山遍野。过去上山无路，交通不便，除老百姓自己利用的一小部分外，其他基本上无法利用，产生不了什么经济价值。现在即使有路，能够运下山来，但使用还是不多，大量的竹子废弃在深山老林，无法产生经济效益。邓宏斌想在这个方面为老百姓找找出路、想想办法。“踏破铁鞋无觅处，得来全不费工夫。”2018 年下半年，一次偶然的机会，让费宏斌实现了这个愿望。他从他的桐城老乡、时任宿松县农委主任谭卫东那里得知，有一个无锡人，叫郑文明，曾在宿松做服装生意多年，现在正在破凉镇投资 2000 万元，兴办圣果新能源科技发展有限公司。该公司为了生产广泛用于航空航天、化工、农业、民用日常生活的生物活性竹炭，每年需要消耗大量的竹子。得知这一消息后，费宏斌惊喜万分。机不可失，他迅速去圣果新能源科技发展有限公司了解情况，达成协议，签订合同，形成供需关系，使大量的毛竹得到长期利用，为老百姓解决了毛竹的销售出路，获得了长期稳定的经济收益。

山场面积大，养殖鸡、猪、牛、羊，也是一条产生经济效益的路子。有的村民以前也养过，但是由于存在技术不过关和找不到销路的问题，很快就倒闭了，有的甚至亏本，造成了新的贫困。2017 年 8 月，上海海勋实业有限公司总经理史海章来邓山村拜会老朋友邓桂良。史海章下山回去的时候，搭坐费宏斌的顺风车。费宏斌知道他是公司老总后，故意跟他聊天，了解他公司的经营范围，介绍山区资源的一些情况。做生意的人自然对这类话题感兴趣。言者有意，听者也有心。一来二去，引起了史海章的兴趣，他决定不急着回去，第二天再次上山来看看。第二天清早，费宏斌早早将车开到宾馆门口等他。上山后，费宏斌专门叫人烧了一只山里的老母鸡给他吃，另外特意煮了一些山里的土鸡蛋。史海章吃过之后，觉得非常好吃，惊喜不已，大加赞赏！2018 年 3 月，费宏斌与史海章达成了协议，邓山村的鸡蛋专供上海，由上海海勋实业有限公司全部收购。

这时邓山村在外打拼多年的邓少东回乡正在创业。他一开始养猪，没有赚到什么钱。在费宏斌的引导下，他开始养山鸡。山里的鸡，吃的是虫和草，喝的是没有任何污染的山泉水，青山绿水这种天然的生态环境，成为养殖优质山鸡的基地。费宏斌还为他争取了宿松县生态养殖示范点项目扶持资金 10 万元，并将村里占地面积达 3 亩的废弃校舍全部流转给他建造鸡舍，并多次邀请专家上门免费为他传授蛋鸡养殖技术，帮助他掌握科学养殖的正确方法。他养殖的鸡蛋，全部销往上海海勋实业有限公司，彻底解决了销售难题。同年 10 月，上海海勋实业有限公司在上海市区繁华地段专门为邓山鸡蛋设立了一个销售店，并为邓山鸡蛋申请注册了“极蝉”虫草土鸡蛋商标。

在费宏斌的扶持帮助下，邓少东的养殖蛋鸡规模发展到了 1 万只。如今，在邓山村，像邓少东一样规模的养殖大户共有 3 家。在大户带动下，已有 17 户贫困户专门从事蛋鸡养殖，平均日产鸡蛋 3000 枚，仅此一项年收入达 50 万元，成为助力当地居民稳定增收的又一支柱性产业。养鸡大户邓国强对我们说：“如果不是费书记引导我从事蛋鸡养殖，说不定我还在外面打工，到处流浪，家里无法脱贫。费书记不但劝我回家养鸡，还帮助我寻找销售出路。疫情期间，多次在微信朋友圈帮我销售竹林鸡、土鸡蛋，到目前收入已近 3 万元。我不仅赚到了钱，还照顾到了家。衷心感谢费书记扶了我一把。”是的，费宏斌为了帮贫困户销售土特产，经常在朋友圈发信息，关系好的公开要求他们购买。朋友们经常戏谑地说：“你一个堂堂的处级干部，竟成了到处吆喝叫卖的小商贩。”

谈到危房改造和异地扶贫搬迁，费宏斌感到心痛。他进驻邓山村一个多月时间，就发生一件一直让他痛心不已的事。2017 年 6 月 11 日晚 8 点左右，他正在和邓成党老主任边看电视边聊村里的贫困情况，突然电闪雷鸣，照明电猛地一下停了，接着就是轰隆一声巨响，当时他和老主任都担心会出事，迅速冲出门去察看。果然，邻居 80 岁的刘大妹老人家的旧挡风墙被雷声震塌，倒在了老人住的新房子上，将新房子砸倒并坍塌了。邓主任立即喊人帮忙搜救，费宏斌迅速启动汽车大灯照明后，边拨打求助电话 110、120，上报乡政府，边搬开砖石抢救老人。快速赶回来的邓主任以及闻讯赶来的乡邻，冒着房子再次坍塌的危险，齐心协力将刘大妹老人从倒塌的房子里扒了出来，可是老人已经没有了呼吸。山里像这些破旧的房子、院墙，在走访调查中，费宏斌经常看到。他感觉危房改造和异地搬迁应刻不容缓。在他的努力下，一年不到的时间，共改造危房 10 户 250 平方米，易地搬迁 12 户 550 平方米，并为何岭组无房户邓先发建新房 3 间。

搬迁之初，有些老人住惯了以前的老房子、老地方，不想搬、不愿意搬。例如 70 多岁的邓后成，兄弟二人，哥哥残疾，家有两间土坯屋。2016 年夏季，房子后面的直壁被大水冲刷塌方，属于严重危房，居住环境极其危险。另外，每逢大风大雨，村干部都得冒着风雨上山去探望他，也很危险。费宏斌认为，他家实施易地搬迁尤为重要。可是邓后成却恋着老地方住着习惯，在山上还可养几只鸡，种几畦地，舍不得离开。为了做通邓后成的工作，费宏斌不顾山路崎岖，前前后后去他家 7 次。反复宣传老房子的危险性，新安置点的便利优势，并告诉他新居住的地方不影响他养鸡种地，另外还可以在村里做工挣钱。在费宏斌苦口婆心的劝导下，邓后成终于同意搬迁，搬到新地方后，邓后成感觉住得舒服，周边条件优越，乐不可支，逢人便说，费书记是好人好干部。此外，还有一户叫邓广祥的贫困户，一家三口，本人身体多病，妻子残疾，儿子痴呆，他家房屋很差，摇摇欲坠，危在旦夕，即使这种情况，他也不愿意搬离。费宏斌针对他家出入不便、就医困难的情况，把村里方便贫困户就医，将在安置点新建村医务室的谋划告知他，不用跑路就可以就医，邓广祥终于痛快地答应。还有几户贫困户，虽然房屋是安全的，但是居住在深山里，基础设施和公共服务设施配套难度较大，费宏斌仍是不辞辛苦，用崎岖山路上留下的脚印换得了贫困户的信任，终于，这几户贫困户都主动易地搬迁。

光伏扶贫为壮大村级集体经济和贫困户脱贫增收，也发挥了一定的作用。2017 年投资 50 万元建成了 72 千伏安光伏电站，2018 年又追加了 10 万元。至此已建成光伏发电 89 千伏安。仅这一项每年收益达 7 万多元。

总之，费宏斌想尽千方设尽万法，到处寻找为邓山村脱贫致富的路子。只要能争取到政策和资金，他都会竭尽全力不辞辛劳到处奔波。一项项惠民工程的实施，既温暖着民心，也将党的好政策落到实处。3 年来，新建村组回车道 15 处、拓宽村组公路，部分路段除险加固 10 多处。打通了环村公路，连通了到邻乡柳坪的通乡公路，积极整合一事一议项目，实施通村公路生命安全工程，在公路沿线建设大约 5 千米的围栏，方便大家安全便捷出行。全村电力线路全面升级改造，购置 124 盏太阳能路灯，亮化村组人居集中地段。为丰富群众精神娱乐生活，投资 10 万元建成邓山村公共文化服务中心，在村部周边建设 1000 余平方米的健身休闲场所，并结合党建标准化建设改造村部，提升村级形象。合理利用邓山村 3750 亩毛竹，就地取材，建成毛竹门楼，50 米艺术长廊，50 米竹制宣传栏，突出本村特色和亮点，获得村民的一致好评。积极推进卫生改厕工作，新建公厕，发放垃圾桶，并完成村级公共厕所改造。新建水塔 3 处，解决 300 余人饮水安全问题。

四、扶志

习近平总书记说：“脱贫致富贵在立志，只要有志气、有信心，就没有迈不过去的坎。”精准扶贫不仅是帮助贫困人口改善生存条件，让他们经济上翻身，精神上也要翻身，即“口袋”与“脑袋”同时富起来。所以，教育上的扶贫，思想认识上的扶贫，理想信念上的扶贫，法律意识上的扶贫，现代文明建设上的扶贫，都应该是解决“脑袋”富起来的问题。

邓山村 397 户 1366 人，只有两户姓吴，其余全部姓邓。这种姓氏结构组成的村落或村民组，往往宗亲连片，亲戚交织，宗族关系错综复杂，一旦遇到宗亲或宗族利益产生矛盾或受到损害时，族权族势就彰显出它的力量和顽固性。尽管社会在不断进步，人们的思想观念在不断改变，法治、文明意识在不断加强，但大部分人，尤其是老年人，潜意识里总有落后的宗族观念在作祟。这些封建落后的东西，时常阻碍着这里的文明进步和法治建设。尤其最近一段时间，会阻碍党的扶贫政策的正确实施和落实。费宏斌一想到这些问题，就感到身上的担子越来越重，工作必须进一步深入，否则，无法完成组织交给的任务。他认为，仅仅靠提高经济收益，让老百姓生活富裕起来是不够的，还必须按照习近平总书记提出来的，要帮助老百姓提高思想觉悟，促进山村文明进步，要大力开展扶志工作。

首先要加强党员教育，针对新时期党的工作新的特点和要求，在新的党支部健全后，要及时召开党员大会，给他们上党课。在党课上，他着重强调：新时期农村的党员一定要带头做一个模范公民，做一个守法诚信、文明友善、移风易俗、尊老爱幼的好村民。倡导讲道德、守孝道、善待老人、抚育孩子、关心兄弟姐妹、和睦邻里的家规家风，关爱下一代和留守儿童，教育他们健康成长，长大后做一个合格的公民，做一个讲规矩守纪律的公民，做一个对国家对社会有用的公民。积善成德，多做好事。要多为邻里乡亲排忧解难。父子之间、叔侄之间、兄弟之间、妯娌之间、姑嫂之间、亲戚朋友之间有什么矛盾纠纷，要积极上前化解他们的矛盾和积怨，建立新型的和谐文明的人际关系。维护正义，提供正能量。只有党员的思想纯洁，才能保持党员的先进性，才能带领群众革陋习、树新风。

其次在村民中，对个别顽固落后，破坏基层党组织、动摇党的政权、阻碍党的政策方针的贯彻落实、长期扰乱民心、祸害百姓、作恶滋事的人，反复进行思想教育，屡教不改的，报请公安机关调查处理。动真格，警示震慑，杀一儆百，不姑息迁就、养虎为患。

邓山村有一个缠访的钉子户，在外到处鬼混，早年倒卖火车票，偷偷摸摸，违法乱纪；回村到处惑乱村民，拉帮结派，破坏村“两委”的选举，致使基层组织无法正常开展工作。费宏斌多次反复上门做他的思想工作，教育他改邪归正。同时教育别的村民不要跟他一起瞎混，让他没有作恶滋事的土壤。在反复教育下，加上村里风气发生了变化，正气不断上升，捣蛋闹事的人越来越少。扶贫路上不落下他，生活上正常关心他，让他感受到党的温暖、扶贫致富政策上的实惠，在事实面前，他不得不服，最后再也不无理取闹，无端缠访上访了。

革陋习，树正气，不断净化社会空气，从根本上扭转人们长期形成的错误认识，对提高村民们的思想认识、树立统一的新的世界观至关重要。2018年农历腊月二十三日清晨，正在家里休息的费宏斌接到邓山村打来的电话，说已经去世的汪龙组邓金水老人，要出殡安葬。可是路面结冰，天寒地冻，无法送火葬场火化，家里的亲戚朋友扬言要就地棺葬。鉴于前几年殡葬改革的深刻教训，邓金水出殡一事引起了乡、村两级领导的高度重视。安庆真正强调实施殡葬改革，是从 2016 年开始的，市委要求从 2016 年 6 月 1 日起，全市城乡居民死亡后一律按规定火化。殡葬改革在实施过程中有阻力，特别是地处深山老林的老年人，用棺木土葬、入土为安的传统习俗早已在他们心里根深蒂固，他们无法接受火葬的做法。有的地方死了老人，千方百计冒着坐牢的风险，与政府对着干。现在大雪封路了，更有理由不去火化。所以这让乡、村政府大为棘手。乡、村政府决定除冰铲雪，抢通道路，让邓金水老人能够顺利拉去火葬场火化，打消其家属、亲朋企图棺葬的幻想，破除陋习，让殡葬改革顺利实施。

费宏斌是星期天回家休息的。他老婆知道后说，你是回家后下雪的，现在路面结冰，高速封路，加上又是在年关，许多工作也开始停了下来，殡葬一事又有乡里领导管，村“两委”班子也在两个月前建立起来了，你在电话里说说怎么做和注意事项就行了。他说不行，眼前死人摆在那里，家属又哭又闹，情绪容易失控，村“两委”刚刚建立健全起来，他们都是乡里乡亲的，一个姓氏，很容易让人间的温情代替原则，群众对我们的信任还在犹豫阶段，更不能让个别心存不轨、居心叵测的人，利用这次机会破坏我们刚刚建立起来的秩序，破坏我们安定团结的局面。这个时候如果出了一点什么问题，之前的努力将前功尽弃。放下电话后，他二话没说，立即购买火车票，坐火车去宿松。下火车后，又换乘县政府带防滑链的公务车赶到除冰现场，加入乡、村、组干部群众除冰突击队。大家借助灭火器吹冰除雪，历时 16 个小时，至次日凌晨终于完成除冰任务，抢通了去火葬场的路线。同时针对殡葬户的抵触思想，除了进行思想教育外，还请求派出所支援，出警维持秩序，配合村里做好相关人员工作，在乡、村、组广大干部群众的通力合作和协助下，使邓金水老人得以顺利火化，既避免了与群众的冲突，强化了移风易俗，又很好地落实了市委的正确决定。

邓山村不到一年时间，社会风气得到了根本的好转。2017 年被评为“宿松县社会治安综合治理平安先进村”，2018 年被评为“陈汉乡社会事业和经济发展先进单位”。

五、亲情

我第一次见到费宏斌，是在2017年5月的一次扶贫干部工作汇报会上。尽管是第一次见，却给我的印象深刻。他身高1.76米，不胖不瘦，面容俊朗，发言时，中气很足，从神情到声音到语速，乃至手势动作，都显得很有力量，精气神十足。话语犀利，刚刚脆脆，直来直去，不避重就轻，不拐弯抹角，一副敢作敢当的样子。当时我刚刚接触扶贫政策，不敢随便乱说，谨小慎微，尽量地看尽量地学，与费宏斌形成鲜明的对照。后来实践也证明我确实与他的差距较大。他懂政策，有经验，我却一点农村工作的经验都没有。后来我由于老婆脑瘤开刀及自己心脏有问题的原因，打了退堂鼓，干了半年，回原单位上班了。而他却一直干到现在，当时安庆市处级干部下去扶贫的一共248人，现在还在扶贫村的只剩下80多人。他至今还没有回去，一直坚守着。在他的坚守下，邓山村的贫困户已全部脱贫，邓山村"两委"已形成坚强有力的领导班子，成为老百姓真正的领路人、带头人。党组织在大山深处成为坚强有力的战斗堡垒，党旗在大山深处高高飘扬，党徽在扶贫村熠熠生辉。

今天，当我以一个局外人的身份来采访他时，对他在这里3年多来、1000多个日日夜夜有了较深入的了解后，我才知道他是克服了许多的困难，才坚持到现在的。费宏斌是1966年9月出生的，1984年8月毕业于安徽铜陵师范专科学校中文系。任教5年后，调任乡镇当领导16年，到2006年调往桐城市房屋改造管理办公室（简称房管办）当主任。15个月后，房管办分撤上划，他被分到安庆市住房公积金管理中心桐城分中心当主任。2011年4月进入安庆市住房公积金管理中心领导班子，被任命为党组成员、副主任兼安庆市住房公积金管理中心桐城分中心主任。

2017年4月26日中午，身在桐城市住房公积金管理中心的费宏斌，突然接到安庆市住房公积金管理中心主任的电话，说市委组织部要求报一名副处级以上的干部去宿松扶贫，要求马上就报，想推荐你去，行不行？从来以服从组织安排为己任的他，不假思索就答应了。直到市委文件下来以后，他才知道这次下去挂职扶贫，跟以往任何时期不同，要求丢掉手上所有的工作，长期吃住在村，直至扶贫村全部脱贫。看到这个文件，费宏斌愣了半天后，开始思考单位的工作和家里的生活问题。单位有副职，工作会顶得上来，但是家里却没有那么简单了。长期住村意味着长期住在离家一百七八十千米以外，家里许多事无法顾及。12 岁的女儿还有四五个月就要上初中，不但需要爸爸的陪伴、照顾，而且学习上更少不了爸爸的引导和鼓励。老婆刚刚当上供销社主任。单位事多人杂，工作千头万绪，又面临改制改革，压力很大。而这个时候费宏斌却要离开她们，怎么向老婆和孩子开口呢？特别是对待老婆的问题，费宏斌心有余悸。前段失败的婚姻，让他一直自责愧疚。那时年轻，许多事情处理简单、没有经验，自己又大部分时间在农村、在基层，没有很好地照顾到家。老婆抱怨的时候，不能理解和宽容，总是跟她争争吵吵，没有顾及她的感受和需要，也不知道去哄她安慰他，致使感情产生裂痕，最终导致离婚。离婚时，儿子只有 8 岁。对老婆、对儿子、对家庭都有愧！现在的妻子比自己小 12 岁，不但年轻、漂亮、贤惠、能干，而且还担任着单位的一把手，像自己一样有职有位有事业，感情上更需要丈夫的呵护，工作上更需要丈夫的支持，生活上更需要丈夫的照顾。现在却要远离她去农村工作，叫她怎么受得了呢？前段婚姻不就是因为自己粗心大意、年轻幼稚而导致了婚姻失败、家庭破裂的吗？现在一定要吸取教训，不能再让这好不容易建立起来的家庭，好不容易获得的幸福出现任何问题。可是组织上安排他去扶贫，也不能推掉呀！怎么办呢？费宏斌回到家里，小心翼翼地跟老婆说出了事情的经过，并反复阐述了安庆市住房公积金管理中心领导班子的现状及主要负责人的难处。市住房公积金管理中心是一正四副。市一把手组织上不批准他离开。4 个副职，一个刚刚进行肾脏移植，一个刚刚生孩子，一个有 4 个年迈体弱多病的老人需要照顾护理，只有自己稍微好一点。他跟老婆说："我不去谁去呢？"老婆本来就是单位一把手，深知当领导的难处。看到自己丈夫这样为难的样子，经过短期的思想斗争和犹豫，很快就宽慰起了丈夫，叫他愉快地去扶贫，家里她会安排好的。费宏斌如释重负，非常感激老婆的理解和支持。2017 年 5 月 2 日，费宏斌怀着深深的歉疚和恋恋不舍的心情，离开了家，踏上了扶贫的路。

越怕什么，偏偏越来什么，怕家庭起波澜，偏偏波澜突起。费宏斌长期奋斗在脱贫攻坚第一线，很少有时间回家过周末。扶贫工作任务重，事情多，要求高。既要入户调查、摸清情况、确定对象、制定措施、登记造册、建档立卡、上报各种表格和资料，还要迎接各级不断的检查、督查、暗访、考核、评比。每周基本上都要开会，不是市里县里开，就是乡里村里开，有时还要外出培训、参观、学习。扶贫工作各级都重视，管理的部门特别多，各项工作都需要下面去落实。上面千条线，下面一根针。稍不注意，工作任务就完成不了。同时村里的日常工作也不能落下。春种秋收、社会治安、计划生育、森林防火等等都要过问安排落实好。经常为了抢时间，加班加点，没有休息日，有时晚上还要干到通宵。几乎没有过过休息日，难得有时间回家陪陪老婆、孩子。2019 年暑假期间一个偶然回家的周末，费宏斌在家休息。当他在客厅沙发上坐下的时候，好久没跟爸爸亲近的女儿，靠着爸爸趴在沙发上休息，跟爸爸说着俏皮话，津津有味地谈着学校的趣事和自己的学习情况。费宏斌看着天真可爱的女儿，沉浸在少有的轻松和快乐之中。边谈边听边看着女儿的费宏斌，不经意间，顺手亲昵地抚摸着女儿的背部，不摸不知道，一摸吓了一跳，突然感觉女儿腰部一边高一边低。这一异常现象，让费宏斌愕然诧异，不知所措。他立即带女儿去咨询本地医生，医生诊断为：坐姿不正加学习负担重而引起的脊柱生理性弯曲。医生叫他买个“背背佳”矫正一下。经医生这么一说，感觉是虚惊一场，紧张的心情立马消失了，也就不怎么在意。这时费宏斌已居村 2 年多，扶贫工作处于关键时期，事情特别多，将女儿的事稍微安顿了一下，就返回了邓山村。一晃一年过去了，他心里对女儿脊柱侧弯总有些隐隐的不放心。2020 年 8 月 10 日，费宏斌网约挂号去省立医院给女儿查了查，结果省立医院 CT 检查显示：脊柱侧弯由去年的 30 度加大到 40 度，并将可能导致严重的脊柱侧弯畸形，造成身体非常扭曲的形态，同时对心脏、肺脏、腹内的脏器发育产生严重的影响。一年来的矫正不但没有起到作用，反而导致了更加严重的后果。费宏斌非常后悔当初的大意。如果去年及时带她出去到大医院查治，不至于出现如此糟糕的情况。这时省立医院的医生建议他们进行手术治疗矫正。老婆一听这话，就开始掉眼泪。手术治疗是有风险的。脊柱侧弯手术大，神经多，如果手术意外，将导致瘫痪。即使手术成功，康复期也要三到六个月。开学在即，必将耽误孩子的学习。一家人压力很大，不及时手术吧，担心时间长了，脊柱侧弯继续加大，增加以后手术风险；及时手术，又怕耽误孩子的学习，真是左右为难，不知如何是好。后经与上海长海医院李明专家团队反复沟通，分析研究，觉得还是要即时手术。8 月 20 日手术那天，当女儿从病房被担架车推去手术时，费宏斌强忍眼泪，和老婆一道送女儿进入电梯，就在电梯门关上的那一瞬间，费宏斌夫妇再也忍不住了，眼泪哗啦啦地往下流，妻子更是恸哭不已。费宏斌一边流泪，还一边安慰着妻子，不断小声说："没有事的，没有事的。"从上午8点一直到下午2点，6个小时后，女儿终于回到了病房。这6个小时，对费宏斌夫妇来说，是在无比痛苦的煎熬中度过的。他们在手术室门口紧张地等候着。时针一分一秒嘀嘀嗒嗒地响着，似乎走得很慢、很费力，好像在捉弄他们，让他们无奈地等着。他们没有任何办法，没有任何力量，只能干巴巴焦急地注视着手术室，任凭这分分秒秒敲击和考验着自己的心脏，他们在不安和期待中煎熬着，恐惧感时升时降。费宏斌更是觉得对不起女儿，不但对她关心照顾太少，而且发现她身体出现异常时，自己竟然那样粗心大意，错过了去年治疗的最佳时机。让孩子现在耽误学习不说，还徒然增加这么大的痛苦和风险。当女儿推出来回到病房时，平时天真活泼的女儿脸色苍白，身上插了导血管、导尿管、输液器，费宏斌夫妇不忍直视。直到孩子出院后，心情才慢慢平静下来。目前女儿还在休息康复中，无法正常上学。当费宏斌看到女儿这个样子，再次踏上回村的路时，心中充满了无限的惆怅！

六、尾声

采访结束后，我离开邓山村，慢慢往回走。

深秋，天空澄澈，大地沉静。起起伏伏的山坡、宽宽窄窄的山谷、弯弯曲曲的山路、高高矮矮的树木、星星点点的农舍笼罩在深深浅浅的黛色和一片宁静之中。前几天一直很热，今天降了一点温，在阴处感觉有寒意，在太阳下却暖融融的。风小树静，乡村的炊烟袅袅升腾，左散右飘，懒懒地不紧不慢地散开，蓝天下的山峰清晰俊朗，鸡犬牛羊在山村里、山坡上慵慵懒懒地闲逛，时不时地咀嚼着嘴中的食物，时不时举头望望远方，看见我的离开，懒懒洋洋，像见到熟视无睹的熟人，爱理不理的。散漫的山民悠悠闲闲地做着冬藏前的准备工作。有的在修补房屋院落，有的在平整道路，有的将衣物、粮食晒干，有的在清洗农具，一切是那么优哉游哉，一切是那么自自在在，一切是那么随心随意。我穿梭在宽敞弯曲忽高忽低的水泥路上，在波峰低谷间绕来绕去，目不暇接，思绪纷飞。邓山村的毛竹门楼、毛竹长廊、毛竹画栏、竹林、杂树、茶园、休息亭、观光亭、便民商店、厕所、栅栏、光伏电板、路灯，随着我的思绪也向我的身后飞去。

此时，我的心情兴奋而复杂：有对党的英明决策的敬佩，有对贫困户脱贫致富的庆幸，有对农村发生翻天覆地变化的欣喜，有对扶贫干部作出牺牲的崇敬，还有对我们伟大的党以及广大党员，在为之奋斗的事业中所遇到的艰难困苦的深深思虑，不忘初心、砥砺前行是需要多么大的持之以恒的勇气和毅力啊！像费宏斌这样千千万万的党员，抛家别子，放弃舒适的生活，听从党的号召，讲政治，顾大局，舍小家为大家，长期吃住在村，奋斗在脱贫攻坚第一线，吃苦耐劳，兢兢业业，砥砺奋进，有的甚至牺牲了自己的生命，没有这些勇气和毅力，没有一个共产党员的担当和付出，昔日的贫困落后、闭塞愚昧的深山贫困村，能变化成今天美丽富饶、绿水青山、富含负离子、宜居养人、现代文明的社会主义新农村吗？正是有了这种勇气和毅力、担当和付出，所以共产主义事业无往而不胜，党旗、党徽必定永远闪闪发亮，光照千秋！

促进村党组织转化升级

周发勤 陈刘炜

开展集中整顿软弱涣散村党组织以来，宿松县黄坂村各项制度健全了、活动经常了、村级党组织组织力提升了；新一届班子结构得到优化，凝聚力、战斗力增强了；工作作风务实、办事公平公正，群众满意度提高了。

一、聚焦建强组织，坚持党建强村

黄坂村紧紧抓住党建这个“牛鼻子”，强化党建引领，在把支部建强、带头人选好、党员教育管理好上下功夫，有效提升了村级党组织组织力。扎实开展“不忘初心、牢记使命”主题教育，开展集中学习 8 次，组织研讨交流 5 次。对 38 名外出务工的流动党员寄送“两书一章一徽一信”，对在家老党员采取送学上门、送教上门等方式，做到学习教育全覆盖。通过召开座谈会，走访群众、党员、老村干等方式，收集问题建议 9 条，均得到整改落实。选优配强村“两委”班子，班子结构得到较好优化。紧扣群众关心关注的热点问题，开展党员承诺和无职党员设岗定责，合理设置党员为民办事承诺事项，确保承诺事项都选得准、定得实、做得到。全村 93 名党员，承诺事项 300 余件，兑现承诺 270 余件。在党员中积极开展“五带头”活动，即带头学习提高、带头支持工作、带头服务群众、带头遵纪守法、带头弘扬正气，有效激发党员为民服务的热情。

二、聚焦问题导向，坚持依法治村

开展扫黑除恶“学查改”活动，先后开展专题学习 5 次，培训 256 人次；开展警示教育 4 场，教育 523 人次；举办座谈交流 4 场次。组织召开专题组织生活会，认真剖析黄某华涉黑案件产生的原因、存在的问题，进一步明确整改的措施，切实加强整改。组织党员、干部签订承诺书，在党务公开栏进行公示，接受党员群众监督。依托扶贫夜校开展集中宣传教育，召开扶贫夜校 9 场次。印制扫黑除恶公开信、调查问卷共 800 余份，张贴画报 22 张，利用微信、广播、公开信等方式积极宣传扫黑除恶专项斗争，营造浓厚宣传氛围。

三、聚焦民主管理，坚持制度管村

健全村级内部控制制度，从财务状况、收支情况、项目资金收支及工程建设、借款情况、村干工资及补助发放等方面进行审计，在村务公开栏中进行公示。严格执行“三会一课”、民主评议党员、组织生活会、主题党日等组织生活制度，按“五评”工作法对全村 93 名党员进行民主评议，对 2 名表现较差的党员进行帮带转化。大力推行“四议两公开”制度，坚持集体讨论、村民代表大会决定，村内大账小账都清楚、大事小事都公平，并及时向群众公示，接受群众监督，较好实现公开促公正、公正促公信，提高村级干部在群众中的公信力。

四、聚焦为民办事，坚持服务立村

针对群众反映突出的从黄坂村至斗山河村交通不便的情况，村“两委”积极协调，多方争取支持，今年 9 月，投资 110 万元建成全长 58 米、宽 6 米的塌正桥。投资 121.1 万元修通群众反映的刘湾路、李求路等组级路，方便群众出行。为了解决群众饮水难问题，村“两委”积极协调水厂为 42 户安装自来水。对主水管网未到的村组，安排辖区所在党小组年轻党员定期为缺水五保户、困难户送水，充分发挥党员先锋模范作用。

五、聚焦发展经济，坚持产业富村

黄坂村现有耕地面积 2748.5 亩，山场面积 1865 亩。如何开发好、利用好、发展好这些资源，是新一届村“两委”班子苦苦思索的问题。发展水蛭养殖，计划修建试点精养池 2000 平方米，预计村级集体经济收入能增加 10 万元。目前，已付定金 2.3 万元购买水蛭苗，将按照“一年抓试点、两年上规模、三年大发展”思路，建设水蛭养殖基地，不断壮大村级集体经济。